पांगिरा

(उपन्यास)

वाणी प्रकाशन

नयी दिल्ली-110002

फोन : 23273167, 23275710 • फैक्स : 23275710

e-mail : vani_prakashan@yahoo.com

vani_prakashan@mantraonline.com

पांगिरा

लेखक

विश्वास पाटील

रूपान्तरकार

प्रकाश भातम्ब्रेकर

ISBN : 978-81-7055-294-9

वाणी प्रकाशन
4697/5, 21-ए, दरियागंज, नई दिल्ली-110002
द्वारा प्रकाशित

संस्करण : 2003

: मूल्य : 150.00

अशोक कम्पोजिंग एजेन्सी द्वारा
आजाद प्रिन्टर्स दिल्ली-110031
में मुद्रित

PAANGIRA (Novel)
by Vishwas Patil

पांगिरा का मेला और खसम हुए सोला (सोलह) !

सालाना उर्स में इतनी ज्यादा भीड़ उमड़ पड़ी थी कि अनामंत्रित लोग भी भारी संख्या में आ पहुँचे थे। गाँव से बाहर बड़-पीपल के साये में बैलगाड़ियों का जमघट लगा था। बैल चारा खा रहे थे, जुगाली कर रहे थे। सभी अतिथि नाले के पानी से उन्मुक्त नहा रहे थे। दिन थोड़ा-सा ऊपर चढ़ आया। आज मेले का तीसरा दिन था। दो दिन ढोलक-लेझिम खेलने से हाथ-पांव जवाब दे रहे थे। कल दोपहर से खेल थम गया था। हारे हुए पहलवान जल्दी-जल्दी में नहाकर कपड़े पहन रहे थे, तो विजयी वीर पानी से अठखेलियां करते हुए खुशबूदार साबुन मल-मलकर लावणी की पंक्तियाँ गुनगुनाते हुए खूब नहा रहे थे। कई पहलवान लंगोट अपनी-अपनी पीठ पर फैलाए सुखा रहे थे। हरी-सूखी घास खाते हुए बैल सींग हिला-हिलाकर आनन्द व्यक्त कर रहे थे और इसी के साथ उनके गले में बँधी घंटियाँ टनटना रही थीं। हल चली जमीन पर मिट्टी के डेले उभर रहे थे। कई अतिथि चैतन्य चूर्ण मलने लगे थे, तो कुछ अन्य लाल मिट्टी में पान की सुर्खरू पीक बेशक डाल रहे थे। कुछेक आलसी अतिथि चाय की प्याली खाली कर, बिना नहाए ही आँगन में लेट-लोट रहे थे। समूचा गाँव और उसके आसपास का परिसर सगे-सम्बन्धियों तथा यार-दोस्तों से खचाखच भरा हुआ था।

सुबह की सुनहरी किरणें अब धीरे-धीरे तल्ख होने लगीं, तो इसी बीच सिदुबा के मंदिर के सामने माँग-डफली कड़कते हुए गूंजने लगी और डफली के साथ ढोलक भी। अब तो मँजीरे-चीमटे भी ढोलक-डफली से आ मिले। माडी (मंजिल वाला मकान) की दीवारों से टकराकर आवाज प्रतिध्वनित होने लगी, और उसी के साथ दमदार आवाज में गाया गीत सुनाई पड़ने लगा—

बारह घरों की ग्वालनें बारह ।
हम चले बाजार में ऽऽ ।।

मधुर गीत की ये रसभरी पक्तियाँ सुनकर प्रकृति के दिल में भी मानो उमंग जाग उठी। ईख की फुलक लहराने लगी। इसी के साथ नाले के पास सुस्ता रहे मेलाइयों ने हल्ला-गुल्ला शुरू किया, 'तमाशा (नौटंकी) शुरू हो गया लगता है', 'चलो, जल्दी करो, डफली बजने लगी है। कई लोगों ने जल्दी-जल्दी में गीली धोतियाँ लपेट लीं और आवाज की दिशा में वे दौड़ पड़े। कुछ लोग राह चलते, अपना साफा ठीक-ठाक करते रहे। कुछ लोगों को साफे के तुर्रे की चिंता अधिक थी। गली-कूचों से बित्ता-भर लौंडे भी चलो 'चलो, जल्दी करो बे, तमाशा शुरू हो गया है' कहकर मंदिर की ओर चल पड़े।

मंदिर के सामने ही इमली के पेड़ के तले मंच बना था। कांधे पर पड़ा गमछा-तौलिया जमीन-पत्थर पर बिछाकर रसिक दर्शक आसन जमाने लगे। कुछ लोगों ने सिर की टोपी बिछाकर आसनस्थ होना भी पसन्द किया। जिनके पास टोपी भी नहीं थी वे धूल-मिट्टी पर ही पालथी मारकर जम गये। डफली दस-पंद्रह मिनट बजती रही तो उसका चमड़ा ढीला पड़ गया। डफलीवाले ने फौरन काड़ी-पुआल इकट्ठा किया और उसकी आग पर तीन-चार बार डफली सेंकते ही चमड़ा पूर्ववत् तन गया। उसने तनिक थपकी देकर उसे आजमाया। गाड़ी बराबर पटरी पर आ गयी थी। मोटे-भर्राये स्वर में गाया स्तवन समाप्त हुआ। अब सजी-सँवरी ग्वाल बालाएँ दही-दूध के मटके सिर पर लिये मथुरा की ओर चल पड़ने की फिराक में थीं। बस, राधा का इन्तजार था। इस वजह से मौसी बने गजू विदूषक की हिम्मत जवाब दे रही थी। उसने खानदानी औरत की तरह पल्लू तो सिर पर से बराबर लिया था पर उसकी लच्छेदार मूँछें यथास्थान बरकरार थीं। दर्शकों में हँसी का फव्वारा फूटने के लिए इतना मसाला काफी था।

तमाशा की मालकिन सुंदरा पंढरपुरकरीण मंच के पीछे चम्पक-पेड़ की आड़ में सज रही थी। उसने नौ गजी रेशमी साड़ी करीने से पहन रखी थी। उसने संदूक खोलकर शीशा निकाल लिया। हथेली पर सुगंधित पाउडर लेकर साँवले चेहरे पर वह थापने लगी। शीशे में दो-तीन बार मुँह टेढ़ा-मेढ़ा कर अपनी छवि निहारने के बाद उसने माँग में सिंदूर भरा। पाँव में घुंघरू बाँधे और मंच पर आने के लिए वह तैयार हो गयी।

इस बीच दो-चार मदारिनें मंच पर अपने करतब दिखाती रहीं। लेकिन अब दर्शक दिल थामकर सुंदरा की प्रतीक्षा में थे। इसन्या ढोल्या को भी सुंदरा का ही इन्तजार था। ढोल्या ने ढोलक को सहेजकर देखा, जैसे छोटे बच्चे को

पुचकार रहा हो। गोविंद शायर के इशारे के साथ ही पल्लू हवा में पसारकर सुंदरा ने ठसकते हुए अंदाज में मंच पर प्रवेश किया। ढोल्या तो तैयार खड़ा था, तैश में आकर वह भी ढोलक ढमकाने लगा। इकतारा भी उसकी सोहबत में टयांयऽ ऽ-टयांय करने लगा। सुंदरा मयूरी-सी थिरकने लगी, तो दर्शकों ने सीटियों-तालियों से उसका भरपूर स्वागत किया। लोगों में जैसे चेतना जाग गयी। ग्वाल-बालाओं को प्रिय सखी राधा के दर्शन हुए तो उनके बदन में भी फुरेरी-सी हुई। टांग ऽ टांग ऽ ऽ तिकिड धिग ऽ तिकिड धिग… ढोलक गूंजने लगी। हारमोनियम वादक भी सजग होकर पांव से धौंकनी चलाने लगा और उसकी उँगलियाँ बटनों पर नाचने लगीं। चंचल-चपल, ठसकदार, चक्करदार नृत्य करते हुए ग्वाल-बालाएँ मंच पर अवतरित हुईं। नाचते-फुदकते हुए वे मथुरा का रास्ता नापने लगीं। सुंदरा आँखें मटकाकर नाचते हुए गाना भी गाने लगी—

आमी गवकयाच्या ग नारी ऽ
निघालू बाजारी ऽ जी जी ग जी जी ऽ ऽ
(हम ग्वालने हैं और मथुरा के बाजार में जा रहे हैं)

ढोल्या पूरे तैश में आकर ढोलक बजा रहा था, तो पगड़ी वाला एक दर्शक जोरों से सीटी बजाकर चिल्लाया, 'बहुत खूब, हाय मैं सदके जाऊँ…' खुले आसमान तले तमाशा धीरे-धीरे रंग जमाने लगा; और नर्तकियाँ आत्मविभोर होकर गोल-गोल नाचने लगीं। अग्रिम पंक्तियों में बैठे लौंडें नर्तकियों की हलचल से उड़ने वाली धूल से पटने लगे। यदाकदा किसी नर्तकी के पांव में कंकर चुभते ही वह तिलमिलाने लगती थी। ऐसे तकलीफदेह कंकरों को फौरन उठाने का काम धर्म्या माँग को सौंपा गया था। इस बीच ग्वाल-बालाएँ अपने मटकों के साथ मथुरा के प्रवेश द्वार तक पहुँच गयीं। पेंद्या ने उन्हें गली के मुँहाने पर ही राक लिया था और मौसी के साथ उसकी कहासुनी हो रही थी। उसके पीछे खड़ा कृष्ण बीच-बीच में पेंद्या से कानाफूसी कर रहा था। चतुर राधा की निगाह से उसकी यह हरकत बच नहीं पायी। वह बाकायदा कृष्ण की ओर उँगली उठाकर नाचने-गाने लगी—

नेसली ग बाई चंद्रकळा ठिपक्याची ऽ बाई ठिपक्याची
तिरपी नजर माज्यावर या काकया किसन्याची।
(मैंने बुंदकेवाली सुर्खलाल साड़ी पहन रखी है, तो श्याम कृष्ण मुआ मुझ लगातार घूर रहा है।)

राधा-कृष्ण के बीच में जोरदार नोंक-झोंक हुई। कृष्ण ने खिसियाने से अंदाज

में फिकरा कसा—'राधा ऽऽ तुम में से किसी भी ग्वालन के दूध में अब पहले जसी मिठास नहीं रही।'

'आजमाकर तो देखो। हमारा दही-दूध तो अमृत तुल्य है। एक बार चस्का लगा तो आखिरी दम तक खाते रहोगे।'

ग्वालनों ने दही-दूध के मटके उतारकर नीचे रखे, तो कृष्ण के साथियों ने उन पर अपना कब्जा जमा लिया। कृष्ण ने दही का पूरा मटका खाली किया और ऊपर से डकार भी दी। इतने में उसका ध्यान धर्म्या मांग की ओर गया। वह श्रीकृष्ण के पास में ही खड़ा था, तो कृष्ण का खून खौलने लगा। उसने कड़ककर कहा, 'अबे गधो, तमाशा शुरू हुए एक घंटा हो गया है, लेकिन चाय क्यों नहीं आयी अभी तक ? ज्यादा चिल्लाने से गला सूख रहा है मेरा···'

धीरे-धीरे धूप चढ़ने लगी। गवकप (स्तवन) का दौर दो घंटे चलता रहा। उसके बाद अल्मूनियम के बरतन में, खड़े-खड़े ही चाय पीकर कलाकारों ने अगला दौर शुरू किया। डफली फिर से कड़कने लगी। ढोलक गूंजने लगी। सुंदरा नाचन-गाने लगी।

बुगडी माझी सांडली ग जाता सातार्‍याला
ग बाई सातार्‍याला।
चुगली नका सांगू ग माझ्या म्हातार्‍याला
ग बाई सातार्‍याला॥

(सातारा शहर में मेरा झुमका गिरा, सो मिला नहीं। लेकिन तुम लोग मेरे बुड्ढे से मेरी शिकायत न करना।)

तेज धूप बदन पर वार करने लगी। दोपहर हो चली थी। तमासगीरों को लेने-के-देने पड़ रहे थे। इमली के पेड़ तले अब साया नहीं रहा था। नर्तकियाँ भी अपनी साड़ी के आँचल से पसीना पोंछने लगीं। ढोल्या तो पसीने से पूरी तरह भींग गया। डफली टूटन की सीमा तक कड़कती रही। चढ़े स्वर में गाने में साथ देनेवाले उप-गायकों के गले सूखने लगे। इकतारा बजा-बजाकर हाथ की उँगली में दर्द होने लगा।

मेले में अपार भीड़ थी। चारों ओर जनता का सैलाब-सा दिखाई पड़ रहा था। मेले का आज आखिरी दिन था और आज शाम वहाँ के मशहूर, विशाल रथ में सिदुबा की महान रथयात्रा आयोजित की जानेवाली थी। भाग्यवानों को ही रथ के दर्शन होते हैं और रथ के सामने लोटने का अवसर मिलता है। पांगरी तथा उसके आसपास के इलाके में तो सिदुबा की यही ख्याति थी कि वह हर एक की मनोकामना पूरी करता है। फसल चौपट हो जाती हो, तबेले का विस्तार न होता हो, कोई झाड़-फूंक का शिकार हो गया हो, तो जालिम उपाय

एक ही है—रथ के दर्शन करो और सिदुबा से मन्नत माँग लो; यकीनन काम बन जाएगा।

भरी बस्ती में सिदुबा का मंदिर था, जहाँ भक्तगण मानो उमड़ पड़े थे। पौ फटने के साथ ही वहाँ दर्शनार्थियों का ताँता लग गया था। गर्भगृह में तो अपार भीड़ थी। वहाँ धकापेल तथा हल्ला-गुल्ला चरम सीमा पर थे। उमस भी होने लगी थी। भक्तगणों की तरह भगवान भी उत्साह से अभिभूत नजर आ रहे थे किन्तु उनके भी जैसे पसीना छूट रहा था। मंदिर में नारियल और केसर का ढेर लगा था। नारियल फोड़ते रहने से दत्ता गुरु की हथेली में छाले हो गये थे।

पांगिरा की छोटी बहन डोंगरवाडी गाँव के पश्चिम में आधे मील के फासले पर स्थित थी। वहाँ के कुलदेवता भी सिदुबा ही थे। मेले के दिनों गाँव की अपेक्षा वाडी में उत्साह उछाल पर रहता था। आज अलस्सुबह वाडी जाग गयी थी। शोर से पहले ही गोबर-चारा, दोहन-वितरण आदि से निपटकर घर-घर में मेले की जोरदार तैयारियाँ चल रही थीं। बैलों के सींगों में रंग-रोगन, उनकी पीठ पर अच्छा-सा नया वस्त्र ओढ़ाना और उन्हें अच्छा-सा खिलाना-पिलाना! इस तरह से सजी-सँवरी बैलगाड़ियाँ गन्ना-बागानों को पीछे छोड़कर गाँव की ओर दौड़ने लगी थीं।

मेले के बहाने समूचा परिवेश हर तरह से जैसे खिल उठा था। मांगोला तहसील का पांगिरा गाँव गन्ना उत्पादन में अग्रणी था। यहाँ पैसों की कमी नहीं थी। मेले के बहाने सगे-सम्बन्धियों, यार-दोस्तों के प्रत्याशित आगमन का अंदेशा पाकर घर-घर में गोश्त पक रहा था। गाँव में कम-से-कम दस-बीस बकरे हलाल हुए थे। कुछेक अतिथि सीना तानकर यहाँ-वहाँ आ-जा रहे थे। मन्दिर के पास वाली दोनों गलियों में मिठाई की दूकानें सजी थीं। आइस कैंडी बेचनेवालों का भी बोलबाला वहाँ था। इसके अलावा झूल, गिराँव, पगहे-तगनी भी बिक्री के लिए वहाँ उपलब्ध थे। केले-खरबूजों के ढेर थे। पताशे, रेवड़ी मुरमुरे से लेकर बुड्ढी के बाल तक···खाने की हर चीज पर बच्चे मानो टूट पड़े थे। पकौड़े और जलेबी की भी खूब धूम मची थी। गाँव की औरतों को वस्त्र तथा कटलरी की चीजों में अधिक रुचि थी। चोली-झंपर के लिए कपड़ा, शीशा, कुंकुम पात्र, कंघे आदि की मनपसंद खरीदारी में औरतें अधिक व्यस्त थीं। रंग-बिरंगी चूड़ियाँ पहनने के लिए चूड़ीहारे की दूकानों में भी औरतों की खूब चहल-पहल थी।

ग्राम पंचायत कार्यालय में बीसियों खसम इकट्ठा हुए थे। सरपंच सोकाजी-राव डोकरे, पुलिस पाटील ज्ञानू सावला, मुरार पाटील, भिकू अण्णा, सदा वाणी, विचारे गुरुजी, शिरपा अडीसरा, चिणू गुणाजी, तान्या भिलारे, तायन्या कांबले

आदि चुनिंदा लोग वहां इकट्ठा हुए थे। डोंगरवाडी का सरपंच बज्या चोरगे भी गांववालों में घुल-मिल गया था। कुछ वर्ष पहले वाडी में अलग से ग्राम पंचायत की स्थापना हुई। गांव से वाडी के कट जाने के बावजूद आपसी एक-जुट तथा एक ही संयुक्त मेले के लिए वे जैसे कृत संकल्प थे। बज्या वाडी के लोगों से मेले का शुल्क वसूल कर लाया था। पंच-नेताओं के सामने पान-सुपारी के थाल सजे थे, बीड़ी के बंडल पड़े थे, चैतन्य चूर्ण के पैकेट पड़े थे और वे बड़े चाव से इन चीजों का आस्वाद भी ले रहे थे। पांगरी नदी की उपत्यका में यह बात सर्वविदित थी कि पांगिरा गांव के लोगों के दो गुट थे। सत्तारूढ़ दल की पूंछ पकड़कर कारोबार चलानेवाले सरपंच सोकाजीराव डोकरे का एक गुट तो विपक्ष का आशीर्वाद प्राप्त पुलिस-पाटील ज्ञानू सावला का दूसरा गुट। विगत दस-पंद्रह वर्षों से दोनों गुटों की स्थिति यथाबत् थी। अब इस मेले के बहाने दोनों गुटों के लोग एकत्रित हुए थे। सोकाजीराव कुछ ज्यादा ही खुश नजर आ रहा था। उसके मुंह में पान भी था। उसके गुट को डेयरी प्रकल्प की मंजूरी मिल चुकी थी और यह खबर लोगों तक कभी की पहुँच गयी थी। इसीलिए तो वह ज्यादा खुश था और उसके चेले-चपाटे चहकते नजर आ रहे थे। डोंगरवाडी के पताशा चोरगे की निगाहों से यह बात छुपी नहीं थी। ज्ञानू सावला और मुरार पाटील को वहां देखकर उन्हें उकसाने के उद्देश्य से पताशा ने अनायास उन्हें छेड़ते हुए कहा—

'सरपंच साहब ऽऽ बधाई!'

'किस बात के लिए?'

'अजी साहब, डेयरी की मंजूरी जो आपको मिली! ज्ञानू सावला की तो नाक कट गयी…'

सोकाजीराव के भीतर ही भीतर बुलबुले फूट रहे थे। ज्ञानू सावला की ओर मुखातिब होकर पताशा ने कहा, 'क्यों आबाजी, सुना है कि डेयरी के लिए आपने भी अर्जी दी थी? क्या हुआ उसका? लगता है कि तहसील के रजिस्ट्रार ने आपकी अर्जी को रद्दी की टोकरी दिखा दी!'

उसकी फिकरेबाज़ी से पंचायत के लोगों में हँसी का दौर चला। सरपंच के लोग तो जैसे ठठाकर हँस रहे थे। ज्ञानू सावला आँखें तरेर कर पताशा को घूरने लगा, तो मुरार पाटील ज्ञानू सावला को। शायद आँखों ही आँखों में मुरार पाटील उसे कहना चाहता हो, 'देखो ज्ञानबा, पताशा की हिम्मत कहाँ तक पहुँच गयी है! यह मत भूलो कि डोंगरवाडी के इस मुर्गे को सरपंच ने जेब में कर लिया है।'

लेकिन दोनों गुटों ने डेयरी की बात को यहीं तक सीमित रखा तथा इधर-उधर के अन्य विषयों पर बातचीत होती रही। मेले के लिए चंदा उगाही पर

बात आ पहुँची। आज शाम तमाशा कंपनी का बिल चुकाना था। कल पहलवानों में काफी रुपये बाँटे गए थे। तथापि, गाँव के कई लोगों से अभी चंदा आना बाकी था।

सोकाजी ने नेताई अंदाज में रौब के साथ कहा, 'जिसे गाँव में रहना है उसे चाहिए कि वह फौरन चंदा जमा करे।'

'यदि कोई गरीब व्यक्ति न दे सके तो···?' मुरार पाटील ने प्रतिप्रश्न किया।

'उसे पंढरपुर की शरण में जाना चाहिए, सोकाजी।' बीच-बचाव करते हुए ज्ञानू सावला ने एक उपाय बताया, 'हर एक को अपने सम्बन्धियों का जिम्मा ले लेना चाहिए। यदि कोई चंदा नहीं देता तो गली के मुखिया की जिम्मेदारी होगी···'

चंदा-शुल्क आदि की ओर ध्यान दिये बिना भिकुअण्णा बड़े ही अदब से बैठे थे। तथापि अपने कपड़ों की स्त्री खराब न होने देने के प्रति वे पूर्णतया सतर्क थे। अण्णा की निगाहें सड़क की ओर थीं। एकाध जीप-वीप की आवाज आते ही वे फौरन उठ खड़े होते। गरदन उचका-उचकाकर गौर से देखते। तहसील बाबू, हवालदार तो क्या अदालत के पेशकार तथा बेलीफ आदि सभी को उन्होंने मेले में आमंत्रित किया था। घर में पकाये गये गोश्त के शोरबे को चखकर तथा अलमारी में रखी बोतलों की संख्या गिनने के बाद ही वे चावड़ी में आये थे। सिर की टोपी बार-बार तिरछी करते हुए वे अतिथि का बेसब्री से इन्तजार कर रहे थे।

मुरार पाटील मुँह सिलकर बैठा था; मेले का चंदा भरने में उसे हद दर्जे की जोड़-तोड़ करनी पड़ी थी। घर में रुपये-पैसे न होने से उसकी बीवी राधाई ने मुर्गे का दड़बा बेच दिया था। उससे सौ-सवा सौ का जुगाड़ हो सका था। मेले का चंदा सात रुपये, अतिथियों के खान-पान आदि के लिए पंद्रह-बीस रुपये। हनुमंत अब कॉलेज में प्रवेश लेने की फिराक में था और विगत चार वर्षों से फुल पैंट खरीदने की रट लगाये था; सो मेले में ही इस काम को निपटाने में क्या हर्ज था? इसी बीच बड़ा बेटा बाजीराव भुनभुनाने लगा। उसे पाजामा, कमीज चाहिए था। उसकी बीवी लक्ष्मी जंपर (ब्लाउज) के लिए आसमानी रंग के कपड़े की माँग कर रही थी; बल्कि जिद्द कर रही थी। घर की इज्जत की सरेआम धज्जियाँ न उड़ने देने की दृष्टि से राधाई-मुरारी ने बाजी-लक्ष्मी की माँग पूरी की। आज नये कपड़े पहनकर बाजी रुआब के साथ चहलकदमी कर रहा था। अपने मोहल्ले की औरतों के सामने लक्ष्मी का आँचल अनायास ढल जाता था, ताकि उसका नया जंपर उन्हें दिखाई पड़े। हनुमंत सिर लटकाये मुँह फुलाकर, मैले-कुचैले कपड़ों की नुमाइश लगाकर चबूतरे के पास बैठा था।

मुरार का जी मानो मिचला रहा था।

पंच मंडली सख्ती से चंदा उगाहने की हिदायतें एक-दूसरे को दे रही थी। सोकाजी के भय से उसके रिश्तेदारों ने छोटी-मोटी चीजें बेच-बाचकर चंदे की रकम जैसे-तैसे आखिरकार जुटा ही ली। पंचों में अभी मशविरा चल ही रहा था कि शोर सुनाई पड़ा। सोकाजी का बेटा संपत शिरप्या की धुनाई कर रहा था। बारह साल का शिरप्या तिलमिलाकर आहें भर रहा था। संपतराव के हाथ में पेड़ की कच्ची छड़ी थी। पीठ पर छड़ी की मार पड़ते ही शिरप्या चीखने लगता था। संपतराव की इस ज्यादती से ग्रामवासी आतंकित हो उठे। वे मायूस होकर सोकाजी की ओर देखने लगे। सोकाजीराव जानकर भी अनजान बनते हुए इत्मीनान से पूछने लगा, 'क्या हुआ, बेटे ?'

'अण्णा, शिरप्या की माँ ने अभी चंदा नहीं दिया। और यह कमबख्त तमाशा देखता है फोगट में...'

मुरार पाटील ने सहानुभूति जतलाते हुए कहा, 'गरीबों को इस तरह कष्ट देना उचित नहीं, संपा।'

'इतनी दया आती है तो भरो उसका चंदा।'

यह सोचकर, कि कीचड़ में पत्थर फेंकने से छींटे अपने ही बदन पर उड़ेंगे, ग्रामवासियों ने संयम से काम लिया। मुरार पाटील ने गुस्से में भरकर होंठ चबाया। उसकी पैनी निगाहों ने नोट किया कि सरपंच के बेटे की ज्यादतियां दिनोंदिन बढ़ती ही जा रही हैं।

सूर्य ढलने को हुआ, तो भी पेड़ के नीचे तमाशा जारी था। वग (लोक नाट्य) इस वक्त चरम सीमा पर था। संडल-बंडल की जोड़ी हल्के-फुल्के फिक्रे कसते हुए दर्शकों को हँसा रही थी। तारा नायकीन के साथ उसकी अठखेलियाँ चल रही थीं। बदन से चू रहे पसीने को पगड़ी के सिरे से पोंछते हुए ढोल्या ढोलक पर बखूबी जमा हुआ था। सुबह से चिल्ला-चिल्लाकर साथ निभानेवाले समूह गायक बार बार ठंडा पानी पीकर प्यास बुझा रहे थे और तनिक रुककर जान की बाजी लगाते हुए पुनः लय-सुर की सोहबत कर रहे थे।

ढमढमपुर का राजा बना गोविंद शायर चम्पक वृक्ष की ओट में पोटली खोलकर अपने मूल्यवान वस्त्र ढूंढ़ने में लगा हुआ था। अन्ततः दरबार लगा। कमर के पास सेला कसते हुए ढमढमपुर के महाराजा जनता के सामने प्रकट हुए। उनकी बगल में राजकन्या भी आसनस्थ हुई। दानवीर राजा की कीर्ति सुनकर एक जोगी बाबा दरबार में आये। महाराजा ने उनसे दरबार में आने का प्रयोजन पूछा, तो दाढ़ी के बाल सहलाते हुए जोगी ने कहा—

'हे महादानी नृप श्रेष्ठ, मेरी नौ लाख गायें हैं; उन्हें चरने के लिए अपना आधा राज्य मुझे दे दीजिए।'

'दे दिया।'

'महाराज, अब बाकी बचे आधे राज्य का आप क्या करेंगे ?'

'राजकन्या को सौंपेंगे।'

'राजकन्या, हमारे गायों की तो व्यवस्था हो गयी, पर हमारा क्या होगा ? ग्वाले कहाँ जाएँगे ?' जोगी ने कहाँ।

'तुम कितने लोग हो ?'

'एक हजार।'

'तो बाकी बचा आधा राज्य मैं तुम्हें दे देती हूँ।'

राजकन्या की इस घोषणा के साथ ही चमत्कार हुआ। जोगी बाबा ने अपने फटे-पुराने वस्त्र उतार फेंके और अपने असली रूप में वह प्रकट हुआ। वह साक्षात् भगवान विष्णु का रूप था। भगवान ने कहा, 'राजा, तुम बड़े ही दयालु हो, मैं तो तुम्हें सिर्फ आजमाना चाहता था। तुम अपना राज्य अपने पास ही रखो, ताकि समूची प्रजा तथा मवेशी आदि प्राणी अमन-चैन से रह सकें।'

भगवान विष्णु आँखों से ओझल हो गये, तो इधर महाराजा और राजकन्या में संवाद जारी था। इसी बीच, पास में ही खड़ा धर्म्या माँग महाराजा से इशारा करने लगा, जिसकी ओर उनका ध्यान बहुत देर बाद गया। वे राजकन्या के साथ पेड़ की ओट में चले गये, तो संडल-बंडल को फिर एक बार मौका मिला।

कंकड़-पत्थर हटाकर धर्म्या ने जगह साफ की। महाराजा जमीन पर ही बैठ गये, तो राजकन्या एक शिलाखंड पर। धर्म्या घर-घर से रोटी माँगकर लाया था। उसकी झोली में तरह-तरह की रोटियाँ इकट्ठा हुई थीं। ज्वार, मकई, गेहूँ, बाजरा आदि की मोटी, पतली, ताजा, बासी रोटियाँ। अपना आधा राज्य जोगी को दान में देनेवाली राजकन्या से रोटी चबायी नहीं जाती थी। हरी मिर्च की चटनी से उसकी आँखों में पानी आ गया। महाराज ने मुष्टि-प्रहार से साबुत प्याज को तोड़ने का करिश्मा कर दिखाया। भूख तो जबरदस्त लगी हुई थी, उन्होंने रोटी पर ही चटनी परोस ली और शुरू हुए।

दोपहर के तीन बजे तक तमाशा चलता रहा। खाली-पेट, गँवई कलाकारों ने विनोद, शृंगार, चुटकियाँ, नाच-गाना आदि के जरिए दर्शकों का खूब मनोरंजन किया। अपने मेहनताने की याचना करने तमाशा का मालिक पंचायत की शरण में आ गया। कुछ ही समय पहले महाराजा बना व्यक्ति इस वक्त ग्रामवासियों के जूतों के पास बैठा था। मेहनताना सात सौ रुपये तय हुआ था। लेकिन सोकाजीराव ने काफी हील-हुज्जत की और छः सौ पर बात पक्की हुई। पंचों ने दो टूक जवाब दिया, 'हमने कहाँ देखा तमाशा ? आज रात को देखेंगे।'

'धनी, आज रात तो हम बिजवडी चले जाएँगे, कल से वहाँ भी तो मेला लग रहा है।'

कुछेक पंचों ने कहा, 'कल सवेरे दिन निकलने से पहले तुम लोगों को वहाँ पहुँचाने की व्यवस्था हम किये देते हैं।'

'शाम को तुम्हारे लिए दो किलो गोश्त मँगाएँगे। बोतल भी खुलेगी।' ज्ञानू सावला ने प्रस्ताव रखा।

अंततः पचहत्तर रुपये पारिश्रमिक और खाने-पीने की जोरदार व्यवस्था—इन दो शर्तों पर बात तय हुई। तमाशगीर वखुशी राजी हुए।

सिदुबा की मूर्ति अभी तो लहनेदार के घर में ही थी। वहाँ से उसे निकाल कर रथ में प्रतिष्ठित करते हुए नदी के किनारे लानी थी। नदी में उसे नहलाना भी तो था। यह पूरे चार घंटे का कार्यक्रम था। और फिर रात-भर दर्शनार्थियों का ताँता लगने की भी उम्मीद थी। इस काम में देर होते देखकर पांडू गुरव की बेचैनी बढ़ती जा रही थी। क्योंकि भरपूर दक्षिणा प्राप्त करने का यह सुअवसर था। पर देवता ही अपने स्थान पर मौजूद न हों, तो बेचारे गुरव (पुजारी) को दक्षिणा भला कौन देगा?

पांडू की परेशानी को महसूस कर पंचगण वहाँ से चल दिये। लेझिम तथा गाजे-बाजे के साथ ग्रामवासी लहनेदार की ओर निकल पड़े। बाजा बजने लगा—टांग टींग टींगा कि टांग टींग टींगा। उसी की लय में लेझिम खेला जाने लगा। बैंज्या लस्करे डफली की धुन पर मदहोश था। पांडू नाई के घुंधुआने से जोश और भी बढ़ा। पताशा पाटील दारू की धुन में खूब नाचने लगा। समूचा वातावरण चैतन्यमयी हो गया। इस साल किसन गुरव लहनेदार था।

गाँव के प्रतिष्ठित व्यक्ति तथा अन्य लोग लहनेदार के घर पहुँचे। पाटील होने के नाते पूजा का मान ज्ञानू सावला को प्राप्त होना था। पर सोकाजी को भला कैसे सुहाता यह? रिवाज के अनुसार लहनेदार ने पूरे साल-भर समूची पवित्रता के साथ छोटी मूर्ति की यथाविधि रक्षा की थी। बच्चे तो बच्चे, उनकी माँ से भी उसने साल-भर स्पर्श नहीं किया था। आज लहनेदार अत्यधिक सम्मानित व्यक्ति था। पाटील की ओर से सम्मानसूचक सात नारियल लहनेदार को भेंट किये गये। किंतु गुरव के हिस्से के चार नारियल नहीं आए। इधर लहनेदार ने आगाह किया, 'पूरे सात नारियल पहले मुझे दीजिए, उसके बाद ही मूर्ति को हाथ लगाइए।'

'कल भिजवाते हैं।'

'नहीं चलेगा', लहनेदारिन ने फुर्ती से वाहर आकर चेतावनी दी, 'मूर्ति यहीं रहे तो भी कोई हर्ज नहीं। पूरे एक साल तक मेरे पति ने तपस्या की है। बड़े संयम से नियमों का पालन किया है···'

अनावश्यक विलम्ब को टालने की दृष्टि से पांडू गुरव ने बीस का नोट लहनेदारिन को थमाया। तब कहीं वह शांत हुई। 'सिदुबाच्या नावं चांगभलं ऽऽ!' जयकार की जोरदार आवाज गूँज उठी। बाहर इत्ता बड़ा रथ खड़ा था कि उसे खींचने के लिए दो बैल भी नाकाफी सिद्ध होते शायद। रथ के आगे दो बड़े रस्से बँधे थे। मूर्ति को रथ में विधिवत् प्रतिष्ठित किया गया। हर एक रस्से को दो-दो सौ लोगों ने थाम लिया और सिदुबा की जयकार के साथ रथ आगे बढ़ने लगा। गाँव की गलियाँ सँकरी थीं। यहाँ की कुल जनसंख्या पाँच हज़ार ही तो थी। उनमें पंद्रह हजार मेलाइयों का इजाफा हुआ था। तमाशबीन थे, सो अलग। भगदड़-सी मच गयी। गिरने-कुचले जाने का दौर शुरू हुआ।

नि:संतान, बाँझ औरतें रथ के आगे लोटने लगीं। बीमार छोटे बच्चों को रथ के रास्ते में बिठा दिया गया। अबीर-गुलाल, गोलों की वर्षा होने लगी। गरीब घर के बच्चे गोले के टुकड़े पाने के लिए झपट पड़ने लगे। इस हबड़-घबड़ में, गोले के टुकड़े बीनने वाले बच्चों की हथेलियाँ लोगों के जूतों से कुचली जाने लगीं। फिर भी लौंडे बाकायदा डटे हुए थे।

'सिदुबाच्या नावं चांगभलं ऽऽ' ··नारों की आवाज और तेज होने लगी। तंग गली-कूचों से बमुश्किल गुजरते हुए रथ नदी की दिशा में अग्रसर होता रहा। वणिक गली में फिर एक बार गुलाल-गोलों की वर्षा हुई। इतने में किसी बालक की चीख सुनाई पड़ी। इसी बीच 'रुको, रुको···' का शोर हुआ। किंतु रथवाहकों तक यह आवाज पहुँच ही नहीं पायी। फिर एक बार लोगों ने जोर से चिल्लाकर रुकने के लिए कहा, तो आठ-दस कदम के फासले पर रथ ठिठक गया।

'बच्चा नीचे दब गया ऽऽ पता नहीं···' हबड़-धबड़ मची। पाटील, सम्मानित व्यक्ति तथा ग्रामवासी लपक पड़े। भीड़ बढ़ती ही गयी। पंद्रह-सोलह साल का निरीह युवक कुचला गया था। रक्त की धारा बहने लगी थी। इस बीच उस युवक की जुबान कभी की बन्द हो चुकी थी। 'घावों पर पट्टी बाँधने के लिए कपड़ा लाओ, भाई···' समूह स्वर में लोगों ने कहा। एक गरीब ग्रामवासी ने अपने सिर की पगड़ी उनकी ओर उछाल दी। उन्होंने 'घावों पर ठीक तरह से पट्टी बाँध दी, गाँव के आसपास कोई दवाखाना तो था नहीं, सो तहसील मुख्यालय जाने की हिदायत किसी ने दी। एक सज्जन ने अपनी मोटर साइकिल देने की पेशकश की। घायल युवक को बीच में थामकर उसके पीछे एक आदमी सवार हुआ और देखते ही देखते मोटर साइकिल आँखों से ओझल हो गयी।

किसका बच्चा था? कहाँ का बच्चा था? आदि प्रश्नों के उत्तर प्राप्त करने से पहले ही ग्रामवासियों ने जोरदार जयकार की, 'सिदुबाच्या नावं चांगभलं ऽऽ!'

लोग आगे बढ़ने लगे। रथयात्रा फिर शुरू हुई। जिंदा लोगों को कुचल-मसलकर सिदुबा स्नान करने नदी की दिशा में अग्रसर होने लगा।

आखिरकार रस्म अदायगी पूरी होकर शाम के वक्त सिदुबा मंदिर में लौट आये, तो दर्शनार्थियों की भीड़ ने जैसे सैलाब का रूप धारण किया।

लोग मेले में खो गये, और मेला लोगों में···

पंचों के लिए रात में तमाशा का प्रयोग होनेवाला था। तमासगीरों के लिए मराठी स्कूल के बरामदे में, अस्थायी चूल्हे पर गोश्त पक रहा था। कलाकारों के लिए रोटियाँ जुटाने के उद्देश्य से धर्म्या माँग गाँव में घर-घर जाकर रोटियों की याचना कर रहा था। डेयरी परियोजना को मंजूरी प्राप्त होने के उपलक्ष्य में सोकाजी ने अपनी कोठी पर दावत के लिए अपने कुछेक दोस्तों को आमंत्रित किया था। गोश्त के शोरबे की महक कोठी के परिसर में गमक रही थी। गोश्त की खबर लेकर तमाशा में हाजिरी लगाने जाना था। इतने में तहसील मुख्यालय से खबर आयी कि 'रथयात्रा के दौरान घायल युवक दवाखाने में हलाक हो गया।' सभी के चेहरे स्याह पड़ गये। 'अरे ऽ ऽ रे, बहुत बुरा हुआ,' सोकाजी ने दुःख तो व्यक्त किया, पर भीतर-ही-भीतर वह किलच रहा था, कि 'कम्बख्त को इसी वक्त मरना था! सारा मज़ा किरकिरा हो गया। पता नहीं, कौन-से मनहूस मुहूर्त में जन्मा था। मेले के दिन मरना तो··! रात में मंदिर में खूब हर्षोल्लास होता और तमाशा के रंग लूटने का मौका भी···!'

'मांगोला-पांगिरा' एस टी धूल के गुबार पीछे छोड़ते हुए पांगरी नदी के किनारे से गुजर रही थी। कल उजले-उजले वस्त्र पहनकर भिकुअण्णा तहसील मुख्यालय गये थे और आज सवेरे की बस से अपने गाँव लौट रहे थे। सरकार की ओर से आज किसी उपलक्ष्य में सार्वजनिक अवकाश की घोषणा की गयी थी। इसलिए सभी दफ्तर बंद थे। अतएव व्यर्थ ही तहसील के गली-कूचों की खाक छानने के बजाय उन्होंने गाँव लौटना ही मुनासिब समझा।

अण्णा आदतन अपनी तिरछी टोपी को अधिक तिरछी रख रहे थे। उनकी बगल में एक जंटलमेन बैठा हुआ था। लम्बी दाढ़ी, आँखों पर मोटे-मोटे शीशोंवाला चश्मा, स्वेटर तथा गोदी में झोला, जिसमें पुस्तकें तथा पत्रिकाएँ खचाखच भरी थीं; उम्र होगी तीस-पैंतीस करीब। कुल मिलाकर वह तेज-तर्रार दिखाई देता था।

उस जंटलमेन के दिमाग में भी चक्कर जोरों से चल रहा था। कल रात वह आम्बेपुर में रहा था। हाल के दिनों में उसे आम्बेपुर जिला कुछ ज्यादा ही महत्त्वपूर्ण लगने लगा था। सातारा तथा पुणे जिले के बीच में पश्चिम की ओर

सह्याद्रि के पहाड़ी इलाके से आम्बेपुर जिले की सीमा शुरू होती थी। उसका दूसरा सिरा पंढरपुर जिले से जा भिड़ता था। जिले के पश्चिमी हिस्से में सह्याद्रि की पहाडियाँ और बीच का मैदानी इलाका उपजाऊ। काली-उर्वरा जमीन और नहर के भरपूर पानी से पोषित गन्ने की फसल — ये इस इलाके की विशेषताएँ हैं। इसके मुखाग्र की ओर मांगोला तहसील है जहाँ हरदम अकाल पड़ा होता है। महाराष्ट्र के अकाल पीड़ित जिलों में से यह एक था। वैसे देखा जाए मांगोला तहसील पर प्रकृति की विशेष वक्रदृष्टि थी। पांगरी नदी किनारे बसे पंद्रह-सोलाह गाँव बागायती थे। नदी में भरपूर पानी रहा करता था। पांगिरा भी नदी किनारे ही था। इस गव की ख्याति सुनकर ही तो जंटलमेन वहाँ जा रहा था।

भिकुअण्णा का विलायती दिमाग उन्हें चैन से बैठने नहीं दे रहा था। कौन हो सकता है यह आदमी ? पांगिरा की खाक छानने क्यों जा रहा है ? खुफिया पुलिस का गुर्गा तो नहीं है ? हो-न-हो, बातचीत का सिलसिला वह शुरू करता है तो ही उसे आगे बढ़ाने का निर्णय अण्णा ने लिया। किंतु आधा सफर पूरा होने के बावजूद उसका मुँह खुला ही नहीं। अतएव अण्णा ने ही पहल की और पूछा, 'जनाब कहाँ से आ रहे हैं ?'

'मैं पुणे से आया हूँ।'

'जाना कहाँ है ?'

'पांगिरा।'

'अच्छा ! पांगिरा में रिश्तेदार होंगे आपके···?'

'वैसे तो हमारा कोई भी रिश्तेदार वहाँ नहीं है। पर सारा गाँव ही एक तरह से हमारा रिश्तेदार है। मुझे ग्रामीण कृषि, पानी, पानी का प्रयोग आदि में गहरी दिलचस्पी है। इसीलिए महाराष्ट्र में मैं जगह-जगह जाता रहता हूँ।'

जंटलमेन की बातों से अण्णा को कई मुद्दे मिल गये थे, कि शर्मा नामक यह युवक कृषि वैज्ञानिक है, कि वह पुलिस का आदमी तो कदापि नहीं है आदि। उन्होंने राहत की साँस ली। अच्छा हुआ कि जंटलमेन भी खूब बातूनी था। अण्णा तो निरंतर मुँह चलाने के आदी थे। दोनों में खूब बातचीत होती रही। इसी बीच अण्णा ने चिकोटीनुमा एक सवाल पूछा, 'शर्मा जी, आपने अपनी जिज्ञासा शांत करने पांगिरा को ही क्यों चुना ?'

'पिछले महीने मांगोला आया था। वहाँ चीनी मिल परिसर में पता चला कि पांगिरा तथा उसके आस-पास के गाँवों में गन्ने की अच्छी फसल होती है। वहाँ के कई किसान प्रति एकड़ डेढ़ सौ, पोने दो सौ टन फसल निकालते हैं। इसीलिए वहाँ की मिट्टी को जाँचने-परखने, उसकी खासियत का जायजा लेने के उद्देश्य से दो-एक दिन के लिए मैं वहाँ जा रहा हूँ।'

अपने गाँव की ख्याति मुंबई-पुणे तक जा पहुँची है— इसी से अण्णा बेहद खुश हुए और तहसील क्षेत्र में अन्यत्र जवार, मूँगफली तथा शीघ्रोत्पादक प्याज आदि की फसलें किस तरह से ली जानी चाहिए, अपने गाँव में प्रति एकड़ गन्ने की उपज कम क्यों है, हर मामले में गाँव का नाम शीर्षस्थ क्यों है···इ० के ब्यौरे सुनाने लगे। स्टेट ट्रान्सपोर्ट की बस बरात के घोड़े की तरह रुक-रुक कर चल रही थी और धूल के गुबार नख-शिख नहला रहे थे। यात्रियों की सांस घुट रही थी। शर्माजी नाक से रूमाल लगाकर बार-बार खाँसने-खखारने लगे थे। अबकी बार शर्माजी ने अण्णा से पूछा, 'अण्णा साहब, गाँव का इतना गुणगान आप करते हैं, उसकी सम्पन्नता का बखान आप करते हैं, पर पक्की सड़क क्यों नहीं बनवाते ?'

'अजी साहब, खैर मनाइए कि हम बस से यात्रा कर पा रहे हैं! एक तो ये गरमियों के दिन हैं और कंपनीवालों ने रास्ते में पड़े गड्ढे पटवा दिये हैं। वरना तो बारिश के दिनों में हर साल रास्ता बह जाता है और बस तो क्या, बैलगाड़ी भी नहीं चल पाती। गर्भवती महिला के पेट में दर्द होने लगे तो उसे अस्पताल पहुँचाने की जरूरत ही नहीं, रास्ते में ही···, दो-तीन फरलांग का सफर करवाना ही काफी है। अजी साहब, औरत जिसके नाम से अपनी माँग में बाकायदा सिंदूर भरती है उसके प्रति पूरी वफादार नहीं रहती; फिर इस रास्ते की क्या बात कर रहे हैं आप? इसका न कोई धनी है न जोगी!' अण्णा ने अत्यंत मार्मिक चिकोटी ली।

'क्या मतलब ?'

'मतलब नहीं समझे ? तो सुन लीजिए। सन् सत्तावन में मैं लोकल बोर्ड का सदस्य था। यानी कि तीस-पैंतीस साल हुए पर सड़क की स्थिति यथावत् है। चार-चार साल में इसका खसम बदलता रहता है। जिला परिषद तथा बी. ऐंड सी. बारी-बारी से इसके स्वामी बन जाते हैं। इनके ठेकेदार सड़क की थोड़ी-सी मरम्मत करने का दिखावा करते हुए जेबें भर लेते हैं, तो चार साल बाद उनके ठेकेदार। गड्ढे पाटने के लिए बजरी-कंकड़ी डालना उनके लिए उतना महत्त्वपूर्ण नहीं, जितना कि बिल प्रस्तुत करना, और मंजूर करवाना। विधान-सभा चुनावों के मौसम में सड़क के दोनों ओर बजरी-कंकड़ी के ढेर लग जाते हैं और चुनाव समाप्त होते ही उसी माल को ट्रकों में लादकर रातोंरात अन्यत्र ले जाया जाता है। आज तक इस सड़क पर इतना पैसा खर्च हुआ है कि उतने पैसों में एकाध बाँध का निर्माण कार्य शायद पूरा हो जाता। शेर को जैसे खून का चस्का लग जाता है, ठीक वैसे ही इस सड़क को पैसों का चस्का लगा हुआ है।'

गंतव्य ज्यूँ-ज्यूँ नजदीक आने लगा, जंटलमेन की उत्सुकता बढ़ती ही जा

रही थी। उन्होंने पूछा, 'भाई साहब, इस गाँव का नाम पांगिरा कैसे पड़ा ?'

'बात ऐसी है कि जब देश आज़ाद हुआ तो गाँव के चारों ओर घना जंगल था। गाँव के पीछे की ओर यमाई नामक पहाड़ है, जो विभिन्न तरह के पेड़ों से पटा पड़ा था। बचपन में जब हम खेलने के लिए पहाड़ी पर जाते, तो वहाँ मोर-मोरनी अनायास दिखाई पड़ते थे। शेर की दहाड़ सुनने में आती थी। पर अब कुत्तों के रोने-भौंकने की आवाज सुनाई पड़ती है।'

'लेकिन जंगल साफ हुआ तो कैसे ?'

'यह तो स्वराज्य का प्यारा-सा तोहफा है। अँगरेज गार्ड तो इन जंगलों में शेर की तरह निडर होकर रहता था। यानी बाड़ के लिए झाड़-झंखाड़ जुटाने में भी लोगों की हालत पतली हो जाती थी। क्या रौब-रुतबा था ! लेकिन स्वराज्य आया और नोच-खसोट शुरू हुई ! दस-पंद्रह वर्षों में हीं पहाड़ नंगे हो गये। किसी ने मंजिल वाले मकान बनवाए तो किसी ने लकड़ी से कोयला बनाने के भट्टे शुरू किये। इस प्रकार जंगल तबाह हो गये।'

भिकुअण्णा का गला रुँध गया। यमाई-पहाड़ का वह स्वरूप उन्हें याद आता रहा जो बचपन में उन्होंने देखा था। सागवान, बाँस, पलाश, जामुन, आम, अयस इ० वृक्ष तथा उनसे लिपटी हजारहा बेलियाँ। जंगल इतना घना था कि दिन में इक्का-दुक्का चलने-फिरने में भी डर लगता था। पेड़ों के झुरमुट में अन्यान्य पंछियों की कलरव सुनाई पड़ती थी। हरे-भरे मौसम में पहाड़ी की ढलान पर मोर पंख पसारकर नाच रहे होते। मृग, स्यार लकड़बग्घा इ० जंगली जानवरों का मुक्त सचार हुआ करता था। सलोने, स्याह-सफेद खरगोश घनी हरियाली कालीन पर चुपके-चुपके अठखेलियाँ कर रहे होते।

'यहाँ की आबादी कितनी है ?'

'कोई छ-सात हजार के करीब।'

इसी बीच धूल से सनी बस गंतव्य पर पहुँच गयी। अण्णा ने बस से नीचे उतरते हुए पूछा, 'शर्माजी, यहाँ आपके रहने की क्या व्यवस्था हुई है ?'

'लॉज में···'

'लॉज-वॉज तो यहाँ नहीं हैं। फिर भी आप मेरे घर में रहेंगे। आपके खाने-पीने पर कौन से हजारों रुपए खर्च होने हैं ? सिर को बालों का भला क्या बोझ ! और फिर गाँव की जानकारी देने के लिए मुझसे अधिक काबिल आदमी भला आपको कहाँ मिलेगा ?'

अण्णा के साथ-साथ शर्माजी भी नीचे उतरे और उनके साथ हो लिए। गाँव की खुशहाली के अक्स कदम-कदम पर दिखाई पड़ रहे थे। गाँव में मंजिल वाले मकान कई थे और रँगे-पुते थे। रास्ते में एक ओर दो-तीन ट्रैक्टर भी खड़े थे। बस अड्डे के पास ही दूकानें थीं। किराना-परचून की दूकानों में किसानों

की भीड़ नजर आ रही थी। वहाँ चाय की दो-चार टपरियाँ भी थीं, जो ग्राहकों से भरी थीं। ग्रामोफोन की रिकॉर्ड की आवाज भी कानों तक पहुँच रही थी। सड़क के दोनों ओर चार अलग-अलग कंपनियों के गन्ना केन्द्र देखे जा सकते थे। गन्नों से भरे दो ट्रक तथा दो ट्रैक्टर धूल भरे-रास्ते से गुजर रहे थे। कुछ शरीर बच्चे ट्रैक्टर ट्रॉली के पिछले हिस्से पर लटक रहे थे, खींच-खींचकर गन्ने निकाल ले रहे थे। निरा किनारे स्थित चीनी मिल के लिए इस गन्ने की दुलाई हो रही थी। गन्ने को आजकल भाव भी अच्छा मिल रहा था। गन्ना केंद्रों पर तैनाती को लेकर कुछ किसान ठिय्या मारकर बैठे थे—रास्ते में यत्र-तत्र गन्ने की गंडेरियां, खोया, छिलका पड़ा था।

अण्णा अतिथि महोदय के साथ बड़ी शान से अपनी कोठी की ओर चल पड़े तो ग्रामवासी टुकुर-टुकुर उन्हें घूरते रहे। उनमें काना-फूसी होती रही कि अण्णा कौन-से विभाग के मुलाजिम को लिवा लाये हैं? इसका प्रयोजन क्या है? आदि। पर अण्णा सीना तानकर आगे बढ़ते रहे।

दोपहर में भोजनोत्तर आराम करने के वाद अण्णा गाँव की परिक्रमा करने शर्माजी के साथ निकल पड़े। गाँव के आसपास के खेतों में गन्ने की ही फसल दिखाई दे रही थी। गाँव के तथा आसपास के सभी नालों में पर्याप्त पानी दिखाई दे रहा था। दिसम्बर में भी नालों में इतना पानी देखकर शर्माजी को आश्चर्य हो रहा था। हरिजन बस्ती से होकर अण्णा उन्हें गाँव के दूसरे छोर पर लिवा ले गये। लगभग आधे मील की दूरी तय करने के बाद उन्होंने सामने की पहाड़ी की ओर इशारा किया। उसकी उपत्यका में तीस-चालीस मकान दिखाई दे रहे थे, तो शर्माजी ने पूछा—

'यह कौन-सा गाँव है?'

'यह गाँव नहीं, वाडी है। हमारी डोंगरवाडी।'

'यहाँ कौन-से लोग रहते हैं?'

'हमारे ही गाँव के लोग रहते हैं। चार-पाँच पीढ़ियों पहले मल्हारी चोरगा नामक एक बूढ़ा था। उसे अक्कलकोट महाराज ने तीस-चालीस एकड़ भूमि काश्त के लिए दी। उसी बूढ़े बाबा का वंश-विस्तार हुआ और आज वहाँ दो-ढाई सौ मकान हैं। तीसरी कक्षा तक स्कूल है। एक अध्यापक भी नियुक्त है। पिछले साल ही यह बस्ती पांगिरा से अलग हुई और अब वहाँ अलग ग्राम पंचायत है। हमारे गाँव की बदौलत यह बस्ती खुशहाल है।'

शर्माजी यकायक ठिठक गये और उन्होंने वाडी के पास ही दिखाई पड़ रही, खाईनुमा जगह की ओर इशारा कर कहा, 'भविष्य में यदि पानी की किल्लत महसूस हो तो वहाँ एक छोटा-सा बाँध बनाया जा सकेगा। वर्षा के पानी का इससे अच्छा उपयोग भला और क्या हो सकता है?'

'बेशक वहीं बांध बनाएँगे, ताकि वाडी की फसल पानी के लिए तरसती रह जाएगी और वाडी पर कहर बरपा हो जाएगा,' अण्णा खुश होकर कहने लगे, 'शर्माजी, आपका दिमाग तो हवाई जहाज की गति से दौड़ता है। मैं पूछता हूँ कि गाँव में पानी की किल्लत क्यों होने लगी? हमारे दादा-परदादा के जमाने से आज तक कभी ऐसा नहीं हुआ। सारी दुनिया में अकाल किन्तु पांगिरा में सु-काल ही रहा!'

शर्माजी ने आगे कुछ नहीं कहा। तथापि उनकी टोही निगाहें बराबर थाह लेती रहीं। मेड़बन्दी, बाँध-बंधिस्त, नहर-नाला, कुएँ-पोखर आदि उनकी आँखों में तैरते रहे। झुटपुटा होने लगा तो वे गाँव की ओर लौट पड़े। एक बाग में गन्ने की कटाई चल रही थी। मजदूर बड़ी मेहनत से काम कर रहे थे। पैने हँसिये से गन्ने फुर्ती से काटना और अगारी (फुनगी) तोड़कर एक ओर गन्ना तो दूसरी ओर अगारी फेंकना···ये सभी काम बड़ी तेजी से हो रहे थे। खेत-मजदूरों की औरतें फुनगियों का गट्ठर बाँधकर बेचने के लिए उन्हें भिजवा देतीं। मजदूरों की ओर इशारा कर शर्माजी ने पूछा, 'ये लोग कहाँ के हैं?'

'ये नगरी मजदूर हैं। अकाल के दौरान हर साल मोल-मजदूरी करने यहाँ चले आते हैं।'

'गाँव के कुछ विशेष तबके के लोग भी तो यह काम करते होंगे?'

'नहीं तो! इस तरह के ओछे काम हम या हमारे गाँव के लोग भला क्यों करने लगे? हम मालिक हैं! हम तो फसल लेते हैं। उसे काटने का काम तो इन मुस्टंडों का है। यह सही है कि डोंगरवाडी के लोगों का पेट वाडी की जमीन पर नहीं पलता। इसलिए उन्हें यहाँ-वहाँ मुँह मारना पड़ता है और उनके दो खेमे जरूर हैं, जो गन्ना-कटाई का काम करते हैं। डोंगरवाडी के लोगों की गुजर-बसर वाडी की कृषि-भूमि की सीमा में नहीं हो पाती। इसलिए गन्ना-कटाई का सहारा उन्हें लेना पड़ता है।'

वे दोनों कुछ आगे बढ़े तो उन्होंने पाया कि रास्ते से लगे गन्ने के एक खेत में निर्बंध पानी बह रहा था। बीच रास्ते में भी पोखर-सा बन गया था। नहर बीच में ही टूटने से यह अव्यवस्था हो रही थी। शर्माजी एक टीले पर खड़े हुए और चारों ओर देखने लगे। सभी ओर से खेत में पानी भर रहा था। नहर-उपनहरों से उफनकर पानी की उन्मुक्त लीला जारी थी। शर्माजी ने चिन्तित होकर पूछा, 'लगता है नहर टूट गयी है। लेकिन खेत का मालिक कहीं दिखाई नहीं देता!'

'मोटर चलाने तथा पानी खोल देने के बाद चाय-पकोड़ी खाने गाँव की ओर चला गया होगा।'

'लेकिन इतना ज्यादा पानी खोलने की क्या जरूरत थी उसे?'

'अजी साहब, आप नहीं जानते; गन्ना तैयार हो जाए तो काटने से पहले उसे भरपूर पानी पिलाया जाना चाहिए। वरना उसका वजन नहीं बढ़ेगा।'

'गाँव में बिजली कब आई थी ?'

'यही, कोई पाँच-छः साल पहले।

'उससे पहले पानी की क्या व्यवस्था थी ?'

'ऑयल एंजिन। उससे भी पहले चरसा। जनाब, हमारे पूरे खेत की सिंचाई हम कर सकते हैं। हमारे कुओं में इतना पानी है कि तीन-तीन मोटरें चलाने पर भी वे सूखते नहीं। बिजली आने के बाद तो हमारे वारे-न्यारे हो गये। पानी का जितना चाहे प्रयोग करो, कोई दिक्कत नहीं ! मानो गाँव की धरती पेन्हा रही हो…'

अण्णा ने रात के खाने में मुर्गे की व्यवस्था करवायी। मुर्गे के शोरवे में रोटी मिसकर दोनों ने छककर खाना खाया और गीले हाथ सुखाने तथा ठण्ड से बचने के लिए थोड़ी-सी ऊष्मा धारण करने के उद्देश्य से वे अलाव सेंकने लगे। इर्द-गिर्द हरा-भरा माहौल होने के कारण ठण्ड काफी थी। लेकिन अलाव के सामने बैठते ही मानो बर्फ पिघलने लगी और अकड़न-जकड़न विलुप्त होने के साथ ही गपशप में भी उभार आता रहा।

तथापि शर्माजी का दिमाग तो पूरी तरह से पानी में ही डूबा हुआ था। गाँव में पानी की बहुतायत की पूरी रामकहानी अण्णा ने अतिथि महोदय को सुनायी। दादा-परदादा के जमाने से यह किस्सा मशहूर था। ग्रामवासियों की धारणा थी कि यमाई पहाड़ का समतल पठार ही कुरुक्षेत्र था जहाँ कौरव-पांडवों का युद्ध हुआ था। दोनों सेनाओं के बीच में पानी का बहुत बड़ा तालाब था। कौरव-पांडवों की ओर से अग्निबाणों की इस कदर वर्षा हुई कि युद्ध-भूमि में भूचाल आया और पानी से लबालब यह तालाब गाँव के पीछे, पहाड़ के नीचे ज्यूँ-का-त्यूँ दब गया। तभी से वह पानी उछल-मछल कर जमीन से बाहर आने का प्रयास करता है। इसीलिए खेतों में जगह-जगह सोते-झरने फूट पड़ते हैं। चैतन्य चूर्ण की चुटकी मुँह में दबाकर हाथ साफ करते हुए अण्णा ने कहा, 'अब आप ही बताइए, हो सकती है यहाँ पानी की किल्लत ? जितना चाहे उसका उपयोग करो, जल-स्तर वही-का-वही रहेगा।

'यह आप लोगों की गलतफहमी है। बिना सोचे-समझे पानी का अनाप-शनाप प्रयोग करते रहे, तो एक दिन ऐसा जरूर आएगा, जब ग्रामवासी पानी की एक-एक बूंद के लिए तरसने लगेंगे,' शर्माजी ने कहा।

'कौए के उलाहना देने से डाली तो नहीं टूटती, शर्माजी। आप कुछ भी कहिए, यहाँ पानी की किल्लत कभी नहीं होगी। ऊपरवाले की रचना-प्रक्रिया में न्यूनता हरगिज नहीं हो सकती।'

'क्या मतलब ?'

'यही तो पते की बात है, जो आप नहीं जानते। इस गाँव के बसने से बहुत पहल इस पहाड़ पर यमाई अकेली ही रहा करती थी। किन्तु बाद में उन्होंने अपने छोटे भाई, सिदुबा को बुलाया और कहा, 'भैया मेरे, इस पहाड़ की तलहटी में मैं तुम्हें जगह दूँगी। तुम वहाँ आराम से रह लो। तुम्हे यहाँ पानी की किल्लत कभी नहीं होगी। वहाँ बस्ती बसेगी, हरे-भरे खेत होंगे और लोग खुशहाल होंगे। देवता की छत्र-छाया में, पांगरी नदी के किनारे दो मकान खड़े रहे और उसी के विस्तार स्वरूप आज यह गाँव बस गया है।'

अण्णा बातचीत में तो हार मानने वाले नहीं थे। उनकी जुबान हरदम चलती रहती थी। अतएव ऊँघने के अलावा शर्माजी के सामने कोई विकल्प ही नहीं था। अण्णा को मजबूरन चुप हो जाना पड़ा और दोनों दीवानखाने में सो गये।

अलस्सुबह शर्माजी ने अण्णा को झकझोर कर नींद से जगाया। शर्माजी ने कल पहाड़ की तलहटी के खेत तो देखे थे, किन्तु पांगरी किनारे के गन्ने के खेत अभी उन्हें देखने थे। इसके अलावा और भी कई जगहों का निरीक्षण करना था। अतिथि महोदय का उत्साह अण्णा की हैरत का कारण बन रहा था। चाय पीकर वे दोनों झुटपुटे में ही ठण्ड को झेलते हुए निकल पड़े। कुछ दूर जाने के बाद गन्ने की फसल के उस ओर शर्माजी को आग की लपटें दिखाई पड़ीं और धुएँ के गुबार भी। शर्माजी ने चिन्ताकातर स्वर में पूछा—

'अण्णा, गन्ने की फसल में आग तो नहीं लगी न ?'

'लगी नहीं, लगायी गयी है। भोर में मुर्गे की पहली बाँग के साथ ही मजदूर गन्ने तोड़ना शुरू करते हैं। उस वक्त ठण्ड बहुत ज्यादा होती है। इस लिए गन्ने के पतहर इकट्ठा कर उसमें वे आग लगाते हैं, ताकि तनिक ऊष्मा मिलती रहे। फुर्ती से काम करते हुए आगे बढ़ने के लिए इतनी ऊष्मा उन्हें काफी होती है।'

बातों-ही-बातों में वे दोनों कटाई-क्षेत्र में आ पहुँचे। पौ फटने से पहले उन्होंने खेत का काफी हिस्सा सफाचट कर दिया था। ट्रक तो कभी का आ गया था। कड़ाके की ठण्ड में भी काम बराबर जारी था। अलावनुमा आग के पास खड़े होकर शर्माजी ठण्ड से तनिक राहत पाने का प्रयास करते रहे। इस बीच दिन निकलने लगा था। कटे हुए गन्ने जमीन पर पड़े थे। शर्माजी ने उनमें से दो गन्ने उठाये। एक गन्ने में ग्यारह-बारह पोरियाँ पायी जाती थीं। उन्होंने चौंककर खड़ी फसल को गौर से देखा। गन्ने तो पेड़ जैसे दिखाई दे रहे थे। प्रति एकड़ डेढ़ सौ टन गन्ने का उत्पादन यूँ ही तो नहीं होता। शर्माजी ने जिज्ञासा शान्त करने के अन्दाज में पूछा, 'कौन-सी खाद आप इस्तेमाल करते हैं ?'

'खाद-वाद कहाँ डालते हैं हम ! भगवान की लीला है यह ! गन्ने की खेती करो और मालामाल हो जाओ ! यही तो पांगिरा गाँव का महत्त्व है !!' अण्णा रस घोलकर जैसे प्रवचन कर रहे थे ।

कुछ आगे जाने पर उन्हें खंडरनुमा एक मन्दिर दिखाई दिया । उसके बारे में जानकारी बताते हुए अण्णा ने कहा, 'ये माँ अम्बा का मन्दिर है । काफी जीर्ण हो गया है । गाँव में अन्य कई देवताओं की प्रतिष्ठापना हो जाने से यहाँ अब कोई नहीं आता । वह पागल बिचारा मास्साब है, जो रिटायर होने के बाद हर रोज बिला नागा यहाँ आता है । और यह तीस-चालीस एकड़ गन्ने का खेत दिखाई दे रहा है, वह माँ अम्बा की मिल्कियत है और इस पर बीस-पच्चीस काश्तकार-परिवार पलते हैं ।'

दिन निकल आया । शर्माजी वहाँ के कुओं का मुआइना करने लगे । एक-एक कुएँ पर तीन-तीन मोटरें चल रही थीं । सुँ ऽ ऽ ई···इस तरह की आवाज के साथ मोटर शुरू होती थी और पाइप भर पानी पलान में बराबर फेंकती थी । ऑयल एंजिन से दो गुना, तिगुना पानी ये मोटरें सहजता से खींच रही थीं । शर्माजी ने कहा, 'जब गाँव में मोटर चलती थी, तो इतनी अधिक मात्रा में गन्ने की खेती होती थी ?'

'अजी साहब, मोट-चरसे की बात दूर, ऑयल एंजिनों के होते हुए भी नहीं होती थी । लेकिन बिजली के डंख मारते ही गन्ने में बहार आयी और वह जैसे छा गया ।'

'लेकिन खेतों को इतने ज्यादा पानी की सचमुच आवश्यकता है ?'

'आवश्यकता तो नहीं है । क्योंकि बाकी जगह हफ्ते-दो हफ्ते में एक बार ही खेतों की सिंचाई के लिए पानी उपलब्ध हो पाता है, जबकि हम तीन-चार दिनों में एक बार सिंचाई करते हैं । हमारे खेत कभी प्यासे नहीं होते । खाद-उर्वरक भी पर्याप्त मात्रा में हम डालते हैं । प्रति एकड़ अधिक-से-अधिक उत्पादन निकालने के लिए लोगों में होड़-सी लगी रहती है ।'

दो-तीन दिनों तक शर्माजी, नदी किनारे, नाले-पोखर, खेतों-उपत्यकाओं का खूब मुआइना करते रहे । उन्होंने कुओं का भी निरीक्षण किया । मोटरों की संख्या भी उन्होंने नोट की । लाल मिट्टी के नमूनों पर गौर फरमाया, दो-चार नमूने शीशी में भरकर अपने साथ रख लिए । इसके अलावा भी कई मुद्दे उन्होंने अपनी डायरी में नोट किये । किसानों से विचार-विमर्श किया । गाँव के टुच्चे से नेताओं ने शर्माजी की ओर तनिक भी ध्यान नहीं दिया । उन्हें लगा कि दो टके का आदमी है, पागलों की तरह खेतों की खाक छान रहा है, छानने दो ।

पुणे के लिए वापसी यात्रा शुरू करने से पहले शर्माजी ने चावड़ी में ग्राम-

वासियों की एक सभा आयोजित की थी। पर सरपंच, पाटील-पटवारी आदि कोई भी नहीं आये इस सभा में। भिकुअण्णा। दस-बीस निठल्ले लोगों और कुछेक स्कूली बच्चों को इधर-उधर से जुटाने में सफल हो पाये। शर्माजी ने लम्बा-चौड़ा भाषण दिया और अन्त में हाथ जोड़कर प्रार्थना की, 'गुरूर में मत रहिए। सोच-समझकर पानी का प्रयोग कीजिए। वरना यह इलाका रेगिस्तान बन जाएगा। पानी की किल्लत महसूस होगी यहाँ।'

'लेकिन साहब, वो कौरव-पांडव तालाब···' बीच में ही दो लोगों ने उन्हें टोकने का प्रयास किया।

'वो सब झूठ है, वाहियातपन है। पानी के दुरुपयोग को रोकना चाहिए, पानी रिसाने की परियोजना पर अमल किया जाना चाहिए। क्योंकि वर्षाकाल की अवधि कम होती जा रही है। संयम से काम लीजिए वरना खेती के लिए तो दूर, पीने के लिए भी पानी नहीं मिलेगा। हाय-तोबा मचेगी!'

जनाब बोले जा रहे थे और ग्रामवासियों के साथ-साथ पेड़-पौधे भी सुन रहे थे, मुसकुरा रहे थे।

डेयरी का उद्‌घाटन समारोह था। मांगोला तहसील के विधायक बाबा साहब के हाथों यह शुभ कार्य सम्पन्न होना था। सोकाजी की कोठी पर इस कदर धूम मची थी, मानो उसके घर में शादी-ब्याह हो। सोकाजीराव अपनी रिश्तेदारी के चुनिंदा लोगों के साथ पान-तम्बाकू की गिलोरी चूसते हुए आराम से गपशप कर रहा था। उसका बेटा संपतराव समारोह की तैयारियों को अन्तिम रूप दे रहा था। धीरे-धीरे हवेली में मांगोला तहसील के सावंत गुट के कार्यकर्ता इकट्‌ठा होने लगे थे। और सोकाजीराव अभ्यागतों के स्वागत में व्यस्त था।

तीज-त्योहार सम्बन्धी हर समारोह में सोकाजी की आँखों के इशारों पर लोग फुर्ती से काम करते थे। सोकाजी के माल-असबाब की व्याप्ति भी काफी थी। गन्ने का रस निकालने से लेकर गुड़ बनाने तक की सारी व्यवस्था सोकाजी-राव के पास थी। इसके अलावा भरपूर पानी के तीन कुएँ, उनमें से हर एक कुएँ पर बिजली से चलने वाली एक-एक मोटर, एक ट्रैक्टर, माँद में दस-बीस मवेशी और चालीस एकड़ में खड़ी गन्ने की फसल। वैसे भी वह खाते-पीते परिवार से था। और तुलजापुरी मौसी की मृत्यु के बाद, अन्य सभी रिश्तेदारों को धता बताकर उसकी पूरी जायदाद उसने हड़प ली। सत्ता-सम्पत्ति के कारण वह मोल-मजदूरी करने वालों तथा मेहनतकश लोगों को काम दिलाता था।

धन-सम्पत्ति के मामले में सोकाजी का कोई सानी नहीं था। समूची तह-सील की सत्ता सावंत परिवार के हाथों में केन्द्रित थी। विधायक बाबा सावंत के चरणों में शीश नवाकर सोकाजी ने उन्हें अपना गुरु, देवता बना लिया था,

ताकि सत्ता के गलियारे में उसे कोई चुनौती न दे सके।

गाँव में ज्ञानू सावला का गुट सोकाजीराव का विरोधी था। सच देखा जाए तो साल-भर पहले ज्ञानू ने ही विधायक सावंत से सोकाजी का परिचय कराया था। किसी जमाने में ज्ञानू उसका दाहिना हाथ था। लेकिन सोकाजी बाबा सावंत के जेब में चला गया, तो बाहर निकला ही नहीं। बल्कि ज्ञानू के लिए ही सावंत के घर के दरवाजे बन्द हो गये। यदा-कदा थके-हारे विधायक महोदय के पैर दबाने, मालिश करने का भी काम सोकाजी ने बखुशी किया। धीरे-धीरे सोकाजी अपनी धाक जमाता रहा। उसे विधायक सावंत का आशीर्वाद तो था ही। उसने पूरे गाँव को अपनी मुट्ठी में कर लिया। बाबा सावंत का हिसाब-किताब बिल्कुल स्पष्ट था कि कार्यकर्ता गाँव के शत-प्रतिशत वोट अपने पक्ष में प्राप्त कर सकता हो, तो उसके हर ऐब की ओर अनदेखी की जानी चाहिए।

सोकाजी वैसे किसी की आँख की किरकिरी नहीं था। क्योंकि वह अत्यन्त शालीनता से पेश आता था। मीठे अन्दाज में लोगों से बातें किया करता था। बच्चों-युवकों की पीठ थपथपाकर उनका स्नेह अर्जित करता था। परदे के पीछे वह कुछ भी करता हो, पर वक्त-जरूरत में कोई भी व्यक्ति उसकी सहायता करने में अपनी एड़ियाँ घिसाने को तत्पर होता था। कार्य की व्याप्ति बहुत बड़ी होने से वह किसी-न-किसी रूप में लोगों को उपकृत करता था। किसी के बैल बीमार पड़ जाएँ, तो सोकोबा के चितकबरे खड़सिंगे उसकी सेवा में हाजिर हो जाते थे। यदि सिंचाई के लिए किसी के पास पानी न हो, तो चौथाई अनाज आबा को देकर उनसे पानी प्राप्त किया जा सकता था। गन्ने की पेराई करनी हो, तो जाओ आबा की शरण में। किसी के खिलाफ फौजदारी मामला दर्ज हो जाए तो ले जाओ आबा की चिट्ठी। हर मुसीबत की एक ही दवा थी — सोकाजी या आबा। गन्ने के अलावा प्याज और केले के बाग भी आबा की समृद्धि में इजाफा करते थे। गाँव की लगभग सत्तर प्रतिशत जायदाद पर आबा का कब्जा था। हर एक की नाक आबा की मुट्ठी में थी।

आबा की पत्नी को सोकाजी माँजी कहा करता है। तबेले में हरदम दस-बीस दुधारू पशु होने की वजह से माँजी किसी भी राहगीर को दही-छाछ के लिए कभी मना नहीं करतीं। जरूरतमन्द लोगों को अल्प ब्याज दर से वित्तीय सहायता भी वे उपलब्ध कराती थीं। कोई व्यक्ति आबा का कोपभजन भले ही बन जाए माँजी का स्नेह उसे अवश्य प्राप्त होता था। अतएव ग्रामवासी सोकाजी से हरदम जुड़े रहते थे।

विगत दस वर्षों से सोकाजी ही गाँव का सरपंच था और सहकारी समिति का अध्यक्ष भी। क्योंकि उसकी ओर से दिल्ली-मुंबई में पैरवी करने के लिए

सावंत परिवार जो था। और अब डेयरी परियोजना के लिए स्वीकृति प्राप्त कर उसने अपनी क्षमता का अहसास लोगों को दिलाया था। किसी-न-किसी बहाने समूचा पांगिरा गाँव उसकी गिरफ्त में इस तरह फँसा था, मानो सरोते में फँसी सुपारी।

अपने गुट की ओर से डेयरी परियोजना शुरू किये जाने की खुशी से सोकाजी सराबोर था। इसी खुशी में चूर होकर पान की गिलोरी को एक ओर दबाते हुए सोकाजी ने पताशा से पूछा, 'कैसे मिजाज हैं ज्ञानू सावला और मुरार पाटील के ? कल से झख मारकर हमारी डेयरी की शरण में आएँगे, देख लेना !'

लोगों ने ठहाका मारकर उसके अनुमान का अनुमोदन किया। हँसते-हँसते ही सोकाजी आगे पूछने लगा, 'हमारी डेयरी के मुकाबले दूसरी डेयरी शुरू करने चले थे, क्या हुआ उसका ?'

'बड़े आए हैं डेयरी शुरू करने वाले ! पूरे जिले में दुग्ध परिवहन की चाबी सावंत बाबा के हाथ में होते हुए ज्ञानू की परियोजना की सिफारिश भला कौन करने लगा ? उसकी लाख इच्छा होगी, पर उसे किसी का समर्थन तो मिलना चाहिए न ? मन्त्रालय में तो उन्हें कोई घास नहीं डालता। और तो और, रजिस्ट्रार ने उनकी अर्जी की प्राप्ति सूचना भी नहीं दी; क्या समझे !!'

इसी बीच सोकाजी ने सम्पतराव को आगाह किया, 'क्यों भाई, तैयारी कहाँ तक आ गयी ?'

'पूरी तैयारी हो गयी है, पिताजी।'

डेयरी के लिए अलग इमारत नहीं थी। इसलिए हनुमानजी के मन्दिर में ही उसका शुभारम्भ करने की सोकाजी की योजना थी। उस दृष्टि से मन्दिर की मरम्मत और रँगाई-पुताई का काम किया जा चुका था। लाल-हरे झुरमुट और आम के पत्तों से मन्दिर को सजाया गया था। पांगिरा के आसपास तक लाउडस्पीकर की आवाज पहुँच रही थी और इसी माध्यम से डेयरी के शुभारम्भ की सूचना लोगों को प्राप्त हो रही थी। अब तक मांगोला के दूधिए पूरा दूध खरीदकर ले जाते थे और खोया बनाकर बेचते थे, लेकिन कल रात ही गाँव में मुनादी करदी गयी थी और लोगों से अनुरोध किया गया था कि वे गाँव की डेयरी को ही दूध सौंप दिया करें। दोपहर के एक बजे मुहूरत का नारियल फूटने वाला था। सोकाजी की कोठी के सामने अमिया की छाया में लेझिम बहादुरों की टुकड़ी पूर्वाभ्यास कर रही थी। ढोल-डफली के कड़कने की आवाज भी आने लगी थी। बेंडवाले भी दो-चार धुनों का अभ्यास करने के बाद तनिक सुस्ता रहे थे। मुख्य

अतिथि का बेसब्री से इन्तजार हो रहा था। हनुमान मन्दिर के पास तथा कोठी के इर्द-गिर्द लोगों का हुजूम इकट्ठा होने लगा था। कोठी के पिछवाडे, आँगन में गोश्त और चावल पक रहे थे। समूचे वातावरण में रसोई की महक व्याप्त थी।

इसी बीच एक जीप धूल के गुबार पीछे छोड़ते हुए अचकचाकर कोठी के सामने आ रुकी। उसमें साषन्त गुट के, तहसील मुख्यालय के जिला परिषद सदस्य तथा पंचायत के सदस्य आ पहुँचे थे। वे अग्रिम सूचना लाए थे कि विधायक महोदय घण्टे-भर में ही यहाँ आने के लिए चल पड़ेंगे। झकाझक, कलफ लगे कपड़े पहने अतिथियों का स्वागत शिकंजी से किया गया। डेयरी के अध्यक्ष श्री मानाजीराव कचरे अभी आए नहीं थे। उन्हें लिवा लाने के लिए सोकाजीराव ने अपने गुर्गों को फौरन दौड़ाया।

दो-चार बार सन्देशा पाकर मानाजी ने खली की टोकरी बैलों के सामने धर दी और गाँव की ओर वह चल पड़ा। वह कुछ सहमा-सहमा-सा लग रहा था। राजनीतिक उखाड़-पछाड़ से वह सर्वथा अनभिज्ञ था। सोकाजी के छोटे भाई की तरह लोग उसकी इज्जत करते थे। अक्सर उसे दद्दू कहा जाता था। और दद्दू का मन खेत के अलावा और कहीं लगता ही नहीं था। आठ-आठ दिनों तक वह गाँव में आता ही नहीं था। मवेशी, निराई, गुड़ाई, कटाई, ओसौनी आदि में ही वह खूब रमता था। वह कभी स्कूल गया ही नहीं। पर उसकी बीबी जरूर चौथी कक्षा उत्तीर्ण है। मानाजी कुछ ज्यादा ही घुन्ना और एकांत-पसन्द आदमी है। चार महीने पहले ही उसे अस्थायी तौर पर मालूम हो गया था कि उसे डेयरी के अध्यक्ष का पद सौंपा जानेवाला है। एक दिन सोकाजी यूँ ही खेत की ओर आया था, तो मानाजी ने उसे साफ-साफ बताया, 'मुझे मिट्टी की महक और ढोर-डाँगर ज्यादा प्यारे हैं। अध्यक्षता-वध्यक्षता अपने से नहीं होगी। किसी दूसरे को पटा लो।' तिस पर उसे समझा-बुझाने के अन्दाज में सोकाजीराव ने नसीहत दी, 'देखो दद्दू, तुम्हें वहाँ करना ही क्या है? सिर्फ दस्तखत करने हैं। बाकी सब तो हम देख लेंगे। यदि किसी और को अध्यक्ष बनाते हैं तो धीरे-धीरे वह उस पर अपना कब्जा जमाएगा। सत्ता की बागडोर अपने ही हाथ में होनी चाहिए! सत्ता ही हमारी जान है और जान है तो जहाँ है…!!'

अन्ततः मानाजी ने हामी भर दी। वैसे तो मानाजी अँगूठा छाप था। किन्तु अब अध्यक्ष पद की गरिया बनाए रखने के लिए अत्यन्त परिश्रमपूर्वक वह हस्ताक्षर करना सीख गया। तब कहीं उसने राहत की साँस ली। आधी लड़ाई तो वह जीत ही गया था!

दालान में नेता गण आसन जमाकर बैठे हुए थे। इतने में यकायक वहाँ एक छः फुटा, काला-कलूटा साया आ धमका। कोयला रंग की उसकी देह पर झका-

झक कुर्ता और धोती खूब खिल रही थी।

सोकाजी का ध्यान उसकी ओर जाते ही उसने कहा, 'आइए अध्यक्ष महोदय!' नेताओं की पंक्ति में मानाजी सिकुड़कर बैठ गया। सोकाजी ने वहाँ के लागों से अपने भाई का परिचय करवाया। नमस्ते-वमस्ते की औपचारिकता के बाद राजनीति सम्बन्धी बहस शुरू हुई। मानाजी का राजनीतिक कागज तो बिलकुल कोरा था, और उसे इस क्षेत्र में कोई दिलचस्पी भी नहीं थी। मानाजी तो बौखलाया-सा लग रहा था गोया हल के बैल को भिड़ंत के लिए अखाड़े में लाया गया हो।

ग्रामवासियों के साथ सोकाजीराव गाँव के प्रवेशद्वार के पास खड़ा रहा। वह कमानीदार प्रवेशद्वार हरे-हरे पत्तों और रंग-बिरंगे फूलों से सजा था। उसी के पास सुहागिनों का काफिला आरती के थाल हाथ में लिए खड़ा था। सम्पतराव और तान्या भिलारे का लेझिम-दस्ता भी इशारे के इन्तजार में था। मलवड़ी-निवासी गजानन भी मुस्तैदी से प्रतीक्षा कर रहा था। घंटा-दो घंटा इन्तजार तो मामूली बात थी। दिन ढलने के साथ ही धूल-सनी एक अम्बेसडर कार प्रवेशद्वार के पास पहुँच गयी और यही सावन्त बाबा की गाड़ी थी। गाड़ी की तबीयत कुछ नासाज लग रही थी पर उसमें बैठे, गाजर जैसे लाल-लाल चेहरे वाले, उजले-उजले वस्त्रधारी पैंसठ वर्षीय विधायक तो पूरी तरह से चुस्त-दुरुस्त थे। गाड़ी के रुकते ही वे नीचे उतरे। 'आपका स्वागत है विधायक महोदयऽऽ' कहकर सोकाजीराव ने इत्ती बड़ी माला उन्हें पहनाई। विधायकजी के बाद काला चश्मा पहने, खादी की पैंट-बुशशर्ट धारी कद्दावर युवक बाहर आया, तो सावन्त बाबा ने हँसते हुए कहा—

'सरकार को पहचाना आप लोगों ने ?'

'अजी साहब, आप भी कमाल करते हैं ! आप तो तहसील के मालिक श्रीपतराव हैं···'

सोकाजी ने उस भीड़ में से सम्पतराव को आवाज दी, 'संपा, अरे ओ संपाऽऽ' सम्पतराव आगे आया, तो सोकाजीराव ने कहा, 'यह मेरा बेटा संपत है।'

सावन्त बाबा ने श्रीपतराव और संपतराव की ओर देखते हुए कहा, 'हमें पता है। मैं इसे अच्छी तरह से जानता हूँ। देखो युवको, गरीबों की सेवा करने में हमारी जिन्दगी गुजर गई। अब हम थक गए हैं, रैयत की सेवा-चाकरी का पूरा भार अब तुम लोगों के कन्धों पर है और तुम्हारी पीढ़ी से देश को काफी उम्मीदें हैं।'

सजे हुए ट्रैक्टर पर विधायक सावन्त, श्रीपतराव और सोकाजीराव सवार हुए। गाजे-बाजे के साथ जुलूस चल पड़ा। 'विधायक बाबा साहब सावन्त सरकार की जय होऽऽ' के नारों से आसमान गूँज उठा। सावन्त बाबा आँखें फाड़-

कर भीड़ को टटोलने का प्रयास कर रहे थे। वे चाहते थे कि ये नारे, यह जयकार, ऐसा शानदार जुलूस···ये सभी चीजें अपने बेटे श्रीपतराव को भी मयस्सर हों। समूचे जिले को उनकी इस ख्वाहिश की जानकारी थी। तथापि सावन्त बाबा को हल्का-सा आभास जरूर हो गया था कि उनके एकछत्र साम्राज्य को चुनौती देने की तैयारी होने लगी है। जामगांव निवासी सन्ताजी काले ! एक टुच्चा-सा खेतिहर कुनबी ! विधायक बाबा साहब सावन्त को ललकारता है ! कुछ महीने पहले ही उन्हें इसकी भनक पड़ गई थी। श्रीपतराव शिक्षा-दीक्षा के बहाने अब तक पूणे-मुंबई में रहे थे। तथापि उनकी दिली इच्छा थी कि बेटा उनकी विरासत को आगे बढ़ाता रहे।

विधायक सावन्त इस इलाके के पूर्व जागीरदार थे। उनके बाप-दादों ने बीजापुर दरबार की सेवा तन-मन से की थी। उनकी बाल्यावस्था में पट्टेदारी कानून बना, और उसके तहत उनकी जागीर के कई भूखण्ड काश्तकारों में बांट दिए गए। सावन्त बाबा को काफी दुख हुआ था। उसी दौरान आजादी का आन्दोलन जोर पकड़ने लगा था। मामूली से काश्तकारों-मजदूरों को नेतृत्व प्राप्त करनेवालों की होड़ में पाकर उनका खून खौलने लगता था। विलायती अधिकारियों में उठने-बैठने में बहुत आनन्द आता था। मुल्क की आजादी के प्रस्ताव पर ठप्पा लगने के साथ ही उनके पैरों तले की जमीन धसक गई। तथापि उन्होंने समय के साथ समझौता करने की ठान ली। वक्त का नूर कितना ही क्यों न बदले, मांगोला इलाके की सत्ता किसी भी कीमत पर न छोड़ने के लिए वे कृत संकल्प थे। अतएव स्वराज्य-प्राप्ति से दो-एक साल पहले वे कांग्रेसी सभा-सम्मेलनों में शिरकत करने लगे थे। जोधपुरी कोट और ढीले-ढाले पाजामे की जगह अब खद्दर के खुरदुरे वस्त्र वे पहनने लगे। धोती-कुर्ता अनजाने में उनके बदन से जो चिपका तो अभी भी वैसा ही है।

आजादी के बाद कई जगह उन्होंने समझौता किया था। कुछेक मौकों पर उनकी साँस घुटने लगी थी। अँगरेजों के जमाने में केवल कलेक्टर, तहसीलदार आदि गिने-चुने आकाओं से ही वे सम्बन्ध रखते थे। सुरा और ताश के बावन पत्तों के साथ-साथ यदा-कदा सुंदरी भी···ऐश-ओ-आराम की जिन्दगी थी वह। और प्रजातन्त्र में सुबह-शाम कार्यकर्ताओं का तांता, तरह-तरह की शिकायतें, आल्तू-फाल्तू कामों का सिलसिला और निरन्तर बेकाम की व्यस्तता। लेकिन कड़वे घूंट पीने की आदत उन्होंने डाल ली थी। एक जमाना था, जब पूरी रैयत उनके सामने झुककर, बाअदब उन्हें सलाम किया करती थी। लेकिन अब स्थिति बिल्कुल ही बदल गई है। किसी भी लल्लू-पंजू को नमस्ते करनी पड़ती है। और सत्ता की बागडोर अपने हाथ में रखनी हो तो यह जलालत अवश्यंभावी हो जाती है···इस हकीकत से अब वे भली-भाँति वाकिफ हो चुके थे। सन् सत्तावन

में संयुक्त महाराष्ट्र आन्दोलन के दौरान हुए चुनावों के अलावा विधानसभा के मांगोला चुनाव क्षेत्र से रिकॉर्ड मताधिक्य से ही वे हर बार विजयी हुए थे। लेकिन अब सन्ताजी नामक एम०ए० पास छात्र की गतिविधियों से वे बेचैन हो गए थे। इस तथ्य को तो वे स्वयं भी महसूस करते थे कि उनका तहसील-इलाका युवा नेतृत्व का प्यासा है। इसीलिए तो वे अपने कुलदीपक श्रीपतराव के साथ ही सभा-समारोहों में जाने लगे थे। प्रमुख व्यक्तियों से उसका परिचय कराते थे। शिवाजी के जमाने में भी सावन्त खानदान के वारिसों ने अपनी जागीर पर आँच नहीं आने दी थी। सदियों पुरानी अपनी इस विरासत को किसी तीसरे व्यक्ति के हाथ में सौंपने की कल्पना ही उन्हें नागवार गुजरती थी। उन्हें लगता था कि 'मांगोला तहसील के नब्बे गाँव हमारी जागीर के अधीन आते हैं। यहाँ की मिट्टी, लोग, प्राकृतिक सम्पदा आदि हर चीज पर हमारा अधिकार है। यह उठाईगीर सन्ताजी काले किस झाड़ की पत्ती है? उसकी औकात ही क्या है? यदि युवा शक्ति समय की माँग है, तो मेरा श्रीपती हर तरह से सक्षम है। वह केवल युवक नहीं, खानदानी युवक है।'

हनुमान मन्दिर के सामने ही एक छोटा-सा मण्डप सजाया गया था। मुख्य अतिथि का आगमन हुआ, तो आम लोग धूल-गर्द में ही बैठ गए। डेयरी का औपचारिक उद्घाटन भी हुआ। हसबनीस गुरुजी ने कार्यक्रम के प्रारम्भ में कहा, 'हनुमान मन्दिर के पास ही सिदुबा सहकारी दूध समिति की अपनी मजबूत इमारत का भव्य उदघाटन भी विधायक महोदय के ही हाथों सम्पन्न कराने की हमारी इच्छा है। अब आपका अधिक समय न लेते हुए मैं इस डेयरी के अध्यक्ष श्री मानाजीराव डोकरे से अनुरोध करता हूँ कि वे डेयरी के प्रमुख उद्दिष्टों के बारे में विस्तार से हमें बताएँ।' यह सुनते ही मानाजीराव के पसीने छूटने लगे। उन्होंने हाथ हिलाकर 'नहीं, नहीं' कहा। सोकाजीराव अपने भाई की पीड़ा को भांप गये और वे खुद ही बोलने के लिए खड़े हो गये, तो हसबनीस गुरुजी ने मार्मिक टिप्पणी करते हुए कहा, 'हमारे दद्दू तथा अध्यक्ष श्री मानाजीराव डोकरे असली कर्मवीर हैं; वाचावीर नहीं। प्रत्यक्ष काम करने में उनका ज्यादा विश्वास है। अब मैं पांगिरा के लोकप्रिय नेता सोकाजीराव डोकरे से अनुरोध करता हूँ कि वे दो शब्द कहें।'

सोकाजीराव ने एक हाथ से माइक थामा और दूसरे हाथ से अपनी लच्छेदार मूँछों को सहेजते हुए कहा, 'दोस्तो, कोई भी काम सुचारु रूप से चल रहा हो, तो कई लोगों को वह नहीं सुहाता। दूध में नमक डालनेवालों तथा चलती गाड़ी के मार्ग में रोड़े खड़े करनेवालों की औलादें अब अपने तहसील-क्षेत्र में

पनपने लगी हैं। अभी, कल तक जिनकी नाक बहा करती थी, ऐसे टुच्चे लोग नेता बनने की फिराक में हैं। सावन्त खानदान के योगदान को तो आप सभी लोग अच्छी तरह से जानते हैं। आप लोग किसकी खा रहे हैं और किसकी बजा रहे है ? जिस थाली में खाओ उसी में छेद करो—क्या यही हमारी मराठी अस्मिता है ? इसलिए दोस्तो, सभा के प्रारम्भ में ही मैं यह प्रस्ताव पेश करता हू कि सिर्फ पांगिरा ही नहीं, समूचे तहसील-क्षेत्र के विधायक सावन्त सरकार को हमारा पूरा समर्थन है। मेरे इस प्रस्ताव की स्वीकृति में अब आप लोग तालियाँ बजाकर अपनी सहमति व्यक्त करेंगे।' लोगों ने तालियाँ बजा-बजाकर उनके प्रस्ताव का जोरदार स्वागत किया। विधायक महोदय की कर्मठता, सहृदयता तथा संवेदनक्षमता को लेकर सोकाजीराव ने लम्बा-चौड़ा भाषण दिया तथा आखिरी साँस तक उनका साथ न छोड़ने के निश्चय को दोहराया। जिला परिषद और पंचायत सदस्यों ने भी उन्हीं की हाँ-में-हाँ मिलाई।

अपने तहसील-क्षेत्र की जनता के अपार स्नेह-प्रदर्शन से सावन्त बाबा भावकिशोर हो गए और उन्होंने जनता के प्रति हार्दिक कृतज्ञता व्यक्त की। अपने आवेगपूर्ण भाषण में उन्होंने कहा, 'मुझे पूरा विश्वास है कि मेरे इलाके के लाग अपना बाप बदल सकते हैं, पर हमारा साथ नहीं छोड़ सकते !' लोगों ने तालियों की अनुगूंज के साथ उनके इस वक्तव्य का जोरदार स्वागत किया और जाशयुक्त स्वर में नारा लगाया, 'विधायक सावन्त बाबा की जयऽऽ !' सावन्त बाबा ने आगे कहा, 'भाइयो, अब समय बदलने लगा है। साल-दर-साल वर्षा का जोर घटता जा रहा है। पांगिरा के आसपास के दस-पाँच गाँव सूखे की चपेट में हैं। तथापि इन गाँवों पर यमाई, सिदुबा और माँ अम्बा की कृपा की दृष्टि है—इसमें दो राय नहीं हो सकतीं। किन्तु घटते हुए जल-स्तर की वजह से अब हमें अल्प जलीय फसलें लेनी होंगी। सिर्फ कृषि के भरोसे न रहकर दुग्धोत्पादन, मुर्गीपालन जैसे पूरक उद्योगों का दामन भी अब हमें थामना होगा। सोकाजीराव पांगिरा की नाक का बाल हैं। यहाँ डेयरी परियोजना शुरू कर उन्होंने साहसिकता का परिचय दिया है। बल्कि इस रूप में एक नई अर्थनीति का सूत्रपात उन्होंने किया है। इतिहास के पन्नों में उनका नाम अवश्य ही स्वर्णाक्षरों में लिखा जाएगा। अब आप लोग दूध का उत्पादन बढ़ाने की पुरजोर कोशिश कीजिए। हम भी कोशिश करेंगे कि गाय-भैंस खरीदने के लिए जिला बैंक के जरिए आपको सुलभ ऋण-सुविधा उपलब्ध हो। भरपूर अनुदान भी उपलब्ध कराएँगे। विकास की इन सीढ़ियों पर चढ़ते रहिए और खुशहाल जीवन प्राप्त कीजिए।'

सभा समाप्त होने के बाद सोकाजीराव की कोठी पर जोरदार दावत हुई। तहसील-क्षेत्र के सरपंच तथा अन्य कार्यकर्ता लजीज खाने के आतिथ्य से बेहद खुश हुए। भोजन के बाद पान-सुपारी के बहाने गपशप होती रही। इसी दौरान

सावन्त बाबा ने सोकाजीराव को आगह किया, 'ज्ञानू सावला और मुरार पाटील पर कड़ी निगाह रखिए।'

'आप चिन्ता मत कीजिए। पिछले चुनाव में आपको पचानबे प्रतिशत मत मिले थे, इस बार सौ फीसदी मत मिलेंगे। आश्वस्त रहिए।' सोकाजी ने उनकी हिम्मत बँधाई।

'यदि सन्ताजी कभी आए तो उसकी हरकतों पर नजर रखो और उसकी रिपोर्ट हमारे पास भेज दो।'

'बेशक हुजूर ! आप निश्चित होकर जाइए।'

डेयरी शुरू हुई। दूध उत्पादक संघ का ट्रक सुबह के झुटपुटे में हनुमान मन्दिर के सामने खड़ा रहने लगा। पहले दिन पाँच सौ लीटर दूध इकट्ठा हो सका। और महज पाँच दिनों में यह मात्रा सात सौ लीटर तक पहुँच गई। मांगोला का दूधिया अब तक सवा रुपया लीटर की दर से दूध खरीदता था, लेकिन अब उसकी दर दो रुपए लीटर हो गई। ग्रामवासी खुश थे। अब तक तो यह स्थिति थी कि कारखाने का बिल वसूल होने पर ही ग्रामवासियों के हाथ में कुछ नकदी आ जाया करती थी। साप्ताहिक पैंठ में छोटी-मोटी चीजें, शाक-सब्जी आदि बेचने से फुटकर आमदनी तो हो जाती थी, पर उसका कोई भरोसा नहीं था। बिक्री के लिए चीजें उपलब्ध हुईं तो ही तनिक रेजगारी की व्यवस्था हो पाती थी। पर इसके विपरीत, पटवारी, पंचायत का सचिव आदि मुलाजिमों को हर महीने की दो तारीख को बराबर वेतन मिल जाया करता था। कृषि तो हमेशा भगवान भरोसे होती है। और अकसर चौबेजी के दूबेजी बनने की ही उम्मीद अधिक रहती है। ऐसी स्थिति के बरक्स डेयरी परियोजना तो उनके लिए कामधेनु से कम नहीं थी। रोजाना एक लीटर दूध जमा करो और पन्द्रह दिन बाद तीस रुपये ले लो। दुधारू पशुओं के मालिकों के लिए एक तरह से यह वेतन ही था ! फर्क था तो सिर्फ यही कि उनके लिए मेज-कुर्सी नहीं थी, बस। सवेरे ठीक आठ बजे ट्रक चल देता। इसलिए गाँव की माँ-बहनें सवेरे जल्दी उठकर दोहन अभियान में जुट जातीं। आँखें मलते-मलते ही तबेले में जाना, चारा, कुट्टी या सानी मवेशियों के आगे धरना, भैंस के थनों को पानी से धोकर सूँतना और कुशलता से उन्हें दोहना ⋯ अन्ततः ताजा दूध केतली में भरकर डेयरी में उसे जमा करना ! ये सभी काम अब मुस्तैदी से होने लगे।

डेयरी ने समूचे गाँव को जैसे मोह लिया। खेत की मेंड़ पर अकसर देखी जानेवाली हरियरी पर अब हर किसी की आँख गड़ने लगी। भैंस-मालिक तो खड़ी फसल के इर्द-गिर्द उन्हें चरने ले जाने लगे। घर की माँ-बहनें ताल-तलैया

के आसपास पनपने वाली हरी घास कबाड़ने की फिराक में दर-दर की खाक छानने लगीं। हरियरी की वजह से गाय-भैंसें ज्यादा दूध देने लगीं। चाय के लिए एकाध लोटी भर दूध रखकर बाकी पूरा दूध डेयरी में दिया जाने लगा। जिनके घरों में पहलवान पलते थे, उन्हें भी दूध मिलना धीरे-धीरे बन्द हो गया। छोटे बालकों को भी दूध मयस्सर होना मुश्किल हो गया था। इसलिए रोते-भेंकते अबोध बालक अपनी माँ के सूखे स्तनों को नोचने लगे। दोपहर के बाद घर आने वाले मेहमानों के हिस्से में बिना दूध की चाय आने लगी।

सोकाजीराव ने बारक्या नामक एक चपरासी को डेयरी में नियुक्त किया था। वह सातवीं कक्षा उत्तीर्ण था। दूध में लॅक्टोमीटर रखकर उसे स्वीकार करता था। सम्पतराव की देख-रेख तो थी ही। 'दूध तनिक कम है। बारक्या, दूध हमेशा नाप से थोड़ा ज्यादा लेना चाहिए,' सोकाजीराव ने बारक्या को अच्छी तरह से हिदायत दे रखी थी। इसीलिए एक लीटर की नाप भरने पर भी वह 'थोड़ा और डालोऽऽ' की रट लगाए रहता। इस प्रकार सात सौ लीटर में आठ-दस लीटर का इजाफा अवश्य हो जाता। इस अतिरिक्त दूध की प्रविष्टि बारक्या 'सिदुबा दुग्ध सहकारी समिति' के नाम से करता था। मानाजीराव को डेयरी में हाजिरी लगाने की फुरसत ही कहाँ थी? अतएव बारक्या हिसाब के रजिस्टर साइकिल के कैरियर में फँसाकर मानाजीराव के पास चला जाता, उनके हस्ताक्षर प्राप्त करने।

हफ्ता बीत गया। एक दिन सोकाजीराव ने बारक्या और सम्पतराव को सभी सम्बद्ध रजिस्टरों के साथ आने के लिए कहा। उनके आने पर उसने रजिस्टर के पन्ने उलट-पुलटकर देखे और उसकी भौंहें तन गयीं।

'अतिरिक्त दूध का हिसाब तुम कहाँ लिखते हो?' सोकाजीराव ने कड़क-कर बारक्या से पूछा।

'डेयरी के नाम से!'

सोकाजीराव ने हँसकर कहा, 'अबे बारक्या के बच्चे, तू तो इतना समझ-दार है, फिर भी ऐसी भूल···? देखो, यह डेयरी शुरू करने के लिए हमारी जेब से दस-बीस हजार खर्च करने पड़े। परसों सावन्त बाबा और उनके सैकड़ों चेले-चपाटों को लजीज खाना खिलाना पड़ा। आखिर इन खर्चों को हम कहाँ से पूरा करेंगे? इसलिए तुम अतिरिक्त दूध सम्पतराव के नाम से दर्ज कर दिया करो।'

'जी बेशक।' बारक्या ने हामी भरी।

'क्या खाक बेशक? पूरा का पूरा संपा के नाम से नहीं, उसमें से पाँच लीटर बहू के नाम से···हर काम सूझ-बूझ के साथ करना चाहिए।'

दूसरे दिन से बारक्या पूरा एहतियात बरतने लगा। 'थोड़ा और दूध

डालो, थोड़ा और…' का आग्रह करने से अब रोजाना बीस-पच्चीस लीटर अतिरिक्त दूध प्राप्त होने लगा। बारक्या प्राप्त हिदायतों के अनुसार बाकायदा हिसाब रखने लगा।

पहले मुर्गे ने हौले से आवाज दी, तो दूसरे ने भी समूची ताकत के साथ बाँग लगाई। दड़बे में पंखों की फड़फड़ाहट सुनाई पड़ी। गुदड़ी ओढ़कर मुरार पाटील यूँ ही लेटा हुआ था। उसकी आँखें खुली थीं। कहीं से चमगादड़ों की चीत्कार सुनाई पड़ रही थी। बाहर झुटपुटा होने को था। गाँव में कहीं डमरू की डमडम सन्नाटे को मानो चीर रही थी। पाटील मन-ही-मन हँस दिया। गाँव को नींद से जगाने के लिए पूर्व में पिंगला जोशी भोरहारे में ही हर घर पर दस्तक देता था। उसकी आवाज से घर की औरतें जाग जाती थीं और उसे भिक्षा मिल जाया करती थी। दिन निकलने से पहले ही डमरू बजाते हुए वह घर-घर की खाक छानता था। यह उसका परम कर्तव्य था। पर अब पिंगला और भिखारियों में कोई फर्क नहीं रहा था। दोनों के साधन एक ही थे—भीख माँगना! मुरार पाटील को लगा कि ऐसा ही कोई बूढ़ा पिंगला अँधेरे में ठोकरें खाते हुए अपना नित्य कर्म कर रहा होगा। कल दिन-भर खेत में खटते रहने से उसके अंग-अंग जवाब दे रहे थे। हाथ-पांव जैसे फूल रहे थे। पर लेटे रहने से थोड़े ही काम चलनेवाला था! आज की तारीख लगी होने से उसे मांगोला जाना था। हो सकता है कि फैसला ही सुना दिया जाए। अब तक बड़ी ही जीवटता से वह जूझता रहा था। यानी कि चावल पकने तक तो इन्तजार किया, और निवाला मुँह में डालने में ही इतनी जल्दबाजी क्यों? 'बाऽ सिदुबा रेऽ हरी हरीऽऽ' कहकर उसने एक जोरदार अँगड़ाई ली और जमीन के बल हाथ टेककर वह उठ गया। कंबल पर फिर से लेटने तथा आँखों की तरावट दूर करने की इच्छा तो उसे हो रही थी, पर यह आलस्य उसे बहुत महँगा पड़ सकता था।

उसने लालटेन जलाई और उसकी मद्धिम रोशनी में तबेले में आ पहुँचा। उसने माँद में चारा डाला। फावड़े से गोबर हटाया और आश्वस्त होकर घर जाने के लिए चल पड़ा। निरन्तर खटते रहना ही उसकी नियति थी।

धाकू पाटील पांगरी नदी के तटीय इलाके का एक मशहूर पहलवान था। उसके धोबी-पछाड़ दाँव-पेंचों से कोल्हापुर के शाहू महाराज ने भी दाँतों तले उँगली दबा ली थी। उसने खासबाग मैदान में मशहूर पहलवान लाट्या पंजाबी को मिनटों में चित कर दिया, तो शाहू महाराज ने खुश होकर उसे चाँदी की एक गदा और सौ एकड़ जमीन बख्शीश दी थी। वह वीर पहलवान ही तो मुरार के दादा थे। धाकू पाटील ने कोल्हापुर की वह जमीन बेचकर पांगरी किनारे

खरीद ली। दस वर्षों तक बड़े ठाठ-बाट से राजसी जीवन बिताने के बाद ढलती उम्र में दारू-अफ़ीम-गाँजा के चक्कर में पूरी जमीन बेचकर वह मिट गया। देखते-ही-देखते क्या-से-क्या हो गया। समूचा परिवार तबाही के कगार पर जा पहुँचा। मुरार के बापू भी स्थिति में सुधार नहीं ला सके। किन्तु मुरार के भीतर अपने दादाजी की वीरता और साहस की लौ थरथरा रही थी। अपने परिवार को स्थिरता प्रदान कर खानदानी रौब-रुतबे को पुनः प्रतिष्ठित करने के लिए वह दृढ़ प्रतिज्ञ था।

मुरार-राधाई की शादी के दौरान राधाई के तीन देवर इत्ते-इत्ते से ही तो थे। मुरार अपने भाइयों से बेहद प्यार करता था। आर्थिक स्थिति तो डाँवाडोल ही थी। घर का खर्च बड़ी ही मुश्किल से चल पाता था। बड़े घर के सदस्य होने के नाते रोजगार तलाशना उनके लिए अपराध था; चारदीवारी के भीतर फाका करना पड़े तो भी बेहतर! अच्छा-बुरा जो भी हो, बन्द मुट्ठी में रहे तो ही अच्छा था। अपने छोटे भाइयों के लिए मुरार को हल जोतना पड़ा, फिर भी वह खुश था। राधाई ने भी उसका साथ दिया। तीनों भाई जवान हुए। उनके शादी-ब्याह होते रहे। घर में नवागतों की किलकारियाँ गूँजने लगीं। चारों भाइयों ने मिलकर पथरीली ज़मीन में सुरंग लगाकर पत्थरों को मिट्टी में बदलवाया और उस जमीन को कृषि योग्य बनाया। सात-आठ साल अमन-चैन से बीते।

गाँव के पास ही एक एकड़ अत्यन्त उपजाऊ भूखण्ड था। उसे 'मोराची पड' कहा जाता था। बताया जाता है कि किसी जमाने में वहाँ मोर-मोरनियाँ नृत्य किया करते थे। वहाँ की मिट्टी भी मक्खन-सी मुलायम थी। यह भूखण्ड मूलतः धाकू पाटील की अमानत था। किन्तु नशाखोरी की अपनी आवश्यकता को पूरा करने के लिए धाकू ने उसे फाल्के परिवार को बेच दिया था। खेतों में बनी पगडण्डी से गुजरते हुए मुरार अकसर इस भूखण्ड के पास तनिक साँस अवश्य लेता था। क्योंकि राहगीरों के मुँह से 'इस जमीन में इन्सान को बोने से उसकी भी कोंपलें अवश्य आएँगी' यह वाक्य सुनने से उसकी आत्मा जैसे तृप्त होती थी। फाल्के परिवार जब इस भूखण्ड को बेचने लगा तो मुरार उसे प्राप्त करने के लिए जैसे झपट पड़ा। अपने बीवी-बच्चों के गहने आदि बेचकर उसने पूँजी जुटाई और 'मोराची पड' खरीदने के लिए वह सिद्ध हो गया। इधर सोकाजीराव डोकरे के मुँह से भी लार टपकने लगी थी और उसका ड्योढ़ा मूल्य चुकाने के लिए भी वह तैयार था। किन्तु फाल्के परिवार चाहता था कि मूल मालिक के परिजनों के ही कब्जे में भूखंड चला जाए तो बेहतर होगा—यह सोचकर उन्होंने आर्थिक नुकसान उठाने में भी आनाकानी नहीं की। अन्ततः इस भूखण्ड में मुरार का हल चलते देखकर सोकाजी के तन-बदन में जैसे आग लग गयी।

एक दिन किसी काम से मुरार बेलगाँव गया था, तो मौका देखकर सोकाजी ने 'मोराची पड' में अपने हल जबरदस्ती चलवाए और जमीन अपने कब्जे में कर ली। पटवारी ने भी चावडी में बैठकर कागजों में सोकाजी का दस्तूर दर्ज किया। मुरार बेलगाँव से लौट आया, तो अपने तीनों भाइयों को चिन्ताक्रान्त पाकर वह बेचैन हो गया। वे मानो बड़े भैया के आने का ही इन्तजार कर रहे थे। सोकाजी और मुरार में कहा-सुनी हुई। दोनों ने अपने-अपने खेमे के लोगों को बुलाया। काफी लोग इकट्ठा हो गए। लठ चलने शुरू हुए और सिर-फुटव्वल तक की नौबत आ गई। पुलिसवालों ने दोनों पार्टियों को हिरासत में लिया। दोनों ने शिकायतें दर्ज कीं और एक-दूसरे के खिलाफ चॅप्टर केसेज भी। सोकाजी-मुरार सहित कई लोगों को हवालात की हवा खानी पड़ी। मुरार ने सम्बन्धित भूखण्ड को लेकर शिकायती मुकदमा दर्ज किया। चारों भाइयों ने संयुक्त रूप से प्रतिज्ञा की, 'जब तक भूखण्ड हमें वापस प्राप्त नहीं होता, तब तक हम न चैन से सोएँगे, न ही बटवारा होने देंगे।'

जमीन के इस झगड़े में विधायक सावन्त बाबा सोकाजी के पक्ष में थे। वे सोकाजी के लिए पुलिस चौकी में टेलीफोन करते थे, तहसीलदार पर दबाव डाल रहे थे, पटवारी को पूरे रिकॉर्डों के साथ हवेली पर तीन-तीन बार बुलाते थे। इस प्रकार सभी स्थितियाँ सोकाजी के अनुकूल थीं। जबकि मुरार 'मर जाऊँ या मिट जाऊँ'; अब न कदम पीछे लूँगा' की दहाड़ मारते हुए पूरी शिद्दत के साथ मैदान में डटा था। पटवारी के रिकॉर्डों में दस्तूर सोकाजीराव के नाम से दर्ज होना मामूली अड़ंगा नहीं था। महा भयंकर साँप यदि बिल में चला जाए तो भीतर हाथ डालकर उसकी पूँछ पकड़ते हुए उसे बखूबी बाहर निकाला जा सकता है, लकिन पटवारी के रिकॉर्डों में की गई हेराफेरी···यह अत्यन्त दुस्साहसिक काम था। इस सम्बन्ध में तहसीलदार कार्यालय में लिखा-पढ़ी करनी पड़ती, यदि फैसला अनुकूल न हो, तो उप-जिलाधीश, जिलाधीश तथा आयुक्त के पास क्रमशः अपील करना; इस दौरान कोई रिमांड लेगा, फिर से जाँच के आदेश देगा, जमीन का मुआइना करने के आदेश देगा, हर तरह की नुक्ताचीनी करेगा···। हजारों रोड़े रास्ते में खड़े हो सकते थे। कोई हत्यारा उम्र कैद की सजा पूरी कर बड़े आराम से घर वापस आ सकता है; जबकि चौदह नवम्बर का 'दस्तूरी' झटका बीस-पच्चीस साल तक तो अपना असर अवश्य ही दिखा सकता था। चक्कर काटना और एड़ियाँ घिसना···इसके अलावा और कोई चारा नहीं होता था।

मुरार ने दस्तूर सम्बन्धी शिकायत तहसील स्तर पर दर्ज की। ॲड० गोडबोले जैसे काबिल वकील को मुकदमे की पैरवी करने के लिए नियुक्त किया। उन्होंने कहा कि कब्जा अधिक महत्त्वपूर्ण है। इसलिए पहले उस पर मुहर लग-

वाना ज्यादा जरूरी है। कब्जा और दस्तूर का मामला तो ऐसा है जैसे—'पहले मुर्गी या पहले अण्डा'। वकील की राय यह थी कि पहले मुर्गी हो या अण्डा, दोनों रास्ते सील कर दो। मुरार के बात जँची। मालिकाना अधिकार सिद्ध करने के लिए दीवानी मुकदमा शुरू हुआ। और इधर दस्तूर का निर्णय करने के लिए तहसीलदार कार्यालय में बहस-पैरवी का दौर भी आरम्भ हुआ। डोकरे-माने पाटील ने एक-दूसरे के खिलाफ चॅप्टर केसेज तो पहले ही दर्ज करायी थीं। इस प्रकार अदालत में एक साथ चार मामले चल रहे थे और चारों ओर भाग-दौड़ करने में मुरार पाटील की हालत पतली हो रही थी।

सोकाजी तो मुरार पर जैसे खार खाये बैठा था। वह उसे चारों ओर से घेरने का प्रयास करने लगा। सावन्त बाबा मुरार के रास्ते का सबसे बड़ा पत्थर था। संयुक्त महाराष्ट्र आन्दोलन के दौरान चुनाव घोषित हुए। मुरार ने विधायक सावन्त के विरोध में खूब प्रचार किया। इसी दौरान ज्ञानू सावला और मुरार में करीबी सम्बन्ध स्थापित हुए। मुरार के तीनों भाई सोकाजी के जानी दुश्मन थे। लेकिन सोकाजी ने बड़ी हिकमत से तीनों पर जादू चलाया और उनका निशाना बदलवा दिया। उल्टे अब वे तीनों मुरार पर गुर्राने लगे। बरतन आपस में कुछ ज्यादा ही टकराने लगे, बैल जान-बूझकर एक-दूसरे के पेट में सींग घोंपने की फिराक में रहने लगे। अदालत के फैसले का इन्तजार करने लायक स्थिति में अब वे नहीं थे। पाँच-छः साल तक तो उन्होंने प्रतीक्षा जरूर की। पर अब उन्हें उतावली हो रही थी। राधाई का अमन-चैन भगवान को और उससे भी अधिक पांगिरा को मंजूर नहीं था। भाइयों में अन्ततः बटवारा हो ही गया।

ज्ञानू सावला और मुरार पाटील के अलावा पूरा गाँव सोकाजी को बाअदब सलाम किया करता था। सोकाजी इस कदर ऐंठकर चलता था जैसे कानून पर उसी का एकाधिकार हो। तथापि मुरार उसे घास न डालते हुए सुचारु रूप से गुजर-बसर करता था, अत्यन्त जीवटता से सभी मुकदमे लड़ रहा था। बाजी और हनुमन्त नामक दो बेटों की परवरिश के दायित्व को भी अच्छी तरह से निभा रहा था। किन्तु बड़े बेटे की अपेक्षा उसका छोटा बेटा कुछ ज्यादा ही तेज-तर्रार और खुद्दार था। अपनी जान की कीमत पर 'मोराची पड' की रक्षा करने के लिए दृढ़ प्रतिज्ञ मुरार के घर में ही अभी भी फूट डालने की पुरजोर कोशिश में सोकाजी था। मीठी-मीठी बातों में उलझाकर वह बाजीराव को फाँसने की फिराक में था।

मुरार का सिर चकराने लगा था। दोनों रास्ते सील करने की सलाह अॅड० गोडबोले ने बीस साल पहले दी थी। पर इस बीच रास्ते सील होना तो दूर वहाँ राजमार्ग बनकर तैयार हुआ था।

जमीन के दस्तूर सम्बन्धी निर्णय देने का अधिकार राजस्व अदालत को था और उससे सम्बन्धित मुकदमे चल ही रहे थे। पर इस बीच दीवानी अदालत ने भी जमीन के मालिकाना अधिकारों सम्बन्धी फैसला सुनाने से पहले उसके दस्तूर सम्बन्धी स्थिति जानने की इच्छा प्रकट की। इस मुद्दे पर राजस्व अदालत ही कोई निर्णय ले सकता था। इसलिए मामला तहसीलदार साहब के सामने सुनवाई के लिए आया। यहाँ मुरार मात खा गया। फैसला उसके पक्ष में नहीं हुआ। अतएव मुरार ने उप-जिलाधीश के पास अपील की। दस्तूर सम्बन्धी निर्णय लेने से पहले सभी आवश्यक पहलुओं पर विचार न किये जाने की टिप्पणी के साथ वहाँ से मामला पुर्नविचारार्थ तहसीलदार के पास आया। और इस बार मुरार को पूरा विश्वास था कि फैसला उसी के पक्ष में होगा। गाँववालों को निचोड़कर सोकाजी ऊपर की कमाई से ही तो मुकदमों का खर्चा निकाल रहा था। जबकि राधाई शाक-सब्जी बेचकर होने वाली छोटी-मोटी आमदनी से अपने पति के खर्चे पूरे करने में हाथ बटा रही थी। एक अन्तहीन सिलसिला जारी था।

मुरार घर पहुँचा। अब तो दिन निकलने को था। समय से तहसील कार्यालय पहुँचने की दृष्टि से तैयारी करनी थी। पर बाजी की पत्नी यानी अपनी पुत्रवधू को नींद से जगाने की हिम्मत मुरार को नहीं हो रही थी। अपना सगा बेटा ही जब पराया हो जाए, तो बहू तो आखिरकार दूसरे खानदान की बेटी थी। घर का माहौल देखकर वह भी मुर्गी की तरह कुनमुनाने लगी थी। मुरार के दो-चार बार आवाजें देने से राधाई की आँख खुली। वह झट से उठ बैठी। मुरार को पहली बस से तहसील मुख्यालय जाना था, सो वह मुँह-हाथ धोकर रोटी सेंकने गयी। चूल्हे के सामने बैठकर मुरार तनिक सेंक रहा था। इसी बीच ज्वार की रोटी को अंगारों पर धरते हुए राधाई ने कहा, 'अब उम्र ढल रही है। कोर्ट-कचहरी के झंझट से दूर रहो तो ही अच्छा है। जिन्दगी-भर यही सब तो करते रहे। क्या इसी में हम चुक जाएँगे?'

'इस साल फैसला हो जाएगा, देखना।'

'बीस साल पहले भी तो आप यही कहा करते थे।'

'बाबू ने कहा है, फैसला होकर रहेगा।'

राधाई ठिठक गयी। हथेली पर रोटी तैयार थी किन्तु तवे पर डालने से पहले ही वह टूटकर परात में जा गिरी। राधाई सहम गयी। उसकी आँखें भर आयीं। सुबकते हुए उसने कहा, 'आपको तो अदालत की तारीख अपनी जान से ज्यादा प्यारी है। अब पहले जैसी ताकत नहीं रही, तो घर में बैठकर माला

जपते रहिए। आपकी उम्र के लोग दिन-भर भजन-पूजन में लगे रहते हैं। पर आप हैं कि वकील, अदालत, तहसील के चक्कर में…'

'मैं अपनी मर्जी से जाता हूँ वहाँ ? 'सोन्याची पड' जैसा मेरा सोने का टुकड़ा; आठ-दस एकड़ की उपजाऊ जमीन सोकाजी हड़प गया तो भी मैं चुप रहूँ ? उसे हजम थोड़े ही होने दूँगा मैं यह सब ?'

'लेकिन आपकी उम्र क्या है ?'

'उम्र की बात जाने दे राधिया। यदि अदालत में मैं मर जाऊँ और मेरे शव को घर लिवा लाने, क्रिया-करम के लिए रुपये-पैसे न हों, तो लावारिस समझ कर पुलिस वाले ले जाएँगे लाश को। ले जाने दो उन्हें। पर मैं सोकाजी को चैन से जीने नहीं दूँगा,' तैश में आकर मुरार ने कहा।

मुरार के मुँह से कुछ अपशब्द भी अनजाने में निकल गये थे, तो राधाई की आँखें बहने लगीं। बाहर झुटपुटा हो चला था। बस का समय होने लगा। राधाई ने आँसू पीकर मटके में से सूखी मछली निकालकर खपरैल से रगड़कर उसे साफ किया। चम्मच-भर तेल तवे पर डाला और उस पर मछली धर दी। उसकी महक घर में फैल गयी। राधाई कल ही मुरार के कपड़े धोकर लायी थी, सो वही कपड़े पहनकर मुरार पाटील जाने के लिए तैयार हुआ। पगड़ी सिर से कसकर लपेट ली। राधाई ने दोपहर के खाने की पोटली और दस रुपये का नोट उसके सामने धर दिया तो झुँझलाकर उसने पूछा, 'ये क्या ?'

'क्या करूँ ? बिक्री हुई ही नहीं। मुझे मालूम था कि आपकी तारीख लगी है। इसीलिए बैंगन और सेम की फली का टोकरा ले तो गयी थी। पर गिराक ही नहीं था। और ज्यादा भाव भी नहीं मिला।'

'सो तो ठीक है, पर अब वकील को क्या दूँगा ? इस महीने में तो कुछ दिया ही नहीं उसे। कम-से-कम पचास रुपल्ली तो दे दे।'

'मैं करूँ तो भी क्या ? कहाँ से लाऊँ इतना सारा रुपया ? हनुमन्त पैंट के लिए पीछे पड़ा था। मुझे भी जंपर…'मुरार की बोलती बन्द हुई। भारी दिल से वह बस अड्डे की ओर चल दिया। बस अड्डे पर तहसील मुख्यालय जाने वाली बस के प्रतीक्षार्थियों की भीड़ ही ज्यादा थी। किसी को जाति का प्रमाण-पत्र चाहिए था, तो किसी को तहसील महासंघ के दफ्तर से सल्फेट के कट्टे लाने थे। दीवानी अदालत में किसी की तारीख थी, तो किसी को विधायक महोदय ने बुलावा भेजा था, तो किसी को बी डी ओ से मिलना था।

झकाझक खद्दर का कलफ लगा कुर्ता और महीन-मुलायम धोती पहने भिकु अण्णा पीपल के पेड़ के नीचे खड़े थे। उनकी चप्पल में लगे फुंदे सूरज की सुनहरी किरणों से दमदमा रहे थे। दो-चार औरतों से वे घिरे थे तथा बातों-ही-बातों में उनकी तिरछी टोपी और भी तिरछी होती जा रही थी। पांच

फुटा, गोरे चिट्टे, आकर्षक व्यक्तित्व से सम्पन्न अण्णा के चेहरे पर अतीव उत्साह दिखाई दे रहा था। उनकी बगल में अखबारी कागज में लपेटा एक पुलिंदा था और उसमें यकीनन कपड़े ही थे। पांगिरावासियों से अब यह बात छुपी नहीं थी। अपने उजले-उजले कपड़े नदी के मटमैले पानी में धोना उन्हें पसन्द नहीं था। इसलिए वे मैले कपड़ों का पुलिंदा तहसील मुख्यालय जाते समय अपने साथ ले जाते थे और आते समय लांड्री में धुले कपड़ों का पुलिंदा ले आते थे। असाधारण परिस्थिति में अण्णा लांड्री में ही कपड़े बदल लिया करते थे। दूल्हे की तरह सजे रहना उन्हें बेहद पसन्द था। गाँव में किसी ने किसी के खिलाफ चॅप्टर केस की थी। और उसी सिलसिले में दो गँवई औरतों के साथ वे तहसील मुख्यालय जाने के लिए खड़े थे। अपने काम में उलझे अण्णा को मुरार ने आवाज दी, 'क्यों भिक्या, आज क्या काम है तहसील में?'

'नमस्ते ऽऽ,' अण्णा ने नेहरू मार्का अभिवादन कर मन्द मधुर मुस्कान बिखेरते हुए पूछा, 'बोलिए, मोरार बापू? क्या हाल-चाल हैं?'

इतने में पश्चिम की ओर धूल उड़ती-सी दिखाई दी। डोंगरवाडी से एक बस सरपट आयी तो, पर वह ठसाठस भरी थी। तथापि पांगिरा अड्डे पर भी और लोग भीतर घुस गये। अण्णा-पाटील छत के समानान्तर लगे डंडे को थामे, मार्गिका में खड़े रहे। कुछ मिनटों में बस पुनः धूल उड़ाते, हिचकोले खाते हुए मांगोला की ओर चल पड़ी।

मुरार पाटील मन-ही-मन सोचने लगा कि उसका जीना फिजूल हुआ। अण्णा की तरह जीने की कला यदि उसे अवगत होती, तो खुशहाल जीवन मयस्सर होता। मुरार ने पूछा, 'क्यों भिक्या, आज किसने दिये तेरे टिकट के पैसे?'

अण्णा ने उसे चुप कराते हुए हौले से कहा, 'अरे बाबा, कम-से-कम सब लोगों के सामने तो मेरी बेइज्जती मत करो।'

'देख भिक्या, सामान्य लकड़ियों की चिता तो तुझे जला नहीं पायेगी।'

'ठीक है भाई,' अण्णा ने मुसकुराकर कहा, 'तुम्हारे आशीर्वाद से ही सही, मुझे चन्दन की चिता तो मयस्सर होगी! पर तुम्हारा आशीर्वाद अवश्य बना रहने दो।'

'यही तो गुर है तुम्हारा। मीठ-मीठी बातों के जाल में फँसाकर ही तो तुम गाँव के बादशाह बन गये हो।'

मुरार की इस सार्थक टिप्पणी पर अन्य सहयात्री खिलखिलाकर हँस दिये। इतने में कंडक्टर के घंटी बजाते ही अचकचाकर बस रुकी। मांगोला आ गया था। यहाँ लोगों की चहल-पहल कुछ ज्यादा थी।

तहसील मुख्यालय के बार की ओर मुरार चल पड़ा। अदालत परिसर में

कुछ ज्यादा ही भीड़ नजर आ रही थी। काला चोगा पहने वकील इधर-उधर आ-जा रहे थे और उनके पीछे-पीछे मुवक्किल भी। उस भीड़ में पाटील अपने गोडबोले वकील को ढूंढ़ रहे थे। पार्किंग में तो उनकी सफेद फियाट दिखाई नहीं दे रही थी। मुरार पाटील को मालूम था कि तहसील तो क्या, जिला मुख्यालय के बार में भी गोडबोले की टक्कर का कोई वकील नहीं था। गोड-बोले जब बहस के लिए खड़े होते, तो अदालत के सभी लोग दत्तचित्त होकर उनकी जिरह सुना करते थे। राजस्व-कानून की बारीकियाँ तो जैसे उनके जिह्वाग्र पर थिरक रही होतीं। पन्द्रह वर्ष पहले मुरार तो उनका अत्यन्त प्रिय मुवक्किल रहा होगा। कई मुवक्किलों से रुपये मिलें या न मिलें, वे उनकी वकालत अवश्य करते थे। उन दिनों खटारा साइकिल पर कानून की किताबें लादे, सँभल-सँभल कर साइकिल चलाते हुए वे तहसील मुख्यालय आते, मुरार के कांधे पर हाथ रखकर चाय-पकौड़ी का नाश्ता करते तथा लाजवाब पैरवी करते। किन्तु अब जमाना बदल गया था। उन दिनों मुवक्किलों की टोह लेने वाले गोडबोले को आज सारी दुनिया खोज रही होती है। उनकी सफेद फियाट कभी भी आती थी और किसी भी क्षण गायब हो जाया करती थी। अब 'पहले पैसा, बाद में बातें' इस फार्मूले पर वे चलते थे। उनके खर्चे भी उसी अनुपात में बढ़ गये थे। जिला केन्द्र में उनके दो बँगले बन गये थे। उनकी फियाट तो नागिन की तरह सड़क पर बल खाती चलती थी। उनका बेटा कानपुर में आय आय टी में उच्च शिक्षा प्राप्त कर रहा था। मुवक्किल दबी जुबान से यह भी कहते पाये जाते थे कि जिले के बँगले में उनके साथ खूबसूरत चाँदनी भी रहती है।

पर मुरार पाटील की स्थिति अब ॲड० गोडबोले के ठीक विपरीत हो गयी थी। उसके सिर की इत्ती बड़ी, घेरेदार पगड़ी अब बित्ता-भर की रह गयी थी। लल्लू छाप पहनावे पर ही अब उसे सन्तोष कर लेना पड़ रहा था। टूटे अँगूठे वाली अति सामान्य चप्पलें, जिनमें मरम्मत की कोई गुंजाइश न रह गयी हो, पहनना ही अब उसकी नियति थी। तहसील मुख्यालय जाने के नाम से मुरार का सिर चकराने लगता। बस के टिकट के पैसे जुटाने में उनकी साँस फूलने लगती।

आज वकील की फीस के पैसे कहाँ से आएँगे? आज कौन-सा बहाना बनाया जाए? इन्हीं समस्याओं की उलझन में मुरार था। वकील की फीस के पैसे न ला पाने के अपराध-बोध से वह मरा जा रहा था। अगली बार ऐसी भूल न करने का निश्चय उसने कर लिया था। अदालत के बाहर, धूप में एक ओर खड़ा मुरार गोडबोले के इन्तजार में था, कि एक ,बुलेट दनदनाती हुई वहाँ आ रुकी। संपतराव अपने पिता सोकाजीराव के साथ आ पहुँचा था।

कड़कती धूप में खड़े मुरार की ओर हिकारत से देखकर उन्होंने छद्म हँसी बिखेर दी, तो पाटील ताव खा गया। उसने दाँत-होंठ चबाते हुए मन-ही-मन कहा, 'अबे सालो, मुझसे बचकर कहाँ जाओगे? मुकदमे का फैसला तो हो जाने दो; फिर देखना। लठ से स्यारों की मरम्मत करने के अंदाज में तुम लोगों की धज्जियाँ न उड़ायीं तो मेरा नाम मुरार पाटील नहीं!'

गोडबोले की प्रतीक्षा करते-करते मुरार का दिल खट्टा हो गया था कि वकील साहब के एक अन्य मुवक्किल ने खबर दी, 'आज तो साहब दोपहर में आएँगे।' अतएव इस बीच के समय में खाना खा लेने के इरादे से मुरार ने चाय की टपरी के सामने रखी बेंच पर आसन जमाया। तोषे की पोटली खोलकर उसने बैरे से कहा, 'एक गिलास पानी लाओ, भाई।'

'मुफ्त में नहीं मिलेगा पानी। खाने-पीने की कोई चीज लेनी पड़ेगी, तो ही पानी मिलेगा।'

टपरी का मालिक चाय छान रहा था। मुरार ने उसकी ओर देखा। बीस साल पुराने ग्राहक को मालिक अच्छी तरह से पहचानता था, सो उसने चिल्लाकर कहा, 'अबे ममद्या, पाटील साब को पानी दे।' मुरार ने मुष्टि-प्रहार से प्याज के दो टुकड़े किए और सवेरे की रोटी के टुकड़े वह पानी के साथ चबाने लगा।

भिकु अण्णा दो-चार ग्रामवासियों के साथ सामने ही, पुलिस चौकी के बाहर खड़े थे, तथा उन औरतों से कुछ कह रहे थे। फौजदार ने हाल ही में यहाँ कार्य ग्रहण किया था। अण्णा ने अपने आने की सूचना अन्दर भेज दी थी। थोड़ी देर बाद अन्दर से बुलावा आते ही वे भीतर चले गए। और हौले से उन्होंने दरवाजा उढ़का लिया। दरवाजे के पास ही चप्पलें उतारकर रख दीं और हँसते-हँसते ही बाअदब फौजदार का अभिवादन किया। फिर उसके सामनेवाली कुरसी में सिकुड़कर बैठते हुए उन्होंने धीरे से कहा, 'मुझे भिकुअण्णा पाटील कहते हैं, पांगिरा में रहना हूँ। और जि० प० का पूर्व सदस्य हूँ।'

'अच्छा। कहिए कैसे आना हुआ?'

'निजी काम से आया हूँ। आपकी इजाजत हो तो...'

'कोई बात नहीं, बोलिए।'

'सुना है कि आपकी छोटी बहन विवाह योग्य है।'

'लेकिन आपको कैसे मालूम हुआ?' दो हफ्ते पहले ही बदली होकर आए फौजदार ने आश्चर्य व्यक्त करते हुए पूछा।

'अपनों की बातें तो मालूम पड़ ही जाती हैं।

अण्णा द्वारा सही नब्ज पकड़ लिए जाने से फौजदार वाकई चौंक गया था। किन्तु अण्णा की एक्सप्रेस गाड़ी अबाध गति से आगे बढ़ती रही, 'मेरा एक भांजा है। बी० एस्सी० पास है, तहसील महासंघ में नौकरी करता है। और बीस एकड़ खेती का मालिक भी है। यदि आपकी इजाजत हो तो…?'

फौजदार भी अब अण्णा के साथ खुलकर बात करने लगा। बातों-ही-बातों में अण्णा ने उसकी बहन का नाम मालूम कर लिया। और उसी के साथ उन्होंने नाम और जन्मतिथि के आधार पर जन्मकुंडली बनाई। साथ ही विभिन्न ग्रहों के हवाले से उन्होंने यह बात उसके गले से नीचे उतार दी, कि इसी साल लड़की की शादी होना कितना जरूरी है। इसी दौरान चाय-बिस्कुट भी वे लेते रहे। काफी देर तक बातचीत होती रही। अंतत: अण्णा उठ खड़े हुए और धोती का एक छोर हाथ में थामकर मुसकुराते हुए उन्हें नमस्ते कर कहा, 'अच्छा, तो अब इजाजत लूँ…?'

'जरूर ऽऽ जरूर।'

'साब जी, तहसील-क्षेत्र में हमारा कोई छोटा-मोटा काम निकल आए तो ध्यान रखिए…'

'आप चिन्ता मत कीजिए।'

अण्णा बाहर आए, तो बाहर खड़ी दो औरतों ने बड़ी उम्मीदों से उनकी ओर देखा और एक औरत ने सहमकर पूछा भी, 'साब ने क्या कहा?'

दोनों हाथ ऊपर उठाकर उन्हें आश्वस्त कराते हुए अण्णा ने जवाब दिया, 'धुरपे, अब तू चिन्ता ना कर। साब को बात जँच गई है। मुश्कें बाँधकर तेरे देवर को वे लाएंगे। किन्तु थोड़ी देर लगेगी। दो-तीन बार साब से मिलना पड़ेगा। पर तेरा काम हो जाएगा।'

दोनों औरतें खुश हो गयीं, तो अण्णा ने उनके साथ वाले युवक से पूछा, 'क्यों भाई जयवन्त, अब पेट-पानी की क्या व्यवस्था है?'

'हम तो अपने लिए रोटी लाए हैं। बेटा, तुम साब को ढाबे में ले जाओ। उनकू अच्छा खाना खिलाओ।' धुरपदा ने कहा।

अण्णा के साथ आयीं दो औरतों ने रोटी खाने के लिए कुएँ की जगत का सहारा लिया। और उसी कुएँ का पानी गिलास में लेकर वे बासी रोटी तोड़ने लगीं।

अण्णा ढाबे में बड़े आराम से मुर्गी-बिरयानी की खबर ले रहे थे। बड़े चाव से वे हड्डी चूसते रहे।

मुरार पाटील रोटी के साथ सूखी मछली के दो टुकड़े लाए थे, वे खत्म हुए

तो जनाब पानी के साथ ही बाकी रोटी के कौर चबाते रहे।

पाटील तहसीलदार की अदालत में गए। किसी मन्त्री के आगामी दौरे के सिलसिले में तहसीलदार साहब कहीं गए हुए थे और आज की तारीख मुल्तवी हो गयी थी। यानी कि अब आगामी तारीख के लिए वकील की जुगत करना जरूरी था। पाटील गोडबोले वकील की प्रतीक्षा में दफ्तर से बाहर, एक ओर, पत्थर पर बैठे रहे। तृप्त होकर डकार देते हुए अण्णा भी वहाँ आ पहुँचे और तहसीलदार, आर एन टी, आपूर्ति विभाग के बड़े बाबू, पेशकार, हवलदार आदि महानुभावों की कुरसियों की परिक्रमा उन्होंने पूरी की; मानो मन्दिर में आते ही भक्तराज ने वहाँ के सभी देवताओं के आगे शीश नवाने का कर्तव्य पूरा किया हो।

दोपहर के तीन बज चुके थे। इतने में कच्ची सड़क की धूल में खोयी हुई, सफेद फियाट आ गयी। यकीनन वह गोडबोले वकील की ही गाड़ी थी। अभी वे गाड़ी में से नीचे उतर ही रहे थे कि दो-चार पत्रकारों ने उन्हें घेर लिया। जीपवाला एक मुवक्किल तो बिलकुल उनसे सटकर खड़ा था और कुछ जरूरी बातें कर रहा था। वकील साहब भी उससे बात करने में आत्मीय लग रहे थे। काफी देर तक उन दोनों में खुसुर-फुसुर होती रही। उसके खिसक जाने के बाद पाटील आगे आये। अपने पुराने यार से मिलने की खुशी में उनकी चितकबरी मूँछें मुसकुरायीं। प्रारम्भिक दुआ-सलाम के बाद पाटील ने कहा, 'आज की तारीख पड़ी थी।'

'अब कौन-सी तारीख के पीछे पड़े हो भाई?'

'वही दस्तूरी मुकदमा। मोराची पड सम्बन्धी...'

'अच्छा, अच्छा, तो फिर?'

'तहसीलदार साहब दौरे पर हैं। आगामी पन्द्रह तारीख मिली है। आपको आना होगा।'

'कोशिश करता हूँ। लेकिन फीस का क्या हुआ?'

'उस समय दे दूँगा, साहब।'

'आप भी कमाल करते हैं, पाटील! पेट्रोल के बिना गाडी आगे कैसे बढ़ेगी?'

उनकी इस चिकोटी पर बाकी लोग खिलाखिलाकर हँस पड़े, तो पाटील को मायूसी ने घेर लिया। इतने में वकील साहब ने फरमाया, 'पांटील, लिम्का, थम्सप...कुछ तो ले आइए...'

पाटील फुर्ती से सोडा वाटर की दूकान की ओर जाने लगे। वकील साहब का पी ए भी उनके पीछे-पीछे हो लिया। थम्सप की पाँच बोतलें उसने लीं। उसका बिल नौ रुपए हुआ था। सुनकर पाटील के पसीने छूट गये। जेब में सहेज

कर रखा, दस का नोट दूकानदार को सौंपते हुए उनकी आँखों के आगे सितारे चमक रहे थे। एक रुपल्ली जेब में रखकर पाटील लौट आये। मांगोला में आज अदालत का कोई विशेष काम तो था नहीं। इसलिए अॅड० गोडबोले को जिला मुख्यालय जाना था, सो वे अपनी फिएट में जा बैठे। पाटील ने बड़ी विनम्रता से हाथ जोड़कर प्रार्थना की, 'साब, पन्द्रह तारीख ध्यान में रहने दीजिए।'

वकील साहब ने एक मुसकान बिखेरकर काला शीशा ऊपर खिसका लिया।

धूल उड़ाते हुए जा रही कार की ओर पाटील आँखें फाड़कर अपलक देखते रहे। उनके दिमाग को जैसे काठ मार गया। दिन ढलने को था। शाम के पाँच बज रहे थे। अँधेरा घिर आने में अभी कुछ ही समय बाकी था। पर पाटील की जेब में पूरे दो रुपए भी नहीं थे, सो बस का टिकट भला कैसे ले पाएँगे? यही चिन्ता उन्हें खाये जा रही थी। सोलह किलो मीटर का ऊबड़-खाबड़ रास्ता उनकी आँखों में तैरने लगा। यह दूरी पैदल तय करना तो टेढ़ी खीर थी।' 'सिदुबा, मैं तो चुक गया हूँ। इस तरह कैंची में क्यों फँसाया तुमने मुझे?' सूखी, वीरान हँसी के साथ उन्होंने देवता को टेर लगायी। उनकी आँखों के सामने यकायक हनुमन्त खड़ा हुआ। एक रुपल्ली के आधा दर्जन केले लेकर वे पैदल ही चल पड़े।

बस अड्डे पर डोंगरवाडी जानेवाली आखिरी बस खड़ी थी। बस में काफी भीड़ दिखाई दे रही थी और भिकु अण्णा बस के सहारे खड़े होकर बीड़ी के कश खींचे जा रहे थे। वहाँ कई परिचित व्यक्ति नजर आ रहे थे। इन सब परिचितों के सामने से गुजरना भला न्यायोचित कैसे होता? इसलिए दबे पाँव पास की गली से होते हुए वे मुख्य सड़क पर पहुँच गये।

गाँव की परिधि से बाहर नदी के जल में उन्होंने सूर्य बिम्ब को डूबते हुए देखा। स्याही तेजी से फैलने लगी थी। पाटील बुढ़ापे में भी चुस्त-दुरुस्त थे, सो डग भरते हुए आगे बढ़ते रहे। पहाड़ी चढ़ाब का रास्ता शुरू हुआ तो पर्वत-मालाओं के बीच में, नाले-दर्रे के इर्द-गिर्द, झाड़-झंखाडों पर अँधेरा छाने लगा। स्याह अँधेरे में लाल सड़क का अस्तित्व जैसे मिट गया। राह चलते ठोकर खाना तो आम बात हो गयी। शुरुआती दौर में ही चप्पल का अँगूठा टूट गया, तो कदम आगे उठाये नहीं उठ रहा था। जबकि मंजिल तो अभी बहुत दूर थी। उन्होंने चप्पलें उतारकर पगड़ी के एक सिरे से बाँध रखीं। बाड़ के घेरे से उन्होंने एक लठनुमा लकड़ी खींच ली और कंकड़-काँटे खुँदलते हुए, उठते, गिरते, रुकते, ठिठकते हुए वे अँधेरा चीरने लगे।

सिदुबा के सामनेवाले चबूतरे पर भिकुअण्णा बैठे थे। कुछेक स्कूली बच्चे उन्हें घेरे हुए थे—बीरबल-बादशाह तथा राजकुमार ठकसेन के मजेदार किस्से वे बच्चों को सुना रहे थे। बच्चों को भी सुनने में मजा आ रहा था। इसी बीच विचारे गुरुजी का बड़ा बेटा अंकुशराव वहाँ आ धमका। अण्णा को फुरसत में पाकर पहले तो उसे बहुत आश्चर्य हुआ। किन्तु बाद में वह समझ गया कि वह रविवार का दिन होने से कोर्ट-कचहरी से उन्हें मुक्ति मिली थी। अण्णा के पास में ही बिराजते हुए अंकुश ने कहा, 'अण्णा, ठकसेन के ये किस्से आप हमारे बापू को क्यों नहीं सुनाते ?'

'क्योंकि तुम्हारे बापू का नाम विचारे गुरुजी है और वे दिमाग से काम करते हैं।'

'दिमाग से काम लेते तो अपने पेंशन की पूरी रकम जगन्माता अम्बा के चरणों में समर्पित न करते।'

यह सुनकर तो भिकु अण्णा भी सोच में पड़ गये। दरअसल ऐसा होना नहीं चाहिए था। पर हुआ। क्योंकि विचारे गुरुजी साठ को छू रहे थे और 'साठ में दिमाग को मार जाता है काठ'। पेंशन में जाने से पहले तो वे फूटी कौड़ी भी किसी को नहीं देते थे। अन्ततः इस तथ्य को तो स्वीकार करना ही पड़ता है कि दुनिया में कोई-न-कोई अज्ञात शक्ति है। वरना इन्सान भूत-पिशाच, देवी-देवता, ऋषि-मुनि के चक्कर में पड़ता ही क्यों ? विचारे गुरुजी के बचपन में उनके घर की माली हालत बहुत ही खराब थी। माँ मर चुकी थी। कोई साधु-बैरागी भिक्षा माँगने आए तो गुरुजी आटे समेत उसकी झोली उड़ा लिया करते थे। वर्नाकुलर फाइनल परीक्षा उत्तीर्ण होते ही वे नौकरी में आए और पाई-पाई जोड़ते रहे। मंजिलवाला शानदार मकान बनवाया, दोनों बच्चों को स्नातक स्तर तक की शिक्षा दी, पर बीड़ी-काड़ी में कभी एक धेला भी खर्च नहीं किया।

किन्तु सेवानिवृत्त हो जाने के बाद से गुरुजी वाकई सठिया गये हैं। मुर्गे की पहली बाँग के साथ ही प्रातः उठ जाते हैं और छोटा-सा घड़ा लेकर नदी की ओर चल पड़ते हैं। नदी गाँव से एक किलोमीटर दूर है, जबकि अम्बा माता का मंदिर पूर्व में, पहाड़ के उस छोर पर, ढाई किलोमीटर दूर है। भोर हारे में ही गुरुजी अम्बा माता को नहलाते हैं। और उसके बाद शुरू हो जाता है आरती, चिन्तन, मनन आदि का दौर। इसमें दोपहर के बारह बज जाते हैं। गुरुजी अब कदम ताल करते हुए गाँव में आ तो जाते हैं, किन्तु शाम के चार बजे उनकी साइकिल पुनः मन्दिर की ओर चल पड़ती है, सो रात के नौ बजे वे घर लौटते हैं। उसके बाद भोजन और विश्राम।

सिदुबा और यमाई का प्रभाव ज्यादा होने से अम्बा माता की ओर ग्राम-

वासियों का ध्यान पर्याप्त मात्रा में आकर्षित नहीं हो सका था। बीस-पच्चीस पेड़ों के झुरमुट में छुपी अम्बा माता सदा उपेक्षित ही रहीं। तथापि विजया-दशमी के अवसर पर उन्हें अवश्य याद किया जाता था। माता का मन्दिर भी जीर्ण हो गया था। पूरबी दीवार के ढह जाने से मवेशी बड़े आराम से भीतर आकर आराम फरमाते, जुगाली करते। पर सेवा निवृत्त होते ही गुरुजी ने चार हजार रुपए खर्च कर एक साल के अन्दर-अन्दर दीवार पुनः उठवायी। पूरे मन्दिर की पुताई की। आसपास की गन्दगी हटवाकर परिसर साफ-सुथरा कराया। उसी साल तीन हजार और लगाकर तीन बकरे परवान चढ़वाये तथा गाँववालों को गोश्त-रोटी की दावत दी। दूसरी साल गुरुजी ने चारों दीवारों की दरजबन्दी करवायी और गोश्त-रोटी की दावत भी दी। अब तीसरे साल में हफ्ता-भर पहले ही तीन बकरियाँ हलाल हुईं। फिलहाल मन्दिर के अहाते में फर्श बिछाने का काम चल रहा है अतः दो बैलगाड़ियों में भरकर शहाबादी फर्श मँगवाये। अंकुश ने झल्लाकर कहा, 'अण्णा, यह बुड्ढा हमारी घर-गिरस्ती को चौपट करके ही दम लेगा। हर रोज, हर पल 'जगदम्ब-जगदम्ब' की रट लगा कर हमारा जीना हराम कर देगा। फर्श खरीदने में कल डेढ़ हजार का चूना लगवाया। यानी कि हम गुजर-बसर करें तो कैसे?'

अण्णा ने हँसते हुए कहा, 'तुम्हारा बापू जुए-शराब में तो नहीं न गँवाता पैसा? पुण्य का काम कर रहा है, तो सोने में सुहागा! अपनी इच्छा से उसे करने दो।'

अंकुश फिर भी सन्तुष्ट नहीं हुआ। कहने लगा, 'लेकिन अण्णा, इस तरह अनाप-शनाप खर्च करने से तो भीख माँगने की नौबत आ जाएगी हम लोगों पर। गाँव छोड़कर भागना पड़ेगा। लगता है, अम्बा माता हमसे जरूर खफा है। गाँववालों को भला क्यों तकलीफ होने लगी? उन्हें मुफ्त में खाने को मिलता है और मन्दिर का पुर्ननिर्माण भी हो रहा है। हींग लगे न फिटकरी···' बकरी की जान जा रही है पर खानेवालों को स्वाद नहीं आ रहा!'

अब सदा बनिया उनकी बातचीत में शामिल हुआ। उसने अंकुश से कहा, 'बुधवार को भगवती जागरण के लिए तुम्हारे बापू बीस नारियल ले गये थे। उससे पहले की रकम भी बाकी है। बोलो, कब चुकाते हो?'

यह सुनकर अंकुश तो जैसे उखड़ गया, 'बाकी माँगने से तो अच्छा यही होगा कि जूते उतारो और रखो हमारे सिर पर।'

अंकुश सिर पीट रहा था; अण्णा और सदा उसकी चिकोटी ले रहे थे; कि इतने में खाली घड़ा कांधे पर उठाए विचारे गुरुजी ही सामने दिखाई दिये। वे घर की ओर जा रहे थे। भिकुअण्णा ने उन्हें टोकते हुए कहा, 'अजी मास्साब, तनिक इधर तो आइए।' अण्णा की आवाज सुनकर 'जगदम्ब-जगदम्ब' कहते

हुए वे चबूतरे की ओर मुड़ गये । वे धोती पहने थे । उनका बाकी बदन तो खुला ही था । धोती का एक सिरा गुरुजी ने कांधे पर रखा था । उनके चेहरे पर अध्यापकी पेशे की पूर्व रौनक नहीं रही थी । चेहरा सूख गया था । त्वचा कृष्ण वर्णीय तो थी ही, किन्तु धूप की झुलसन से वह अधिक स्याह दिखाई दे रही थी । पेट पूर्णतया सपाट था, जो इस बात की पुष्टि करता था कि सवेरे से उन्होंने कुछ नहीं खाया है । 'जगदम्ब-जगदम्ब' कहते हुए वे चबूतरे के पास पहुँच गये ।

'मास्साब, आप अपने बच्चों की घर-गृहस्थी के बारे में भी तो कुछ सोचिए । घरबार छोड़कर अम्बा माता के पीछे पड़े हैं आप । क्या यह उचित है ?'

'जगदम्ब-जगदम्ब । अण्णा, प्रत्यक्ष जगन्माता के बारे में आप ऐसा कह रहे हैं ?'

अंकुश ने बमुश्किल खुद को रोक रखा था । पर अब वह फट पड़ा, 'बापू, आपको यदि अम्बा माता पर सारी सम्पत्ति यूँ ही लुटानी है तो बेशक बटवारा कर दीजिए ।'

'जगदम्ब ! बेटा सब कुछ तुम्हारा ही है ।'

'आपकी पेन्शन के रुपए भी ऽ ?'

'उस पर न मेरा अधिकार है, न तुम्हारा । मेरे बचपन में हमारे पास था ही क्या ? अम्बा माता की कृपा से ही तो नौकरी मिली थी, सो पेन्शन पर उसी का अधिकार है ।'

'बापू, मैं अदालत में गवाही दूँगा और अर्ज करूँगा कि आप पागल हो गए हैं, लिहाजा पेन्शन मेरे नाम से कर दी जाए,' अंकुश बेहद उखड़ गया था ।

'हे भगवान, इन्हें सन्मति प्रदान करो । जगदम्ब, जगदम्ब···' और गुरुजी चले गये ।

अंकुश ने सदा बनिये से हाथ जोड़कर प्रार्थना की, 'भाई मेरे, मेहरबानी करो और हमारे बापू को कोई चीज उधार मत दो ।' भिकु अण्णा अंकुश को शान्त कराते रहे । इस तरह अण्णा की बातचीत चल ही रही थी कि एक लौंडा हाँफते हुए आकर बताने लगा, 'अण्णा ऽ, अण्णा ऽ' आपके घर में पुलिस···' अण्णा चौंक गये । उन्होंने फुर्ती से चप्पल पहनी और चल पड़े घर की ओर ।

अण्णा के दिमाग में जोड़-तोड़ शुरू हुई । यह नया झंझट कहाँ से आया ? किसकी करतूत हो सकती है यह ? वैसे तो कोर्ट-कचहरी और सरकार-दरबार में उनकी काफी जान-पहचान थी । किसी जमाने में वे लोकल बोर्ड के सदस्य भी थे । भरी जवानी में कोर्ट-कचहरी से स्नेह जुड़ा तो उसके बिना चैन ही नहीं आता था । रोजना मांगोला जानेवाली पहली बस में अण्णा को यकीनन देखा जा सकता था । सवेरे आठ बजे घर से बाहर निकलने के बाद या तो वे तहसील

कार्यालय में, या फिर उप-जिलाधीश कार्यालय में, या पुलिस चौकी में या कलेक्ट्री में पाये जाते थे। अन्यथा अदालत में तो वे शर्तिया देखे जा सकते थे। यदि इनमें से कहीं भी वे दिखाई न दें, तो समझा जा सकता था कि वे इस जहाँ से उठ गये हैं।

गांव में अण्णा के बारे में उल्टा-सीधा काफी कुछ कहा जाता है। गांव में बिजली सप्लाई के लिए खम्भे और अल्मूनियम-तार के बण्डल आदि माल खेतों में पड़ा रहता था तो अण्णा अल्मूनियम-तार के बंडल रातों रात ट्रक में भरकर कोल्हापुर के बाजार में बेच आए। चोरी का पता चला तो अण्णा की गिरफ्तारी हुई। मुकदमा चला और सबूत न मिल पाने के कारण दे रिहा भी हुए। गांव की और भी कई वारदातों से अण्णा का नाम बराबर जुड़ा रहता था। वे कभी इधर होते, तो कभी उधर। गांव के खुराफाती लोग रोज रात को अण्णा के घर में महफिल जमाते हैं। अपनी तिरछी टोपी को और अधिक तिरछी रखकर पांव-पर-पांव धरे, बड़े रुआब के साथ बैठे होते हैं वे। किसके खिलाफ कौन-से मुद्दे पर चॅप्टर केस की जा सकती है, किसके नाम से रजिस्टर में कच्चा इन्दराज किया जाए, चौदह नम्बर का झटका किसे दिया जाए, औरत यदि मर्द के साथ न रहती हो, तो उसे किस तरह मनाया जाए, बल्कि किसी की मरम्मत करनी हो तो कौन-सा मार्ग अपनाया जाए···इ० सम्बन्धी कारगर टोटके अण्णा बतलाते हैं। पर इतने विभिन्न काम करने के दौरान वे कुछेक सीमाओं का कड़ाई से पालन करते हैं। कोई यदि उनसे सलाह लेने आए कि हत्या किस तरह की जानी चाहिए या डाना डालने का सबसे अधिक कारगर तरीका कौन-सा हो सकता है आदि, तो वे ऐसे आदमी को फौरन भगा देते हैं। अपनी मदमाती जवानी के दिनों में म्हसवड इलाके के डाकुओं के साथ मिलकर उन्होंने मांगोला तथा बारा-मति में एक-एक बड़ा डाका डाला तो था, पर अब उन्होंने उस ओर से मुँह फेर लिया था। उन दोनों वारदातों की पूरी योजना अण्णा ने इतनी सफाई से बनायी थी कि घटना का कोई भी सबूत नहीं मिल पाया। पुलिसवालों ने मुकदमा दायर कर सबूत जुटाने में एड़ी-चोटी का जोर लगाया पर सफलता नहीं मिली। इधर अण्णा अपने पुश्तैनी कर्ज चुकाकर ऋणमुक्त हो गये। यदा-कदा अतीत की घटनाओं का जिक्र आने पर डाकेजनी का सम्पूर्ण ब्यौरा, उसका प्रयोजन इत्यादि का वर्णन नमक-मिर्च लगाकर वे सुनाते हैं। और अन्त में कहते हैं—'ऐसे बुरे धन्धों से मैं कभी का अलग हो चुका हूँ, वरना अब तक लखपति बन गया होता।'

अण्णा के व्यवहार में कभी खोट नहीं होती थी। ब्राह्मणों से भी अधिक उजले दिल के व्यक्ति थे वे। दस साल पहले मांगोला में एक फौजदार तबादला होकर आया था, जो उनका रिश्तेदार था। मौका देखकर उन्होंने गन्ने की जगह

अफीम-गाँजे की फसल ली और खूब पैसा कमाया। उसी कमाई से तो गोदरेज की अलमारी, एक जोड़ी उम्दा बैल, सात एकड़ की सिंचित कृषि-भूमि इ० वे खरीद सके। उसके बाद आए फौजदारों से अण्णा की पटरी नहीं बैठ पायी। हफ्ते की दर ऊँची हो जाने के कारण इस धन्धे में मुनाफे की गुंजाइश रही नहीं। इसलिए उन्होंने अपना रास्ता बदल दिया। तथापि अपनी अक्खड़, रौब-दाब, ताम-झाम में उन्होंने कोई कमी नहीं आने दी। उनके अपने घर के विशेष कक्ष के दरवाजे के पास ही आठ जोड़ी कोल्हापुरी चप्पलें रखी रहती हैं। उनमें से पहली दो-तीन जोड़ी चप्पलें धूल सनी, थोड़ी-सी पुरानी होती हैं, जो गाँव में या खेत में जाते समय पहनी जाती हैं। सुर्खरू फुंदेवाली चार जोड़ी चप्पलें तहसील या जिला मुख्यालय जाते समय पहनने के लिए थीं। और शुरू की दो जोड़ी चप्पलें मुंबई-पुणे के लिए आरक्षित हैं। उनकी अलमारी में ऊँची शराब की बोतलें रखी होती थीं, जिनसे वरिष्ठ सरकारी अधिकारियों का स्वागत किया जाता था। उसी अलमारी में दूसरी ओर पच्चीस-तीस कुर्ते-धोतियाँ तथा कड़क इस्तरी की हुई बयालीस टोपियाँ आदि चीजें रखी होती थीं। सन् बयालीस के आन्दोलन के दौरान ही अण्णा ने सार्वजनिक जीवन में प्रवेश किया और उसी की स्मृति संजोने के तौर पर उनकी अलमारी में बयालीस टोपियाँ बराबर रखी रहती थीं। हैंगर पर एक उजला भक कोट अकसर टँगा रहता था; जो विशेष अवसरों पर ही वे पहना करते थे।

ऐसे साफ-सुथरे अण्णा के करीब जाना महँगा सौदा सिद्ध होता है। जिला-तहसील मुख्यालय जाने-आने-रहने का उनका खर्च करना पड़ता है। आम तौर पर गाँव की औरतें उन्हें 'चुगलखोर नारद' कहा करती हैं। तथापि कहीं हाथा-पाई की नौबत आ जाए तो 'अण्णा चलिस ऽ ऽ देवर के खिलाफ फौजदारी मुकादमा दायर करना है' कहकर वही औरतें अण्णा के घर का दरवाजा खटखटाएँगी। अण्णा अच्छी तरह से जानते हैं कि जब तक अन्तःकलह, मुकदमे-बाजी, आपसी दुश्मनी आदि का अस्तित्व है; उनके अपने अस्तित्व पर आँच नहीं आ सकती।

अण्णा हैरत में पड़ गये थे कि आज आनन-फानन में भाऊ साहब कैसे आये हैं, दस साल पहले बेण्डागिरि नामक फौजदार ने अण्णा को तड़ीपार करने की पेशकश की थी। बड़ी मुश्किल से तो उसके उस प्रस्ताव के कार्यान्वयन को रोका जा सका था। कहीं दुबारा तो उसी मामले को हवा नहीं न मिली है? या किसी ने चोरी-डाके में हाथ धो लिए और इल्जाम अण्णा पर थोप दिये? अण्णा बड़ी तेजी से घर की ओर लपके। बाहर काली गाड़ी खड़ी थी। पाँच-

सात पुलिसवाले भी बाहर से ही टोह ले रहे थे। वे लगभग दौड़ते हुए भीतर आये। दालान में गावतकिये से टेककर बैठे भाऊसाहब को उन्होंने कुहनी से हाथ जोड़कर प्रणाम किया और हँसते हुए कहा—

'भाऊसाहब, कैसे आना हुआ ? कितनी देर हुई आपको आए ? पहले खबर नहीं दी आपने ? खैर, भोजन में क्या-क्या बनवाऊँ ?'

तिस पर फौजदार ने कड़ककर कहा, 'भिकुअण्णा, फालतू बकबक मत करो। भोजन-वोजन की कोई आवश्यकता नहीं। हम आपके घर की तलाशी लेने आये हैं।'

सुनकर अण्णा चौंक गये, 'साहब, कोई गुस्ताखी हुई क्या इस नाचीज से ?'

'आपका नाम हमारी काली सूची में दर्ज है। क्या यह सच है कि आप चोरी का माल खरीदते हैं ?'

'अजी साहब, ये बातें तो बहुत पुरानी हो गयीं। अब तो मैंने उस ओर से मुँह मोड़ लिया है।'

'गोडोली में डाका पड़ा है और उसमें पचास हजार का माल चला गया है। हम लोग हफ्ते-भर से अपराधियों को खोज रहे हैं, पर सफलता नहीं मिली। हमें पक्का संदेह है कि डाकेजनी का माल आपने ही खरीदा है।'

'साहब, आपने रांग नम्बर डायल किया···'

'इसका फैसला तो तलाशी पूरी हो जाने के बाद ही हो पाएगा। पहले तलाशी तो लेने दीजिए हमें···'

'बेशक लीजिए साहब।'

भिकु अण्णा के घर की तलाशी का काम शुरू हुआ और चैतन्य-चूर्ण की चुटकी मुँह में दबाने से पहले ही यह खबर आग की तरह पूरे गाँव में फैल गयी। पुलिस-पाटील ज्ञानू सावला के साथ ही वहाँ आ पहुँचे थे और एक लम्बे अर्से बाद फांदेबाज अण्णा को सबक सिखाने का मौका अनायास आ जाने से सावला को बहुत खुशी हो रही थी। उसने अण्णा से कहा, 'देख बे, जैसी करनी वैसी भरनी···' उसकी इस टिप्पणी से अण्णा का दिल खट्टा हुआ। गाँव के आधे लोग बाहर जमा हो गये थे। अण्णा की खानदानी धर्मपत्नी सुबकने लगी। घर के सभी कमरे, छत, दालान, चौका आदि जगहों की तलाशी ली जाने लगी। चीजें अस्त-व्यस्त फेंक दी जा रही थीं। घर की सजावट के बारह बज चुके थे। वहाँ जमा हुई भीड़ के लोग अण्णा के पूर्व-चरित्र के बारे में कहने-सुनने लगे थे। किसी औरत ने टिप्पणी की, 'पाप का पैसा आखिर कब तक छुपा रह सकेगा ?' एक अन्य व्यक्ति ने फिकरा कसा, 'माल तो चौके में गड़ा होगा। खुदाई करो, तो सोने की ईंटें मिलेंगी···' तीसरे ने अपनी तरह से टिप्पणी की, 'आला दर्जे का फांदेबाज है। कभी-न-कभी तो यह होना ही था। तरह-तरह

की बातें लोग कर रहे थे और इधर अण्णा का खून खौलने लगा था।

पुलिस वाले तीन घंटे तक नीचे-ऊपर करते रहे, पर कुछ भी तो नहीं मिला। अंततः वे थक गये। तलाशी में कुछ न मिलने के कारण तमाशबीनों का जोश भी मानो ठंडा पड़ गया था। फौजदार की हवा टाइट होने लगी। उसने अण्णा को एक कमरे में, एक ओर लिया और कहा, 'अण्णा, सच-सच बोलिए ऽऽ।'

अण्णा ने उसके जवाब में कहा, 'आपको सच-सच बताऊँ ?'

'बेशक ! नेकी और पूछ-पूछ के ?'

'पाँच दिन पहले की बात है। मैं खेत में बने मकान में सो रहा था। उस दिन वहाँ साप्ताहिक पैंठ लगी थी। मेरी आँख कुछ ऐसी लगी, कि आधी रात के बाद ही नींद खुली, जब कम्बल ओढ़े हुए दो-चार नकाबपोश मुस्टंडे मुझे जगा रहे थे। किन्तु मेरी पलकें तो अभी भी भारी थीं। फिर भी उन्होंने झकझोर कर मुझे जगाने का प्रयास किया।'

'क्या कह रहे थे ?'

'अण्णा, यह चोरी का माल है, मुँह माँगे दाम पर आपको दे देंगे। हमें बहुत दूर जाना है।'

'तो फिर क्या किया आपने ?'

'मैं नींद के प्रभाव से मुक्त ही नहीं हो पा रहा था। मैं जगा नहीं, तो वे लोग चले गये।'

'चले गये ? लेकिन कहाँ ? कैसे ? कब ? कुछ भी मालूम नहीं आपको ?' फौजदार अपने भाग्य को कोसते रहे।

'मालूम तो है। दुबारा मेरी आँख खुली और कुछ ही समय में कुदाली-सब्बर की आवाजें आने लगीं। वे लोग मेरे खेत में कुछ कर रहे थे।'

'तो सवेरे आपने पता नहीं लगाया ?'

'अजी साहब, पूरा दिन-भर खोजता रहा, पर कहीं कोई सुराग नहीं मिला।'

फौजदार ने फौरन उन्हें अपने साथ लिया और जीप उनके खेत की ओर चल पड़ी। उनके पीछे-पीछे हुजूम भी दौड़ने लगा। फौजदार बार-बार अण्णा से पूछता रहा, पर सही जगह का अनुमान वे लगा नहीं पाये। उस वक्त दारू के नशे में होने के कारण उन्हें कुछ याद नहीं रह पाया था। पुलिस-पाटील ने आठ-दस सब्बरें मँगवाकर कई जगह खुदाई करवाई। बाजरे की फसल कटने के बाद वहाँ हल नहीं चला था। इसलिए खोदने में काफी तकलीफ हो रही थी। दिन ढलने को आया, पर कोई भी संकेत नहीं मिल सके। फौजदार नौजवान होने से हार मानने के लिए तैयार नहीं था।

अब उसने एक नयी चाल चलने का निर्णय लिया। दो हल और चार बैल फौरन मँगवाने के आदेश उसने पुलिस-पाटील को दिये। ज्ञानू सावला ने दो, तथा उसके रिश्तेदारों ने दो—कुल चार हल उपलब्ध। सोकाजीराव को पता चला, तो उसने भी दो हल भेज दिये। फिर क्या था, एक साथ छः हल चलने शुरू हुए। हल चलने के दौरान पत्थर बीच में आते ही खनखनाहट होती थी। उसी के साथ पुलिस के जवान और अन्य लोग खोज-बीन करने उस ओर दौड़ पड़ते। आस-पास की मिट्टी हटाकर कोई सुराग प्राप्त करने का प्रयास वे करते। रात के नौ बज चुके थे, फिर भी अभियान जारी था। खेत की मेंड़ के पास अण्णा और फौजदार बैठे थे, कि यकायक कुछ याद आने से उन्होंने फौजदार से पूछा, 'साहब, आपकी बहन की शादी का मामला कहाँ तक पहुँच गया?'

फौजदार उखड़ गया। उसने झुंझलाकर कहा, 'अवसर कौन-सा है और आप क्या पूछ रहे हैं?'

दस बजे चाँद निकल आया, तो कुछ रोशनी हुई। सावला ने सबके लिए भोजन का प्रबन्ध किया। काम तनिक रोक दिया गया। खाना-वाना खाने के बाद अभियान पुनः जारी रहा। हलवाहा, पुलिसवाले, ग्रामवासी और बैल भी थककर चूर हो रहे थे। फिर भी दिन निकलने तक काम यथावत् चलता रहा।

इसके बावजूद जब खाली हाथ लौटने की नौबत आयी, तो फौजदार ने निराश होकर कहा, 'अण्णा, कुछ बताइए भी? कहाँ छुपाया उन लोगों ने माल?'

'साहब, इस घटना को पाँच दिन हो गए। क्या इस बीच वे अपना माल निकालकर ले नहीं गये होंगे?'

पुलिसवाले रात-दिन की मेहनत और जागरण से परेशान हो गये थे, सो वे चले गये। खुद ज्ञानू सावला अपने हल-बैलों के साथ रात-भर परेशान रहा। अब अपने ताम-झाम के साथ लौटते हुए उसने अण्णा से कहा, 'यार, तुम भी कमाल करते हो! रात-भर हमसे यूँ ही झख मरवायी?'

'लेकिन कल मेरे घर की तलाशी ली जा रही थी, तब तो तुम खूब हँस रहे थे। क्यों?' हल चलायी गयी चार एकड़ भूमि की परिधि में निगाहें दौड़ाते हुए अण्णा ने कहा, 'सरकारी खर्चे से अच्छा काम हुआ यह। अब तो बुआई बड़े आराम से की जा सकती है!'

मुरार पाटील साठ को छू रहे थे, फिर भी चुस्त-दुरुस्त थे। ढोर-डाँगरों को चारा-चबेना लाने के लिए भोरहारे में ही वे खेत की ओर गये थे। हाल ही में बाजीराव ने खेत-खलिहान में काम करना छोड़ दिया था। बूढ़े बाप के काम में सहायक होने, उसका हाथ बँटाने की तनिक भी इच्छा उसे नहीं होती थी। सवेरे के आठ बजे कहीं वह नींद से जाग पाया। उठते ही निवृत्त होकर गरम

पानी से नहा लिया और शीशे के सामने खड़े होकर बाल काढ़ने लगा। हौले से वह एक गीत भी गुनगुनाने लगा था। राधाई बेरहम निगाहों से उसे घूर रही थी। पर उद्दंड बाजी जानकर भी अनजान बन रहा था। उसने फटाक से जूते पहने और फुर्ती से बाहर जाने लगा तो राधाई ने उसे टोकते हुए कड़क कर पूछा—

'सवेरे-सवेरे कहाँ जा रहे हो ?'

बाजी ने कोई जवाब नहीं दिया।

'सोकाजी की कोठी पर ?'

'हाँ,' बाजी ने धृष्टतापूर्वक जवाब दिया।

'कुछ शर्म-हया है कि नहीं ?' राधाई तमतमाकर डाँटने लगी, 'बैरी के घर जाकर दुम हिलाते हो ? मूँछें उतार दो, यदि मर्दानगी न हो···कान खोलकर सुन लो। यदि तुमने सोकाजी की देहलीज पर कदम रखा तो टाँगें तोड़ दूँगी।'

'वह तुम्हारा दुश्मन होगा, मेरा नहीं।'

बाजी ने राधाई के कलेजे पर छुरी चलायी और उसकी छाती पर मूँग दलते हुए वह सोकाजीराव के घर की ओर चला गया। राधाई जल-भुनकर रह गयी। लक्ष्मी घड़ा लेकर पानी लाने कब से गयी थी। पाटील चारा-चबेना लाने के बाद खाना खाकर गन्ने को पानी देने के लिए जाने वाले थे। इसी बीच सुंदरा पानी के घड़े लेकर आयी तो राधाई ने उससे पूछा, 'हमारी बहू कहीं दिखाई दी तुम्हें ?'

'वह तो कभी की जा चुकी है।'

'तो फिर कहाँ गयी ?'

'डोकरे के घर गयी होगी। माँजी तथा वैजू भाभी की बनायी, गाढे दूध की चाय उसे बहुत पसन्द है !'

सुन्दरी की यह टिप्पणी राधाई को मर्माहत कर गयी। लक्ष्मी और बाजी डोकरे की मीठी-मीठी बातों में ऐसे उलझते जा रहे थे जैसे पकौड़ी के लालच में चूहा पिंजरे में फँसने लगा हो। जिस दिन पिंजरे का दरवाजा बन्द हो जाएगा, तब दिन में सितारे दिखने लगेंगे ! राधाई का सिर मानो फटा जा रहा था। पर पाटील किसी भी क्षण आ सकते थे और आते ही भोजन करने बैठ सकते थे। इसलिए उन्होंने जल्दी-जल्दी रोटियाँ सेंक लीं और गर्म तवे पर ही सालन बनाया।

इतने में पाटील आये और आते ही मुँह-हाथ धोकर खाने बैठ गये। उनका आधा खाना पूरा हो गया था कि अचानक उन्हें कुछ याद आया और उन्होंने पूछा, 'हनुमन्त कहाँ है ? दिखाई नहीं देता···।'

'आज उसकी परीक्षा का परिणाम घोषित होने वाला है। सुबह से वह स्कूल में ही तो है।'

सुनकर पाटील का दिल बाग-बाग हुआ। आज दसवीं का परीक्षा-फल घोषित होनेवाला था। उन्हें हनुमन्त की सफलता की पूरी उम्मीद थी। महाविद्यालयीन शिक्षा के लिए उसे जिला मुख्यालय यानी आम्बेपुर भेजने का उनका इरादा था। पर राधाई ने अत्यन्त भोलेपन के साथ शंका व्यक्त की, 'आम्बेपुर का खर्चा हम चला पाएँगे?'

'राधा, अपनी जान गिरवी रखेंगे, पर बेटे को खूब पढ़ाएँगे।' पाटील ने निश्चय व्यक्त किया।

'पर इतना पैसा लाएँगे कहाँ से?'

पाटील ने कोई जवाब नहीं दिया और फावड़ा उठाकर वे गन्ने की सिंचाई के लिए चल पड़े। जाते-जाते उन्होंने फिर एक बार पूछा, 'बाजी कहीं दिखाई नहीं देता! कहाँ गया है? गन्ने की सिंचाई करने नहीं चलेगा क्या?'

'डोकरे की कोठी में संप्या से गपशप कर रहा होगा!'

एक जोरदार गाली बकने के बाद वे वाकई चल पड़े। उनका बदन जैसे सुलग रहा था। छोटे बेटे की मेधावी वृत्ति बड़े बेटे में नहीं है। वे तो बड़े को भी डॉक्टर बनाना चाहते थे, पर वह मैट्रिक में ही दो बार अनुत्तीर्ण क्या हुआ, दोबारा स्कूल की सीढ़ी भी नहीं चढ़ा। भरोसे का बैल ऐन मौके पर सींग मारने के लिए सिद्ध हो गया था। घर की रोटी खाकर दुश्मन की डफली बजाने जैसी स्थिति थी। साम, दाम, दण्ड, भेद—हर तरह से उसे समझाने की कोशिश की; पर औंधे घड़े पर पानी! और अब तो बालिग हो गया है। दो से चार कर दिए फिर भी कोई अन्तर नहीं।

खुद मुरार पाटील ने ही मोटर चलायी और सिंचाई का नियन्त्रण करते हुए वे गन्ने की देखभाल में लगे रहे। गन्ने की क्यारियाँ तर होने लगीं। पाटील काम तो यह कर रहे थे, किन्तु उनके दिमाग में हनुमन्त और उसकी उच्च शिक्षा की बात ही कुलबुला रही थी। सात साल पहले तहसील-अदालत के अर्दली जीजाबा का बेटा वकील बन गया तो अजाबा ने अदालत के सामने ही पाटील को गले लगाया था और मुट्ठी-भर पेड़े उनके मुँह में ठूँस दिये थे। अदालत की तारीख पर हाजिरी लगाने के लिए पाटील गये, सो आधी रात के बाद घर लौटे थे। गुदड़ी ओढ़कर सोये बाजी-हनुमन्त को उन्होंने जगाया और जीजाबा के बेटे की उपलब्धि का बखान करते हुए कहा, 'देखो, कैसा होनहार लड़का है! हर मुसीबत पर उसने मात दी और कहाँ-से-कहाँ पहुँच गया!' जिला तथा तहसील मुख्यालय की कचहरियों में वकील का बस्ता उठाकर चलते हुए वे मन-ही-मन सोचते थे कि, 'मेरे बेटे भी बैरिस्टर बनेंगे, तब गाँव के अच्छे-

अच्छे लोग उन दोनों के आगे-पीछे मँडराते रहेंगे…'

पाटील चौथी कक्षा तक ही पढ़े-लिखे थे। उनके बचपन में पांगिरा में केवल प्राथमिक शिक्षा की ही व्यवस्था थी।

पाटील जब तीसरी कक्षा के छात्र थे, तब ऐतवडे निवासी भादु पाटील पांगिरा में आये थे। हाल ही में सातारा में उन्होंने एक छात्रावास शुरू किया था, सो आस-पास के इलाके से अभावग्रस्त, होनहार बच्चों को अपने उस छात्रावास में शरीक करने के उद्देश्य से उन्हें सातारा ले जाने के लिए ही वे गाँवों का दौरा कर रहे थे। मुरार पाटील सातारा जाने के लिए बड़े ही बेताब थे। किन्तु पिता का साया हाल ही में उठ गया था। और अपने छोटे-छोटे भाई-बहनों को भाड़ झोंकने के लिए छोड़कर भला वे कैसे जा सकते थे? गाँव के सीमावर्ती अमिया तक पाटील के पीछे-पीछे बालक मुरार गया तो था, पर अन्ततः भारी दिल से लौट आया था। ऐतवडे निवासी यही भादु पाटील आगे चलकर कर्मवीर भादुराव पाटील के नाम से विख्यात हुए। उनकी छत्रछाया में पले-बढ़े साधनहीन छात्र बैरिस्टर बनकर देश-विदेश में शोहरत पाते रहे। भादुराव की तसवीर में अकसर एक वटवृक्ष होता था और मुरार पाटील की दिली इच्छा यही थी कि अपने बेटे भी उसी वटवृक्ष की तरह निरन्तर साया प्रदान करते रहें।

पांगिरा में उच्च शिक्षित युवकों की संख्या बहुत ही कम थी। सोकाजी के पुत्र संपतराव तो मैट्रिक में चार बार फेल हुआ। बाजीराव तो हाथ से निकल ही गया था; पर हनुमन्त से जरूर उम्मीद की जा सकती थी। ऐसा ही कुछ सोचते हुए वे पानी के प्रवाह को एक विशिष्ट दिशा में मोड़ रहे थे कि उनका फावड़ा एक पत्थर से टकरा गया। इसी के साथ पाटील के दिल को एक सन्देह ने घेर लिया। हनुमन्त बाकी विषयों में तो अच्छा था किन्तु अंग्रेजी में बहुत ही कमजोर था। अंग्रेजी के अध्यापक गायकवाड भी दक्ष नहीं थे। किताब में गाइड रखकर वे पढ़ाते थे। इसीलिए पाटील को तनिक चिन्ता हो रही थी। स्कूल में भले ही अंग्रेजी की उपेक्षा होती रही हो, पाटील हनुमन्त को रोजाना सवेरे जल्दी ही जगाकर उसे स्पेलिंग याद करने की हिदायत देते थे, शब्दार्थ याद करवाते थे। अंग्रेजी शिक्षा की यही तो बुनियाद थी। इस अवरोध से पार पाने पर मैदान खुला था।

पाटील का तन पानी में पर मन हनुमन्त के स्कूल में था। कमर तक ऊँची गन्ने की फसल में खड़े पाटील की निगाहें हनुमन्त की राह में बिछी थीं। उन्हें चिन्ता हो रही थी कि वह अभी तक क्यों नहीं आया? पानी को अन्यत्र मोड़ने के लिए वे झुके ही थे कि गन्ने की पाखें कड़कने की आवाज आने लगी। पाटील ने चौकन्ना होकर उस ओर देखा। हनुमन्त मेंड़ को फलांगकर 'बापू, मैं

पास हो गया ऽऽ' कहते हुए अपनी खुशी का इजहार करते हुए दौड़कर आ रहा था। पाटील की आँखें छलछलायीं— उन्होंने बेटे को कसकर भींच लिया और पंकिल हथेली से ही उसके गालों को सहेजकर वे चूमते रहे। पनियायी आँखों से, गद्‌गद्‌ होकर उन्होंने कहा, 'बेटा, खूब पढ़ो···इत्ते बड़े बन जाओ···हम न रहें तो भी पढ़ते रहो।'

भावावेग में उनके खो जाने के दौरान क्यारी लबालब होकर पानी अनियंत्रित-सा बहने लगा था।

पाटील दोपहर को तनिक आराम फरमा रहे थे। लक्ष्मी यूँ ही कुछ बुदबुदा रही थी। वकालत की पढ़ाई के लिए हनुमन्त के आम्बेपुर जाने की खबर गाँव में फैल चुकी थी। विगत एक सप्ताह में इसी बात को लेकर गाँव के कई लोगों ने बाजी-लक्ष्मी को उलाहना दिया था, उकसाया था। वैजू भाभी ने तो जैसे उन्हें आगाह कर दिया था, 'अब तुम दोगों दर-दर की खाक छानते फिरो, गोबर-उपली में उलझे रहो और उधर बैरिस्टर साहब शान से मोटर में बैठकर धूल उड़ाते फिरेंगे···' मुरार पाटील की आँख अभी नहीं लगी थी, सो मौके का फायदा उठाने के अन्दाज में जोरों से चिल्लाते हुए लक्ष्मी ने कहा, 'होंठों पर मसें उगने लगी हैं। शादी कर दो तो साल-भर के अन्दर-अन्दर घर में बच्चा आ जाए! यह भी कोई पढ़ने की उम्र है? मुंबई जाकर छोटी-मोटी नौकरी कर लेने के बजाय मुआ बैरिस्टर बनने जा रहा है!!'

पाटील फौरन उठ बैठे और लक्ष्मी का मुँह बन्द करते हुए उन्होंने तपाक से कहा, 'तुम्हें ध्यान देने की कोई जरूरत नहीं।'

'क्यों नहीं? हम दिन-रात खटते हैं, पसीना बहाते हैं और यह मुआ ऐश करने शहर जाएगा?···'

'ज्यादा मत चलाओ जुबान। उसकी पढ़ाई-लिखाई के लिए माँ-बाप अभी जिन्दा हैं।'

'तो हम यहाँ नहीं रहेंगे। पढ़ाते रहिए आप अपने बेटे को।'

'लेकिन तुम्हें नहीं होंगे बच्चे? क्या तुम्हारी कोख सूनी रहेगी? क्या वे नहीं पढ़ेंगे?'

'जब होंगे तब देखा जाएगा।'

'तो आखिर तुम चाहती क्या हो?'

'बँटवारा···'

'बँटवारा?' पाटील ने दाँत-होंठ भींचते हुए कहा, 'तू हमारी बहू है या चुड़ैल? क्या अपने बापू के घर से कुछ लायी हो, जो बँटवारे की बात कर रही हो?'

पाटील के तन-बदन में जैसे आग लगी थी। मुट्ठी भींच कर वे लक्ष्मी को

ओर जाने लगे, तो राधाई ने उन्हें रोका। उनके पैरों से लिपटते हुए राधाई ने उनसे अनुरोध किया, 'शांत हो जाइए। मैं आपके पाँव पड़ती हूँ। हम आपस में लड़ मरेंगे और दुनिया को तमाशा देखने में मजा आएगा। मेहरबानी करके चुप करिए ऽऽ।' कहा-सुनी हुई, हाथापाई की भी नौबत आ सकती थी। पर हनुमंत ने उन्हें रोका। उनके घर के सामने मजमा इकट्ठा होने लगा। हनुमंत के चाचा, चाचियाँ बीच-बचाव करने तो नहीं आयीं, पर दूर से ही देख रही थीं। बाजीराव अपनी बीवी के पास चुपचाप खड़ा था, तो लक्ष्मी ने ही ताना मारने के अंदाज में उससे कहा, 'अजी, चुप क्यों हैं? मर्द होकर भी मुँह पर ताले क्यों पड़े हैं आपके?'

पाटील ने साफ-साफ पूछ लिया, 'बंटवारा चाहते हो?'

'जैसा लक्ष्मी कहेगी।'

'धन्य हो बीवी के गुलाम की...'

राधाई के बीच-बचाव की वजह से मार-पीट की नौबत नहीं आयी। तथापि पाटील की नींद बेशक हराम हो गयी। स्थिति कुछ इस तरह हो गयी, मानो किसी ने बिस्तर पर साँप छोड़ दिया हो। सहोदर की उद्दण्डता से पाटील बाहर-भीतर से हिल गये थे। गाँव में आज तक किसी ने भी उन्हें इस कदर खुल्लमखुल्ला चुनौती देने की जुर्रत नहीं की थी। संयुक्त महाराष्ट्र आन्दोलन के दिनों में जवाहरलाल नेहरू प्रतापगढ़ आने वाले थे। आन्दोलन समिति नेहरूजी के समक्ष प्रदर्शन करने का निर्णय ले चुकी थी। उस प्रदर्शन में हिस्सा लेने के लिए मांगोला में पूरा एक ट्रक भरकर प्रदर्शनकारी वहाँ गये थे। शिवाजी की प्रतिमा का अनावरण प्रतापगढ़ में नेहरूजी के हाथों सम्पन्न होने वाला था। वाई की घाटी में सड़क के दोनों ओर प्रदर्शनकारी संयुक्त महाराष्ट्र की माँग करने के लिए खड़े थे। कारों का काफिला निगाहों की परिधि में आने लगा। नेहरूजी की लाल दिये की गाड़ी सबसे आगे थी। उनके करीब आने की भनक पाते ही पाँच-सात प्रदर्शनकारी सड़क के बीच में सो गये और 'नेहरू, चले जाओ ऽऽ' के नारे लगाने लगे। उन्हीं पाँच-सात लोगों में से पाटील भी एक थे और वे हाथ में गेरुआ ध्वज लिए जोर-जोर से नारे लगा रहे थे। काफिला रुक गया, तो पुलिस के जवान दौड़कर आगे आये और लाठियाँ बरसने लगीं। प्रदर्शनकारियों को खदेड़ दिया गया और नेहरूजी की गाड़ी आगे निकल गयी। सातारा के हवालात में पाटील को दो दिन बिताने पड़े। वहाँ क्रान्तिसिंह नाना पाटील भी उन वीरों का हालचाल पूछने गए थे। नाना पाटील की आत्मीयता की वजह से मुरार पाटील जैसे कृतार्थ हो गये थे। इस घटना के बाद गांव में जब भी कोई उन्हें उकसाने की कोशिश करता, तो वे तैश में आकर कहा करते थे, 'अरे जा-जा, नेहरूजी को हमने नहीं बख्शा, तो

तुझ घास डालूंगा ?' अतीत की स्मृतियाँ उन्हें भावुक बना देतीं और भावुकता के उसी दौर में उनकी आँखें बहने लगती थीं। ऐसी स्थिति में राधाई उन्हें शान्त कराते हुए कहती—'अब बस भी कीजिए !'

'देखो राधा, यह सब हम किसके लिए कर रहे हैं ? क्या मुझे चन्दन की चिता चाहिए ? अपने सगे बेटे को भला बांट कर क्या दें ? कुछ भी तो समझ में नहीं आता।'

यदि किसी की घर-गृहस्थी सुचारु रूप से चल रही हो, तो उस घर की दीवारें ढहाने में गाँव वालों को बड़ा मजा आता है। बल्कि वे तो घात लगाकर ताक में ही बैठे होते हैं ! दूसरों के घर में आग लगाना और उसी आग पर अपनी रोटी सेंकना—यह तो मानो उनका दस्तूर ही होता है। जब हम खुशहाल नहीं हैं तो दूसरों की खुशहाली भला कैसे हमें रास आ सकती है ? किताबों में तो एकता में महान शक्ति होती है, किन्तु व्यवहार में फूट डालने में बड़ा मजा आता है। सयुक्त परिवार में सभी भाई यदि साथ-साथ रहते हों तो चार बैलों को पालना कठिन नहीं होता। और बँटवारा होने पर अपने हिस्से का एक बैल लो और किसी ठाँठ की जोड़ी में हल चलाते रहो। उसके स्वास्थ्य की ओर ध्यान नहीं दिया जाता और बेचारा, पसलियों का ढाँचा भर रह जाता है। रोटी-पानी का जुगाड़ करने में इक्के-दुक्के मर्द की साँस फूलने लगती है, तो ढोर-डांगर की ओर ध्यान देने की फुर्सत कहाँ ? बनिया उधार नहीं देता, सहकारी समिति धता बताने लगती है और आदमी टूट जाता है। बँटवारे से पहले औरतों को राजा-रानी की छोटी गृहस्थी के सुनहरे सपने मोहित कर देते हैं। इसीलिए दिन-भर की ढोर मेहनत के बाद शाम को घर लौटे पति को वे अकसर बँटवारे के लिए उकसाती रहती हैं। राम-लक्ष्मण मिल-जुलकर रहते हों, तो भी उन्हें अलग करने में ही औरतों का ध्यान केंद्रित रहता है। परिवार बँट गये, कुएँ पर सामूहिक इंजिन बैठ नहीं सकता और अकेला आदमी खरीद नहीं सकता; इसके परिणामस्वरूप सिंचाई ठप्प। पानी के अभाव में गन्ने की फसल सूखने लगी। कृषि उत्पादन में कमी आने लगी। खेत-खलिहान वीरान हो गये। चीनी मिलें बन्द हो गयीं। ऋण-भार बढ़ने लगा…कुछ ऐसी ही स्थिति बँटवारे के बाद हो जाती है।

बाजीराव का कड़ा आग्रह था कि हनम्या यदि कॉलेज जाने वाला हो, तो फौरन बँटबारा कर दिया जाये। जबकि मुरार पाटील का दृढ़ निश्चय था कि, 'घरबार की नीलामी की कीमत पर भी मैं हनम्या को पढ़ाऊँगा और जरूर पढ़ाऊँगा। अम्बा माता की पालकी के सामने परिक्रमा-नृत्य करने के अन्दाज में लक्ष्मी भी बँटवारे की जिद्द करने लगी।

समूचे घर पर मातमी साया मँडरा रहा था। कलेजे पर पत्थर रखकर

पाटील बँटवारे के लिए राजी हो गये थे। इससे पहले अपने देवरों के लिए भी बँटवारे के एक दौर से राधाई को गुजरना पड़ा। पर उस समय उन्होंने उस सदमे को जैसे-तैसे बरदाश्त कर लिया था। किन्तु इस बार अपने सगे बेटों में चीज-वस्तुओं को बाँटने की कल्पना ही उन्हें व्याकुल कर रही थी। आँचल में मुंह छुपाकर वे आँसू पोंछती रहीं। पाटील ने घर से बाहर ही चारे का गट्ठर रखा। गाय-भैंसों के सामने सानी की बाल्टियाँ रखकर दालान में कम्बल की बिछावन पर वे जा लेटे। राधाई ने दुहने का काम पूरा किया और डेयरी में दूध पहुँचाने भी खुद ही गयीं। आज एक बेटे को उसके हिस्से की चीजें सौंपनी थीं, तो दूसरे बेटे को उच्च शिक्षा के लिए जिला मुख्यालय भेजना था। प्रस्तावित बँटवारे को हरी झंडी दिखाई जाने के कारण बाजीराव बड़े ठाठ से गाँव में इधर-उधर घूम रहा था। लक्ष्मी भी पर्व-त्योहारों पर पहनी जाने वाली, कीमती रेशमी साड़ी में सज-धजकर यत्र-तत्र फुदक रही थी। घर के बाकी लोगों के चेहरों पर मुर्दनी छायी थी।

बँटवारे की यथार्थता पर ठप्पा लगाने के लिए पंच के रूप में सोकाजीराव को आमन्त्रित करने का आग्रह बाजीराव का था। और वह उन्हीं की कोठी पर ही तो गया था। राधाई को चिन्ता यही थी कि अब आगे क्या होगा? पाटील झगड़ा-टण्टा तो नहीं करेंगे? बाजी के इस खुराफाती कृत्य की सूचना पाटील को मिल चुकी थी। पर बाजी वहाँ से खाली हाथ ही लौट आया। सोकाजी मुरार पाटील के घर के साये से भी दूर रहा। विस्तर पर लेटे-लेटे ही पाटील बुदबुदाये, 'सोकाजी थोड़े ही हिम्मत कर सकता है मेरे घर की सीढ़ी चढ़ने की? टाँगें तोड़कर उसी के हाथ में थमा दूँगा।' गाँव के बाकी पंच भी नहीं आये।

दोपहर को घोरपडे बापू ने जरूर हाजिरी लगायी। पाटील के अनुरोध पर उन्होंने बरतन-भांडे बांटना शुरू किया। फिर भी पाटील लेटे हुए थे। जी-जान से जुटायी गयी एक-एक चीज तकसीम कर लें? आठ-दस, आठ-दस बरतन दोनों के हिस्सों में आये। अब तक पीठ-से-पीठ लगाकर खड़े, अनाज के खत्ते में भी आज पैर उग आये और वर्षों पुरानी अपनी सोहबत को त्यागकर वे जुदा हुए। बाकी बरतन भी सम-समान बाँटे गये। घर में एक बड़ी हंडी थी। बापू ने कहा, 'लक्ष्मे, तेरी सास बूढ़ी है। उसे पानी लाने के लिए रहने दो।'

'देखिये, बंटवारा बंटवारे की तरह होना चाहिए। आप चाहें तो हंडी को कटवा लीजिए, ताकि हम ताँबे की चद्दर ही सम-समान बाँट ले सकें।'

तिस पर राधाई ने शान्तिपूर्वक कहा, 'देखो, जिद्द करने की कोई जरूरत नहीं। पूरी-की-पूरी साबुत हंडी तुम ले लो।'

तबेले के मवेशियों का भी बँटवारा हुआ। एक ही छप्पर के नीचे पली-

बढ़ी बैल-जोड़ी भी बँटवारे की चपेट से बच नहीं पायी। काली भैंस राधाई के तो भूरी पड़िया लक्ष्मी के हिस्से में आयी। पड़िया अपनी माँ से बिछुड़ने के दौरान पगहे को झटके देने लगी, चीत्कार करने लगी। लक्ष्मी ने उसे दो घूँसे मारे, तो वह चरमरायी तिलमिलायी। गलबहियाँ डालकर चरागाहों की खाक छानने वाली बकरियाँ भी जुदा हुईं। एक के हिस्से में माँ-बकरी तो दूसरी के हिस्से में मेमना। एक-दूसरे से बिछुड़ने के दौरान भारी चिल्लपों हुई। पाटील धोती के सिरे से आँसू पोंछते रहे। अधिकतर आँसू वे पी गये।

दो चूल्हे स्थापित किये गये।

दोनों के बीच में बेंत की टट्टी लगा दी गयी।

इधर की मुर्गियों को उधर जाने की पाबन्दी थी और उधर की मुर्गियों को इधर आने की।

पूजा-मण्डप में भी हिस्सेदारी हुई। सिदुबा-यमाई को लेकर सास-बहू में जोरदार कहा-सुनी हुई। भागकर कहीं अन्यत्र चले जाने की कोई गुंजाइश न होने के कारण भगवान की मूर्तियाँ चुपचाप खड़ी थीं, बस!

दोपहर की बस का समय होने लगा, तो हनुमन्त ने कबाड़खाने में पड़ी एक ट्रंक निकाल ली और उसे झाड़-पोंछकर साफ करने के बाद उसमें कुर्ता-पाजामा, लंगोट, दो कच्छे, एक बनियान, पानी पीने के लिए एक लोटा, एक 501 साबुन बार, कलम तथा भाऊराव पाटील की तस्वीर ये सामान भर दिया। राधाई ने दो-दो बार नोट गिने। वे एक सौ बीस रुपये थे। उनमें से प्रवेश शुल्क के लिए साठ, ढाबे के लिए चालीस और मासिक जेब-खर्च के बीस रुपये थे। राधाई ने अपने जिगर के टुकड़े को गले लगाया और उसे खूब चूमती रहीं। कनपटी पर हाथ रखकर उँगलियाँ चटखाते हुए उसकी सुरक्षा की कामना उसने की और कहा, 'ज्यादा रुपयों की जरूरत पड़े तो खबर करना, भेज दूँगी।'

माँ के चरणों में शीश नवाकर हनुमन्त ने विनम्रतापूर्वक कहा, 'तुम चिन्ता न करो माँ, इतने रुपये काफी हो जाएँगे।'

अब बिछौना त्यागकर पाटील उठ खड़े हुए और ट्रंक लेकर चल पड़े। हनुमन्त को विदा करने राधाई और घोरपडे बापू भी बस अड्डे तक चले गये। छलछलायी आँखों के ज्वार को नियन्त्रित कर हनुमन्त ने अपना स्थान ग्रहण कर लिया और बस शुरू हुई। बेटे का हाथ थामकर, कातर स्वर में किन्तु दिल की गहराई से पाटील ने उसे आशीर्वाद दिये, 'बेटा, इत्ते बड़े बनो! भाऊ पाटील के वटवृक्ष जितने बड़ेऽऽ...'

इसी बीच बस चल पड़ी। हनुमन्त खिड़की में से झाँककर स्वजनों की ओर देखते हुए हाथ हिलाता रहा। जब वे लोग ओझल हुए तो सीधी तरह से बैठ गया।

मुरार पाटील के घर में सन्नाटा हो गया, मानो किसी ने जादू-मन्तर किया हो।

ज्ञानू सावला के घर की पहली मंजिल पर मजमा इकट्ठा हुआ था; ठीक उसी तरह, जैसे सोकाजी की कोठी पर सुबह-शाम उसके चुनिन्दा दोस्त, रिश्तेदार, चेले-चमचे जमा होते हैं। आज की महफिल में चिणू गुणाजी, श्रीपति अडीसरा, भीमू गुरव तथा मुरार पाटील शामिल हुए थे। अपने आगामी कार्य का स्वरूप क्या होगा, कौन-से दाँव-पेंच लड़ाने होंगे, एक-दूसरे के गुट को नीचा दिखाने के कारगर उपाय कौन-से हो सकते हैं, इन बातों पर ही ऐसी बैठकों में विचार-विमर्श किया जाता है, सो यहाँ भी वही हुआ।

वैसे तो जवानी के दिनों से ही ज्ञानू सावला और सोकाजीराव में गहरी दोस्ती थी। ज्ञानू अपने आपको गाँव का सर्वोच्च खानदानी आदमी समझता है। ग्वालियर के सिंधिया खानदान से लेकर तंजौर के भोसले खानदान तक अपने परिवार के रिश्ते होने का दावा वह करता है। किसी हद तक उसमें तथ्य भी हो सकता है। बेलगाँव के एक गँवई जागीरदार ने छिपकली के पेट की तरह गोरी चिट्टी अपनी बेटी का रिश्ता ज्ञानू के साथ करने के साथ ही वह भी राजपरिवार से जुड़ गया।

आज की चर्चा मुख्यतया डेयरी पर केन्द्रित थी।

डेयरी को शुरू हुए तीन साल हो चुके थे। गाँव में रोजाना एक हजार लीटर दूध संकलित होता था। कमाई का एक अच्छा जरिया सोकाजी के हाथ लगा था। ज्ञानू सावला गुट के लोग भी एक और डेयरी शुरू करने की जोड़-तोड़ का प्रयास कर चुके थे। पर जिला दूध योजना और तहसील संघ पर सावंत गुट का कब्जा होने के कारण ज्ञानू सावला को हाथ मलते रह जाना पड़ा। दुग्ध क्षेत्र की चाभी सावंत गुट के पास जो थी! इस वजह से ज्ञानू सावला के गुट का दूध भी सोकाजी की डेयरी में ही जाता था। चिणू गुणाजी ने एक कायदे का सवाल पूछा, 'हफ्ते-दो हफ्ते में एक बार टैंकर का पूरा दूध फटता है। इसका क्या उपाय है?'

'ऐसा तो बीच-बीच में होत ही रहता है, ज्ञानू!'

'लेकिन क्यों?'

'पिछले सोमवार को दूध का नुकसान क्यों हुआ? क्योंकि तहसील दूध संघ

के अध्यक्ष श्रीपति सावंत के बेटे का नामकरण सस्कार था। रजिस्टर में पूरा दूध फट जाने की बात दर्ज है, जबकि टैंकर अध्यक्ष महोदय की कोठी के सामने खड़ा था। मुफ्त की चीनी उस दूध में मिलाकर एक-एक बोतल दूध अभ्यागतों को दिया गया! पिछले महीने जिला परिषद अध्यक्ष की हवेली का उद्घाटन था, तो वहाँ भी तथाकथित फटे हुए दूध का टैंकर बराबर पहुँच गया था।'

'लेकिन यह सिलसिला बन्द कर दिया जाना चाहिए।'

'इस मुद्दे को लेकर प्रदर्शन, हल्ला-गुल्ला किया जाना चाहिए; ताकि इस ओर लोगों का ध्यान आकृष्ट किया जा सके।'

बैठक में इस विषय पर जोरदार बहस चल रही थी, कि मुरार पाटील ने पूछा, 'डेयरी की ओर से गाय-भैंस आदि का वितरण होने वाला था, उसका क्या हुआ?'

'अच्छा?' ज्ञानू सावला।

'हाँ। बारक्या खबर लाया था कि साठ-सत्तर दुधारू पशु वितरित किये जानेवाले हैं। और बताया जाता है कि सहकारी बैंक ने हमारे गाँव को दत्तक लिया है।'

ज्ञानू सावला इतमीनान से सोचने लगा। इस बीच चिणू गुणाजी ने पूछा, 'भाई साहब, डेयरी के सामने अनशन/प्रदर्शन कब से शुरू होंगे?'

बड़ी-बड़ी आँखों से घूरते हुए ज्ञानू सावला ने जवाब दिया, 'बदलती परिस्थिति में थोड़ा-सा इन्तजार करना पड़ेगा।'

पिछले साल तहसील दूध संघ ने चालीस मवेशी वितरित किए ताकि किसानों को तनिक राहत मिले तथा अधिक मात्रा में दूध उपलब्ध हो सके। सोकाजी राव ने बहुत दूर की कौड़ी फिट की। दुधारू पशु खरीदने के लिए दूध संघ की ओर से जो रकम प्राप्त हुई थी वह रकम उसने ज्यूँ-की-त्यूँ खातेदारों में वितरित कर दी। किसानों ने अपने पास पहले से मौजूद मवेशियों का इन्दराज करवाते हुए नयी खरीद का आभास दिलाया। उनमें से तीन-तीन हजार रुपये ज्ञानू सावला, मुरार पाटील, चिणू-गुणाजी को भी मिले। बाकी रकम सोकाजी ने अधिकांशतया अपने गुट के लोगों तथा रिश्तेदारों में बाँट दी। इस प्रकार सभी के मुँह बन्द हुए। इस अतिरिक्त आमदनी से लोगों ने उधारी चुकायी और कर्ज पटाये।

अभी उनकी बैठक चल ही रही थी कि सोकाजीराव का सन्देश आया— मान-अपमान, दुश्मनी-रंजिश इन आपसी विवादों को भुलाकर कल रात चावड़ी में सभी ग्रामवासी अवश्य आ जाएँ। सार्वजनिक बैठक आयोजित की गयी है।

मुरार पाटील की जानकारी यथार्थ थी। जिला बैंक ने दूध योजना के

अधीन पांगिरा को अंगीकृत किया था। और इसी योजना के तहत सत्तर मवेशी वितरित किये जाने वाले थे। पूरा गाँव खुशी से सराबोर था।

गन्ना खरीद की दर में काफी गिरावट आयी थी। प्रति टन सिर्फ डेढ़ सौ, और वह भी तीन किस्तों में। पहली किस्त यूँ आयी और यूँ खत्म भी हो गयी। बाकी किस्तों की कोई समय-सीमा नहीं थी। निदेशक मंडल की बैठक उनकी सुविधानुसार होगी, समिति-संघ के पास रकम शेष होगी, तो बकाया किस्तों की उम्मीद की जा सकती थी। अनाज की अन्य मदों तथा दलहन आदि की कीमतें एकदम गिरी हुई थीं। लोग चाहे जो कहें, पर डेयरी शुरू हो जाने से महीने में दो बार कुछ-न-कुछ नकदी अनिवार्यतया मिल ही जाती थी और नमक-मिर्च का खर्चा पट जाता था। दस-बीस रुपये जैसी फुटकर रकम के लिए किसी से याचना करने की कोई जरूरत नहीं रही थी।

दूसरे दिन-रात को चावड़ी में बैठक शुरू हुई। मुरार, सोकाजी, ज्ञानू सावला, चिणू गुणाजी, तान्या काँबले, अडीसरा आदि सभी लोग एक-दूसरे से बिलकुल सटकर बैठे थे। सोकाजी और ज्ञानू सावला तो एक-दूसरे की शक्ल देखना तक पसन्द नहीं करते थे और किसी के जनाजे में ही साथ-साथ पाये जाते थे। पर यहाँ सत्तर मवेशियों की रकम का सवाल था, सो वे दोनों आये थे। गाँव में चारों ओर खुशी का ही माहौल था, और हर व्यक्ति आस लगाये बैठा था। क्योंकि किसी को अपनी बेटी को ब्याहना था, किसी को सोसाइटी का ब्याज चुकाना था, तो दो-चार बकरियों तथा दस-बारह मुर्गियों की बलि चढ़ाने की मन्नत पूरी करने की जल्दी किसी को थी।

दोस्ताना माहौल में बैठक शुरू हुई। खम्भे से टेक लगाकर बैठे भिकू अण्णा तथा तान्या भिलारे बारी-बारी से सभी सदस्यों को घूर रहे थे। सोकाजीराव ने ग्रामवासियों को सम्बोधित किया, 'अब बातें आसान नहीं रह गयी हैं। ऐसा कदापि नहीं हो सकता कि सहायता प्राप्त करो और रुपये हड़प लो।'

चिणु गुणाजी ने सुझाव दिया, 'पिछले साल की तरकीब अपनाएँगे। पहले से मौजूद मवेशी ही साब लोगों को दिखाएँगे और कहेंगे कि यही हमने नये खरीदे हैं।'

'यह काम इतना आसान नहीं, मेरे भाई,' सोकाजीराव ने हँसते हुए कहा, 'खरीदारी के समय बैंक का अफसर मौजूद होगा। वह बाकायदा हमारे साथ बाजार में आएगा।'

'सच ?'

'इतना ही नहीं, बल्कि बैंक के नए नियमानुसार पशुओं की खरीद अपने जिले के नहीं दूसरे जिले के मवेशी बाजार से ही करनी होगी। साहब के सामने ही भाव-ताव होगा और पावती प्राप्त करनी होगी। मवेशी की कान पर

बैंक का ठप्पा लगेगा। और साल में दो-तीन बार घर आकर बैंक के अफसर बाकायदा जांच करेंगे।'

यह सुनकर श्रोताओं के होश फाख्ता हो गये। साब लोगों ने ग्रामवासियों की नब्ज बराबर पकड़ ली थी। जिनके घरों में दुधारू पशु हैं उन्हें तीन-तीन हजार मिलने वाले थे। उसमें से आधी रकम अनुदान के रूप में होगी तथा बाकी डढ़ हजार रुपये दस वर्ष की अवधि में, समान पचास किस्तों में चुकाने होंगी। ये सब शर्तें तो ठीक थीं, पर नया नियम ही ज्यादा तकलीफदेह था। प्याला होंठों तक आकर छलक जाने की सम्भावना ही ज्यादा थी। ग्रामवासी पहले से मौजूद मवेशियों को दिखाकर पैसा हड़पते हैं और वह रकम अन्य मदों में खर्च कर देते हैं। इससे दूध-उत्पादन में वृद्धि का मूल उद्देश्य ही विफल हो जाता है। यह त्रुटि बैंक के ध्यान में आने से ही यह नयी उपाय योजना की गयी थी।

ग्रामवासी चिंतित थे। पर खम्भे से टेक लगाकर बैठे भिकु अण्णा और तान्या भिलारे आपस में खूब बतिया रहे थे, सिर खपा रहे थे। तान्या बी० कॉम० था और पिछले वर्ष ही तहसील दूध संघ में बाबू की नौकरी उसे मिल गयी थी। पर वहाँ वह पन्द्रह दिनों से ज्यादा टिका नहीं। अब वह किसी ओवर-सीयर के दफ्तर में काम करता है। नौकरी-चाकरी में उसे दिलचस्पी नहीं थी। धन्धे या ठेकेदारी की ओर उसका रुझान अधिक था। क्योंकि उसमें हेराफेरी और ज्यादा कमाई की गुंजाइश अधिक होती है। भिकु अण्णा और तान्या भिलारे काफी देर तक मशविरा करते रहे। थोड़ी देर बाद वे सोकाजी के कान में फुसफुसाने लगे। तिस पर सोकाजी ठठाकर हँस पड़े। शायद समस्या का कोई हल निकल आया था। इसलिए ग्रामवासियों के चेहरे भी खिल उठे। हँसते-हँसते पेट में बल पड़ने लगे, तो पेट पर हाथ रखकर उन्होंने कहा, 'हमारे अत्यन्त पुराने, अनुभवी, होनहार नेता भिकु अण्णा और युवा तान्या भिलारे ने बैंक के साहब के बन्दोबस्त का एक कारगर नुस्खा ढूंढ निकाला है। उपाय इतना जालिम है कि हींग लगे न फिटकरी···!'

बैठक समाप्त हुई। ग्रामवासी इत्मीनान से चले गये। दूसरे ही दिन ग्राम-वासियों का एक संयुक्त प्रतिनिधि मण्डल माँगोला गया। जिला बैंक की शाखा में बैठक हुई। अगले हफ्ते मवेशी बाजार के दिन पंढरपुर जाना तय हुआ। शाखा प्रबन्धक स्वयं पंढरपुर जाने वाले थे और उन्हीं की गवाही से खरीद होने वाली थी। उसी सिलसिले में, उसी रात को पांगिरा में आयोजित सार्वजनिक सभा में जिला बैंक के अध्यक्ष आने वाले थे।

बाजार लगने से एक दिन पहले तान्या भिलारे और भिकु अण्णा ने छः ट्रक मँगवाये। गांव के चुनिंदा दुधारू मवेशियों को, उनके मालिकों के साथ उन ट्रकों में लादकर पूर्व सन्ध्या को ही वे पंढरपुर पहुँच गये। वहाँ के चार-छ हेडी

लोगों से मुलाकात कर उनकी जेबें भर दी गयीं। चन्द्रभागा नदी के किनारे मलफन से बनी दारू के दस-बारह तुम्बे मँगवाये गये। चिकन-मुर्गी की फरमाइश हुई। सभी मवेशी हेडियों को सौंपकर अण्णा अपने साथियों समेत बस अड्डे पर बैठे रहे। बैंक के साहब को लेकर एक जीप वहाँ आ पहुँची। उनके साथ सोकाजी राव, ज्ञानू सावला, चिणू गुणाजी और सदा बनिया थे। बातों-बातों में सोकाजी राव ने कहा, 'साब, पंढरपुर के मवेशी बाजार का तो कोई मुकाबला ही नहीं। यहाँ उम्दा दुधारू पशु मिलते हैं। और जगह तो आपको ऐसे पशु देखने को भी नहीं मिलेंगे।'

सोकाजीराव भिकु अण्णा तथा अन्य सभी लोगों के साथ मवेशी-बाजार में आये। थोड़ी-थोड़ी दूरी पर बँधे मवेशी पांगिरकर समूह को देखते ही सहमकर स्तब्ध खड़े रहते। सींग तानकर खड़े मवेशियों को देखते ही साब अनायास डर जाते। और फिर वहाँ मवेशियों के हगने-मूतने की बदबू भी व्याप्त थी। साहब को यह बरदाश्त नहीं होता था। उन्होंने फौरन नाक से रूमाल लगायी। ग्राम-वासियों ने दो-चार बार बाजार की परिक्रमा की। उम्दा मवेशियों की खोज करते रहे। भाव-ताव करते रहे। दिखावा तो करना ही था। ऊपर से धूप की मार अपना असर दिखा रही थी। साहब को यह हबड़धबड़ बरदाश्त नहीं हो रही थी। अन्ततः साहब को कहना पड़ा, 'श्रीमान जी, कब तक इस तरह से भाड़ झोंकते रहोगे! जो मवेशी पसन्द हो, बता दीजिए। जल्दी ही फारिग हो जाएँगे।' बाजार के एक कोने में पांगिरा के मवेशी थे और उनका सौदा करने के लिए पाँच-सात हेडे भी थे। भिकु अण्णा और सोकाजीराव वहाँ गये और उन्होंने हेडियो से पूछा, 'क्यों मियाँ, भैंस के दाम क्या हैं? गाय के क्या हैं?' अण्णा की आवाज सुनते ही, समूह में खड़ी भैंस चिंगी फौरन अण्णा के पास आयी और उनके बदन से अपना बदन रगड़ने लगी। अण्णा ने बड़े प्यार से कहा, 'देखा साब, कितनी प्यारी और उम्दा भैंस है! इसका मोल जो भी हो, मैं तो यही भैंस लूंगा।'

खरीद समाप्त हुई। साहब के सामने ही खरीद-पत्र बने। मवेशियों के कानों पर बैंक का ठप्पा बाकायदा लगाया गया। ट्रक तैयार खड़े थे। चुँगी अदा कर ट्रक पांगिरा के लिए चल पड़े। हेडियों को दलाली देकर वाकी रकम अण्णा-तान्या ने अपने कब्जे में ली और पेशल जीप लेकर वे भी रवाना हुए।

रात को गाजे-बाजे के साथ मवेशियों को डेयरी के सामने लाया गया। विशाल सार्वजनिक सभा को सम्बोधित करते हुए जिला बैंक के अध्यक्ष ने कहा, 'आज नये सत्तर मवेशियों के रूप में तीन लाख की अमानत हमने आपको सौंपी है। अब गाँवों में दूध की नदियाँ बहेंगी। कृषि-औद्योगिक क्रान्ति के पुरोधा के

तौर पर समूचे आम्बेपुर जिले की निगाहें पांगिरा पर टिकी हैं ! आप लोग बहुत ही भाग्यवान हैं !! धन्यवाद…'

बुढ़ापे में विधायक बाबा सावन्त के दिन फिर गये। विधान सभा चुनाव हाल ही में सम्पन्न हुए थे। सत्ताधारी स्वराज्य पार्टी का टिकट श्रीपति सावन्त को दिलाने के लिए बाबा सावन्त ने एड़ी-चोटी का जोर लगाया पर सफल नहीं हुए। वे जीते जी अपने बेटे को ताज पहनाना चाहते थे। पर इस बीच विपक्ष की जड़ें काफी मजबूत हो जाने से पुराने, अनुभवी, खुर्राट ठूंठों को ही टिकट देने का निर्णय लिया गया। उसी के तहत बाबा सावन्त मैदान में उतरे। उनके खिलाफ जामगांव निवासी सन्ताजी काले ने अपनी उम्मीदवारी घोषित की। शुरू-शुरू में सन्ताजी ने स्वराज्य पार्टी का ही टिकट प्राप्त करने की पुरजोर कोशिश की; पर बाबा सावन्त का पलड़ा भारी होने से उसका पत्ता कट गया। अन्ततः स्वराज्य (पी) पुरोगामी पार्टी की ओर से सन्ताजी अखाड़े में आ गया।

सूखाग्रस्त मांगोला तहसील का इलाका पूरे दो महीने तक चुनाव प्रचार, आरोप-प्रत्यारोप, गाली-गलौज, मारपीट और मतदाताओं को उड़ाने-भगाने आदि के दौर में उलझा रहा। सन्ताजी की पटिया कोरी तो थी, पर अबा सावन्त द्वारा दुत्कारे गये लोगों को उसने अपने साये में ले लिया। आम आदमी तो बदलाव चाहता है। और सन्ताजी के रूप में उन्हें वह बदलाव मिलने की उम्मीद थी। इसलिए शुरू से ही सन्ताजी को व्यापक जन-समर्थन मिलता रहा और अन्ततः भारी बहुमत से वह चुनाव जीत गया। सन्ताजीराव की शानदार जीत के साथ ही तहसील क्षेत्र में बाबा सावन्त के प्रभाव को तीव्र झटका लगा।

चार महीने बाद ही जि० प० चुनावों की घोषणा हुई। सावन्त बाबा दृढ़ निश्चय के साथ प्रचार अभियान में जुट गये। अपने खानदान का आधिपत्य बनाये रखने का उनका यह आखिरी प्रयास था। श्रीपति के साथ उन्होंने अपने चुनाव क्षेत्र का चप्पा-चप्पा छान मारा। विधायक तो मन्त्रालय से जुड़ा होता है, किन्तु तहसील पंचायत हाथ से निकल गयी तो जड़ समेत उनके उखड़ जाने का खतरा था। तहसील क्षेत्र के सभी स्कूल, औषधालय तथा विकास-कार्य आदि का जिम्मा पंचायत समिति का था। यदि पंचायत समिति पर नियन्त्रण न हो, वो मांगोला आने वाले उनके गुट के लोग भला सांस कहां लेंगे ? अतएव विधान सभा चुनावों में हुई गलतियों पर गौर कर उन्हें न दुहराते हुए उन्होंने जी-तोड़ कोशिश की, खून-पसीना एक किया और दिन-रात मतदाताओं से सम्पर्क करते रहे। तहसील दूध संघ अभी उन्हीं के कब्जे में था, सो हर गांव का प्रत्येक

दूध संकलन केंद्र उनके प्रचार का केंद्र बन गया। दुधारू पशुओं की खरीद के कई मामलों को तुरन्त मंजूरी मिल गयी। स्कूलों के अध्यापक अपनी-अपनी धोती की लांग कसते हुए सावन्त खानदान के प्रचार अभियान से जुड़ गये। ग्रामसेवक, पटवारी तथा राशन दुकानदार—इन सभी ने अपनी वफादारी का सबूत दिया। इसी के फलस्वरूप, कम मार्जिन से ही सही, सावन्त गुट विजयी हुआ और श्रीपतराव सावन्त तहसील-पंचायत के सभापति निर्वाचित हुए। विधायक की कुरसी और पंचायत समिति—ये दो महत्त्वपूर्ण सत्ता केंद्र होते हैं। इस बार इन दोनों केंद्रों के बट जाने से वे एक-दूसरे को सांप-नेवले की निगाहों से देखने लगे।

इन दो वर्षों से तान्या तानाजीराव कहलाया जाने लगा। सभापति श्रीपतराव सावन्त के साले से तानाजीराव ने दोस्ती गांठकर आसपास के गांवों में दो पुलों के निर्माण के छोटे-मोटे ठेके प्राप्त किये थे। अब वह मोटर साइकिल का मालिक बन गया था। तहसील क्षेत्र के इन्जीनियर, ओवरसीयर आदि उच्च पदस्थ अधिकारियों में उसका उठना-बैठना शुरू हो गया था और उसकी बुलेट दनदनाते हुए गांवों में घूमती रहती थी।

उसकी बुलेट की आवाज आते ही चबूतरों पर तथा उसके आसपास मंडराने वाले बच्चे सहम जाते थे। रोज सवेरे उसकी बुलेट चबूतरे के सामने खड़ी देखी जा सकती थी। गाड़ी पार्क करने के बाद तान्या गॉगल उतारकर आसपास के नीम और बड़ के पेड़ों की ओर एक निगाह देखता और आगे बढ़ता था। विगत चार दिनों से यही क्रम जारी था।

आज भी उसकी बुलेट मांगोला से सरपट आकर चबूतरे के सामने झटके के साथ रुक गयी। और वह वटवृक्ष को अपलक घूरने लगा। सहमे हुए पेड़ भी भिलारे से आंखें चार करते रहे।

चबूतरे पर बैठे लोगों में से एक व्यक्ति ने टिप्पणी की, 'स्साला, विचारे गुरुजी की तरह तान्या के दिमाग पर भी कोई भूत तो सवार नहीं हुआ?' तिस पर सब लोग हँस पड़े। तान्या ने रफ्तार बढ़ायी और कुछ ही मिनटों में कसकर ब्रेक दबाते हुए उसने सोकाजी की कोठी के सामने गाड़ी रोक दी।

'सम्पतराव घर में हैं?' पूछते हुए उसने कोठी में प्रवेश भी किया। आँगन में एक ओर, पलंग पर गाव तकिये को टेककर सोकाजीराव बैठे थे। उन्होंने तान्या को इशारे से बैठने के लिए कहा। तान्या पास में ही एक स्टूल पर बैठ गया। दो-चार किसान भाई फर्श पर बैठे थे और सोकाजी से विचार-विमर्श कर रहे थे। कोठी के मैदान में खेलने के उद्देश्य से आये बच्चों को आज सवेरे ही वैजू भाभी ने चाय पिलायी थी। और बच्चे भी वैजू भाभी के लिए वानर सेना की तरह बड़ी फुर्ती से पानी की खेप ला रहे थे। लड़कियां चावल बीन

रही थीं। सब कुछ कायदे से चल रहा था। तान्या को ज्यादा प्रतीक्षा नहीं करनी पड़ी। सम्पतराव अपनी जुल्फें सँवारते हुए भीतर से बाहर आया।

'कहिए तानाजी राव, कब आना हुआ?'

'बस, अभी-अभी आया हूँ।'

'चलो, चलते हैं।'

'लेकिन कहाँ?'

'चलो भी।'

सम्पतराव तान्या की बुलेट चलाने लगा।

'हम लोग कहाँ जा रहे हैं?'

'मांगोला…'

बुलेट माँगोला की दिशा में सरपट दौड़ने लगी। तान्या भावविभोर हो गया, जेहन में छुपी बात होंठों पर आने के लिए मचलने लगी। और आखिरकार तान्या ने सब कुछ कह डाला। उसके बाद सम्पतराव ने सवाल किया—

'क्या कीमत होगी उन पेड़ों की?'

'यही, कोई दो-एक हजार!'

'और हमारी खातिरदारी?'

'यह भी कोई बात हुई सम्पतराव? हमें गांव में नहीं रहना है? आपको कैसे भूल जाएँगे?'

'रकम बताओ…'

'सात सौ।'

'सिर्फ सात सौ? भगवान के पेड़ हैं वे।'

'तो ठीक है, हजार ले लीजिए।'

मांगोला का काम पटाकर सम्पतराव और तानाजी फिर से कोठी पर आये। तानाजी ने पेड़ों की बात सोकाजी को बतलायी तो उसने भी गर्दन हिलायी और तनिक रुककर दांत निपोरते हुए कहा, 'तानाजीराव, आपकी बात हमें तो मंजूर है लेकिन उसका क्या फायदा? ज्ञानू सावला पुलिस-पाटील है और हर बात में टाँग अड़ाता है।'

'कोई बात नहीं। आप क्यों उसकी इतनी ज्यादा चिन्ता करते हैं?'

'खैर। लेकिन बाकी पंचों का क्या करें?'

'आप तो पंचों के भी पंच यानी सरपंच हैं। बाकी सभी पंचों को मैं पटा लूंगा। मीठी छुरी ऐसे चलाऊँगा कि उन्हें पता भी नहीं चलेगा।'

सोकाजीराव कहने लगे, 'ज्ञानू सावला हमारी बात का लिहाज कर एकाध बार चुप हो भी सकता है; पर लोगों का मुंह कौन बन्द करेगा? यह प्रजातंत्र है भाई।'

तिस पर एक प्यारी-सी मुस्कान बिखेरते हुए तान्या ने कहा, 'उसकी तरकीब भी मेरे पास है। सिदुबा के बरामदे के चार खम्भे जर्जर हो गये हैं। गाँव वालों से कहेंगे कि भगवान के पेड़ भगवान के ही काम में लगा रहे हैं।'

सोकाजीराव तान्या की उतावली को भाँप गये। इस सौदे में जरूर काफी फायदा होगा। उन्होंने आँखें मिचकाते हुए सौदा पटाने के अन्दाज में पूछा, 'कितना दोगे ?'

'डेढ़ हजार।'

'दो से नीचे तो बात ही मत करो।'

तानाजी तनिक सोचता रहा। दो ट्रक माल तो होना ही था। उसने फिर एक बार हिसाब लगाया। कम-से-कम दस हजार का निवल मुनाफा हो सकता था। उसने कहा, 'आबा, चलिए आपकी बात हमने रख ली। लेकिन पंचायत में बाकायदा प्रस्ताव पारित किया जाना चाहिए।'

'सो क्यों ?'

'क्योंकि ज्ञानू सावला विधायक सन्ताजी काले का खास आदमी है। इसलिए बाद में कोई लफड़ा नहीं होना चाहिए।'

आखिरकार बात पक्की हो गयी। दस हजार का निवल मुनाफा तानाजी का और मुफ्त के दो हजार सोकाजी की जेब में। पंचों को बकरी के गोश्त की शानदार दावत और सिदुबा के मन्दिर में चार नये खम्भे। यानी भगवान समेत किसी को भी शिकायत को कोई गुँजाइश ही नहीं रही।

सोकाजी द्वारा हरी झण्डी दिखायी जाने के बाद तान्या अपनी सुविधानुसार पेड़ कभी भी कटवा सकता था। सम्पतराव ने पांगिरा ग्राम पंचायत के लेटरहेड का कागज लिया और उस पर लिखा गया, 'सिदुबा के मन्दिर में चार खम्भे जीर्ण हो गये हैं। अतएव वहाँ नये खम्भे लगाये जाने की जोरदार सिफारिश का प्रस्ताव पांगिरा ग्राम पंचायत बहुमत से पारित करती है। इस काम के लिए वृक्ष कटाई की इजाजत तान्या भिलारे को सर्वानुमति से दी जाती है। वे नये पेड़ काटकर नये स्तम्भ लगवाएँगे। जय सिदुबा!'

सोकाजीराव ने उस कागज पर इत्ते बड़े हस्ताक्षर किये। बाकी पंचों के हस्ताक्षर की तो जरूरत ही नहीं थी। वैसे भी बाकी लोगों की वकत ही क्या थी ? पूरी मलाई तो अकेला सोकाजी ही चट कर जाता था। गन्ने की दरें भी पहले की तुलना में अब काफी गिर गयी थीं। अनाज की दरें अस्थिर थीं। बात-बात पर तहसील मुख्यालय जाने से बाकी पंच कतराते थे। गाँव की सड़क पर धूल-गर्द में हैरान-परेशान घूमते कई पंचों को कई बार तान्या अपनी बुलेट पर मांगोला लिवा ले गया था और अपने पैसों से उसने उन्हें सामिष भोजन कराया था। उसकी जेब तो ठेकों के रुपयों से अकसर भरी रहती थी। और

फिर वह खुद भी तो हिकमती आदमी था। उसके कागज पर हस्ताक्षर न करने की जुर्रत भला कोई कर सकता था? सौ-सौ के दस नोट सोकाजीराव को थमाकर तान्या ने चरण-स्पर्श किया और उठ खड़ा हुआ।

'आबा, शुभ काम में देरी क्यों? कल ही पहली कुल्हाड़ी चलवाऊँगा।'

'बेशक चलवाओ।'

तान्या ने एक ही किक में बुलेट शुरू की और वह चल पड़ा। गली-कूचों से होते हुए वह पंचों के घरों पर दस्तक देता रहा और उनके हस्ताक्षर, अँगूठे के निशान प्राप्त करता रहा। इस हस्ताक्षर अभियान का प्रयोजन जान लेने का मौका भी उसने उन्हें नहीं दिया।

दूसरे दिन सवेरे मंदिर के अहाते में सब्बर, कुल्हाड़ियों की खनक सुनाई पड़ी। फावड़े से मिट्टी हटाना शुरू हुआ। नीम और बड़ की सतही जड़ें काट दी जाने लगीं। दो मिस्त्री काम में लगे थे और तानाजी एक शिलाखण्ड पर बैठकर उन्हें हिदायत दे रहा था, 'इस डाली को पहले कटवाओ, वो जड़ दिखाई दे रही है उस पर चलाओ कुल्हाड़ी···'

'भगवान के पेड़ों पर कुल्हाड़ी चली ऽ ऽ···' गाँव में हल्ला-गुल्ला शुरू हुआ। कुछेक ग्रामवासी पंचों के पास गये। पर उन्होंने सफाई दी, 'पेड़ बहुत पुराने हो गये थे। क्या ठूँठ हो जाने तक इन्तजार करना चाहिए? तोड़ रहे हैं तो तोड़ने दो।' पेड़ों के आसपास भीड़ जमा होने लगी। घण्टे-भर के अन्दर-अन्दर ज्ञानू सावला तक खबर जा पहुँची। दो-चार रिश्तेदारों के साथ ज्ञानू फौरन घटनास्थल पर जा पहुँचा और वहाँ बैंठे तानाजी से उसने ताव में आकर पूछा, 'ये क्या कर रहे हो तुम? किसके पेड़ हैं?'

'आइए आइए पाटील, बैठिए।'

'मैं यहाँ बैठने के लिए नहीं आया हूँ। पहले यह बताओ कि पेड़ काटने की अनुमति तुम्हें किसने दी?'

'पंचायत ने प्रस्ताव पारित किया है।'

'प्रस्ताव गया भाड़ में। ये पेड़ पंचायत के बाप के नहीं, सिदुबा के हैं। पेड़ काटने के लिए उप-जिलाधीश की अनुमति की जरूरत होती है। है तुम्हारे पास वह?' ज्ञानू ने बड़े रुआब के साथ कानून की बात छाँटी।

'लेकिन···'

'लेकिन-वेकिन कुछ नहीं। चलो, फूटो यहाँ से। आज सिटुबा के पेड़ काट रहे हो, कल सोकाजी की साँठ-गाँठ से भगवान को भी काला बाजार में बेच डालोगे! आग लगे तुम्हारी भूख-प्यास में···'

'सिदुबा के पेड़ नहीं कटेंगे···' भीड़ ने नारेबाजी शुरू की। पर सोकाजी का समर्थन होने के कारण तान्या पीछे हटने के लिए तैयार नहीं था। न ही

उसने अपना मुँह बन्द रखा। ज्ञानू सावला सुलग उठा। उसने अपने साथियों को आदेश दिये, उन्होंने मजदूरों के हाथ से फावड़े लेकर फेंक दिये, मिस्त्री की आरी छीन ली और उन लोगों को भगा दिया। मुँह लटकाकर तानाजी ने बुलेट चुपचाप वापस दौड़ायी। ज्ञानू के साथीदार सोकाजी की खूब खिल्ली उड़ाते रहे। इसी बीच मुरार पाटील भी वहाँ आ पहुँचे। ज्ञानू के साथ उनकी छनती रही। उन्होंने कहा, 'भगवान के पेड़ कटवाकर अपनी भूख-प्यास मिटाने के बजाय भाड़ क्यों नहीं झोंकते ?' लोगों ने यह फिकरा सुना, तो वे हँस पड़े। मुरार-ज्ञानू एक-दूसरे के कांधे पर हाथ रखकर चाय पीने चले गये; भीड़ भी छँट गयी।

रात को अम्बा माता की उपत्यका में देवी का भण्डारा कार्यक्रम था। लालटेन, टार्च की रोशनी में ग्रामवासी वहाँ जा-आ रहे थे। विचारे गुरुजी ने माता की सेवा में कोई भी कसर नहीं रहने दी थी। मन्दिर में बढ़िया फर्श उन्होंने बिछाया था। शीशे जैसा चमचमाता, खूबसूरत फर्श। उसमें देखकर बराबर बाल काढ़े जा सकते थे। अभी पिछले महीने में ही तो विचारे गुरुजी ने मन्दिर की सामने वाली कमान का जीर्णोद्धार करवाया था। और साथ ही, मन्दिर की पुताई-रँगाई भी। अभी, हफ्ते-दो हफ्ते पहले जो दर्शनार्थी यहाँ आये थे वे इस नयी साज-सज्जा से बेहद खुश नजर आ रहे थे। अब वह टाटा-बिरला के मन्दिर की तरह आकर्षक बन गया था। मन्दिर के शिखर से बँधी रंग-बिरंगी, टिमटिमाती मालाओं के कारण खूबसूरती में जैसे चार चाँद लग गये थे। शहनाई-नगाड़े आदि मंगल वाद्यों की सुरंगमा जैसे समा बाँध रही थी। पास में ही स्थित लंगर से जलेबी तथा अन्य व्यंजनों की महक लहरा रही थी। सामने ही बिछे बिछावन पर ज्ञानू सावला, सोकाजीराव, मुरार पाटील, अण्णा, सदा बनिया, लहू चोरगे आदि लोग बैठे थे।

सवेरे की वारदात के कारण गाँव में तनाव व्याप्त था। ज्ञानू और सोकाजी खूँख्वार निगाहों से एक-दूसरे को घूर रहे थे। नयी कमान के उद्घाटन की घड़ी आ गयी। गुरुजी ने सरपंच सोकाजीराव को उद्घाटन करने के लिए विधिवत् आमन्त्रित किया। ज्ञानू सावला को नारियल फोड़ने का सम्मान मिला। मुरार पाटील को पूजा का अवसर मिला। इस प्रकार सबका मिला-जुला सहयोग प्राप्त किया गया। बाहर भोजन की व्यवस्था की गयी थी। लोगों ने अपना हाजमा, बदहजमी आदि के बारे में तनिक भी विचार किये बिना, दबाकर भोजन किया। थकान मिटाने का अच्छा मौका उनके हाथ लगा था। भोजन के बाद पलकें भारी होना स्वाभाविक ही था। पर लोकलज्जा के कारण वे उनींदी आँखों से भजन कार्यक्रम में शामिल हुए। लोग भक्ति-भावना से हाथ जोड़कर बैठे थे। सभी पंचों का समूह एक जगह बैठा था। इतने में मुरार पाटील कहने

लगे, 'देखिए, कोई अपनी जिन्दगी-भर की कमाई भगवान पर लुटा रहा है, तो कोई भगवान के दरबार की चीज-वस्तु लूट रहा है··· बेशर्मी से।'

तिस पर सोकाजी गुर्राया, 'घुमा-फिराकर बोलने की क्या जरूरत है? पंचायत की सहमति से ही हुआ है···'

ज्ञानू सावला ने बीच में ही टोकते हुए कहा, 'पेड़ पंचायत के बाप की मिल्कियत नहीं हैं।'

'सो तो किसी के भी बाप की मिल्कियत नहीं हैं।'

'पेड़ों की जड़ को भी हाथ नहीं लगाने दूंगा।'

'उनकी एक भी डाली रहने नहीं दूंगा।'

ज्ञानू-सोकाजी में हाथापाई की नौबत आ गयी। एक-दूसरे की गिरेबान में हाथ डालना ही बाकी बचा था। भजन मण्डप में दंगल शुरू होने के आसार नजर आने लगे थे। स्थिति को नियन्त्रण से बाहर जाते देखकर विचारे गुरुजी ने फुर्ती की। उन्होंने हाथ जोड़कर दोनों से प्रार्थना की, 'शान्त हो जाइये। भगवान के लिए चुप रहिए। एकता में ताकत होती है। आप दोनों तो इस गाँव की दो आँखें हैं। आप दोनों के बिना तो गाँव ज्योतिविहीन हो जाएगा!' आखिरकार दुत्कार-फुंफकार पर मामला रफा-दफा हो गया। भजन शुरू हुआ। कुछ लोग तो रामनाम में मानो खो गये, तल्लीन हो गये। जबकि कुछ लोग ऊँघने लगे। उनींदे पन में ही डोलने लगे। अँधेरा गहराता जा रहा था। विचारे गुरुजी भावविभोर होकर नाचने लगे। झांझर-ढोलक की लय पर थिरकने लगे। नाचते-नाचते गाने लगे—

एक तारी संगे एकरूप झालो।
आम्ही विठ्ठलाच्या भजनात न्हालो॥

(इकतारे से तदाकार होकर हम विट्ठल भगवान के भजन से अभिभूत हो गये)

चुनाव कार्यक्रम का ब्यौरा चावड़ी के सूचना पट्ट पर प्रदर्शित किये जाने के साथ ही ग्राम पंचायत चुनावों की हवा गांव-गाँव में बहना शुरू हुई। दरअसल ये बुनियादी चुनाव थे और इनके परिणामों से विधान सभाई चुनावों में जनमत के रूख का अनुमान लगाया जा सकता था। अतएव प्रत्येक गाँव तथा बस्ती पर विधायक संताजी काले गुट तथा सावन्त बाबा के पंचायत समिति गुट की काक-दृष्टि थी।

पांगिरा में तो गाँव के प्रवेश द्वार के पास चबूतरे पर, हनुमान मन्दिर के पास, सदा बनिये के बरामदे में तथा मिस्त्री की कार्यशाला में—हर जगह

चुनावी चर्चा ही उफान पर थी। व्यूह रचना की जाने लगी। इस बार सरपंच के रूप में वरमाला किसे पहनायी जानी चाहिए, इस बात को लेकर विगत दो-चार महीनों से ही खुसुर-पुसुर शुरू हो गयी थी। यह बात दीगर है कि मौजूदा व्यवस्था के अनुसार स्थानीय निर्वाचनों में भी ऊपर से प्राप्त आदेशों के अनुसार कार्रवाई की जाती थी।

यह अनुमान लगाकर, कि अगले महीने पांगिरा में चुनाव होंगे, विधायक सन्ताजी काले ने अपने गुट के लोगों की बैठक मांगोला के रेस्ट हाउस में बुलायी थी। उसमें शामिल होने के लिए ज्ञानू सावला, मुरार पाटील, भीमू गुरव, चिणू गुणाजी आदि लोग सवेरे की पहली बस से ही तहसील मुख्यालय आ पहुँचे थे, और बस अड्डे से सीधे रेस्ट हाउस पहुँचना ही उन्होंने मुनासिब समझा था। पर विधायक महोदय वहाँ नहीं थे। पता चला कि वे पास में ही कहीं, किसी उद्घाटन समारोह के लिए गये हैं। उन्होंने संदेशा रखा था कि वे जल्दी ही लौट आएँगे। पांगिरा के 'जवानों' को उन्होंने इन्तजार करने के लिए कहा था। इसलिए वे लोग विधायक महोदय की राह में पलकें बिछाए, लॉन में मक्खियाँ मारते बैठे थे।

जिस बस से ज्ञानू-मुरार एण्ड कम्पनी के लोग आये, उसी से सोकाजी, सम्पतराव, तान्या भिलारे, बैंज्या चोरगे डोंगर वाडकर आदि लोग भी मांगोला आये थे। उन्हें भी कल रात ही सावन्त बाबा की हवेली से फौरन चले आने के आदेश प्राप्त हुए थे। किसी बात की याद आकर चिणू गुणाजी ने कहा, 'ज्ञानू भैया, पुरानी प्रथा ही ठीक थी न ?'

'किस मामले में ?'

'चुनावों के बारे में। न कोई टण्टा-बखेड़ा, न झगड़ा-फसाद। गाँव के सब लोग सिदुबा की गवाही से इकट्ठा हो जाते थे। सर्वानुमति से एक व्यक्ति को सरपंच तथा एक अन्य व्यक्ति उप-सरपंच निर्वाचित किया जाता था। सौहार्द-पूर्ण वातावरण में कार्य सम्पन्न हो जाता था। निर्वाचित व्यक्ति सिदुबा की मूर्ति को समर्पित बेल-भण्डार उठाकर गाँव की रक्षा की शपथ लेता था। और गुड़-खोपरे का प्रसाद बटते ही गुदड़ी में दुबककर सोने के लिए लोग अपने-अपने घरों को लौट भी जाते थे। पर अब कहाँ रहे वे दिन ?'

'यदि आपसी सूझ-बूझ से मिनटों में मामले निपटने लगें तो 'बगुला भगतों' के पेट कैसे पलेंगे ? क्या वे फाका करेंगे ? आखिर उनकी भी तो व्यवस्था करनी होगी !'

उधर सावन्त बाबा की हवेली में भी उनके चेले-चपाटे इन्तजार कर रहे थे। क्योंकि वहाँ के एक अन्य कक्ष में दूसरे किसी गाँव के लोगों से बातचीत चल रही थी। समर्थकों में व्याप्त आपसी मनमुटाव को मिटाकर उन्हें एकजुट

करने की पुरजोर कोशिश सावन्त पिता-पुत्र कर रहे थे। तहसील क्षेत्र के विधायक पद को पुनः प्राप्त करने के लिए वे दोनों जी-जान से जोड़-तोड़ करने में लगे हुए थे। जि० प० चुनावों में जैसे-तैसे उनकी इज्जत बच सकी थी। किन्तु इसी में सावन्त बाबा सन्तुष्ट नहीं थे। ग्राम पंचायत चुनावों में शत-प्रतिशत सफलता अर्जित करने के उद्देश्य से वे खून-पसीना एक कर रहे थे। न उन्हें खाने-पीने का होश था, न सोने-जागने का।

पांगिरा के दो खेमे दो जगह अपने-अपने आका से मुलाकात की प्रतीक्षा कर रहे थे। दोनों को ऊपर के आदेशों का इन्तजार था। गाँव का भविष्य अब ऊपर वाले के हाथ में था। तहसील और जिला मुख्यालयों में बैठकर वरिष्ठ पार्टीजन ढोलक बजाते थे और उन्हीं की तर्ज पर गाँव अपने करतब दिखाता था, सीने पर पत्थर रखकर उसके दो टुकड़े करता था, भालू का चोगा पहनकर गण्डा-ताबीज में अपनी खाल का बाल समर्पित करता था और श्वान बनकर अग्नि-वलय के बीच में से होकर सही-सलामत छलाँग लगाता था। छोटे-मोटे निर्णय भी अब ग्राम स्तर पर नहीं लिए जाते थे। ग्रामवासियों की आँखें सदा ऊपर की ओर लगी रहती थीं। नीम और बड़ के पेड़ों को लेकर हाल में जो वारदात हुई थी, उस सम्बन्ध में 'असेंबली क्वेच्चन' कराने पर ज्ञानू सावला आमादा था। तहसील का विधायक पद एक खेमे के हाथ में तो पंचायत समिति पर दूसरे खेमे का अधिकार था। विधायक महोदय पंचायत समिति को घास नहीं डालते थे और पंचायत समिति विधायक को नहीं गिनती थी। साँप-नेवले की इस लड़ाई में ग्राम विकास धरा-का-धरा रह जाता था, चलती गाड़ी में ब्रेक लग जाते थे। इन्हीं दो पाटों में पांगिरा तथा तहसील स्तर के सभी काम पिस रहे थे।

लॉन पर काफी देर प्रतीक्षा करने के बाद करीब साढ़े बारह बजे एक जीप अचकचाकर वहाँ आ रुकी तो पांगिरा के सभी जवान उठ खड़े हुए। तीस वर्षीय युवा विधायक संताजी काले ने हाथ जोड़कर सभी का अभिवादन किया। 'कहिए सावला जी, कैसे हैं आप ? मुरार भैया, ठीक तो हैं ? हनुमन्त के क्या हालचाल हैं ? अरे, बिणू गुणाजी भी आये हैं ? मैंने तो देखा ही नहीं। भीमू, कैसे हो भाई ? तुम्हारी नौकरी की बात कहाँ तक आ गयी ? चलिए, आप लोग अन्दर आ जाइए ऽऽ' पहले झटके में ही विधायक महोदय ने उपस्थितों पर अपना सिक्का जमाया। उनके पीछे-पीछे सभी लोग भीतर हो लिए और रेस्ट हाउस के कक्ष में ही बैठक शुरू हुई।

सबसे आखिरी पंक्ति में मुरार पाटील बैठे थे। युवा सन्ताजी को देखकर पाटील सदके जा रहे थे। मगरूर बने सावन्त परिवार को ठोस धरती पर उतारने वाला शेर का बच्चा वह अकेला ही था। बिना अनुदान चलाये जाने

वाले एक निजी महाविद्यालय में चार साल तक वे प्राध्यापन भी कर चुके थे। आर्थिक विपन्नता के बावजूद उन्हें वाणी का वरदान प्राप्त था, जिससे श्रोता मन्त्रमुग्ध हो जाते थे। सावन्त बाबा की सत्ता की राजनीति से कुछ लोग नाराज थे। ऐसी स्थिति में तहसील के कुछेक जमींदारों तथा महत्त्वपूर्ण व्यक्तियों ने चुनाव के ऐन मौके पर सन्ताजी का साथ दिया। इससे पहले मन्त्रिमण्डल में स्थान पाने के लिए सावन्त बाबा ने पुरजोर कोशिश की। ठीक उसी वक्त आम्बेपुर के महाराजा जिवाजीराव जाधव ने भी मन्त्रिपद प्राप्त करने के लिए एड़ी-चोटी का जोर लगाया था। किन्तु कुर्सी हथियाने की इस होड़ में आम्बेपुर जिले के इन दो उम्मीदवारों में से किसी को भी सफलता नहीं मिली। जिवाजीराव चाहते थे कि सावन्त तहसील क्षेत्र में ही चित हो जाएँ। इसलिए जब उन्होंने देखा कि सन्ताजी जैसा होनहार युवक खम ठोंककर मैदान में डटा है, तो सावन्त को नीचा दिखाने का अच्छा मौका पाकर वे सन्ताजी के पक्ष में खड़े रहे। जाधवराव ने चीनी मिलों के ट्रक, उत्साही स्वयंसेवक, यथावश्यक पूंजी आदि हर तरीके से सन्ताजी की सहायता की। और सन्ताजी की अमोघ वाणी ने भी करिश्मा दिखाया। मांगोला की मिट्टी में एक खुद्दार, जाँबाज नेतृत्व उभरकर सामने आया।

मुरार पाटील को सन्ताजी से काफी उम्मीदें थीं। उनके मन में उसके प्रति अगाध श्रद्धा तथा सराहना का भाव था सन्ताजी बातें भी कर रहा था और बगलवाली खिड़की में से सावन्त की हवेली की ओर भी देख रहा था। इसी के साथ उसके तन-बदन में जैसे चिनगारियाँ फूटने लगती थीं। मुरार पाटील को आखिरी पंक्ति में बैठते देखते ही उसने चिल्लाकर कहा, 'मुरार भैया, आप इतने पीछे क्यों बैठे हैं? इधर सामने आ जाइए। अब तो राज्य आपका है। कब तक आप आखिरी पंक्ति में ही बैठे रहेंगे? मैं किसी खानदानी सरदार के तबेले का घोड़ा थोड़े ही हूँ? मैं तो आपका खिदमतगार हूँ, एक अदना-सा सेवक···'

मुरार पाटील शर्मसार होकर आगे आये। उन्हें करीब पाकर सन्ताजी ने तैश में आकर कहा, 'सावंत खानदान गरीबों का जीना किस तरह दुश्वार कर रहा है और उनके खाने में किस तरह जहर घोल रहा है, इसका ब्यौरा मुरार भाई से पूछिए। क्यों मुरार भाई मैं गलत तो नहीं कह रहा हूँ?'

मुरार पाटील ने सिर्फ गरदन हिलायी।

'कदम-कदम पर सावंत की हवेली रोड़े अटकाती है। मुझे तो उस दिन का इन्तजार है, जब उनकी हवेली जमींदोज हो जायेगी। उसी दिन सही मायने में यह तहसील-क्षेत्र आजाद हो जायेगा। अरे भाई, यह प्रजातन्त्र है। सामंत ठाठ-बाट के दिन अब लद चुके। ठोस जमीन पर खड़े इन्सान के स्तर पर आ आओ। मिट्टी से अपना नाता जोड़ो। प्रजातन्त्र की जड़ें मज़बूत करो।'

दत्तचित्त होकर वे लोग संताजी की बातें सुन रहे थे। उन्होंने आगे कहा, 'किसी भी कीमत पर पांगिरा में निर्विरोध चुनाव मत होने दीजिये। पांगिरा को सामंत का गढ़ माना जाता है। मैं लोगों की इस धारणा को ढहा देना चाहता हूँ। इस अभियान में सिर-फुटौव्वल की नौबत आए तो भी कोई बात नहीं, किन्तु मौका हाथ से जाने, मत दीजिए।'

व्यूह रचना तय की गयी। काफी बहस हुई। रेस्ट हाउस का खानसामा खाना खाने के लिए बार-बार इशारे कर रहा था, सो विधायक महोदय ने बैठक की कार्रवाई समेट ली। संताजीराव ने हँसते हुए उन लोगों को विदा किया। किन्तु अचानक कुछ याद आने के अन्दाज में उन्होंने चिल्लाकर कहा, 'मुरार भैया, झुणका-भाकरी (बेसन-रोटी) लाये हो कि नहीं?'

'लेकिन आपको झुणका-भाकरी का पता कैसे चला?'

'पिछले चुनाव-प्रचार के दौरान आपने ही तो खिलायी थी। कुछ भी कहिए, भाभीजी के बनाये झुणके का स्वाद तो अनूठा होता है।'

'आपको अभी भी याद है?' मुरार पाटील ने आश्चर्य व्यक्त करते हुए पूछा।

'आखिर मैं इसी मिट्टी की ही तो औलाद जो हूँ ऽऽ!' मुरार पाटील ने झुणका-भाकरी की पोटली उन्हें सौंप दी। प्रतिनिधि मण्डल लौट पड़ा। एक डिप्टी इंजीनियर के साथ संताजीराव मुर्गी के मसालेदार शोरबे की खबर लेते रहे। उसके साथ पाटील के घर की रोटी तो थी ही। बड़ा स्वाद आया उन्हें।

ज्ञानू-मुरार आखिरी बस से पांगिरा के लिए चल पड़े। उसी में सोकाजीराव तथा उसके अन्य साथी भी थे। उन्हें विदा करते समय श्रीपतराव सावंत ने आश्वस्त किया था, 'किसी की टाँग या हाथ-वाथ टूट जाए, तो भी उसकी चिन्ता मत कीजिए। मैं फौजदार को पूर्व सूचना दे देता हूँ। बड़े साहब भी अपने ही आदमी हैं। संताजी का एक भी आदमी चुनाव न जीतने पाए। इस काम में आप जान की बाजी लगा दीजिए।' एक ही गाँव के, एक ही मिट्टी के लाल, एक ही बस में बैठकर अपने गाँव तो जा रहे थे, किन्तु उनके मुँह पर ताले पड़े थे। दो विरोधी गुट के लोग अपना-अपना जाल बिछाकर इस अंदाज में बैठे थे, कि गोया शिकार उन्हीं के जाल में फँसने वाला हो।

पांगिरा के माहौल में भय मिश्रित उत्सुकता व्याप्त थी। ग्रामवासी खुल्लम-खुल्ला दो खेमों में बँट गये और प्रत्येक खेमा अपनी सदस्य संख्या बढ़ाने का प्रयास करने लगा। इस काँटे की लड़ाई के मजे देखने के लिए तमाशबीन भीड़ करने लगे। हर रोज उनकी संख्या बढ़ती जा रही थी। खेतिहर, दिहाड़ी मजदूर अपना काम-धन्धा छोड़कर चुनावी जंग में ही अधिक दिलचस्पी लेने

लगे। सोकाजी को मात देने के लिए मुरार पाटील को ही सरपंच बनाने की योजना ज्ञानू सावला के दिमाग में थी। उसने पाटील से पूछा, 'बोलिए, आप सरपंच बनने के लिए तैयार हैं ?'

'जी नहीं। अब मेरी उम्र भी हो गयी है और आए दिन साहब लोगों की खातिर-तवज्जो, आवभगत करना, उनके लिए मुर्ग-मुसल्लम आदि की व्यवस्था करना मेरे बस का नहीं। आप बेशक किसी और को यह जिम्मेवारी सौंप सकते हैं। कृपा करके मुझे बख्श दीजिए।'

पाटील के इनकार से ज्ञानू सावला कुछ मायूस हो गया। चुनाव लड़ने के लिए रुपयों की जरूरत थी। पाटील के पास न कोई एजेन्सी थी, न कोई ठेका; न कोई लाइसेन्स, न ही देशी शराब की दूकान। अतएव वे कहाँ से पूंजी लाते ? अधिकांशतया उन्हें खेती पर ही निर्भर रहना पड़ता था। उसी आमदनी से बैंक का कर्ज चुकाना, हनुमंत की पढ़ाई के खर्च की व्यवस्था करना, दवा-दारू आदि का प्रबन्ध करना पड़ता था। इसी का जुगाड़ करने में उनके छक्के छूटते थे, तो चुनाव-खर्च वे कहाँ से कर पाते ? ज्ञानू आज तो सिफारिश कर रहा है, पर वक्त आने पर वह धेले की भी सहायता नहीं करेगा। वह धन्ना सेठ है और उसने सारी पूंजी अपनी बीवी के नाम से रख रखी है, जो ब्याज के बिना एक फूटी कौड़ी भी किसी को नहीं देगी; चाहे वह अपना हो या पराया।

महात्मा गांधी के समकालीन जिजाबा पाटील अब नब्बे को छू रहे थे और गाँव में राजनीति की धज्जियाँ उड़ती देखकर उनका कलेजा तार-तार हुआ जा रहा था। उनके विचारों से सहमत कुछ और लोग भी थे। इन बुजुर्ग महोदय के अनुरोध पर एक सार्वजनिक सभा आयोजित करने का निर्णय कर लिया गया। एक दिन मन्दिर के चबूतरे के पास लोग जमा हुए। स्थिति का जायजा लेने के इरादे से दोनों खेमों के रहनुमा भी उस सभा में शामिल हुए। जिवाबा को पीठ पर लादकर दो सज्जन उन्हें मंच पर लिवा लाये। उन्होंने जैसे कलेजा उतारकर रख दिया, 'राजनीति तो हम लोग भी किया करते थे। किन्तु अपने घर की रोटी खाकर कांग्रेस का प्रचार करने हम लोग चल पड़ते थे। चार-चार दिन की बासी रोटी पानी के साथ हम लोग खा लिया करते थे। महज नेहरूजी के दर्शन करने के लिए हमने पुणे तक की रपेट की थी। किन्तु अब दीन-दुनिया लाचार बन गयी है। मुर्गी-बकरी को हजम किये बिना कोई घर से बाहर ही नहीं निकलता। लेकिन एक बात याद रखिये, एकता में ताकत होती है। गाँव को गाँव ही रहने दीजिये, उसका तबेला मत दीजिये। चुनाव के झंझट से बचिये। मिल-बैठकर किसी उम्मीदवार को सर्वानुमति से निर्वाचित कर दीजिये। पहले की तरह पंच कमेटी को यह अधिकार प्रदान कीजिये। इसी में हम सब लोगों की भलाई है।'

'आपके विचारों से हम सहमत हैं। जिला या तहसील स्तर के किसी व्यक्ति के हवाले के बिना निर्विरोध पैनल बनाये जाने में हमें कोई आपत्ति नहीं होगी।'

'हम अनुमोदन करते हैं। न सावंत बाबा को, न ही संताजी को इसमें उलझाया जाये।'

'सोकाजी, तुम्हारी राय क्या है ?' जिजाबा ने पूछा।

'हाँ-हाँ, मैं तो हूँ ही। सुन रहा हूँ....' सोकाजी ने गोलमोल जवाब दिया।

हाईकमान के आदेशों की उपेक्षा कर ग्रामवासियों ने आपस में समझौता पैनेल का 'सिदुबा पैनल' नामकरण किया। जिजाबा ने ही इस काम में पहल की। सरपंच की कुर्सी सोकाजी को प्राप्त हुई तो मुरार पाटील उप सरपंच निर्वाचित हुए। लोगों ने चन्दा इकट्ठा किया और एक मोटी-तगड़ी बकरी की कुरबानी दी। अमन-चैन के नारों के साथ सब लोगों ने बकरी हजम कर डाली। टुच्चे छुटभैयों को भी बची-खुची, जूठन मिली।

चार दिनों बाद जिले के अखबार में समाचार छपा। पांगिरा के सरपंच पद का ताज सोकाजी के सिर पर आ जाते ही श्रीपतराव ने सोकाजी तथा सावंत की एक पुरानी संयुक्त तसवीर ढूंढ़ निकाली और अखबार में छपवायी। खबर का शीर्षक था—'पांगिरा के गढ़ पर सावंत गुट की, फिर एक बार विजय-पताका : विधायक गुट की हवा निकली।' ज्ञानू सावला अखबार में छपी खबर दिखलाने मुरार पाटील के घर गये। उस पर गौर फरमाते हुए, झल्लाकर पाटील ने कहा, 'हो गया सब कबाड़ा। अपने ही जूते और अपना ही सिर ! भविष्य में अब विधायक महोदय हमारे साये से भी दूर रहना पसन्द करेंगे।'

एक दिन सवेरे-सवेरे सोकाजीराव दालान में बैठे थे और कुछ ग्रामवासी अभी-अभी तो वहाँ से उठकर चले गये थे। पर उनकी बगल में रुआब के साथ बैठा तान्या भिलारे वहाँ से हिलने का नाम नहीं ले रहा था। सिदुबा मंदिर के सामने खड़ नीम और बड़ के पेड़ों की जड़ें उसके दिमाग में गहरे पैठ गयी थीं, जो उसे दिन-रात कुरेदती रहती थीं। पेशगी रकम के एक हजार दिये हुए अब दो साल हो गये थे। वैसे तो तान्या को चॉल बनाने, खाड़ी पुल, नाला-पुल आदि के ठेके मिलने लगे थे। उसके मुकाबले उन दो पेड़ों की रकम बहुत ही मामूली थी। पर कड़-से-कड़ सिद्धान्तवादी साहब को पटाकर ठके प्राप्त करने का गुर जिसके पास हो, उसकी नाक मामूली से पेड़ों की वजह से कट जाए ! सोकाजी ने इत्मीनान से पूछा, 'कहिए तानाजीराव, क्या सेवा कर सकता हूँ मैं आपकी ?'

'वो पेड़ों की बात तय कर लीजिये।'

'अरे बाबा, उसमें तय करने की तो कोई बात ही नहीं। पर, ज्ञानू सावला जो टाँग अड़ा रहा है। तुम खुद ही कोई तरकीब बताओ।'

'आबा, आप तो बच्चों जैसी बातें करते हैं। कोई ठोस निर्णय लीजिये। फिर देखते हैं, कौन माई का लाल रोड़े अटकाता है?'

'देखो, हमें नया विवाद नहीं खड़ा करना है।'

तानाजी सोकाजीराव को हर तरह से समझाने की कोशिश करता रहा। इसी बीच संपतराव आ गया। तान्या पिता-पुत्र दोनों का पल्लू छोड़ने के लिए तैयार ही नहीं था मानो संपतराव ने एक आवाज दी, तो उसके रिश्तेदार दस-बारह युवक लठ-कुल्हाड़ी लेकर आ गये। पेड़ कटवाने के काम में जो भी बाधा डालने की कोशिश करेंगे उसका काम तमाम कर देने की पूरी तैयारी हो गयी। तान्या अपनी पलटन के साथ मन्दिर के चबूतरे के पास पहुँच गया। पेड़ों की जड़ें कुरेदी जाने लगीं। सब्बर-फावड़े खनखनाने लगे। मजदूर भी अपने काम में जुट गये। संपतराव बन्दूक हाथ में थामे वहीं खड़ा रहा। यह खबर ज्ञानू सावला तक पहुँचते देर नहीं लगी। उसे यह भी पता चला कि संपतराव बन्दूक से लैस है। ज्ञानू सावला ने अपने पैसों से पेट्रोल डलवाकर सदा बनिये की जीप निकलवायी। पर कम्बख्त, उसका स्टार्टर शुरू ही नहीं होता था। पाँच-दस लोगों ने उसे धक्का मारा, तब कहीं वह शुरू हुई। जीप से तहसील मुख्यालय जाने की बात का पता लोगों को चला, तो इत्ते सारे लोग उठ खड़े हुए, गोया वहाँ लड्डू-वड्डू बँट रहे हों। घण्टे-भर में ही ज्ञानू सावला उप-जिलाधीश कार्यालय में जा पहुँचा। पर भीतर से संदेशा आया, 'साहब बहुत व्यस्त हैं।' और वाकई उनके सामने फाइलों का अम्बार लगा था। पर दस-बारह लोगों को, अचानक सामने पाकर साहब ने पूछा, 'कोई खास बात?'

हाथ ऊपर उठाकर ज्ञानू सावला चिल्लाया, 'साहब, मामला गड़बड़ हो गया। भारी मुसीबत आ गयी। एक तरफ तो आप पेड़ भरपूर लगाने की बात करते हैं और हमारे गाँव में तो आग लगी है। माता पांढरी के मंदिर के सामने नीम और बड के दो बड़े-बड़े पेड़ हैं और सरपंच डोकरे ये दोनों पेड़ कटवा रहे हैं। न आपसे पूछा, न अनुमति ली, न ही गाँववालों की राय ली। मनमानी चल रही है, साहब, जल्दी कीजिये। मेरे साथ चलिये। वरना भारी मात्रा में रक्तपात हो सकता है! दंगे भी शुरू हो सकते हैं।'

'लेकिन मालिक कौन है उनका?'

'ग्राम-पंचायत तो नहीं है, साहब! वो तो भगवान के पेड़ हैं। गुरव के सर्वे नम्बर में हैं।'

'हाँ साब, ये बराबर बोलते हैं। अल्पसंख्य समाज की मिल्कियत है, साब,' भिमू गुरव ने पुष्टि की।

अल्पसंख्य समुदाय का नया मुद्दा हाथ लगने के कारण ज्ञानू तैश में आया, 'हाँ साब, गांव में इस समुदाय के लोगों पर अत्याचार हो रहे हैं। ये लोग गांव छोड़कर चले जाएँगे। जातीय दंगे होंगे सो अलग।'

जातीय दंगों की बात सुनते ही साहब चौकन्ने हो गये। उन्हें लगा कि मामला संगीन है। उन्होंने ग्रामवासियों को आश्वस्त कराया, 'आप लोग चिन्ता मत कीजिये। मैं बड़े साहब से कहकर उसका बन्दोबस्त करवाता हूँ। अब आप लोग निश्चिन्त होकर जा सकते हैं।'

'जल्दी कीजिये साब, गरीबों की दुआएँ लीजिये…' ज्ञानू ने विनम्रतापूर्वक कहा।

प्रतिनिधिमण्डल वहाँ से बाहर आया, तो अहाते में ही विधायक महोदय के कुछ लोग मिले। उन्होंने बताया कि 'साब डाक बँगले में हैं।' यह तो सुनहरा मौका था, सो 'चलो चलते हैं' कहकर जीप डाक बँगले की ओर चल पड़ी। संताजी काले कार्यकर्ताओं से मशविरा करने में व्यस्त थे। इतने में अन्दर पहुँच कर ज्ञानू सावला ने ऊँची आवाज में कहा, 'अजी साब, अन्याय! घोर अन्याय हो रहा है…'

'पांगिरा पर गाज-वाज गिरी क्या ?'

सभी कार्यकर्ता खिलखिलाकर हँस पड़े। किन्तु ज्ञानू सावला ने उनकी टिप्पणी की पुष्टि करते हुए कहा, 'बेशक गाज गिरी है, साब, हमें बचा लीजिये।'

'हुआ क्या है ?'

'गांव के पचास-एक पेड़ सोकाजी कटवा रहा है।'

'तो मेरे पास क्यों आये हो ? जाओ, दफा हो जाओ।'

'साब, आप यदि हमें नहीं बचाएँगे तो हम तबाह हो जाएँगे, बरबाद…'

'मैंने तो तुम लोगों को चुनाव लड़ने के लिए कहा था। पर तुमने मेरी बात न मानकर उसे सरपंच निर्वाचित कर दिया, और वह भी निर्विरोध। पूरे जिले में हवा यही है कि—पांगिरा पर सावंत ने फतह पायी। अब क्यों अपनी मुसीबतें लेकर मेरे पास आये हो ? जाओ सावंत के पास।'

'अमा अब छोड़िए भी ! जो हुआ सो हुआ। अगले चुनाव में आप देखिए, अस्सी प्रतिशत मत आपको मैं दिलवाऊँगा। वरना मूँछें कटवाऊँगा अपनी।' ज्ञानू सावला ने उन्हें आश्वस्त कराया।

इतना आश्वासन मिलने के बाद विधायक महोदय ने भी मामले को ज्यादा खींचना उचित नहीं समझा। ज्ञानू तो टेलीफोन का चोंगा हाथ में लेकर तैयार खड़ा था। चोंगा अपने हाथ में लेते हुए उन्होंने पूछा, 'क्या कहूँ साहब से ?'

'यही कि ये पेड़ अल्पसंख्य समुदाय की मिल्कियत हैं। इस मामले को लेकर

जातीय दंगा भड़क उठने की संभावना है। इसलिए फौरन कड़ी-से-कड़ी कार्रवाई की जाए।'

साहब का नम्बर घुमाया और शुरू हुए, 'कौन, डिप्टी साहब ? जी हाँ, मैं ही बोल रहा हूँ—संताजी काले। एक संगीन मामला है। पांगिरा···अच्छा, बात आप तक पहुँच गयी ? मामला चिन्ताजनक है। उचित कार्रवाई न की गयी तो स्थिति नियन्त्रण से बाहर हो सकती है। हत्या, लूटपाट, दंगे— मैं तो सोच भी नहीं सकता। सोकाजी की मनमानी थोड़े ही चलेगी ? वह कोई खुदा थोड़े ही है ? हथकड़ी पहना दीजिये, साले को। गैर क़ानूनी काम करता है ? हां-हां·· सिर्फ देखिये नहीं, कुछ ठोस कदम उठाइये। फौरन पुलिस भेजिये। पेड़ों की कटाई रुकवा दीजिये। सरकारी नीति को ताक पर रखकर इस कदर मनमानी ? खैर···विधानसभा में तो मैं इस मामले को उठाऊँगा ही। हाँ···हाँ···अपने ही लोग हैं, निष्ठावान और नेक दिल हैं। जल्दी कीजिये।'

लोग खुश हुए। चोंगा नीचे रखकर उन्हें दिलासा देते हुए विधायक महोदय ने कहा, 'चिन्ता ना करो। इत्मीनान से लौट जाओ। डिप्टी साहब ने मुझे वचन दिया है। पुलिस की गाड़ी निकली भी होगी। फिर भी कोई समस्या हो, तो खबर कर दो; मैं देख लूंगा।'

उनसे विदाई लेकर जीप पांगिरा की ओर चल पड़ी। उन सभी के चेहरे इस तरह खिल उठे थे, गोया उन्होंने शेर का शिकार किया हो। ज्ञानू सावला ने कहा, 'अबे भिम्या के बच्चे, सही समय पर सही बात कही तैंने ?'

'कौन-सी ?'

'अल्पसंख्य···'

सभी साथी हँस पड़े। लेकिन हँसी को रोकते हुए ज्ञानू सावला ने कहा, 'साथियो, अल्पसंख्य समुदाय के नाम से ही सरकार की नींद हराम हो जाती है। यही हमारा तुरुप का पत्ता है। अब किसी भी स्थिति में कदम पीछे नहीं लेंगे। सोकाजी की ऐसी-तैसी करवा देंगे। मामला सीधे संसद भवन तक पहुँच जाये तो भी सरकार हमारे ही पक्ष में होगी; और कोई चारा नहीं है।'

रास्ते-भर अन्य बातें भी होती रहीं। जैसे—आगामी कार्रवाई का स्वरूप क्या होगा, कौन-सा रुख अख्तियार करना होगा, रोड़ा कहाँ अटकाना है, मामले को किस सीमा तक तूल देनी है आदि। अन्तत: शाम को ज्ञानू सावला के घर पर मिलने की बात तय हुई।

दोपहर को पुलिस की काली वैन भोंपू बजाते हुए गांव में आ पहुँची। पेड़ कटाई के साज-सामान का पंचनामा हुआ। गाँव का पुलिस-पाटील होने की वजह से ज्ञानू सावला ने बड़े शान से उस पर हस्ताक्षर किये और कानूनी नोटिस के कागज पेड़ पर चिपका दिये गये, गोया वे कागज नहीं, सेहरा हो।

पेड़ ज्यूँ-के-त्यूँ जब्त कर लिए गये थे।

शाम का झुटपुटा होने के साथ ही गाँव में तनाव भी बढने लगा था। दोनों गुटों में अनबन हो गयी। बड़-नीम को लेकर गाँव पागलपन की सीमा तक अविचार करने पर तुला हुआ था शायद। इसीलिए रात की स्याही ज्यूँ-ज्यूँ फैलती रही त्यूँ-त्यूँ तरह-तरह की अफवाहों, खुराफातों, षड्यन्त्रों आदि का बाजार गर्म होता रहा। पांगरी किनारे के गुँजलक से दो टिटहरियाँ टिंटियाती हुई गाँव के आरपार चली गयीं। सहमे-सहमे-से निरंकुश डाँगर गली-कूचों की खाक छानने लगे। पहाड़ी की ऊँचाई से नीचे आनेवाले मवेशियों के कदमों से उड़ती धूल अब दब गयी थी। अपने दड़बे को छोड़कर अन्यत्र भटक रहा एकाध मुरगा क्वॉक ऽऽ क्वॉक कर सही जगह पहुँचने की कोशिश कर रहा था।

बड़-नीम के बहाने धर्मयुद्ध शुरू होने के आसार नजर आ रहे थे। डोकरे की कोठी के पास पचास एक लोग जमा हुए थे। ज्ञानू के घर के पास जमा लोग संख्या में भले ही कम हों, पर वे चुनिन्दा थे। मुरार पाटील इस घटना चक्र से बेखबर, खेती के कामों में ही व्यस्त थे। पर अब घटना का ब्यौरा उनके कानों तक पहुँच गया तो वे दौड़े-दौड़े ज्ञानू के घर पहुँचे। तायन्या कांबले जैसे हरिजन साथी असमंजस में पड़े थे, इसलिए सिदुबा के सामने सीढ़ियों पर आसन जमाये बैठे थे। जितने मुँह उतनी बातें सुनने में आ रही थीं। वक्त-जरूरत में दोनों खेमों के लोगों के खेतों में दिहाड़ी पर काम करने वाले मजदूर, गरीब लेहनादार आदि लोग भौंचक्के-से किसी कोने में दुबककर खरगोश की तरह चारों ओर टुकुर-टुकुर देख रहे थे। हद दर्जे के उजड्ड एवं निठल्ले मुफ्तखोर फोकट का तमाशा देखने के लिए ताक-झाँक करने लगे थे। चुगलखोरी के जरिए आग में तेल डालने में उन्हें बड़ा मजा आ रहा था।

ज्ञानू-सावला बेसब्री से भीमा गुरव का इन्तजार कर रहा था। बड़-नीम के दस्तावेजी अधिकार भले ही भगवान के नाम से हों, दस्तूर तो गुरव का ही था। उसकी उपेक्षा कर मिल्कियत का फैसला हो ही नहीं सकता था। ज्ञानू ने भिल्या गुरव की बोलती हाल ही में बन्द की थी और ज्ञानू-भीमू की करीबी दोस्ती के पीछे भी एक राज था। जिला मध्यवर्ती बैंक में अगले साल कुछ नये मुलाजिम भर्ती किये जाने वाले थे। और निदेशक मण्डल के प्रत्येक सदस्य को अपनी पसन्द के चार-चार उम्मीदवार भर्ती करने की छूट थी। ज्ञानू के साढू बैंक के निदेशकों में से एक थे।

साथ ही वे सत्ताधारी स्वराज्य पार्टी के ख्यातकीर्त समर्पित कार्यकर्ता भी थे। इसलिए ज्ञानू-भीमू को पूरी उम्मीद थी कि उनका काम शर्तिया पूरा हो

जाएगा। चार साल पहले ही भीमू उपाधि परीक्षा उत्तीर्ण कर चुका था और भाई साहब, बड़े साहब, छोटे साहब की चिट्ठी, सिफारिश, फोन आदि के जरिए कहीं-न-कहीं अपनी नियुक्ति करवाने के चक्कर में उसके कई जूतों की एड़ियाँ घिस गयी थीं। ऐसी स्थिति में बैंक की नौकरी के सब्जबाग उसे गूलर के फूल की तरह बहुमूल्य प्रतीत हो रहे थे। ज्ञानू सावला की बदौलत यह फूल उसके हाथ में आने वाला था। इसी वजह से वह ज्ञानू के लिए मर-मिटने के लिए भी तैयार था। थोड़ा-सा खेत गिरवी रखकर भीमू के बाप ने दो हजार रुपए ज्ञानू को दिये थे। आवश्यकता पड़ने पर और हिस्सा गिरवी रखते हुए ज्यादा रकम की व्यवस्था करने के लिए भी भीमू का बाप तैयार था। पर नियुक्ति के आदेश हाथ में लेने के बाद ही।

ज्ञानू सावला ने भीमू को हड़काया, 'भिम्याऽऽ किसी भी कीमत पर गुरव समुदाय के सभी लोगों को एकजुट करना होगा। अल्पसंख्य होने से सरकार तुम्हें किसी भी चीज की कमी नहीं होने देगी।'

'आप तो सिर्फ आदेश दीजिए···'

'आज शाम सब लोगों को मेरे घर पर आमन्त्रित करो। एक अर्जी तैयार करेंगे और सोकाजी किस तरह तुम लोगों को सताता है, तुम्हारे साथ अन्याय करता है इसका ब्यौरा देंगे ताकि कलेक्टर साहब को पता तो चले···'

रात के नौ बजने लगे। धीरे-धीरे, एक-एक करके गुरव दबे पाँव ज्ञानू सावला के घर की ओर कूच करने लगे। सबसे आगे भीमू था, जो अपने साथियों को जल्दी-जल्दी चलने को कह रहा था। वहाँ पहुँचते ही 'आइए ऽऽ आइए' कहकर ज्ञानू सावला ने बरातियों की तरह उनका स्वागत किया। गुरव बेचारे भौंचक्के से, इधर-उधर देख रहे थे; मानो किसी अँधियारी गुफा से पहली बार बाहर निकले हों।

पहली मंजिल के 'लाल-महल' में वे लोग इत्मीनान से फर्श पर बैठ गये। पहली पंक्ति में मुरार पाटील, अण्णा गोविन्दा तथा शिरपा अडीसरा बैठे थे। ज्ञानू सावला ने बुनियादी कुछेक बातें बतलायीं और हौसला अफजाई करते हुए कहा, 'अब कदम पीछे नहीं लेना है। मामला दिल्ली पहुँच जाए तो और भी अच्छा है। लेकिन सोकाजी को जमीन पर जरूर उतारेंगे।'

'आप लोगों को जो करना है, सो कीजिए, लेकिन हम गरीबों को क्यों उसमें घसीटते हैं ?' बूढ़े जिजाबा ने तमतमाकर कहा, 'आप दिल्ली-मुंबई कहीं भी जाइए लेकिन मेहरबानी करके हमें मत फँसाइए। हमें हर रोज आनेवाले कल की चिन्ता होने लगती है और कलेजा मुँह को आता है। आप लोगों के झगड़ों में हम लोग घुन की तरह पिस जाएँगे !'

जिजाबा के मुँहफट जवाब से सब लोग हक्के-बक्के रह गये। ज्ञानू सावला

भी पल-दो पल अवाक् रह गया। भीमू को भी काटो तो खून नहीं। सब एक-दूसरे का मुँह ताकने लगे। ज्ञानू ने अपने आपको सँभालते हुए, जिजाबा को समझा-बुझाने के अन्दाज में कहा, 'देखो जिजाबा, हमें समझने की कोशिश करो। ईर्ष्या के लिए हम जान की बाजी लगा रहे हैं।'

'आप लोग जान की बाजी जरूर लगाइए, ईर्ष्या के लिए। लेकिन हम लोगों को तो रोजाना ही पेट पालने के लिए जान की बाजी लगानी पड़ती है। हम गरीबों के खाने में मिट्टी मिलाने पर क्यों तुले हुए हैं आप लोग ?'

ज्ञानू की लाख कोशिशों के बावजूद बुड्ढा हाथ नहीं रखने दे रहा था। अन्ततः वह लकुटी लेकर कुछ बुदबुदाते हुए चला गया। सहमे-सहमे-से बाकी गुरवों को भीमू बड़ी मुश्किल से पटा सका। उस बैठक में एक लम्बी-चौड़ी अर्जी लिखी गयी। सोकाजी तथा गांव के अन्य ठेकेदारों की भगवान के पेड़ों के साथ ज्यादती, इसके परिणामस्वरूप अल्पसंख्य समुदाय की हो रही दुरवस्था, गाँव में अनावश्यक रूप से व्याप्त तनाव आदि सभी मुद्दों पर ब्योरेवार विवरण उस अर्जी में दर्ज किया गया। उसके नीचे ज्ञानू और मुरार पाटील ने अपने ढंग से शानदार हस्ताक्षर किये, तथा बाकी सदस्यों में से अधिकांश लोगों ने अँगूठे के निशान लगाये। अँगूठे लगाने के दौरान स्टैम्प पैड की स्याही अन्य अवयवों पर भी विराजमान हुई। यह कार्रवाई पूर्ण होने के बाद फौरन कलेक्टर साहब को वह प्रस्तुत करने का निर्णय लिया गया। भीमू के अलावा बाकी लोग उठ खड़े हुए और सोकाजीराव के चमचों की आंख से बचते-बचाते वे लोग रात के अँधेरे में चुपचाप अपने-अपने घर चले गये।

ज्ञानू सावला और भीमू काफी देर तक व्यूह रचना को अन्तिम रूप देने के बहाने मशविरा करते रहे।

दूसरे दिन सवेरे-सवेरे सोकाजी के चालीस पिट्ठू अपने खर्चे से मांगोला आ पहुँचे। सवेरे ठीक साढ़े नौ बजे सावन्त बाबा की हवेली में इन लोगों को इकट्ठा होने के लिए कहा गया था। मांगोला में एक ओर चार एकड़ भूमि पर उनकी यह दर्जबन्द हवेली बनी थी। हवेली की पुख्ता दीवारें चार शतकों पुराना लम्बा इतिहास बयान करती थीं। कई ऋतुचक्रों की मूक गवाह बनकर खड़ी थीं वे दीवारें। तथापि दीवानों के पत्थरों में तनिक भी छीजन नहीं थी। जबकि दूसरी ओर मांगोला पंचायत समिति की दस साल पुरानी, सीमेन्ट की दीवार एक दिन वर्षा ऋतु के दौरान ढहकर ढूह बन गयी। इसीलिए चार सौ साल पुरानी चूने की दर्जबन्दी वाली यह वास्तु अनायास कुतूहल एवं आश्चर्य का विषय बनती थी। अलबत्ता, ऊपरी सिरे के बीस-पचास पत्थरों की पकड़ ढीली हो जाने से

कुछेक पत्थर जरूर गिर गये थे। वरना तो उनकी यह हवेली किले जैसी मजबूत है।

कई तूफान आये, बवण्डर चले किन्तु हवेली की दीवारों को भी नहीं हिला सके। सेंट जेवियर कॉलेज में शब्दार्थ एवं फारमूले रटकर जैसे-तैसे परीक्षा देने यानी पर्चा लिखने वाले श्रीपतराव जैसे प्रतिष्ठित व्यक्ति का दिल इस भुतहा हवेली में नहीं लगता था। इसलिए एक छोटा-सा, खूबसूरत बँगला बनाने का भूत उसके दिमाग पर सवार था। उसके दिमाग को ठिकाने पर लाने के उद्देश्य से सावंत बाबा ने कहा, 'बेटा, यह हवेली है, इसीलिए हम भी टिके हैं। तहसील के लोग सबसे पहले इस गढ़ी के सामने अपना शीश नवाते हैं और उसके बाद मेरे पांव छूते हैं ! जनता के सामने हमारी यही प्रतिमा है। सन्ताजी काले क तरह हम किसी घोंसले दड़बे में पैदा नहीं हुए, जो हवेली छोड़कर अन्यत्र कहीं चले जाते।

श्रीपती ने हवेली की भीतरी संरचना में अपनी पसन्द से काफी परिवर्तन करवाये, जैसे—झकाझक संगमरमर का फर्श बिछवाया, रंग-बिरंगे परदे लगवाये, अन्तरंग महफिल में जयपुरी वारांगनाओं को आमन्त्रित किया। साहबों की तरह कमोड का शौचालय बनवाया आदि। हवेली का इत्ता ऊँचा दरवाजा अभी भी बन्द था, तो उस पर गड़ी, खुरपी की मुट्ठी के आकार की कीलों की ओर संकेत करते हुए सोकाजीराव ने कहा, 'ये देखा तुमने ऽऽ हाथी भी यदि दरवाजे से टकराना चाहे तो उसे बैरंग लौटना पड़ेगा। बड़ी सूझ-बूझ के साथ बना है दरवाजा।' दरवाजा बन्द होने से वे लोग बाहर ही इन्तजार करते रहे। बड़े दरवाजे के ही चौखटे में बना एक छोटा-सा दरवाजा खुला, तो पहले सोकाजी राव भीतर गये और चन्द मिनटों बाद उन्होंने अपने अन्य साथियों को भीतर बुलवाया। दालान में सजी मसनद पर झकाझक गद्दे-तकिये रख-रखे थे। उस पर जा बैठने की हिम्मत नहीं हुई, तो वे लोग उसके पास ही तनिक ठिठक गये। इतने में ब्रुश करते हुए सावंत बाबा बाहर आये और उन्होंने पूछा—

'क्यों सोकाजीराव ? कोई परेशानी ?'

'हाय-तोबा मची है, साहब !'

ब्रुश कर रहे सावंत के साथ सोकाजीराव खड़े होकर गुफ्तगू करते रहे और हकीकत बयान करते हुए उन्होंने बताया कि ज्ञानू सावला और मुरार पाटील ने गाँव में किस तरह तहलका मचाया है, इस आग में गेहूँ के साथ घुन भी किस तरह पिस रहे हैं, पेड़ों की कटवाई जैसी मामूली-सी बात को लेकर किस तरह रामायण-महाभारत हो रहा है, इस बहाने पांगिरा की राजनीति में घुसने का प्रयास सन्ताजी किस तरह कर रहा है आदि। ये सब ब्यौरे सुनने के बाद ब्रुश को झटकते हुए सावंत ने कहा, 'यानी कि ज्ञानू सावला और मुरार पाटील अभी

भी जिन्दा हैं ?'

'गांव की जान निकाल लिये बिना भला वे कैसे मरेंगे ? साहब, पिछले दस वर्षों से मैं चिल्ला रहा हूँ कि कहीं कोई नुक्स दिखाकर पुलिस-पाटील पद से ज्ञानू की छुट्टी करवायी जानी चाहिए क्योंकि वह जान का बवाल बना हुआ है…' सोकाजी ने चाभी दी ।

'देखते हैं ।'

'हमारे तहसील-क्षेत्र के युवा नेता श्रीपतराव साहब के क्या हालचाल हैं ?' चाटुकार अन्दाज में सोकाजी ने पूछा ।

'कल ही बीवी के साथ खरीदारी के लिए पुणे गये थे, सो रात को देर से लौटे हैं । नींद खुलते ही बाहर भेज दूंगा उन्हें । आप लोग बैठिए ।'

एक-एक प्याली चाय लेकर वे लोग पांगिरा से चले थे । अब यहाँ अस्तबल के घोड़ों की तरह काफी देर तक वे प्रतीक्षा करते रहे । धीरे-धीरे सरदार सावंत के काफी समर्थक वहाँ जमा होने लगे । उनमें से कइयों के काम सरकारी दफ्तरों में कहीं-न-कहीं अटके पड़े थे । क्योंकि सभापति या किसी अन्य नेता का फोन-सन्देश या सिफारिशी चिट्ठी के बिना फाइल अपनी जगह से हिलती ही नहीं थी । सोकाजी तो सभापति को ही साहब के सामने ला खड़ा करने तथा पेड़-कटवाई के आदेश हाथों-हाथ ले जाने की सोच रहे थे । हर हालत में ये आदेश प्राप्त कर ज्ञानू सावला को नीचा दिखाने की कसम उन्होंने खायी थी मानो । बड़े ठाठ से, गाजे-बाजे के साथ ही पांगिरा लौटने की योजना उन्होंने बनायी थी । डेढ़-दो घण्टे प्रतीक्षा करने के बाद भी पिता-पुत्र दोनों में से कोई भी तो बाहर नहीं आया । बाकी कार्यकर्ता शायद इसके आदी थे; इसलिए शांति से बैठे थे । लेकिन पांगिरकर कम्पनी में बेचैनी-सी होने लगी थी । तान्या भिलारे चैतन्य चूर्ण के बहाने पीक थूकने के लिए बार-बार बाहर जा रहा था । बाकी लोग भी उकताहट दूर करने के लिए आपस में बतिया रहे थे । सोकाजी ने एक पूरी सुपारी कतरकर उसका चूरा मुंह में रखा, होंठों के नीचे तम्बाकू की चुटकी दबा दी और अपने साथियों से कहा, 'भाइयो, इस काम के लिए हम मन्त्रालय में लाइटिंग कॉल करेंगे ।'

'ये लाइटिंग कॉल कौन-सी बला होती है ?' दो-तीन लोगों ने जिज्ञासा व्यक्त की ।

'लाइटिंग तो लाइटिंग ही है । यानी कि देश की सभी टेलीफोन लाइनें ठप्प करवाकर मन्त्री महोदय से फौरन हमारी बात करायी जाती है । समझे ?' सोकाजी ने साहबाना अन्दाज में उनकी जिज्ञासा शांत की ।

'ये तो बहुत ही बढ़िया है । आप ऐसा ही कीजिए…' दो-चार लोगों ने सोकाजी को प्रेरित किया ।

उबासियाँ लेने और इन्तजार करने में ही साढ़े ग्यारह बज गये। इस बीच यकायक सब लोग उठ खड़ हुए। एक प्यारी सी खुशबू महकने लगी। कार्यकर्ताओं के अभिवादन को स्वीकार करते हुए, होंठों पर मन्द-मन्द मुसकान लिए श्रीपतराव सावंत कदम-ब-कदम दालान की ओर आगे बढ़ रहे थे। रेशम का कुरता और लुंगी में, राजसी व्यक्तित्व वाले श्रीपतराव खूब जँच रहे थे। उनके मुँह में भी पान की गिलोरी थी। 'आइए सरकार ऽऽ आइए सरकार ऽऽ' के साथ उनका हार्दिक स्वागत हुआ। लखनवी अन्दाज में सरकार गाव-तकिये को टेककर बैठ गये। एक कार्यकर्ता ने पीकदान उठाकर सरकार के सामने धर दिया, तो उन्होंने भी बाअदब उसमें पीक डाल दी। सोकाजीराव तान्या के कान में फुसफुसाये, 'राजकुमार लगते हैं कि नहीं ? राज-काज तो इन्हीं लोगों को करना चाहिए। चौकीदारी करने के लिए हम लोग हैं ही।' अब सभापति रैयत की ओर मुखातिब हुए। पांगिरकर कम्पनी नथुने फुला-फुलाकर अधिकाधिक खुशबू समेटने में लगी हुई थी। आखिरकार सभापति ने ही पहल की, 'कहिए सरपंच — ?'

'अजी साहब, वो पेड़···'

'मैं जानता हूँ। डिप्टी साहब को फोन करूँ ?'

'फोन-वोन से कुछ नहीं होगा, साब ! हम तो गाँव में मुँह दिखाने लायक भी नहीं रहे। बड़े सरकार के चुनाव के दौरान बागी सन्ताजी तहसील क्षेत्र में अपनी धाक जमाने में सफल हुआ। लेकिन पांगिरकर कम्पनी तो सरकार की ही बाँदी बनी रही। पांगिरा के पचान्नवे प्रतिशत मत सरकार को ही मिले ! मतदाता सूची में यदि स्वर्गीय मतदाता के नाम शामिल न होते तो शत-प्रतिशत वोट·· अब पांगिरा की इज्जत का सवाल है। मेहरबानी करके आप खुद ही साहब के पास चलिए और हमारी पैरवी कीजिए।'

'जरूर चले चलेंगे। लेकिन दोपहर के बाद। क्योंकि धार से मेरी मौसीजी आ रही हैं, तो उन्हें रिसीव करने के लिए मुझे जाना होगा। उसके बाद तीन बजे हम साहब से मिलने चल सकते हैं।'

'बड़ी मेहरबानी हुई, सरकार।'

सब लोगों ने झुककर, बाअदब उनका अभिवादन किया और वे बाहर आ गये। घड़ी ठीक बारह बजा रही थी। धूप अंगार बरसा रही थी। पेट में चूहे दौड़ने लगे थे। सोकाजीराव ने कहा, 'संपतराव, काफी समय हो गया है। हम लोगों के नाश्ता-पानी की कुछ व्यवस्था कीजिए।'

सोकाजी ने अपने अन्य साथियों को संपतराव के साथ जोड़ दिया और तान्या के साथ वे होटल अनारकली की ओर निकल गये।

वहाँ दूसरी मंजिल पर वातानुकूल बियर बार में बहुत अच्छा लग रहा था।

बियर की चार बोतलें खाली करने के बाद उन्होंने चिकन मँगवाया और उसकी टाँग पकड़कर लगे उसकी धज्जियाँ उड़ाने !

सभापति पर अधिक प्रभाव डालने के उद्देश्य से संपतराव ने प्रतिनिधि मण्डल में इतने ज्यादा लोगों को शामिल किया था। लेकिन अब तीस-पैंतीस लोगों के खान-पान में तो पूरी जेब ही खाली होने लगी थी, सो संपतराव ने कहा, 'सर्जा, शाम चार बजे की बस पाँच बजे के लगभग गाँव में पहुँच ही जाएगी। ढाबे में अगडम्-बगडम् खाना खाने से तो बेहतर यही है कि घर जाकर ही हम खाना खाएँ। इस वक्त हल्का-सा नाश्ता कर लेते हैं, बस।'

'बिलकुल ठीक कह रहे हैं आप,' सर्जा ने थूक निगलते हुए, अनमने भाव से कहा।

संपतराव उन्हें एक टपरी में ले गया तथा उनके लिए उसने भडंग (मुरमुरे का चिउड़ा), चाय का ऑर्डर दिया। भरपूर पानी पी लेने से ग्रामवासियों का पेट वैसे भी भर गया था। वहाँ से चलकर सार्वजनिक बगीचे में वे तनिक आराम करते रहे और सूरज ढलने को हुआ, तो हवेली की ओर चल पड़े। सवेरे की अपेक्षा इस वक्त वहाँ कुछ कम भीड़ जरूर थी, पर असमंजस की स्थिति बनी हुई थी। भीतर से किसी भी व्यक्ति के बाहर आते ही 'किरकटिया रनों' की संख्या जान लेने की उत्सुकता से ही सोकाजीराव उससे पूछते, 'सरकार क्या कर रहे हैं ? बड़े सरकार आराम तो नहीं फरमा रहे ?' चार बजने को हुए। साथियों का धीरज अब टूटने लगा था। दो-तीन बार भीतर संदेशा भिजवाने के बाद श्रीपतराव का कंकालनुमा, झबरीला पी ए बाहर आया और गाँववालों के सामने ही उसने डिप्टी कलेक्टर को फोन तो लगाया पर जल्दी ही चोंगा नीचे रखते हुए उसने पूछा—

'सरपंच महाशय, अब क्या करना है ?'

'क्यों ?'

'साहब इन्स्पेक्शन के लिए कहीं गये हैं। शाम को लौटेंगे। देर भी हो सकती है।'

'धत् तेरे की···'

पी ए भीतर चला गया। पांगिरकर कम्पनी एक-दूसरे के मुरझाये-कुम्हलाये चेहरे की मायूसी को निगाहों में समेटते रहे। तथापि, उनका हौसला बढ़ाते हुए तान्या भिलारे ने एक प्रस्ताव सामन रखा—'हमारा पूरा दिन तो वैसे भी निकल गया है। साहब दौरे पर गये हैं तो थोड़ी देर में आ ही जाएँगे। शाम को बँगले पर ही उनसे मुलाकात कर लेंगे···'

'मंजूर है।'

लोगों ने स्वीकृति दी। वहीं-के-वहीं वे थोड़ा-सा घूमने-फिरने लगे। दफ्तर

में दो चार बार फोन करके उन्होंने साहब के आगमन की जानकारी प्राप्त करने का प्रयास भी किया। सात बजने लगे थे। सावंत बाबा ने हिसाबी अन्दाज में एक निगाह उन लोगों को देखा और भीतर जाकर श्रीपति को खबर कर दी। साढ़े सात बजे श्रीपतराव बाहर आये और डायल में उँगली घुसेड़कर उन्होंने नम्बर घुमाया। वे लोग उत्सुकतावश श्रीपतराव को घेरकर खड़े रहे। 'माफ करना साथियो, आप लोगों को बहुत देर तक रुकना पड़ा— हाँ कौन ? डिप्टी साहब ? नमस्ते जी ! क्या खबर है ? काफी दिनों से मुलाकात नहीं हुई ? तो लीजिए, अभी आता हूँ मैं।' ग्रामवासियों के चेहरे खिल उठे, मानो मेले में उन्हें जलेबी खाने मिली हो। हुजूम साहब के बँगले की ओर चल दिया।

श्रीपतराव ने अपनी नयी-नवेली फिएट बाहर निकाली। ड्राइवर के अलावा उसमें श्रीपतराव, सोकाजी और संपतराव सवार हुए। गाड़ी का ढाँचा हल्का-फुल्का होने से अधिक लोगों को बिठा पाने में असमर्थता व्यक्त की गयी। दरवाजे का शीशा गिराकर बाहर झांकते हुए सोकाजीराव ने कहा, 'बच्चो, दौड़ते हुए चले आओ साहब के बँगले पर। चलो फुर्ती करो।'

गाड़ी फर्राटे से निकल गयी और उसी के पीछे-पीछे तान्या की बुलेट भी। सदा बनिया, बज्या येताल, तायन्या आदि साथी ठोकरें खाते, हाँफते-रुकते हुए बँगले की ओर चल पड़े। कुछ देर बाद पसीने से तर-बतर ये लोग बँगले के अहाते में, लॉन के पास पहुँचे और रात की रोशनी में बँगले की खूबसूरती को आँखों में समोते हुए साँस लेते रहे। संपतराव और सोकाजी शायद बाहर ही थे। यानी कि केवल सभापति महोदय ही साहब के चेम्बर में मुलाकात करने गये थे। चन्द मिनटों बाद चपरासी बाहर आया और कहने लगा, 'सरपंच साहब को अन्दर बुलाया है।' धोती का सिरा एक हाथ में थामकर सोकाजीराव फुर्ती से भीतर चले गये। लट्टू की मद्धिम रोशनी में बैठे साहब को 'राम-राम' कर वे सोफे पर विराजमान हुए। नरम-गद्देदार सोफे पर बैठना उन्हें काफी खुशगवार लग रहा था। सिगरेट का कश खींचते हुए श्रीपतराव ने कहा।

'साहब, यही है हमारा निष्ठावान कार्यकर्ता, सोकाजीराव। आप समर्पित समाजसेवी भी हैं। दिन-रात गाँव की भलाई के बारे में ही सोचते रहते हैं। इसलिए वो दो पेड़ काटने की अनुमति आप इन्हें दे दीजिए।'

'अभी दे देते हैं। आप सिर्फ़ खसरा खतौनी मुझे ला दीजिए, बस। उसके साथ वन विभाग की सिफारिश·· हमारे पास कोई देर नहीं लगेगी।'

'जी बेशक,' सोकाजी ने गरदन हिलाते हुए कहा।

'तो ठीक है पाटील, अब आप जा सकते हैं। वरना आपको काफी देर हो जाएगी।' श्रीपतराव ने कहा।

'जी ठीक है। लेकिन साहब—' सोकाजी डिप्टी को अर्ज करने लगा,

'हमार गांव के पुलिस-पाटील श्री ज्ञानू सावला की थोड़ी-सी खबर लीजिए। उसे हटा देना ही बेहतर होगा ! हमेशा सिर चढ़कर ही बोलता है…'

'देखते हैं' कहकर साहब मुसकुराये।

बाहर आते ही तान्या भिलारे की बुलेट पर सवार होकर सोकाजी चला गया। पांगिरा के लिए आखिरी बस कभी की जा चुकी थी। भूख के मारे परेशान ग्रामवासियों को रात ग्यारह बजे एक ट्रक वाले ने बड़ी मुश्किल से लिफ्ट दी और आधी रात को वे लोग जैसे-तैसे पांगिरा पहुँचे। जाते-जाते उन्होंने 'अब ज्ञानू सावला को मजा चखाएँगे' इस निश्चय को दोहराया।

दिन निकलने से पहले ही ज्ञानू सावला को खबर मिली कि वृक्ष-कटाई के लिए अनुमति सोकाजी को मिलने वाली है।

दिन निकलते ही ज्ञानू सावला, भीमू तथा मुरार पाटील दस-बारह गुरवों को किराये के एक टेम्पों में जबरदस्ती ठूंसकर दोपहर को जिला मुख्यालय पहुँचे।

अल्पसंख्य समुदाय के प्रखर हिमायती तथा जिले के 'दैनिक राष्ट्र भक्ति' के युवा सह-सम्पादक श्री विजय मांडके से इस प्रतिनिधि मण्डल ने मुलाकात की। विजय ने अपने और दस-बीस दढ़ियल साथियों को जुटाया और वे फौरन कलेक्ट्री की ओर चल पड़े, प्रदर्शन करने।

'अल्पसंख्य की रक्षा करो।'

'हम सब एक हैं।'

'सोकाजी की तानाशाही नहीं चलेगी, नहीं चलेगी' शहर में कुछ इसी तरह के नारे गूंजने लगे। कलेक्टर साहब को अभ्यावेदन प्रस्तुत किया गया। वहाँ से फौरन डिप्टी साहब को फोन गया—

'मामला संगीन लगता है। इसकी फिर से जांच की जाए। सभी गुरवों के बयान नये सिरे से दर्ज कर लिये जाएँ। जरूरत हो, तो गांव में पुलिस बल भेज दीजिए। जाति-पाँति की बातें निहित होने के कारण मामले की जटिलता बढ़ सकती है। इसलिए अनुमति प्रदान करने में जल्दबाजी न की जाए।'

टेम्पो रातोंरात गांव के लिए लौट पड़ा। भीतर से होंठ के नीचे चुटकी धरते हुए ज्ञानू सावला ने मुरार से कहा, 'अब पेड़ रहें या कट जाएँ, कोई चिन्ता नहीं। पर जिला मुख्यालय में प्रदर्शन कर सोकाजी की नाक कटवायी कि नहीं ?'

बाकी लोगों ने भी 'सोकाजी, हाय-हाय' कहकर ज्ञानू की बात का समर्थन किया।

पौ फटने लगी थी। पेड़ों पर पंछियों की कलरव तथा चमगादड़ों की चींचीं सुनाई दे रही थी। फिर इस अभियान में कौए भला क्यों पीछे रहते ? आज मुरगे के बाँग देने से पहले ही राधाई जागी थीं। रात-भर उनकी आँख-मिचौली चल रही थी। क्योंकि कल रात इतनी गहरी नींद उन्हें लगी कि सवेरे आँख ही नहीं खुली। उठने में देर हुई तो खाना समय से नहीं बन सका और बस चली गयी।

हनुमन्ता खाने के डिब्बे का इन्तजार कर-करके मायूस हो गया होगा। पता नहीं, उसने कुछ खाया भी होगा कि नहीं ? वहाँ न कोई रिश्तेदार हैं, न सगे-सम्बन्धी। चार-पांच रुपये खर्च करके वह ढाबे में तो खाना खाने से रहा। उतने पैसों में तो आठ दिन के चाय-पानी की व्यवस्था हो सकती है—ऐसा सोचकर चार-आठ आने के चने-वने खाकर गुजारा किया होगा बेचारे ने। कल दिन-भर राधाई ने भी खाना नहीं खाया। अपने कलेजे के टुकड़े को भूखा रखकर माँ के गले से नीचे भला कौर उतर सकेगा ? प्रायश्चित्तस्वरूप सिर्फ एक प्याली चाय पीकर राधाई ने उपवास रखा। रात को कंबल पर लेटते समय ही उसने सोच लिया था कि वह सुबह जल्दी उठेगी और कुछ-न-कुछ मीठा अवश्य बनाएगी, ताकि बेचारा आज तो तृप्त हो सके।

राधाई रसोई बनाने में जुट गयी। मुरार पाटील को जगाने की जरूरत नहीं पड़ी। उठते ही उन्होंने तबेले में साफ-सफाई की, मांद में चारा डाला और हँसिया-डोरी लेकर खेत की ओर चल पड़े। उन्हें आज दोपहर जिला मुख्यालय जाना था। सम्भवतया रात वहीं बितानी पड़ सकती थी। इसलिए कल के चारे की व्यवस्था उन्हें आज ही करनी थी। घर में और कोई था ही नहीं जिसे वे यह काम सौंप सकते। राधाई ने लहसन का छौंका लगाया। हनुमन्त को झुणका (बेसन) बहुत पसन्द था इसलिए उसने डिब्बा खोला, पर वह तो खाली था। इसलिए वह फौरन चने की दाल पीसने बैठ गयी। उसकी आँखों में तो उच्च विद्या विभूषित हनुमन्त तैर रहा था, सो उसके मुँह से अनायास गीत निकला और वह गाने लगी। चक्की की घर्राहट से वह मानो प्रेरित होती रही। एक-एक मुट्ठी दाल वह क्रमश डालने लगी और उसका हाथ भी तेजी से चलने लगा। और साथ में गाना भी—

अबलख घोडयावरी/बैसला गं कुणी स्वार
हनुमन्ता बाळा माजा बालीस्टर
इंग्लूस बुकाचं गोणभर ओझं/कलम काढूनी तांजंताजं
फोडी कोर्टाला घाम, बाळ माजं।
घोडा नाचतू, सनयचौघड्याच्या तालावर
थांबली चंदनाची पालखी, दाराम्होरं

चांदाचा मुखडा, काळजाचा तुकडा जशी परी
कुण्या राजाची लेक, पापणीची उघडझाक
उतरली भुईवरी
लाजती, इचारती—कुठं-हातो हणुमन्ता बालस्टिर ?

(चितकबरे घोड़े पर घुड़सवार बैठा है, मेरा हनुमन्त बैरिस्टर है। ढेर सारी अंग्रेजी किताबें पढ़-पढ़कर कई नयी-नयी धारा-उपधाराओं के हवाले देकर वह अदालत भौंचक्का कर देता है। घोड़ा शहनाई-नगाड़े की लय पर थिरकते कहार पालकी लेकर मेरे घर के सामने आये। उसमें से चाँद का टुकड़ा मानो मेरे जिगर का टुकड़ा···खूबसूरत परी सी राजकन्या बीचे उतरी। शर्म के मारे उसकी पलकें, झुकी-झुकी सी हैं और वह पूछ रही है—मेरा हनुमन्त कहाँ रहता है)

एकाग्रता से वह गा रही थी कि किसी के हँसने की आवाज अँधेरे को चीरती हुई उसके कानों तक पहुँची और राधाई को यह समझते देर नहीं लगी कि वह आवाज दीवार-पार की कुत्सित मनोवृत्ति की परिचायक है। उसने गाना वहीं रोक दिया। उतना आटा काफी था, सो आटा समेटते हुए उसने बहू को उलाहना दी—'कलमुँही का सत्यानाश हो।'

अब बाकायदा दिन निकल आया था। राधाई ने फुर्ती से तवे पर ही झुणका बनाया और टिफिन में दाल, चावल, झुणका, दो कच्चे प्याज, एक कैरी आदि चीजें भरकर वह जाने को तैयार हुई। उसे बस-स्टैंड पहुँचाने के लिए वह अपने थुलथुलेपन के साथ चल पड़ी।

इसी बीच डोंगरवाडी से बस के आने की आवाज उसे सुनाई दी, तो उसके कदम तेजी से उठने लगे। वह हाँफने लगी, पसीने से भीग गयी; पर जैसे-तैसे यथासमय बस अड्डे पहुँच सकी। उसे इस कदर भाग-दौड़ करते रेखकर एक परिचित व्यक्ति ने उसके हाथ से डिब्बा लिया और भीड़ में से भीतर घुसकर पिछली सीट के नीचे उसे रखवा दिया। बायना कांबले ने भी एक डिब्बा अपने बेटे के लिए भीतर रखवा दिया। बायना बुढ़िया तो थी, पर इस उम्र में भी उसका जोश बरकरार था। इसीलिए हर रोज दौड़-भागकर वह डिब्बा लाती थी और उसे बस में रखवाकर ही चैन से साँस ले पाती थी।

यथासमय बस अड्डे पहुँच पाने से बायना को तसल्ली हुई और उसने साड़ी के आँचल से पसीना पोंछा। पन्द्रह वर्ष पहले बायना का पति एक दिन अचानक मर गया। उन दिनों वह मुंबई में रहती थी। और अपने आठ साल के बच्चे से उम्मीद करती थी कि वह पढ़-लिखकर विद्वान बने, बाबासाहब आम्बेडकर बने। कर्मवीर दादा साहब गाडकवाड की सभाओं में वह अकसर

जाया करती थी।

उनका भाषण तो उसे पूरा समझ में नहीं आता था, पर वह दिल से यही चाहती थी कि अपना बेटा भी इसी तरह से नामवर बन जाए। बीडीडी चॉल में, किराये के कमरे में वह रहती थी। अपने उसी दड़बे में मिल मजदूरों के लिए उसने एक ढाबा शुरू किया और वह अकेली ही रोजाना पचास लोगों के भोजन की व्यवस्था करने लगी। आमदनी का यही एक जरिया उसके पास था और वह अपना, अपने बेटे का खर्चा इसी से चलाती थी, मकान के किराये का भी प्रबन्ध करती थी। आठ साल इसी तरह से वह खटती रही। और उसके बाद मिलों में हड़ताल शुरू हुई। छः महीने होने को आये, पर हड़ताल के टूटने के कोई आसार नजर नहीं आते थे। लोग शहर छोड़कर जाने लगे। ग्राहकों की संख्या घटने लगी, तो बायना ने भी मुंबई को अलविदा कहा और पांगिरा की शरण में वह आयी। उच्च शिक्षा के लिए बेटे को जिला मुख्यालय में रखकर वह गाँव में मेहनत-मशक्कत करने लगी। वैसे भी रोजाना पचास लोगों का खाना बनाते-बनाते वह रीत चुकी थी।

और पांगिरा आकर पैंतीस ग्राम का एक गहना ठिकाने लग गया था। पर वह अत्यन्त जीवट महिला थी। शारीरिक रूप से अक्षम होने के बावजूद वह खटने लगी। कटनी के दिनों में वह फसल काटने का काम किया करती थी। बेटे के लिए खाने का डिब्बा और रुपए-पैसों का जुगाड़ वह जैसे-तैसे कर ही लेती थी। वह स्वयं भले ही भूखी रहती हो, पर बेटे को किसी चीज की कमी उसने नहीं होने दी। बस में चाहे जितनी भीड़ हो, वह हिकमत से भीतर घुसकर डिब्बा जरूर रखवा देती थी। बस ठसाठस भरी होने से पांगिरा में रुके बिना ही आगे जाने लगे, तो वह करुणार्द्र स्वर में चीखती थी, तो ड्राइवर को लगता था कि कोई बस के नीचे दब गया है; और वह फौरन ब्रेक लगाता। बस, उतने समय में बायना अपना डिब्बा भीतर रखवा देती।

दोपहर वाली बस से मुरार पाटील जिला मुख्यालय पहुँचे। तहसील कार्यालय में जाँच के पुनर्विचार के दौरान फैसला उनके पक्ष में हो जाने से मुकदमा फिर से शुरू हुआ था। जिला-अदालत में आज सुनवाई नहीं हुई। तारीख मुल्तवी हो गयी। इसलिए मुरार पाटील खाली थे, सो शाम चार बजे के लगभग छात्रावास पहुँचे। दस बाय पन्द्रह के कमरे में चार छात्रों के रहने की व्यवस्था थी। शुल्क नाम मात्र का होने के कारण बच्चे जैसे-तैसे गुजारा कर लेते थे। संयोग से उस वक्त हनुमन्त अपने कमरे में ही था।

महीना सात रुपये किराये से वह अपने लिए एक कॉट तो लाया था, किन्तु

उस पर गद्दा नहीं था, जो अन्य साथियों की कॉटों पर था। इसलिए उसने उस पर अखबार बिछाये थे, उस पर टाट और उस पर दरी बिछाकर लगभग गद्दे जैसा ही कुछ बना लिया था।

पहले दो साल तो वह जमीन पर ही रहा था। पर अब सीनियर हो गया था। होंठों पर मसें आने लगी थीं और साल-भर में वह स्नातक बनने वाला था। फिर भी, अपनी इच्छा से नहीं, पिताजी के आग्रह की वजह से उसने कॉट ली थी। मुरार पाटील उसकी कॉट पर बैठकर चारों ओर देखने लगे। उसके अन्य साथियों ने फिल्मी नायक-नायिकाओं की अधनंगी तसवीरें दीवारों पर सजा रखी थीं; जबकि हनुमन्त की कॉट के ऊपरी हिस्से में कर्मवीर भाऊराव पाटील की तसवीर टँगी थी। सफेद दाढ़ीवाले कर्मवीर की तसवीर में बड़ का पेड़ जरूर था। उसे देखकर वे मन-ही-मन मुसकुराये। उसी तसवीर की बगल में पगड़ीधारी म० फुले का चित्र भी था; वह भी उन्होंने देखा।

अगले साल अपना बेटा वकालत की पढ़ाई शुरू करेगा, यह कल्पना ही मुरार पाटील को सराबोर कर रही थी। उन्हें उसके वकील बनने का ही तो इन्तजार था, ताकि सोकाजी के चंगुल से वे 'मोराची पड' को मुक्त करा सकें। पिता-पुत्र छात्रावास के बाहर आये और एक ठेले से उन्होंने दो कप चाय मँगवायी। चाय पीने के दौरान हनुमन्त ने बताया, 'बापू, मैंने एक छोटी-सी नौकरी स्वीकार कर ली है।'

'लेकिन कहाँ ?'

'यहीं, लाल बिल्डिग में। सहकार तथा कामगार न्यायालय के मशहूर वकील रणदिवे का कार्यालय वहाँ है। वे लाल निशान पक्ष का भी काम देखते हैं। उन्हीं के दफ्तर के नीचे किताबों की एक दूकान है। इसी दूकान में शाम पाँच से आठ बजे तक मैं काम करता हूँ।'

'क्या देते हैं वे ?'

'सत्तर रुपये महीना। हो सकता है, ज्यादा भी दें।'

'लेकिन बेटा, क्या यह जरूरी था ?' गद्‌गद होकर पाटील ने पूछा।

'जरूरी इसलिए था, क्योंकि आप जो चालीस-पचास भेज देते हैं उससे काम नहीं चलता। बहुत खींच-तान होती है...'

'सो तो ठीक है बेटा, किन्तु पढ़ाई की उपेक्षा मत होने दो,' पाटील ने उसे चेतावनी दी।

रणदिवे वकील का कार्यालय दिखाने वह बापू के साथ चल पड़ा, तो रास्ते में उन्होंने पूछा, 'कामरेड वकील के नाम से जाने जाते हैं, वो ये ही हैं क्या ?'

'जी, ये ही हैं।'

'उन्हें भी एक बार मैंने देखा है।'

'कहाँ ?'

'प्रतापगढ़ की रैली में। संयुक्त महाराष्ट्र आन्दोलन के दिनों भरी जवानी में थे वे। गेरुआ ध्वज हाथ में लिए मदहोश होकर नाचते थे।

हनुमन्त नें वकील साहब से उनका परिचय करवाया, तो रणदिवे ने कहा, 'पाटील, आपका बेटा होनहार है, मेधावी है, खूब पढ़ता है। महात्मा फुले का सम्पूर्ण साहित्य उसने पढ़ा है। बहुत ही चुस्त और खुश-मिजाज है। किताब थी दुकान में तो हम अगले महीने से दूसरे लड़के को रखनेवाले हैं। इसे तो मैं अपना असिस्टेंट बनाऊँगा। वैसे भी अगले साल वह कानून की पढ़ाई करना चाहता है। कुल मिलाकर यही ठीक रहेगा।'

'आपकी बड़ी मेहरबानी होगी साब ऽऽ' कहकर पाटील ने हाथ जोड़कर उनका अभिवादन किया।

सामने, एक मेज पर पाँच-सात अखबार पड़े थे। उनमें से एक अखबार उठाकर वे पढ़ने लगे। किसान नेता श्रीनिवास सहस्त्रबुद्धे ने कृषि उत्पाद को अच्छा भाव दिलाने की माँग को लेकर निपाणी में विशाल किसान रैली आयोजित की थी। उसी से सम्बन्धित खबर उसमें छपी थी। समाचार के साथ ही माइक हाथ में थामे सहस्त्रबुद्धे की तसवीर भी छपी थी। उस तसवीर को गौर से देखते हुए वे बुदबुदाये, 'उम्दा इन्सान लगता है।'

हनुमन्त दूकान में गया। पाटील वहीं बैठे रहे। वकील साहब के दो-चार दोस्त आए तो उनमें गप-शप होने लगी। बातचीत के केन्द्र में सहस्त्रबुद्धे ही थे। पाटील उनकी बातें गौर से सुनते रहे। उन्हें कई बातें मालूम हुईं। दो साल पहले श्रीनिवास सहस्त्रबुद्धे नागपुर में डी एस पी थे। एक बार किसी अनाज के भाव अचानक गिर जाने से किसानों ने आन्दोलन किया। अपनी उचित माँग के समर्थन में किसानों ने चार दिनों तक भूख हड़ताल की थी। बाद में आन्दोलन ने उग्र रूप धारण किया। पुलिस ने किसानों पर लाठियाँ बरसायीं। किन्तु पुलिस की ज्यादती से सहस्त्रबुद्धे का दिल पसीज गया। उन्होंने सरकारी नौकरी से त्यागपत्र दिया और किसान संगठन को मजबूत बनाने के काम में वे जुट गये। दर-दर की खाक छानने लगे। किसी भी कीमत पर वे किसानों को संगठित देखना चाहते थे। यह उनकी दिली इच्छा थी। ये सब बातें सुनकर पाटील को क्रान्ति सिंह नाना पाटील की याद आयी। उनकी विराट जनसभाओं का दृश्य आँखों में तैरने लगा। उनकी आवाज कानों में गूँजने लगी। 'इस देश में नेताओं समेत हर चीज का भाव बढ़ा। किन्तु हमारे किसानों के माल को ही मूल्य वृद्धि से वंचित रहना पड़ा। होटल में चले जाइये। पकौड़ी, चाय, कॉफी··· कुछ भी लीजिये। उसकी दरें निर्धारित हैं। बल्कि पहले पैसा, फिर भगवान जैसी स्थिति है। हम साग-सब्जी की फसल लेते हैं। उसे बेचने के लिए

जलती धूप के कोड़े हम सहते हैं। पसीना हम बहाते हैं। अपना खून हम सुखाते हैं और कृषि उपज का मूल्य आप तय करते हैं! गुड़ की भेलियाँ आढ़तिया के दरवाजे में धरकर किसी पेड़ के नीचे बैलों का जुआ उतारकर दो कौर रोटी हम खाते हैं। भाव-ताव मार्केट यार्ड में होता है, जबकि हम प्याज रोटी खा रहे होते हैं। गुड़ का भाव सौ रुपये तय हुआ कि दो सौ, यह भला हमें क्या पता? इसके बावजूद हमें 'किसान राजा' कहा जाता है! किन्तु दरअसल किसान न राजा है, न प्रधान। और तो और वह हवालदार भी नहीं गुलाम है, गुलाम। इस गुलामी से यदि मुक्त होना है तो हमें एकजुट होना पड़ेगा। गोरे साहबों के खिलाफ जैसे हमने अपनी आवाज बुलन्द की, उसी तरह से काले दिलवाले हैवान के खिलाफ भी हमें लड़ना होगा। पर इसके लिए एकता होनी चाहिए।'

हँसते-हँसते रणदिवे के एक दोस्त ने कहा, 'सुना है, आप लोग यहाँ भी सहस्रबुद्धे की सभा आयोजित करने वाले हैं।'

'बेशक , पर सभा नहीं, रैली।'

'पार्टी हाइकमान के आदेश हैं?'

'जी नहीं,' रणदिवे बुझी-बुझी-सी हँसी के साथ कहने लगे, 'हम तो देवाची आलंदी (गाँव का नाम) जा रहे थे पर जा पहुँचे चोराची आलंदी। दिग्भ्रमित-से हो गये हैं हम। सभी पार्टियाँ, सभी नेता-कार्यकर्ता कहीं-न-कहीं गलती जरूर कर रहे हैं। हम बड़े फख्र के साथ कहते तो हैं कि यह किसानों का कृषि-प्रधान देश है। पर हम किसानों के लिए क्या करते हैं? हम तो दलालों की झोली भरते हैं, बस। जबकि एक पूरा-का-पूरा अशिक्षित, साधनहीन वर्ग जहाँ-का-तहाँ है। उसका शोषण-दोहन बरसों-बरस होता रहा···'

मुरार पाटील को संतोष था तो यही, कि किसानों के हितों की रक्षा के लिए कोई-न-कोई जूझ रहा है। रात को काफी देर तक पिता-पुत्र बतियाते रहे। हनुमंत ने हाल ही में म०। फुले की पुस्तक 'किसानों का कोड़ा' पढ़ी थी, और उसके सामने कई सवाल उभर रहे थे कि, सौ साल पहले किसानों की जो स्थिति थी वही आज भी बरकरार क्यों है? किसानों का एक पाँव दलदल में, तो एक पाँव ठोस धरती पर···ऐसी दु:स्थिति क्यों है? वह बापू को ये सभी मुद्दे समझाता रहा, तो मुरार पाटील अपने बेटे पर सदके जा रहे थे।

पाटील घर लौटने के बाद राधाई को हकीकत बताने लगे···कि वह रणदिवे वकील जैसे मशहूर व्यक्ति का विश्वासपात्र कैसे है, कि वह अपने भविष्य को सँवारने के प्रति कितना जागरूक है, कि वह सुलझे हुए अंदाज में ज्ञान की बातें किस तरह करता है आदि। राधाई की आँखों में खुशी के आँसू छलछलाये। पाटील ने गहरे आत्मविश्वास के साथ कहा, 'राधा, हनुमंत एक दिन बहुत बड़ा बनेगा, हमारी मनोकामना पूरी करेगा।' इस प्रकार आशावादी भविष्य की बातें

हो रही थीं इसी बीच घोरपडे बापू वहाँ आ धमके और उनकी चर्चा में शामिल हुए। तनिक साँस लेकर उन्होंने कहा, 'पाटील, सभापति श्रीपतराव सावंत का संदेशा है आपके लिए · '

'मेरे लिए? कौन-सा संदेशा?'

'जामगाँव निवासी घाटगे बता रहा था कि जिला बैंक में नये रंगरूट भर्ती किये जाने हैं। उसी सिलसिले में सभापति ने आपको बुलाया है।'

अब कहीं पाटील समझ गये कि हनुमंत की नौकरी के सिलसिले में ही श्रीपतराव ने उन्हें बुलाया होगा। गाँवों के छुटभैये नेताओं तथा पंचों को अपने पक्ष में करवाने के लिए संताजी काले और श्रीपति सावंत में मानो होड़-सी लगी थी। इन्हें वश में कर लेने पर आगे का मार्ग प्रशस्त हो जाता है। इसी उद्देश्य से किसी को ट्रैक्टर या ट्रक के लिए ऋण उपलब्ध कराना, तो किसी को उर्वरकों की एजेन्सी, राशन की दुकान का लाइसेन्स, छोटा-मोटा ठेका या नौकरी दिलाना आदि लालच प्रस्तुत किये जा रहे थे। पाटील तो शुरू से ही सावंत विरोधी थे। और फिर इस साल हनुमंत के स्नातक हो जाने की संभावना से ही शायद श्रीपतराव पहल कर रहे थे।

'क्या कहते हैं सभापति?'

'पूरे छः सौ मिलेंगे। हनुमंत के लिए चपरासी की नौकरी···'

'चपरासी ऽऽ यानी अर्दली ऽऽऽ,' पाटील को गुस्सा आया। उन्होंने तमतमाकर कहा, 'सभापति को बता दो कि उसके टुकड़ों पर मेरा बेटा नहीं पलता। बैंक में चपरासी की नौकरी के लालच में गाँव के कई लोग हाथ जोड़कर उसके सामने दुम हिलाते खड़े हो जाएँगे; पर मैं नहीं। हमारी गरीबी की खिल्ली उड़ाने का उसे कोई अधिकार नहीं। हम घर में फाके करेंगे, लेकिन बेटे को खूब पढ़ाएँगे ऽऽ। ऐरे-गैरों की भी मन्नत पूरी होती है, फिर मेरा बेटा तो होनहार है, मेधावी है। वह जरूर बैरिस्टर बनेगा। सोकाजी की बातों में आकर मेरा प्याज का बिल वह खा गया। मेरी बीवी ने दो दिन खाना नहीं खाया। और अब मेरे सामने टुकड़ा फेंकता है? वह दिन दूर नहीं, जब शिरप्या सावंत मेरे बेटे का बैग उठाकर उसके आगे-पीछे घूमने लगेगा। मैं एरंडी के खोखले पौधे को नहीं, बड़ के पौधे को सींच रहा हूँ। और इसकी जड़ें समूची दुनिया में फैलनी चाहिए—भाऊ पाटील की कोठी की तरह ऽ!'

सिदुबा मन्दिर के पास में जो कुआँ है, वहाँ निरंतर भीड़ लगी रहती है। रहट की क्वांय ऽ ऽ क्वांय दिन-भर सुनने में आती है। हाँ, रात में जरूर कुछ शान्ति रहती है। पर हर दिन भोर-हारे से ही उसका रेंकना शुरू हो जाता है।

इस साल तो दिसम्बर से ही रेंकने का सिलसिला शुरू हो गया था। गौरी-गणपति का त्योहार क्या पूरा हुआ, जलस्तर दिनों-दिन घटता रहा। तथापि अँधेरा होने के साथ ही भीड़ छट जाया करती थी। किन्तु दशहरे के बाद तो दोपहर में ही कुआँ हाँफने लगा। कुछ दिन और बीतने के साथ तो स्थिति और भी गम्भीर हुई यानी प्रातः आठ-दस बजे से पहले ही कुआँ दम तोड़ने लगा। पांगिरा गाँव तनिक ऊँचाई पर होने से शायद पानी की यह किल्लत है, इस मुगालते में ग्रामवासी थे। किन्तु तराई वाले इलाके में भी कुओं का जलस्तर आधे से ज्यादा नीचे चला गया तो गांव हड़बड़ाकर जाग गया।

सदा बनिया ओसारे में बैठे भिकू अण्णा से पूछने लगा, 'अण्णा, ऐसी गम्भीर स्थिति पिछले सौ-दो सौ साल में कभी हुई थी? पिछले तीन वर्षों में सिर्फ गर्मियों में ही पानी की किल्लत महसूस होती थी, किन्तु इस साल तो शरद ऋतु से पहले ही कुएँ सूखने लगे। कमाल है!'

'अरे भाई, पाप कर्म ज्यादा हो गये। पानी कहाँ से पूरा पड़ेगा?' अण्णा ने सफाई पेश की।

'पाप कर्म किसके? आपके या हमारे?'

'क्या मतलब?'

'साल पहले शर्मा नामक एक झबरीला आदमी यहाँ आया था। बताया जाता है कि चबूतरे पर बैठकर उसने शाप दिया था—एक दिन यह गाँव रेगिस्तान बनेगा और लोग पानी की एक-एक बूंद के लिए तरसेंगे।'

'अरे चुप कर। ऐरे-गैरों के गरजने से पहाड़ थोड़े ही टूटने लगा!'

भिकू अण्णा ने सदा बनिये की बात हवा में उड़ा तो दी, पर उनकी साँस अनायास फूलने लगी थी। उच्चशिक्षित युवा शर्मा की बातें उन्हें याद आती रहीं पानी की फिजूलखर्ची रोकिए, यथावश्यक मात्रा में ही पानी का उपयोग कीजिए, भू-गर्भ में सीमित मात्रा में ही पानी का भण्डार उपलब्ध है, यदि निर्ममता से हम पानी बहाएँगे तो जमीन जलकर राख हो जाएगी। अण्णा ने कहा, 'सदा, वाकई उस युवक ने आगामी खतरे से हमें आगाह तो किया था। किन्तु उसकी उपेक्षा कर दिन-रात हम मोटरें चलाते रहे। फिर भला कहाँ से पानी का भण्डार बना रहेगा भू-गर्भ में?'

'पर अण्णा, दो पहाड़ों के बीच में जो कौरव-पांडव झील थी, वह भला कैसे निर्जल हो गयी?'

'बात तो कायदे की है!'

दिन-ब-दिन गाँव में पानी की स्थिति गम्भीर रूप धारण करती रही।

गाँव के बाद तराई वाले इलाके के कुओं पर भी गाज गिरी। रात में बूंद-बूंद रिसकर घुटना-भर पानी कुओं में जमा तो हो जाता था पर दिन निकलने

के साथ ही माँ-बहनें गन्दे कपड़ों के गट्ठर लेकर पहुँच जातीं। सवेरे आठ बजे तक थोड़ा-बहुत पानी मिले तो मिले, उसके बाद खेत-खलिहानों से होते हुए, आधे मील की दूरी पर बहती नदी का ही सहारा लेना पड़ता था। गाँव के पास वाले कुएँ पर तो सवेरे के वक्त हाय-तोबा मचती थी। कहा-सुनी से लेकर हाथापाई तक की नौबत आ जाती थी। औरतें पल्लू खोंसकर धावा बोलने के अन्दाज में बातें करने लगती थीं। घड़े से घड़े टकराते, चूड़ियाँ टूटकर बिखर जातीं, मिट्टी के घड़े चूर-चूर हो जाते।

बिजली के रूप में खतरनाक बिच्छू जमीन में जैसे डंख मार रहा था। भू-गर्भीय रक्त चूस रहा था। अतीत में सिंचाई के लिए चरसा चलता था, तो दोपहर तक चरसिया थक जाता था। बैल भी हाँफने लगते थे। सुबह से निरन्तर पानी में भीगा चरसा लिलार पर तनिक धूप सेंकता था। शाम तक सुस्ता लेता था। ऑयल इंजिन भी चार-पाँच घण्टों में गरम हो जाने से दो-चार घण्टे बन्द रखे जाते थे। लेकिन बिजली थकने का नाम ही नहीं लेती थी। चौबीसों घण्टों चलाओं, तो भी बेअसर ! भुतियाने के अन्दाज में वह अविराम तत्परता से अपना काम करती थी; न कोई थकान, न ही शिकन। किसानों के लिए तो यह मानो वरदान था। न हींग लगे, न फिटकरी···ज्यादा मेहनत नहीं और समय का बंधन भी नहीं। वे रात-रात भर गन्ने की फसल को पानी पटाने लगे। गम बूट पहनकर शिकार खेलने के अन्दाज में वे तैनात रहते थे। न साँप-बिच्छू का कोई डर, न स्यार-लोमड़ी का भय। सामान्यतया उपलब्ध जल पीकर भी जब बिजली की प्यास नहीं बुझती थी, तो पाषाण-खण्डों को चूर-चूर कर अपनी प्यास बुझाने में भी वह नहीं हिचकती थी।

मकर संक्रान्ति इस साल मानो तहलका मचाने के लिए ही आयी। पांगरी सूख गयी। पानी के मनमानी प्रयोग के बावजूद हरदम भरे रहने वाले कुएँ दो-चार घण्टे मोटर चलते ही रीतने लगे। जो स्थिति पांगिरा में बहुत पहले आयी थी, वह अब नदी किनारे तथा उपत्यकाओं में भी आना शुरू हुई थी।

किसान अब फावड़ा लेकर रात-रात भर खेत में ही जागरण करने लगे। दो-दो घण्टे के अन्तराल से टॉर्च की रोशनी में यह अन्देशा लेने का प्रयास करने लगे कि कुएँ में कुछ पानी जमा भी हुआ है अथवा नहीं। रीते कुएँ और सूखती फसल को बारी-बारी से देखकर मायूस होने लगे। गन्ना लगभग तैयार हो गया था। जल्द ही कटाई शुरू होनी थी। दरअसल चीनी मिलों को गन्ने की सप्लाई की जानी थी। इसलिए कम-से-कम हफ्ते में दो बार उसे पानी पटाना जरूरी थी; तभी तो टनेज बढ़ सकता था। इसी हिसाब से अब तक काम चलता था। पर अब कुएँ में पर्याप्त पानी जमा होने के लिए रात-रात भर इन्तजार करना पड़ता था। पूरे खेत में गन्ने की फसल लहलहा रही थी। सल्फेट, सुफला

को हजम कर अब पानी के लिए तरस रही थी, छटपटा रही थी, बड़ी उम्मीदों से किसानों की ओर देख रही थी। पर काश···!

कुएँ के मालिक ही जब पानी की कमी के शिकार हुए थे, तो अपने ग्राहकों (साझीदारों) को भला वे कहाँ से पानी देते ? ज्ञानू सावला, सोकाजी, सदा बनिया, विचारे गुरुजी आदि मोटर-मालिक पहले अपनी फसल को सींचने का एहतियात बरतते थे। और पानी के अन्य ग्राहक ठिय्या मारकर कुओं के आस-पास ही मँडराते रहते ताकि बचा हुआ पानी वे अपनी फसल के लिए प्राप्त कर सकें। पूर्व में दिन में जितने रकबे की सिंचाई होती थी उसकी मात्रा अब घटकर एक दहाई रह गयी थी। अतएव जब मालिकों की प्यास ही नहीं बुझती थी, तो बाकी प्यासों को थोड़े ही पानी मिलता था ? गन्ने की खड़ी फसल धीरे-धीरे सूखने लगी, तो साझीदारों ने नयी तरकीब ढूँढ़ निकाली। चीनी मिलों के प्रतिनिधियों को दो-चार सौ रुपयों में पटाकर गन्ने की अपक्व फसल ही उनके गले में वे बाँधने लगे। भागते भूत की लँगोटी ही सही ! जहाँ दस टन गन्ना भरता था, वहाँ अब मुश्किल से तीन टन भी नहीं भर रहा था। बैरंग लौटने से यह सौदा क्या बुरा था ?

साझीदार यानी वह शख्स जिसका न अपना कुआँ है, न मोटर, वह किसी मालिक की पूँछ पकड़ता है और अपनी फसल को सींचता है। उसके बदले अपनी उपज का एक चौथाई हिस्सा मालिक को देता है। वक्त-जरूरत के समय मालिक के अनुरोध पर अपने बैल-कटरे अपने खर्चे से मालिक के काम के लिए उपलब्ध कराता है। ऐसे साझीदारों को भी पानी मुहैया नहीं हो रहा था। सात-आठ महीनों तक गन्ने की खेती पर किया गया खर्च, उर्वरक, मेहनत-मशक्कत सब कुछ धरा-का-धरा रह गया। और इधर बैंक-ऋण का सूद तो दूनी रफ्तार से चढ़ता रहा।

सूखे की इस स्थिति से जल्दी ही राहत मिलने की उम्मीद में लोग इन्तजार करते रहे। और इस इन्तजार में आँखें बहने लगीं, किन्तु धरती का कलेजा पसीजने का नाम नहीं ले रहा था और बादल भी मेहरबान नहीं हो रहे थे। अतएव अधिकांश काश्तकार-साझीदार हवा का रुख समझ गये। अपने पेट को उन्होंने पट्टे से बाँध रखा और हँसिया चलाकर अधकचरी फसल वे काट लाये। न वह मिल में दी जा सकती थी, न उसकी पेराई की जा सकती थी। पशु-खाद्य के रूप में ही उसका प्रयोग किया जा सकता था। दो-चार दिन मीठा चारा मिल जाने से मवेशी खुश दिखाई दिये। पर पाँचवें दिन उनके मुँह में भी छाले पड़ने से वे इस मीठे चारे से मुँह फेरने लगे। कई लोगों की खड़ी फसल उनकी आँखों के सामने ही सूख गयी और उसी स्थिति में उसे आग के हवाले करने की नौबत आ गयी। जहाँ कभी हरे-भरे पत्ते लहलहाते थे,

वहाँ अब धूल, गर्द और राख के गुबार उठने लगे।

जो लोग थोड़ी बहुत चालाकी दिखा सके, उनका गन्ना मिल तक पहुँच गया। चैत नजदीक आने लगा। नयी फसल की रोपाई करनी थी; जबकि खेतों में पानी नहीं था। सोकाजी अस्सी एकड़ में गन्ने की फसल लेता था, पर इस बार मुश्किल से पचास एकड़ में ही वह ले पाया। अन्य कई लोगों ने भी गन्ने का रकबा घटा दिया। इस भीषण हकीकत के रू-ब-रू होने के बावजूद लोगों को उम्मीद थी। अँधेरी रात क्या कभी खत्म ही नहीं होगी? जल-स्रोतों-भण्डारों का पता लगाने का काम मुस्तैदी से हो रहा था।

पांगरी नदी का मुहाना गाँव से उत्तर की ओर आठ-दस कोस की दूरी पर था। उसके किनारे बसे गाँव अब तक तो खुशहाल थे। यमाई पहाड़ पर जब भरपूर वर्षा होती थी, उन दिनों वह पूरे साल-भर लबालब रहती थी। दशहरे के बाद भले ही उसका पानी पाटों को तोड़कर न बहता हो, पर उसकी धारा कभी सूखती नहीं थी।

पांगिरा के पास नदी में एक बहुत बड़ा गड्ढा-सा है, जहाँ तीन पुरसा पानी रहता है। उसे गाँव वाले 'सात आसरे का डोह' कहा करते थे। वहाँ जल-तल में सात डायनें रहती हैं। वहाँ उनका एक महल है। उसके दायरे में कोई तैराक या किनारे पर कपड़े धो रही औरत को वे सातों डायनें भीतर खींच लेती हैं। विगत पन्द्रह वर्षों में कम-से-कम पाँच-सात लोग इनका शिकार हो चुके हैं। होली-चैत के बाद भी यहाँ जल-स्तर वही-का-वही बना रहता था और हमेशा यह गड्ढा लबालब रहता था। यहाँ पुराना पानी मानो अन्तिम सत्य को पाने की आस में आगे बढ़ता और नया पानी फौरन उसकी जगह ले लेता। किन्तु बाढ़ आने पर यह 'डोह' गायब हो जाता था। पर इस बार तो पूस में ही वह निर्जल हो गया। रुई जैसे छितरे बालों वाली डायन बौखला गयी। इससे पहले तो कभी ऐसा नहीं हुआ था। पांगिरा में होली की हुड़दंग तक तो अल्प-स्वल्प ही सही, पानी का सोता बराबर बहता रहता था। इसी 'डोह' के पानी में छोटे बालक डुबकियाँ लगाकर खूब मजे ले लिया करते थे। फटीचर-भिखारी, जोगड़े-साधू धोती के दायरे में थाल कायदे से हिलाकर छोटे-छोटे झींगे पकड़ने में सफल हो जाते थे। नदी किनारे जहाँ विवर हो तथा खोदी हुई मिट्टी का ढेर लगा हो, वहाँ केकड़ों के लालच में जमीन खोदते जाने में राणू और गणू को कोई कष्ट नहीं होता था। साल के बारहों महीने वे इसी काम में लगे रहते थे। बारिश के दिनों में मछलियाँ तथा बाकी दिनों में केकड़े पकड़ना ही उनका पेशा बन गया था मानो। दोनों में से कोई एक साइकिल की सवारी पर मांगोला जाता, नून-तेल तथा अन्य चीजें खरीद कर शाम के झुटपुटे से पहले लौट आता।

किन्तु पिछले दो-तीन साल में पूरा माहौल ही जैसे बदल गया। दीवाली में ही नदी सूखने से बच्चों का हल्ला-गुल्ला शान्त हो गया। जब एक बूंद भी पानी न हो, तो अगली बारिश तक जान बचाकर इन्तजार करने वाली मछलियों का नामोनिशां ही मिट गया। बचे-खुचे झींगे भी तपती रेत में छटपटाकर मटियामेट होने लगे। मछलियों को झपटने की ताक में हरदम पायी जाने वाली मुरगाबियाँ न जाने कहाँ नदारद हुईं। बगुलों ने भी इस ओर से मुँह फेर लिया। टिटहरियों के झुंड भी टिंटियाते हुए इस इलाके को पार कर किसी दूसरी जगह की ओर चले जाने लगे। जल-सर्प और इरूल मछलियों का भी पत्ता कट गया। जैसे-तैसे अपनी जान बचाने के लिए किसी अन्य उपयुक्त स्थान की तलाश उन्हें करनी पड़ी। ऐसी विपरीत स्थितियों में सातों डायनें पता नहीं कहाँ उड़नछू हो गयीं। राणू और गणू उसी मिट्टी से तिलक कर रोजी-रोटी के चक्कर में परदेस चले गये।

अब नदी के पाट में बैल-कटरे ही दिखाई देने लगे। सवेरे जल्दी ही ग्रामवासी जुए, रास, वजनी फालें, बेलचे लेकर पाट को लूटने लगे। चार-चार बैलों की चौकड़ी बनायी जाती थी। दो लोग ये बड़ी-बड़ी फालें रेत में गड़ाते और एक जोड़ी बैल अपनी जान लगाकर उन्हें खींचते। सूप की तरह चौड़ी फालें और खींचने के लिए उनमें लगी सांकल···वजनदार रेत को समेटने के लिए मामूली रस्सी नाकाफी सिद्ध होती। रेत के ढेर को समेट कर नदी किनारे लाने में बैलों के छक्के छूटते, कलेजा मुँह को आता, मुँह से झाग आने लगती और वे अनायास हगने लगते। पानी की बूंद के लिए तरसने वाला किसान बैलों-कटरों पर कोड़े बरसाने में तनिक भी नहीं हिचकिचाता। भरी दुपरी में तपती रेत की दाहकता मानो बैलों पर हावी होने लगती। रेत का एक फाल समेटने पर गड्ढे में मटमैला जल बेशक दिखाई देता था, पर दूसरे ही क्षण रेत की निचली पर्त में समा जाता था। अभी था और कहाँ गया! इस प्रकार सवेरे नाश्ते तक चार चौकड़ी बैल चलते ही गड्ढे में इतना पानी जमा हो जाता कि एक घण्टे तक मोटर चल सके। आधा पानी पलान में और आधा खेत में पटने लगता कि मोटर बन्द कर देनी पड़ती। जिनके पक्के कुएँ थे, उनकी स्थिति भी दयनीय हो गयी थी। फुट-दर-फुट कुएँ गहराने का काम शुरू हो गया था। घर-परिवार के बच्चों से लेकर बड़े-बूढ़ों तक सभी लोग इस काम में हाथ बटाने लगे। चट्टान में तीक्ष्ण सब्बर से छेद कर उसमें बारूद भरी जाने लगी। धमाके के साथ चट्टान का पेट फटते ही भीतर से पानी का झरना फूट पड़ता। दो-चार दिन अमन-चैन से बीतते-न-बीतते कि पुनः खुदाई की दूसरी खेप।···बारूद, धमाका, सब्बर, कुदाली, तसले-बाल्टियाँ, हाथ और हाथों में आये छाले—

पांगिरा की अपेक्षा डोंगरवाडी के लोग पानी के अभाव में अधिक पीड़ित हो गये। रब्बी की बुआई ने दिन का उजाला देखा ही नहीं। डोंगरवाडी के दो खेत पांगिरा की गन्ना कटाई पर गर्मियों के दो-तीन महीने बड़े आराम से पलते थे। किन्तु इस साल एक महीने में ही कटाई पूरी हुई तो बाद की अवधि में रोटी के लाले पड़ने लगे। अतएव कुछ लोग मजबूरन वसई चले गये और केले के बागान में मजदूरी करने लगे। कुछ अन्य लोग रोजी-रोटी की तलाश में दर-दर की खाक छानने लगे। पांगिरकर पहलवानों ने कुओं को गहराने का काम बराबर जारी रखा। और इस काम के लिए डोंगरवाडी से औरतें-बच्चे, निठल्ले मजदूर पांगिरा में आने लगे। दिन निकलने से पहले एक मील की दूरी तय कर वे कुओं को घेरने लगे। धीरे-धीरे इस काम में वे माहीर होते रहे और गुजारा करने लायक कमाई भी उन्हें होने लगी।

खेत में नये सिरे से गन्ने की बावग शुरू हो गयी थी। किसानों ने खेत में गोहों के बीच में पनारी बनाकर एक कतार में गेंड़े गाड़ना शुरू किया था। जिनके पास सिचाई की सुविधा थी, उन्हें रोपाई की जल्दी थी। वे पनारी में पानी बहाकर टोना पाँव से ज़मीन में दबाने के बाद उस पर रार उँडेलकर आगे बढ़ते थे। प्यासी धरती फौरन पानी सोख लेती थी। मिलने वाले पानी का पूरा अंश पीकर तृप्त हुए खेत मानो सुस्ता रहे थे। जिनके खेतों में सिंचाई की सुविधा नहीं थी अथवा अपनी मोटरें नहीं थीं, वे मन मसोसकर दूसरों के करतब देखते रहते थे, बस।

धुलक्या माने चार दिन पहले ही पनारी में टोने दबाकर अब पानी की प्रतीक्षा करने लगा था। इससे पहले बरसों-बरस पानी के लिए सोकाजी के साथ उसकी साझीदारी थी। पर इस साल स्पष्ट शब्दों में सोकाजी की मनाही के बावजूद, धुलक्या आस लगाये बैठा था। 'आबा किसी तरह से रहम कीजिए' कहकर वह उसके पीछे ही पड़ा था। पर सोकाजी टस-से-मस नहीं हो रहा था। फिर भी धुलक्या को उम्मीद थी। क्योंकि गाँव की राजनीति में वह सदा सोकाजी का ही साथ निभाता रहा, जबकि उसका बड़ा भाई तुका ज्ञानू सावला की पार्टी में था। पर सोकाजी भी मजबूर था। क्योंकि उसकी अपनी उखाँव को ही जब पानी काफी नहीं हो रहा था, तो भला वह साझीदारों को कहाँ से उपलब्ध कराता? नंगी क्या पहनेगी और क्या ओढ़ेगी! कुछ ऐसी ही स्थिति सोकाजी की हो गयी थी।

धुलक्या-तुका का खेत नदी किनारे था। अभी, चार साल पहले ही तो वे अलग हुए थे। ठीक नदी किनारे की जमीन तुका के, तो उससे आगे की जमीन धुलक्या के हिस्से में आ गयी थी। तुका के हिस्से में एक पुराना कुआँ भी था। ज्ञानू सावला की मोटर का पानी तो इस ओर आने से रहा और सोकाजी किसी

भी कीमत पर तुका को पानी देने से रहा। इसलिए तुका ने गन्ने की खेती का इरादा ही छोड़ दिया था। पुराने कुएँ को ही थोड़ा और खुदवाकर उसके पानी से वह प्याज की अल्पावधि फसल लेने लगा था। वर्षा काल के आखिरी दौर में अल्पावधि प्याज की बुआई करो, तो चार महीने में फसल तैयार हो जाती थी। मांगोला में प्याज का प्रमुख बिक्री केन्द्र कोणंद था। इसी केन्द्र में वह प्याज बेचता था और गर्मियों में बैंगन, लहसन, कद्दू आदि शाक-सब्जी के लिए कुएँ का पानी प्रयोग में लाता था। फिल वक्त तुका के खेत में बैंगन की फसल तैयार खड़ी थी। हरे-हरे पत्तों की ओट में काले-जामुनी बैंगन पौधों से लटकते देखे जा सकते थे। धुलक्या कभी अपने भाई लहलहाते खेत को कभी अपने वीराने को बुझी-बुझी निगाहों से देख रहा था। उसे अपना खेत उस औरत-सा लगता था, जिसका सुहाग छिन गया हो।

धुलक्या और उसकी बीवी हौसा--दोनों पूरा दिन खेत में बैठे रहे। सोकाजी के कुएँ से पानी मिलने की उम्मीद में पूरे चार दिन बीत गये। पानी के अभाव में गन्ने के टोने सूखने लगे। पाँचवें दिन शाम को धुलक्या ने देखा, सोकाजी के कुएँ का पानी किसी दूसरे के खेत को पाट रहा था। धुलक्या के पैरों तले की जमीन धसक गयी। वह फौरन नीचे बैठ गया, मानो उसकी टाँगें कट गयी हों। उसके सामने अब सवाल था कि पुरानी देनदारी से कैसे निपटा जाए? सोसाइटी की नोटिसों का क्या जवाब दिया जाये? अनाज-पानी के अभाव में तीन बच्चों समेत अपना पेट कैसे पाला जाए? सोकाजी ने तो मुँह फेर लिया है। उसे लगा जैसे गाज गिरी हो। उसी खुन्नस में वह उठ खड़ा हुआ और अपने हाथों से पनारी-टोनों को ध्वस्त करने लगा। पर हौसा उससे लिपट गयी और उसे खूब मनाती रही। तब कहीं वह शान्त हुआ। अँधेरा घिरने लगा, तो पति-पत्नी दोनों उजड़े-उजड़े दिल से घर लौट गये।

धुलक्या भूखे पेट ही बिछौने पर लेटा रहा। दीवार से उस पार तुका का मकान था। वहाँ से लहसन की छौंक की मसालेदार गंध आ रही थी। कुएँ का पानी उसके लिए फायदेमन्द सिद्ध हुआ था। तो फिर धुलक्या की वीरान तकदीर पर ही हल क्यों चलने लगे थे? वह काफी देर तक छटपटाता रहा। अब आगे क्या किया जाये? सोकाजी के अलावा भला कौन सलाह देता उसे? उसी पिनक में वह उठा बैठा और सोकाजी की कोठी की ओर चल पड़ा। उसने डबडबायी आँखों से सोकाजी को अपनी दास्ताँ सुनायी। सोकाजी का वही जवाब था, 'देख धुलक्या, जब मेरे कुएँ में भरपूर पानी था; मैंने कभी मना नहीं किया। पर अब मैं खुद ही जब पानी की किल्लत महसूस कर रहा हूँ, तो तेरे लिए कहाँ से व्यवस्था कर पाऊंगा? तथापि, एक रास्ता हो सकता है— तू भी अपने भाई की तरह एक कुआँ क्यों नहीं खुदवाता? और कुछ न सही, किन्तु प्याज की फसल

तो तू ले ही सकेगा।'

'लेकिन आबा, खुदाई करने पर वहाँ पानी का स्रोत शर्तिया होने की क्या गारन्टी होगी?'

'तेरे भाई के कुएँ में पानी है कि नहीं? फिर तुझे क्यों पानी के लाले पड़ेंगे? मेरी मानो, तो एक बात कहूँ…?'

'हुक्म कीजिए आबा…'

'तुका के कुएँ के साथ ही तू अपना कुआँ क्यों नहीं खुदवाता? शर्तिया पानी होगा वहाँ।'

'आपने तो मेरे मुँह की बात छीन ली,' धुलक्या ने उछलकर कहा।

'तू शुरू तो कर खुदाई। रुपये-पैसों की जरूरत पड़े तो हम किसलिए हैं?' सोकाजी ने उसका उत्साह वर्धन किया।

धुलक्या रात-भर सो नहीं पाया। कुआँ, कुएँ का नीला-नीला पानी, मोटर, पलान, उस पानी से लहलहाती हरी-भरी फसल, नयी-नवेली दुल्हन की तरह सजी हौसा! वह पूरी रात करवटें बदल-बदलकर जल बिन मछली की तरह छटपटाता रहा।

दूसरे ही दिन सवेरे खुदाई शुरू हुई। उस रास्ते से गुजरने वाले राहगीर तनिक ठिठक कर वह नजारा देखते और उसके बाद ही आगे बढ़ते थे। धूल के गुबार उड़ते नजर आ रहे थे। चार कन्नड़ भाषी मजदूरों के साथ पुराने कुएँ से दस-बारह फुट की दूरी पर कुआँ खुदाई का काम शुरू हुआ। निठल्ले, उजड्ड धुलक्या को इस अभियान में सक्रिय देखकर गाँव वालों को अच्छा लगा। अब कुआँ बनवाएगा। उसके पानी से खेती करेगा। दो पैसे कमाएगा। खुशहाल रहेगा। तुका की पत्नी बैंगन बीनने आयी थी, तो उसने देखा कि नाले के पास काफी भीड़ इकट्ठा हो रही थी। सब्बर और कुदाली की खनखनाहट भी सुनाई पड़ रही थी। उसे लगा कि बैल-वैल मर गया होगा और उसे गाड़ने की तैयारियाँ चल रही होंगी। लेकिन दूसरे ही पल देवर-देवरानी को देखकर उसे तनिक सन्देह हुआ। वह फुर्ती से आगे बढ़ती रही और नये कुएँ की खुदाई का काम देखकर वह हैरान-परेशान-सी घूरती ही रह गयी। महज दस फुट की दूरी पर नया कुआँ! उसकी तो जैसे जान निकली जा रही थी। उसने चिल्लाकर देवर से पूछा—

'देवरजी, यह क्या हो रहा है?'

'कुआँ खोदा जा रहा है।'

'लेकिन क्या यह शरारत आपको शोभा देती है?'

'क्यों? क्या हुआ?'

'हमारे कुएँ से सटकर ही नया कुआँ खुदवा रहे हैं? इससे हमारा कुआँ

सूख नहीं जाएगा ? मैं कहती हूँ रोक दीजिए काम, फौरन रोक दीजिए···।'

'क्यों री ? क्या खेती अकेली तू ही करेगी ? क्या भूख-प्यास तुझ ही सताती है, बाकी लोग हवा खाकर जीएँगे ?' उसकी देवरानी ने भी करारा जवाब दिया।

'कोई दूसरी जगह ढूंढ़ लीजिए। यहाँ तो मैं खुदाई नहीं करने दूंगी। मैं कहती हूँ रोक दीजिए···'

फिर भी काम जारी रहा। धुलक्या कुदाली से पत्थर-कंकड़ हटाने में बाकायदा लगा हुआ था। थोड़ी देर बाद तनिक सांस लेकर उसने कहा, 'ए मुई, आगे आ और हिम्मत हो, तो काम रुकवाकर तो देख। इसी कुदाली से तेरे सिर के दो टुकड़े न किये तो मेरा नाम धुलक्या नहीं ऽऽ।'

तुका की बीवी समझ गयी कि यहाँ हील-हुज्जत करना बेकार है। और वह धोती ऊपर खोंसकर गांव की ओर दौड़ने लगी। अपने खेत में लहलहाती शाक-सब्जी की फसल उसे सूखकर बकला होती नजर आती रही। दौड़ते-दौड़ते वह थक गयी, उसका गला सूखने लगा। वह जैसे-तैसे घर पहुँची। तुका खाना खा रहा था। जनी ने हाँफते हुए, रुआंसे स्वर में कहा, 'आप खाना खा रहे हैं ? अपना खाना तो गोबर हो गया, समझ लीजिए।'

'ए चुड़ैल, क्या बक रही है ? तेरा दिमाग तो ठिकाने पर है ?'

'जाइये, खेत में जाकर देखिये। कम्बख्त हमारे कुएँ के पानी से खार खाता है। इसीलिए हमारे पानी में आग लगाने पर तुला हुआ है। मुँहजले का सत्यानाश होगा।'

'लेकिन हुआ क्या ? कुछ बोलेगी भी ?'

'आपका सगा भाई अपने कुएँ से बिल्कुल सटकर नया कुआँ खुदवा रहा है। खुदाई पूरी होने पर हमारे कुएँ में पानी बचेगा कैसे ?'

तुका को काटो तो खून ही। अभी-अभी तो कर्ज के बोझ से वह मुक्त हुआ था। इतने में यह नया बवाल शुरू हुआ ? कुएँ से सटकर दूसरा कुआँ खुदवाना जायज थोड़े ही है ? जमीन में पानी के इतने झरने कहाँ से होंगे, जो जुड़वाँ कुओं को लबालब रख सकें ? कुछ वर्ष पहले पानी की इतनी बहुतायत थी कि नींव खुदवाओ तो भी झरने फूटते थे। लेकिन इन दिनों तुका ने चट्टान में बार-बार बारूद भरकर धमाके करवाये, तब कहीं उसकी गहराई दस फुट से बढ़ सकी थी। वरना तो उसका कुआँ कभी का सूख गया होता। कुआँ, चट्टान, कीचड़, सब्बर·· यही तो सब कुछ तुका की जेहन में बसा हुआ था। कितनी ही बार उसकी कमर अकड़ गयी थी। हाथ-पांव फूलने लगे थे। वे मनहूस लम्हे अभी भी उसे याद थे। घाव अभी भरे नहीं थे कि सगा भाई बैरी बनकर उन्हें उलीचने क्यों लगा है ? आखिर क्यों ? उसे कुछ भी तो सूझ नहीं रहा था। ठीक उसी वक्त

दौड़-भागकर मौके पर जाकर धुलक्या से विवाद करना बेकार था। क्योंकि तुका जानता था कि धुलक्या सिरफिरा, सनकी और खब्ती है। पल-दो पल वह सोचता रहा। फिर उसने फुर्ती से जूते पहने और रिश्तेदारों के दरवाजों पर दस्तक देने निकल पड़ा। 'ए यशवंत अण्णा, ए दादू, ए अप्पा ऽऽ' कहकर उसने बिरादरी के दस-बीस लोगों को बुलाया और उन्हें साथ लेकर वह खेत की ओर रवाना हुआ।

धुलक्या ने खलिहान की तरह गोलाकार दायरे में खुदाई शुरू की थी। कन्नड़ भाषी, ताकतवर मजदूर पूरी मेहनत के साथ काम में जुट गये थे। तुका बिरादरी के बुजुर्ग लोगों के साथ वहाँ एक ओर जा खड़ा हुआ; फिर भी धुलक्या ने उनकी तरफ देखा तक नहीं और अपने काम में मशगूल रहा। ऐसी स्थिति में बूढ़े अप्पा ने ही पहल की और कहा।

'क्यों धुलक्या, हम कब से यहाँ खड़े हैं, दिखाई नहीं दे रहा तुम्हें?'

गरदन ऊपर उठाकर धुलक्या ने जवाब दिया, 'पिछले साल से मेरी जमीन प्यासी है, फसल चौपट हो गयी है, खेत में गन्ने का नामो-निशाँ नहीं···क्या आप लोगों को दिखाई नहीं देता ?'

'लेकिन तुम इस तरह झल्ला क्यों रहे हो ? शान्ति से काम लो।'

'मैं तो अपने काम के लिए कुआँ खोद रहा हूँ, बस। मेहरबानी करके मुझ कुछ मत पूछिए।'

'लेकिन तुम्हारे भाई के कुएँ का पानी जो कम होगा ?'

'तो क्या हुआ ? मेरे पास तो एक बूंद भी पानी नहीं है।'

'थोड़ा-थोड़ा पानी तो वह तुम्हें देता रहा है।'

'अब याद आ रहा है आप लोगों को ? पानी के अभाव में मेरी फसल चौपट हुई उस समय कहाँ थे आप लोग ?'

बिरादरी के बड़े-बुजुर्गों ने उसे समझा-बुझाने का भरपूर प्रयास किया, पर धुलक्या ने उनकी बात नहीं मानी। उसने खुदाई का काम जारी रखा। अन्ततः वे लोग झींकते हुए लौट गये।

तुका हैरान-परेशान-सा सिर थामकर बैठा रहा, तो जनी ने उससे कहा, 'इस तरह हिम्मत हारने से थोड़े ही काम चलेगा ? यह बात सही है कि अपने कुएँ का पानी उसके कुएँ में चला जाएगा, और हमारे लिए पानी की समस्या पैदा हो जाएगी। लेकिन आप कोर्ट में तो जा सकते हैं ? जल्दी से कार्रवाई शुरू कीजिए। किसी भी स्थिति में उसका काम रुक जाना चाहिए।' तुका को बात जंची, वह उठकर भिकू अण्णा के घर चला गया। दोपहर को तो वे घर में थे नहीं। रात की बस से वे लौट आये, तो तुका ने उनके पैर पकड़कर कुछ रास्ता निकालने का अनुरोध किया। उन्होंने कहा, 'रुपये-पैसे की व्यवस्था करो और

आज ही रात को पटवारी से खसरा खतौनी ले लो।' तुका वहाँ से सीधे ही पटवारी के घर गया और उसके खाना खाने तक प्रतीक्षा करता रहा। उसके आने का प्रयोजन पटवारी भाँप गया और उसी के साथ पाँच रुपये के दाखिले की कीमत चालीस रुपयों तक पहुँच गयी। तुका के बहस करने पर पटवारी ने स्पष्ट शब्दों में कहा, 'तुका, जब बाजार में वस्तुओं की कमी हो, तो उनके दाम बढ़ जाते हैं कि नहीं ? और यह तो लफड़े का मामला है…'

पटवारी ने बड़ी फुर्ती से दाखिले की प्रतियाँ बनायीं। पर बीस रुपये बचाने की उम्मीद से तुका ने कहा—

'पटवारीजी, दो नहीं एक ही प्रति काफी है।'

'दूसरी तुम्हारे लिए है ही नहीं…'

'तो फिर किसके लिए है ?'

'धुलक्या के लिए। वह भी तो कल आएगा ही।'

पान की गिलौरी चबाते हुए पटवारीजी ठठाकर हँस दिये। दाखिला सही होने की पुष्टि के लिए तुका भिकू अण्णा के पास गया। देखते ही उन्होंने पूछा, 'लेकिन इसमें हेरा-फेरी कहाँ है ?'

'इससे काम नहीं चलेगा ?'

'अरे बाबा, हेराफेरी से तात्पर्य ढेले से है। एक ढेला होता है ढेला। उससे जड़ें निकलती हैं और वही दाखिला बन जाती हैं।'

पटवारी के पास दुबारा जाना पड़ा। हेराफेरी के बीस रुपये और देने पड़े। पटवारी ने इस हेराफेरी की भी एक ज्यादा नकल उतार ली। दूसरी दिन पूरे सात सौ रुपये अंटी में रखकर भिकू अण्णा के साथ वह तहसील मुख्यालय के लिए चल पड़ा। बस में जाते समय तुका ने फिर एक बार उनसे प्रार्थना की, 'अण्णा, हर हालत में कल उसका काम रुक जाना चाहिए।'

'कल क्यों ? आज-के-आज मनाही आदेश प्राप्त करेंगे। कल यदि धुलक्या ने एक बार भी कुदाली चलायी तो फौरन गिरफ्तार कर लिया जाएगा।'

'ऐसा ही होना चाहिए…' तुका मन्द-मधुर मुसकाया। तुका अदालत में पहली बार आया था। वहाँ की भीड़ देखकर वह दंग रह गया। तहसीलदार-कार्यालय में प्रवेश करते हुए अण्णा ने कहा, 'चलो, तुम्हें साहब से मिलवाता हूँ।'

'नहीं-नहीं' बौखलाते हुए तुका ने कहा, 'अण्णा, आप मुझसे दस हल चलवाइए और पचास बैलों की नकेल मुझे थमाइए। पर इस झंझट में मुझे मत फँसाइए। मैं यहीं ठीक हूँ। आपका इन्तजार करूँगा।'

दफ्तर के सामने, नीम के साये में तुका दिन-भर बैठा रहा। अण्णा एक वकील को साथ में लेकर बार-बार इधर से उधर, उधर से इधर आ-जा रहे थे। छः सौ रुपए अण्णा को सौंपकर उसने 'आपको जैसा भी उचित लगे,

कीजिए' कहा और वह पेड़ के नीचे जा बैठा था। शाम होते-होते अण्णा मुस-कुराते हुए बाहर आये।

'अण्णा कैसी रही?'

'अरे पूछता क्या है? दफा एक सौ पैंतालीस लगवा दिया। और साथ में यह मनाही आदेश। कल से धुलक्या कुएँ के पास जा नहीं सकेगा।'

'बहुत खूब!' तुका नख-शिख सिहर उठा।

'अच्छा, बाकी रुपयों का क्या करोगे?'

'सवेरे दिये तो थे, सब खत्म हुए?'

'अरे बाबा, एक दिन में मनाही आदेश प्राप्त करना आसान थोड़े ही है! अभी तो वकील को ही दो सौ देना बाकी है।'

तुका ने मन-ही-मन सोचा, कोई बात नहीं। काम तो हो गया न! इसलिए वह खुश होकर घर आया। जनी ने मन्दिर जाकर नारियल फोड़ा, भगवान की आरती उतारी और प्रसाद बाँटा। तुका ने रात को मसाला मुर्गी की दावत दी। अण्णा ने छककर खाना खाया। दूसरे दिन मनाही आदेश धुलक्या पर तामील किया गया और कुएँ का काम ठप्प हुआ।

सरकारी गोल मुहरवाला मनाही आदेश लेकर धुलक्या दौड़े-दौड़े सोकाजी के पास गया, तो उसने खलनायकी हँसी के साथ कागज का वह टुकड़ा फेंक दिया।

'आबा, मेरी हवा निकल गयी है और आप हँस रहे हैं?'

'ऐसी मनाही को उठवाने में ज्यादा समय थोड़े ही लगता है। एक बार तहसील मुख्यालय जाना पड़ेगा, बस।'

'तो कब जाएँगे?'

'दो-चार दिन काम ठप्प रहा तो कोई फर्क नहीं पड़ता,' सोकाजी ने कहा, 'देखो, तुम्हारे दो कटरे लेकर कल से मेरे खेत में आ जाना। दो दिन हल चलाओ सोमवार को मनाही आदेश रद्द करवा देंगे। कल, परसों अदालत की छुट्टी है।'

दूसरे दिन धुलक्या हल तथा कटरे लेकर सोकाजी के खेत में गया। पूरे दो दिन चिलचिलाती धूप में वह वहाँ खटता रहा। मानो वह स्वयं भी इन्सान नहीं, तीसरा कटरा हो! सोमवार को सोकाजी ने धुलक्या को तान्या भिलारे के साथ जोड़ दिया। वकील, स्टैम्प पेपर, कोर्ट फीस आदि में हजार-बारह सौ फुंक गये और मनाही आदेश रद्द हुआ। दूसरे दिन से कुएँ का काम पूर्ववत् शुरू हुआ।

मनाही आदेश रद्द हो जाने की खबर कानों कान पूरे गाँव में पहुँच गयी। चबूतरे पर बैठे लोग तुका की खिल्ली उड़ाने लगे। पनघट के रास्ते पर जनी पर

भी औरतों ने खूब फब्तियाँ कसीं, तो वह अदबदाकर घर आयी और उसने तमतमाकर तुका से कहा, 'हजार-बारह सौ और खर्च कीजिए, एकाध भैंस को बेच दीजिए पर कुएँ का काम फिर एक बार ठप्प करा दीजिए।' तुका ने भैंस बेच दी और दो हजार रुपल्ली साथ में लेकर उसने फिर एक बार भिकू अण्णा के दरवाजे पर दस्तक दी। उसी मुद्दे को लेकर अण्णा ने वकील के जरिए दीवानी मुकदमा ठोंक दिया। मनाही आदेश पुनः जारी हुआ। धुलक्या ने अपने तबेले के दो साँड बेच दिये और तान्या की बुलेट पर तहसील मुख्यालय जा पहुँचा। मनाही आदेश रद्द करवाने में उसे इस बार भी सफलता मिली।

दोनों ओर से तारीखें पड़ने लगीं और तहसील मुख्यालय जाने-आने का क्रम शुरू हुआ। इधर धुलक्या और तुका एक-दूसरे के जानी दुश्मन बन गये, तो उधर तान्या और अण्णा में खूब छनने लगी। यदा-कदा वे दोनों अनारकली में बियर-मुर्गी के मजे ले रहे होते और धुलक्या-तुका होटल से बाहर उनका घंटों इन्तजार करते। दोनों को पाँच-सात हजार की चोट लगी। मजदूरों को समय से पैसा मिलना बन्द हुआ तो कुएँ का काम ठप्प पड़ने की कगार पर आ पहुँचा। तथापि धुलक्या और उसकी पत्नी ने यथाशक्ति काम जारी रखा।

एक दिन सवेरे-सवेरे दगडू बुड्ढा बिरादरी के लोगों के साथ धुलक्या के घर आ धमका और उसने दोनों के दरवाजों पर दस्तक दी। 'तुक्या, धुलक्या, बाहर आओ।' दोनों भाई बाहर आये और उनके सामने विराजमान हुए। बुड्ढा उन्हें पूछने लगा, 'कम्बख्तो, खुजली मिट गयी कि नहीं तुम्हारी? या घर-बार गिरवी रखना अभी बाकी है?' माने खानदान की बिरादरी पर दगडू को नाज था और अपनी ही बिरादरी के दो परिवारों को उजड़ते देखना नहीं चाहता था वह। मुरार, सोकाजी, ज्ञानू सावला आदि लोग कदम खानदान से थे। इसी बात को मुद्दा बनाकर दगडू ने कहा, 'अरे, माने खानदान कदमों को फूटी आँखों नहीं सुहाता। वे हम लोगों को हरगिज पनपने नहीं देंगे। अब भी वक्त है, सुधर जाओ तो अच्छा होगा।' तुका-धुलक्या का गुरूर तो वैसे भी उतर गया था। अपने किये-कराये पर उन्हें मलाल था। दोनों के मिलाकर कुल पन्द्रह-सोलह हजार का चूना तो लग ही चुका था। इसलिए बीती ताहि बिसारकर अब हाथ-में-हाथ मिलाने का निर्णय उन्होंने लिया और समझौता हो गया। वक्त-जरूरत के समय एक-दूसरे की सहायता करना उन्होंने मौखिक रूप से स्वीकार किया और दोनों एक-दूसरे की ओर कनखियों से देखने लगे। दुबारा फिर कभी न झगड़ने का निश्चय दोनों ने आँखों-ही-आँखों में व्यक्त किया और मामला रफादफा हुआ।

चिणू गुणाजी, अण्णा गोविन्दा, लहू लंगड़े, परसू और तान्या भिलारे आदि लोग बड़-नीम की छाया में बातें करते बैठे थे। उसी दौरान परसू ने कहा

'आपको कुछ पता चला ?'

'क्या ?'

'विचारे गुरुजी के सुपुत्र अंकुश ने कल रात अपने पिता को खूब लताड़ा। वह अलग हो जाना चाहता है।'

तिस पर चिणू गुणाजी ने सहानुभूति व्यक्त करते हुए कहा, 'अरे भाई, जमाना ही ऐसा आ गया है कि कोई एक धेला किसी को नहीं देता; जबकि बुड्ढे ने पेन्शन की पूरी रकम मन्दिर पर लुटा दी। अब वे शिखर को स्वर्ण-जटित देखना चाहते हैं।'

'यदि इसी तरह मनमाने ढंग से वे खर्च करते रहे, तो अंकुश कब तक चुप रहेगा ?' तान्या भिलारे ने सफाई दी।

चढ़ती धूप के साथ बातों में भी उभार आने लगा था। इसी बीच झेल्या डाकिया धूल सने कदमों से घिसटते-कँढोरते हुए आया और चिणू गुणाजी से उसने कहा, 'आपका रजिस्टर है। यहाँ सही कीजिए।'

'क्यों चिणू, यह जानने के लिए तुम्हें बुलाया है कि कोई उम्दा माल उपलब्ध है ?' परसू ने चिकोटी ली।

तिस पर सब लोग खिलखिलाकर हँस पड़े। देर हो रही थी, सो तान्या ने बुलेट शुरू की और वह चल दिया। चिणू गुणाजी ने अँगूठा लगाया। लहू लंगडे भी जूते पहनकर जाने लगा तो झेल्या ने कहा, 'लंगडे साब, यहाँ पर आप भी अँगूठा लगाइए।'

'मैं ? लेकिन क्यों ?'

'क्योंकि आपका भी रजिस्टर है।'

'मेरा रजिस्टर ? क्यों मैंने क्या किया है ?'

'आज इतने रजिस्टर आये हैं, मानो लाटरी खुली हो।'

'अच्छा !'

'बाईस लोगों के नाम से रजिस्टर आये हैं।' डाकिया चला गया। चिणू गुणाजी और लहू लंगड़े 'रजिस्टर' से अठखेलियाँ करते हुए सोचने लगे कि लिफाफे में क्या होगा ? लंगड़े ने तो किसी भी बैंक से कर्ज-वर्ज नहीं लिया था। तो फिर यह नोटिस ? 'क्या हुआ ? क्या है इसमें ?' कहकर वहाँ भीड़ जमा होने लगी; गोया वहाँ मदारी का खेल चल रहा हो। राहगीरों को तो बस, बहाना चाहिए होता है। 'खोलकर देखो तो सही, कि उसमें क्या है ?' किसी ने सलाह दी। इतने में काम्बले मास्साब वहाँ आ गये। उन्होंने लिफाफे को खोलकर मजमून पढ़ा और अपना चश्मा ठीक-ठाक करते हुए कहा, 'अदालत की नोटिसें हैं।'

'हमारे नाम से ? वजह ?' दोनों हड़बड़ा गये।

'अभी पढ़कर सुनाता हूँ ऽ ऽ' कहकर मास्साब एक-एक पंक्ति पढ़ने लगे, चूंकि कस्बा पांगिरा के सर्वे नं० चौवन, पचपन, उनसठ और साठ में आप गैर-कानूनी दस्तूर स्थापित कर रहे हैं, चूंकि उक्त भूखण्डों से आपका कोई सम्बन्ध नहीं है, चूंकि उक्त भूखण्ड मुंबई ट्रस्ट ऐक्ट के तहत आठ साल पहले ही पंजीकृत होकर 'जगन्माता अम्बाई ट्रस्ट' को सौंप दिये गये हैं; उक्त भूखण्डों से आपका कोई ताल्लुक नहीं है, फिर भी आप गैर कानूनी दस्तूर बना रहे हैं, अतएव क्यों न आपको वहाँ से फौरन खदेड़ दिया जाए तथा ट्रस्ट के अध्यक्ष बापू लहू उर्फ विचारे गुरुजी को उक्त भूखण्डों का कब्जा दे दिया जाए—इसका स्पष्टीकरण आप स्वयं या अपने वकील के जरिये तुरन्त पेश करें अन्यथा यह मानकर, कि आपको इस सम्बन्ध में कोई सफाई पेश नहीं करनी है, यथोचित कार्रवाही की जाएगी।'

इससे मानो गाँव में भूचाल आ गया। गाँव के आधे लोगों के तो जैसे होश उड़ गये। अम्बाई ट्रस्ट की जमीन एक-दो नहीं, पूरे पैंतीस एकड़ थी। उसमें दो कुएँ थे और भरपूर पानी था। इसी वजह से वहाँ गन्ने की शानदार फसल लह-लहा रही थी। गाँव के बाकी कुओं में पानी की कमी अवश्य थी किन्तु इन दो कुओं में भरपूर पानी था। कब्जेदारों को अम्बाई का मानो यह तोहफा था। इस जमीन पर बाईस परिवार पल रहे थे। खातेदार की थोड़ी-सी, पुश्तैनी जमीन तथा देवस्थान की मिल्कियत वाली एक-डेढ़ एकड़ भूमि ''' बाईस परि-वारों की दारोमदार इसी पर थी। विचारे गुरुजी ने देवस्थान की सम्पत्ति पर बड़ी चालाकी से शस्त्रहीन कब्जा जमा लिया था। अधिकांश खातेदार ट्रस्ट-बिस्ट के झमेले से काफी दिनों तक अनभिज्ञ थे। तथापि, 'गैरकानूनी दस्तूर बनाने की कोशिश आप लोग कर रहे हैं, अतएव उसका कब्जा क्यों न विचारे गुरुजी को दे दिया जाए' इसका मतलब वे बराबर समझ गये और सब लोगों के होश ठिकाने लग गये। खातेदार सैर-भैर होकर गाँव में इधर से उधर दौड़-भाग करने लगे। सोकाजीराव आहें भर रहा था कि देवस्थान की बित्ता-भर जमीन भी वह हड़प नहीं सका। लेकिन अब उसे खुशी हुई। मुरार पाटील का कागज भी देवस्थान के मामले में कोरा ही था। पर ज्ञानू सावला की नींद हराम हो गयी थी। क्योंकि दो एकड़ के सोने के टुकड़े से उसे आनन-फानन में हाथ धोना पड़ रहा था। दादा-परदादा के जमाने में खातेदारों को ये भूखण्ड प्राप्त हुए थे और अब तक अपने खून-पसीने से उन्होंने उसे सींचा था। वर्षा, ताप, जाड़ा आदि की परवाह किये बिना, समूची ताकत के साथ वे उस जमीन से सोने की फसल उगाने में सफल हुए थे। और अब उसी भूमि से अलग हो जाने की सम्भावना से उनकी चूलें हिल गयी थीं। ज्ञानू सावला ने फौरन भिकू अण्णा के दरवाजे पर दस्तक दी। लेकिन वे रिश्तेदारी जोड़ने के चक्कर में तंजावूर गये

थे और दो हफ्ते बाद लौटनेवाले थे। निनू, चिणू गुणाजी, अण्णा गोविन्दा आदि खातेदार विचारे गुरुजी की शरण में गये, तो पता चला कि वे तो अम्बा माता के मन्दिर में ही हैं। फिर क्या था, वे लोग दौड़ते-भागते, ठोकरें खाते हुए उपत्यका की दिशा में चल पड़े।

हरे-भरे पेड़ों के झुरमुट में नयी-नवेली दुल्हन से सजे, अम्बा माता के मन्दिर की रौनक कुछ और ही थी। घण्टे की घन-घन, ढोलक की ढम-ढम, झांझर की झन-झन और विचारे गुरुजी की खनकती हुई आवाज दूर से ही सुनाई दे रही थी। गर्भगृह में वह गूंज रही थी। दिल की अतल गहराई से वे अम्बा माता की आरती उतार रहे थे—दुर्गे दुर्घट भारी···

ढोलक की लय पर गुरुजी थिरक रहे थे। हाथ में आरती का थाल और मुंह में आरती के बोल·· गुरुजी सुध-बुध खोकर गा रहे थे। आरती के अन्त में ढोलक-झांझर की आवाज चरम सीमा पर थी। भक्ति-भावना से सराबोर भक्त-जनों ने जयकार लगायी, 'जगन्माता अम्बाई की जय ऽ ऽ।' गुरुजी के खुले बदन से पसीना चूने लगा। पर उसकी परवाह किये बिना प्रसाद का थाल लेकर वे मन्दिर से बाहर आ गये।

चिणू गुणाजी, लहू लंगडे, ज्ञानू सावला विचारे गुरुजी को घूरने लगे; मानो फन फैलाये व्याल की फुंफकार से वे सहम गये हों। ग्रामवासियों को सामने पाकर गुरुजी ने कहा,

'जगदम्ब ऽ ऽ जगदम्ब ऽ ऽ आज जगन्माता के दरबार में साक्षात् आप लोगों से साक्षात्कार ?'

'गुरुजी, ये जगदम्ब-फिगदम्ब की बकवास बन्द कीजिये। पहले हमें यह बताइए कि ये नोटिसों का चक्कर क्या है ?' लहू ने कड़ककर कहा।

'इत्मीनान रखिए। पर मैं कहता हूं, भगवान के दरबार में आये हैं तो तनिक सांस तो लीजिए। अम्बा माता का प्रसाद तो लीजिए।'

गुरुजी ने कम्बल बिछाया और उन्हें बैठने का आग्रह किया। अन्तत: मुंह फुलाकर ही सही, वे बैठ गये। गुरुजी ने धोती के सिरे में बंधे, मरसे के लड्डू निकालकर एक-एक लड्डू सबको दिया, 'लीजिए, प्रसाद है···'

'इसमें कुछ मिलाया तो नहीं आपने ?' चिणू गुणाजी ने चिकोटी ली।

गुरुजी ने हँसते हुए कहा, 'यह भी कोई सवाल हुआ ?'

'तो फिर ये नोटिसों का क्या चक्कर है ?'

गुरुजी ने धोती के सिरे से चश्मे के शीशे साफ किये, और वे एक-एक शब्द गौर से पढ़ने लगे। पूरा मजमून पढ़ने के बाद उन्होंने कहा—

'बात तो सही है। जगन्माता अम्बाई ट्रस्ट भी मौजूद है। जगन्माता की समर्पित सेवा करने के लिए ही इसकी स्थापना की गयी है। मेरा सेवा-कार्य

आप लोगों से छुपा तो नहीं है। संगमरमर का फर्श, रँगाई-पुताई, तोरण-बन्दनवार, दीपमाला…'

'ये सब तो ठीक है। लेकिन आप हमारे खाने में जहर क्यों मिला रहे हैं ? अपने दादा-परदादा के जमाने से हम उस जमीन में खट रहे हैं; पर आप कल-परसों आकर पूरी जमीन हड़पना चाहते हैं ?' ज्ञानू सावला।

'आप लोग शान्त हो जाइये। मुझे गलत मत समझिए। आप लोगों की जमीन पर मेरी आँख नहीं है। मेरी इच्छा तो यही है कि मैं निरन्तर सेवा करता रहूँ।'

'लेकिन ये नोटिसें ?'

'हमारे वकील की खुराफात लगती है। मैं उनसे जरूर पूछूंगा।'

बात-से-बात बढ़ाने में कोई मतलब नहीं था। इसलिए वे लोग उठ खड़े हुए। लहू लंगड़े ने कुल्हाड़ी-फरसा दिखाते हुए कहा—

'देख बे गुरुजी के बच्चे, हमारी जमीन के साथ खिलवाड़ किया तो तेरे खून से अम्बाई को नहला दूंगा और तेरी बोटी-बोटी कुत्ते को खिलाऊंगा।'

'जगदम्ब ऽऽ जगदम्ब ऽऽ,' गुरुजी ने सहमकर कहा, 'मैं जगन्माता के चरणों की सौगन्ध खाकर कहता हूँ कि आप लोगों की जमीन का तनिक भी लालच मुझे नहीं ऽऽ।'

प्रत्येक गली में दो-चार, दो-चार काश्तकार तो थे ही और फिर उनके भी उपकाश्तकार, संयुक्त परिवार, मालिक अन्य अधिकार…आदि कई पेचीदगियाँ उसमें थीं। पांगिरा गाँव के कुल राजस्व में अम्बाई देवस्थान का बीस प्रतिशत हिस्सा था। ट्रस्ट की स्थापना पर कानूनी ठप्पा लगने का मतलब था गुरुजी के घर पर सोने के कवेलुओं की छत और काश्तकार सड़क पर…उनके तो खाने के भी लाले पड़ने की सम्भावना थी। मुँह का कौर वैसे ही छोड़कर खातेदार अपने बीवी-बच्चों समेत रात को चावड़ी परिसर में इकट्ठा हुए थे। ज्ञानू सावला और तान्या भिलारे मानो गरज रहे थे। सरपंच होने के नाते सोकाजीराव को भी न्यौता भेजा गया था। किन्तु तबीयत नासाज होने तथा बदन में टूटन होने का बहाना बनाकर सोकाजी टाल गया। उप सरपंच मुरार पाटील बैठक में मौजूद थे। अदालत के चक्कर लगाते-लताते पाटील के जूतों की एड़ियाँ घिस गयी थीं। अत्यधिक अनुभवी होने से लोगों को उन्हीं से ज्यादा उम्मीदें थीं। विचारे गुरुजी ने समूचे गाँव को अपने जाल में फँसाया था। सब लोग अधीर होकर बैठे थे। मुरार पाटील ने कहा, 'मैं तो पहले से ही आगाह करता रहा हूँ कि गुरुजी मुफ्त की बकरी हलाल करने का आदी है। इसलिए उससे बचकर रहना चाहिए।'

'अब क्यों चुप है लतया ?' ज्ञानू सावला।

'अब बोलने के लिए बचा ही क्या है ?' लंगडे कहने लगा, 'मुझे क्या पता था कि यह आदमी बिनौला देकर आंवला, ले जाएगा। वरना तो हम बिनौले को हाथ भी नहीं लगाते।'

'लेकिन अब तो पूरा चित्र ही बदल गया है,' पाटील कहने लगे, 'ट्रस्ट कभी का पंजीकृत हो चुका होगा। तब तो तुम्हारा बाप भी कुछ कर नहीं पायेगा और वह राज करेगा।'

'ऐसा मत कहिए पाटील, हम पानी की तरह पैसा बहाने के लिए तैयार हैं। सोना-गहने सब कुछ हम बेच डालेंगे। पर हमारे खेत वापस मिल जाने चाहिए।'

'यह तो नाजुक जगह का फोड़ा है और वैद्य हैं कुंवरजी।' रात चढ़ने लगी। लोग भी तैश में आने लगे। लहू लंगडे और नीनू जैसे नौजवान उठ खड़े हुए और कहने लगे—

'चलो ऽ ऽ उस विचारे के बच्चे को मजा चखाते हैं। उसका घर-बार फूंक डालेंगे...'

'उसके घर को छूकर तो देखो, फौरन हथकड़ी पड़ जाएगी,' तान्या ने आगाह किया।

'सो क्यों ?'

'क्यों ? क्योंकि आज शाम पुलिस की पलटन गांव में पहुंच गयी है और वे बन्दूकों से लैस हैं। दस जवान गुरुजी के घर के पास और पांच अम्बामाता के मन्दिर में तैनात हैं।'

'लेकिन पुलिसवाले आ कैसे गये ?' ज्ञानू सावला।

'मैंने उनमें से एक जवान से पूछा, तो उसने बताया कि गुरुजी ने दो हफ्ते पहले ही पुलिस संरक्षण की अर्जी डी सी पी को दी थी।'

'अच्छा !' ज्ञानू कहने लगा, 'देखा, दोपहर को तो अम्बाई की कसम खा रहा था और इधर नोटिसें जारी होने से पहले आत्मरक्षा के लिए पुलिस बल तैयार ! देवस्थान की जमीन हड़पने के लिए कितनी अच्छी तरकीब ढूंढ निकाली है गुरुजी ने ?'

दूसरे ही दिन सभी खातेदार जिला मुख्यालय पहुंचे। वहां ज्ञानू सावला और मुरार पाटील गोडबोले वकील की केबिन में घुस गये। बाकी लोग बाहर ही उनका इन्तजार करते रहे। वकील साहब को उन्होंने सारी बातें बतायीं। गोडबोले ने आंखों के सामने लेन्स थामकर नोटिस की एक-एक पंक्ति गौर से पढ़ी और 'मुश्किल लगता है' या ऐसा ही कुछ वे बुदबुदाये। बाद में अदालत में जाकर मुकदमे से सम्बन्धित सभी मूल कागजातों पर गौर फरमाने के पश्चात् वे चिल्लाये, 'गांव के सभी लोग भाड़ झोंकते हैं या क्या करते हैं ?'

'क्या हुआ वकील साहब ?'

'क्या होना बाकी है ?' गोडबोले ने हड़काया, 'आठ साल पहले ही ट्रस्ट पंजीकृत हो चुका है।'

'पंजीकृत हो चुका है ?' सभी के पसीने छूटने लगे।

'जी हां, आठ साल पहले ही पंजीकृत हो चुका है और पिछले पांच साल से बाकायदा ऑडिट भी हुआ है। ऑडिटरों की रिपोर्टें सरकारी रिकार्ड में मौजूद है।'

'ट्रस्टियों के नाम…?' ज्ञानू सावला।

गोडबोले ट्रस्टियों के नामों की सूची पढ़ने लगे। एक-एक नाम पढ़ते ही ग्रामवासी कहते, 'यह तो विचारे का साला है, यह भतीजा है, यह मौसेरा भाई, यह भांजी, यह फूफेरी बहन…' ट्रस्ट के अध्यक्ष थे स्वयं विचारे गुरुजी और सचिव था उनका बेटा अंकुश। तान्या भिलारे ने टिप्पणी की, 'देखी अंक्या की चालबाजी ? इधर तो बाप की फिजूलखर्ची पर सरेआम चीखता-चिल्लाता था और उधर ट्रस्ट का सचिव बन बैठा !'

गोडबोले ने तनिक रुककर आंख मिचकाते हुए पूछा, 'विचारे गुरुजी के रिश्ते में कोई सरकारी अधिकारी या वकील है ?'

इस अनपेक्षित सवाल से सभी लोग सकपकाये। पर तनिक सोचकर मुरार पाटील ने कहा, 'हाँ, विचारे का एक दामाद सहकार अदालत में पेशकार है।'

'फिर ठीक है। इस दामाद के बच्चे ने ही अपनी ससुराल को तबाह कर दिया,' गोडबोले ने हँसकर कहा।

'साब, कुछ भी कीजिए, पर हमें बचा लीजिए।'

'मामला उलझा हुआ है। दूसरे किसी वकील के पास चले जाइये।'

'जी नहीं. मुकदमा आपको ही लड़ना होगा,' सभी ने समेकित स्वर में कहा।

'मेरी फीस सात हजार रुपये होगी।'

'आठ हजार लीजिए, पर मुकदमा आप ही चलाइये।' दूसरे ही दिन आठ हजार रुपये गोडबोले वकील के पास पहुँचा दिये गये।

अगली तारीख का एलान हुआ।

विचारे गुरुजी रोजाना मुँह अँधेरे ही पुलिस संरक्षण में मन्दिर जाने लगे, पूजा-अर्चना करने लगे। उनके नित्यक्रम में कोई परिवर्तन नहीं हुआ।

एक दिन पांगिरा में मानो बम फटा। उच्च न्यायालय के लाल ठप्पेवाली नोटिसें बाईस खातेदारों पर तामील की गयीं। और जादू के खेल की तरह मामला जिला न्यायालय से उच्च न्यायालय में आ गया।

'वकील साहब, अचानक यह कैसे हुआ ?' ज्ञानू सावला।

'गुरुजी ने रिट किया।'

'मतलब ?'

'अब क्या बताऊँ आपको ? यदि किसी के निजी हितों पर जबरदस्त आक्रमण किया जाए तो पीड़ित व्यक्ति संविधान की धारा दो सौ छब्बीस के तहत सीधे उच्च न्यायालय का दरवाजा खटखटा सकता है।'

'लेकिन गुरुजी के हितों पर किसने आक्रमण किया ?'

'गुरुजी की दलील है कि पूरा गाँव उनकी जान का दुश्मन बन गया है। ट्रस्ट की जमीन में वे जबरदस्ती हल चलाते हैं। ट्रस्ट कानूनी होते हुए भी उसके साथ ज्यादती की जा रही है...'

गाँववालों की साँस घुटने लगी। उनके मन में सवाल उठा कि विचारे गुरुजी इतनी दूर की कब से सोचने लगे ? इससे पहले, पूर्व पीढ़ी के रंगा कुलकर्णी ने उच्च न्यायालय की शरण ली थी। लेकिन इतनी दूर, शहर के चक्कर लगाने के डर से गाँव के काश्तकार सहम गये और उन्होंने बामणवाड़ी के मसले को आपस में ही सुलझा लिया। पांगिरकर कंपनी आज तक हाईकोर्ट को 'हरि कोर्ट' कहा करती थीं। और वहाँ जाने का मतलब था न्याय के लिए प्रत्यक्ष हरि के दरबार में गुहार लगाना। विचारे के चक्कर में वहाँ जाना क्या उचित होगा ? उस अदालत का स्वरूप क्या होता है ? उसका कार्य समय क्या होता है ? फीस क्या होती है ? क्या सभी खातेदारों को वहाँ जाना पड़ेगा ? तो मार्ग-व्यय की क्या व्यवस्था होगी ? ये सभी सवाल खातेदारों पर हावी होने लगे। वे बौखला गये। पर गोडबोले ने उनकी हिम्मत बँधाई। उन्होंने अॅड० पटवर्धन के नाम की सिफारिश की। अॅड० पटवर्धन की फीस थी सिर्फ पन्द्रह हजार। लेकिन कोर्ट फीस, स्टैम्प फीस आदि सहित कुल खर्चा पच्चीस हजार के घर में चला गया। किसी ने अपना खेत गिरवी रखना चाहा। पर देवस्थान की सम्पत्ति को गिरवी रखवाने में सेठियों को दिलचस्पी नहीं थी। इसलिए उन्होंने मुर्गी-बकरी, डेयरी के कर्ज सहित दुधारू मवेशी आदि बेच दिये। पर इससे तो पाँच-सात सौ की ही व्यवस्था हो पायी। कइयों के जेवर-गहने सदा बनिये की तिजोरी में हमेशा-हमेशा के लिए चले गये। इस प्रकार जैसे-तैसे पच्चीस हजार का जुगाड़ हो सका।

ज्ञानू सावला, चिणू गुणाजी, लहू लंगडे, अण्णा गोविन्दा, तान्या भिलारे, मुरार पाटील आदि लोग किराये के ट्रक से उच्च न्यायालय में पहुँचे, तो विचारे गुरुजी जगदम्ब-जगदम्ब की रट लगाते हुए अंकुश और अपने वकील के साथ नीली-नीली फियाट से आ गये।

बहस शुरू हुई। दोनों वकील मुँह में झाग आने तक बहस-मुबाहिसा करते रहे, दलीलें पेश करते रहे। पर साहबी भाषा होने से पांगिरकरों के पल्ले कुछ नहीं पड़ा। इतने में भिकू अण्णा वहाँ आ टपके। फुंदे वाली चप्पलें, कलफ लगी तिरछी टोपी, झकाझक कपड़े और मन्त्री-नुमा तंग कोट—इस परिधान में

वे खूब झेंच रहे थे। सभी लोग टुकुर-टुकुर उनकी ओर देखने लगे। अण्णा ने अपनी तिरछी टोपी अधिक तिरछी कर दी और प्रसन्न वदन से वे अदालती कार्रवाई पर गौर करने लगे। विचारे गुरुजी का वकील रसीदों का बण्डल पेश करने लगा, तो अण्णा चौंक गये। उन्होंने इशारे से दो-तीन लोगों को बाहर बुलाया और वे बरामदे में चले गये। वे धीरे से उनके कान में फुसफुसाये, 'आप लोग अपने-अपने हिस्से का लगान खुद जमा करते हैं या कोई और .'

'हम तो नहीं भरते। अम्बा माता की सेवा के बहाने विचारे, गुरुजी ही पिछले छः साल से लगान की रकम जमा करते रहे हैं', नीनू यादव ने कहा।

'उसकी रसीदें किसके पास हैं?'

'गुरुजी के पास हैं।'

'यानी की सभी के हिस्से की रकम वे ही जमा करते रहे हैं?'

'जी ऽऽ'

'तो समझ लो कि लुटिया डूब गयी।'

काफी देर तक गरमा-गरम बहस होती रही। धारा प्रवाह अंग्रेजी में दोनों वकील खूब गिटपिट करते रहे। गुरुजी का वकील बीच-बीच में 'ऑडिट ऽ ऑडिट ऽ' की गुहार लगाता था। चिणू गुणाजी ने नीनू यादव से होले से कहा, हर साल विचारे गुरुजी के पास मुम्बई-पुणे से जो मेहमान आते थे, वे यकीनन ऑडिटर ही होते थे।'

न्यायमूर्ति ने पाँच साल की ऑडिट रिपोर्ट, ट्रस्ट का पंजीकरण तथा पिछले छः साल की, ट्रस्ट के नाम से गुरुजी द्वारा भरे गये लगान की रसीदों को जायज करार दिया। धर्मादा आयुक्त के साथ हुए गुरुजी के पत्र-व्यवहार पर भी उन्होंने गौर फरमाया। अम्बाई मन्दिर की सजावट के लिए पिछले आठ वर्षों में फर्श, रँगाई-पुताई, कमान, मरम्मत, दीपमाला आदि मदों में हुए दो लाख के खर्च की रसीदें भी विचारे गुरुजी ने अदालत में पेश कीं। गाँव में गुण्डागर्दी के माहौल में धार्मिक वृत्ति के, सेवा-निवृत्त प्राथमिक शिक्षक के साथ हर पल किस तरह ज्यादती हो रही हैं और सताया जा रहा है—इसका ब्यौरा गुरुजी के वकील ने पेश किया। और न्यायमूर्ति को अधिकांश बातें सार्थक प्रतीत हुईं। उन्होंने अपने फैसले में कहा, 'Thus poor retired school master became victim of the rotten village system and powerful gunda dements'. साथ ही उन्होंने यह आदेश भी दिये कि ट्रस्ट की मिल्कियत वाली जमीन का कब्जा गुरुजी को सौंपने के दौरान जिला पुलिस प्रमुख को चाहिए कि वे विशेष पुलिस बन्दोबस्त करें। कुछेक महीनों तक गुरुजी को पुलिस-संरक्षण प्रदान करने की सिफारिश भी उन्होंने की।

'जगदम्ब ऽ जगदम्ब' की माला फेरते हुए विचारे गुरुजी बड़े अदब से

हसीन-कमसिन फिएट में जा बैठे। मातमी चेहरे से पांगिरकर भी ट्रक में सवार हुए। अपना सब कुछ लुट जाने का मलाल उन्हें हो रहा था। इसीलिए भिकू अण्णा के 'हम दिल्ली की अदालत का दरवाजा खटखटाएँगे' ये शब्द किसी के सुनने में ही नहीं आये। या हो सकता है कि उन्होंने सुनकर भी अनसुनी कर दी हो।

सावन में वर्षातप की आँख मिचौलीखूब रंग जमाती थी। उन दिनों पांगरी लबालब होती थी और दोनों किनारों के खेत उसके आगोश में हुआ करते थे। हरी-भरी कोंपलें हवा के झोंके से लहराती थीं। नागपंचमी के दौरान पड़े झूलों के रस्से अभी उतरे भी नहीं कि गौरी-गणपति की आहट आने लगती थी और लड़कियाँ गाने लगतीं—

माज्या पांगिरच्या रानी
झुकू झुकू वहातं पानी
गवर नाचती हिरण्या रानी
झांड डुलती पानुपानी
मोर लाण्डूर गाती गाणी
माज्या पांगिरच्या रानी

(मेरे पांगिरा गाँव में कलकल कर पानी बहता है, कोंपलें मदमाती नाचती हैं, मोर-मोरनी गीत गाते हैं।)

आज भी वे गीत गाये जाते थे। पर कलकल कर बहने वाला, प्राकृतिक सुषमा में चार चांद लगाने वाला पानी ही धीरे-धीरे गायब होने लगा था। सिदुबा मन्दिर के पासवाले कुएँ के अलावा उसके पास वाली गली के तीन कुएँ भी पूरी तरह से सूख गये थे। गाँव में कहीं भी पीने का पानी उपलब्ध नहीं था। गाँव से दो-ढाई कि० मी० दूर नदी थी और इस समय वही जीवनदात्री थी। माँ-बहनें यहीं से तो पानी लाया करती थीं। मर्दों की यह धारणा थी कि पानी ढोना ओछा काम है और वह औरतों को ही करना चाहिए। गाँव में यदि कोई अभ्यागत-अतिथि आया हो, तो आजकल यही नजारा उसे देखने को मिलता था कि गाँव के मर्द तो चावड़ी-पंचायत में या चबूतरे पर बैठे बीड़ी फूंक रहे हैं और गप्पें हाँक रहे हैं, जबकि औरतें सिर पर पानी के घड़े ढो रही हैं।

पानी के लिए रोज-रोज की इस परेड से औरतें तंग आ चुकी थीं। नदी का एक चक्कर लगाने में ही उनकी जान निकलती थी। पाँव फूल जाते थे। सिर पर रखा घड़ा तोलने से गरदन में मरोड़ें उठने लगी थीं तथा कमर पर घड़े ढोने से पसलियों में दर्द होने लगता था। पांगिरा की खुशहाली से मोहित होकर ही तो लड़कियों के माँ-बाप इस गाँव से रिश्ता कायम करने के लिए बेताब

रहते थे। इत्ते सारे जेबर-गहने तथा दस-बीस हजार नकदी·· इतने दहेज के साथ ही यहाँ की अधिकांश औरतों ने इस गाँव में कदम रखा था। लेकिन अब धूप की मार झेलते हुए पानी के घड़े सिर पर उठाये उन्हें मीलों परेड करते देखकर उनके माँ-बाप पछताने लगते हैं। उनका कलेजा तार-तार हुआ जाता है। गाँव के आसपास या खेतों में मौजूद कुओं में पानी न होने तथा जलापूर्ति की वैकल्पिक व्यवस्था न होने के कारण औरतों को पानी ढोना अनिवार्य हो गया था।

खेतों में भी सूखे की ही स्थिति थी। एक एकड़ में जहाँ एक सौ चालीस टन गन्ना पैदा होता था, वहाँ अब मुश्किल से चालीस टन भी पैदावार नहीं होती। विचारे गुरुजी के ट्रस्ट की जमीन में पानी की स्थिति बेहतर थी। तीस-पैंतीस में से पन्द्रह एकड़ में गन्ने की फसल लहलहा रही थी। बाकी जमीन गोभी, बैंगन, सेम, टमाटर आदि शाक-सब्जियों की फसल से पटी पड़ी थी। ठीक पहाड़ी की तलहटी में सदा बनिये का कुआँ था, जो यथावत् पारदर्शी जल से लबालब था। उसके हिस्से के पाँच एकड़ में हमेशा की तरह गन्ने की फुनगियाँ लहराती नजर आ रही थीं। सोकाजीराव, ज्ञानू भी बरकरार थे। असली समस्या तो पीने के पानी की थी।

बड़-नीम के पेड़ों की कटाई को लेकर जो विवाद शुरू हुआ था, उसकी धूल अभी बैठ ही रही थी कि ज्ञानू सावला और चिणू गुणाजी में पीने के पानी को लेकर ठन गयी। मुरार की पत्नी राधाई बुढ़ापे की वजह से पानी ढोने में असमर्थ थी। इसलिए स्वयं मुरार पाटील ही पानी ढोने का काम करते थे। सदा बनिये ने ओछी जाति के लड़कों को इस काम में लगाया था और उनके खाने-पीने का भी इन्तजाम उसी ने किया था। सोकाजी बैलगाड़ी में ड्रम रखवा कर पानी की ढुलाई करता था। ज्ञानू सावला भी दिहाड़ी मजदूरों से यह काम करवाता था। उसका सवाल यह होता था कि, 'मेरी अस्तुरी राज परिवार से है, वह थोड़े ही पानी भरने का काम करेगी?' जो लोग बिल्कुल ही गरीब थे, उन्हें इस काम से कोई परहेज नहीं था। क्योंकि उन्हें, तो रोटी का जुगाड़ करना था, बस। कुल मिलाकर गाँव में पानी की समस्या तीव्र से तीव्रतर होती जा रही थी। अन्य गाँवों ने आगामी खतरे की आहट पाकर नल-पानी आपूर्ति की योजना पहले ही मंजूर करवा ली थी और उसका कार्यान्वयन भी पूरा हो गया था। नदी के पाट में गहरे कुएँ खोदकर, यथावश्यक रूप से बोरिंग मशीन का प्रयोग कर अपने-अपने गाँव में पानी खींच लेने में वे सफल हो गये थे। घर-घर में पानी के नल लगे थे। ऐसी ही योजना पांगिरा में शुरू कराने के लिए ज्ञानू सावला विधायक संताजी काले के पीछे पड़ा था। गाँव में तो यही अफवाह थी कि विधायक गुट जल आपूर्ति योजना को कार्यरूप प्रदान करने के काम में पहल करेगा।

तान्या भिलारे पुल तथा सड़क निर्माण के आबंटित सभी काम पूर्ण कर चुका था। पर पुराने कई बिलों का भुगतान अभी उसे न होने से देनदारियाँ भी उसी अनुपात में बढ़ती जा रही थीं। एक बार सोकाजीराव सिरहाने गाव तकिया लेकर लेटे-लेटे धूप सेंक रहे थे। एक और गाव-तकिया लेकर उन्होंने उस पर पाँव रख रखे थे तथा हाथ के तिकोने पर गरदन टिकाये कुछ सोच रहे थे। उन्हें फुरसत में पाकर तान्या भिलारे भीतर चला आया। संपतराव भी अनायास सोकाजी के पास ही बैठा था।

'कहिए तानाजीराव, कैसे आना हुआ?'

'योजना का आगे क्या हुआ?'

'कौन-सी योजना?'

'पीने के पानी की,' तानाजी ने हँसकर कहा, 'आबा, यह एक ज्वलन्त समस्या है। समूचे गाँव का हित उससे जुड़ा हुआ है। इसलिए स्वपक्ष-विपक्ष के चश्मे से इस समस्या को आँकने का प्रयास मत कीजिए। इस मामले में समूचा गाँव एक इकाई है और सार्वजनिक हित को ध्यान में रखकर ही कदम उठाया जाना चाहिए।'

'ए तीसमारखाँ ऽऽ भगवान बुद्ध कब से बन गये हो? सोकाजीराव ने झल्लाकर कहा, 'यदि संताजी को इस योजना का पूरा श्रेय मिलने वाला हो, तो मैं इसमें जरूर रोड़े अटकाऊँगा। बारूद को आग मैं स्वयं दिखाऊँगा ऽऽ और समूची योजना चौपट हो जाएगी।'

'अण्णा, पहले आप समझ लीजिए योजना का ब्यौरा।'

'समझने के लिए उसमें है ही क्या?'

'जिला मुख्यालय में जिला परिषद में किसका प्रभुत्व है?'

'अपने ही गुट का।'

'पंचायत समिति किसके हाथ में है?'

'अपने ही गुट के···'

'जल आपूर्ति योजना को मंजूर कौन करता है?'

'जिला परिषद।'

'उस पर अमल कौन करेगा?'

'पंचायत समिति।'

'आबा, अब आप ही बताइए कि पंचायत समिति में कौन लोग होते हैं?'

'हम लोग,' सोकाजीराव ने उछलकर कहा, 'अरे तान्या के बच्चे, मुद्दे की बात बता। आखिर तुम कहना क्या चाहते हो?'

'यही तो है ज्ञानबा की मेख! विधायक चाहे जितना उछलता रहे, जिला परिषद अपने हाथ में है और ठेका जि० प० ही मंजूर करती है। अपने गाँव की

जनसंख्या सात हजार है। और काम की व्यापकता को देखते हुए कम-से-कम दो लाख का तो टेण्डर होगा ही !' तान्या ने रस घोलकर कहा।

'क्या ? तो ठेका किसे दिलवाया जाए ? कोई परिचित ठेकेदार है ?' सोकाजीराव ने मुद्दे की बात को छेड़ते हुए कहा।

'आबा, इसी मोड़ पर ही तो मराठी आदमी मार खाता है। दूसरे को टेण्डर दिलवाने में ज्यादा-से-ज्यादा कितनी कमाई होगी ? दस-पाँच हजार। जब भगवान हजार हाथों से दे रहा है, तो हमारी झोली कमजोर क्यों है ? इस योजना का काम केवल साठ हजार में निपटा दूंगा ! बाकी बची रकम में आधा हिस्सा सोकाजीराव डोकरे का, तो आधा तान्या भिलारे का ! ! क्यों, कैसी लगी ?'

पिता-पुत्र निहायत खुश हुए। उनका रोयाँ-रोयाँ मानो सिहर उठा। खुशी के मारे उनकी ज़ुबान से शब्द ही नहीं निकल रहा था। भीतर पक रही मुर्गी की महक बराबर बाहर भी आ रही थी। सोकाजीराव ने वहीं से आदेश दिया, 'बहू, तीन थालियाँ परोसना। तानाजीराव भी यहीं खाना खाएँगे।' संपतराव तो खुशी से मानो झूम रहे थे। बैठे-बिठाये कमाई का रास्ता दिखाने वाला तान्या उसे सिदुबा से भी श्रेष्ठ प्रतीत हो रहा था। मीठी-मीठी अन्य बातें भी होती रहीं। दाँत निपोरते हुए सोकाजीराव ने कहा, 'तान्या, आम्बेडकर या ऐसे किसी बड़े आदमी के मरने पर उसका दिमाग खरीदने की पेशकश किसी ने की थी। मैं शर्तिया कह सकता हूँ कि अमरीकी सरकार एक-न-एक दिन तुम्हारा दिमाग भी जरूर खरीद लेगी...'

'आबा, यह तो आपकी तथा प्रजातन्त्र की कृपा है ! पर अमरीकी सरकार को पटाने का काम आपके जरिए ही होने दीजिए।'

दो गुटों की होड़ में कोई भी योजना कार्य रूप नहीं ले पा रही थी। शुरू होने से पहले ही वह टाँय-टाँय-फिस हो जाती थी। जल आपूर्ति योजना को लेकर भी जोरदार हंगामा होने के पूरे आसार-नजर आने लगे थे। पर वैसा कुछ हुआ नहीं। क्योंकि सोकाजी ने अड़ंगा नहीं लगाया। पीने के पानी की जरूरत सभी को थी और इस सम्बन्ध में सर्वानुमति से ही कोई कार्रवाई करने का आग्रह सोकाजी गुट के लोगों ने किया। इस प्रकार मन्दिर में ही इस मिली-जुली बैठक का आयोजन हुआ। एक-दूसरे की सूरत देखने से भी नफरत करने वाले लोग पीने के पानी के मुद्दे पर एकजुट होने का आभास दिला रहे थे, यह भी क्या कम था !

योजना-लागत की बीस प्रतिशत रकम चन्दे के जरिये ग्रामवासियों को जुटानी थी। चन्दे की बात को लेकर बैठक में काफी गरमा-गरम बहस हुई। बीस प्रतिशत रकम चालीस हजार के लगभग बैठती थी और हर घर से तीन-

तीन सौ प्राप्त करने पर ही इतनी रकम जमा हो सकती थी। लेकिन तीन सौ का आँकड़ा सुनते ही कुछेक लोगों को पसीना छूटने लगा। मेले के दौरान फी परिवार पन्द्रह रुपल्ली चन्दा जमा करने में नानी याद आती है, तो तीन सौ रुपये भला इतनी आसानी से कौन देगा? काम बड़ा ही मुश्किल लगता था।

तायन्या कांबले ने दलील दी, 'गाँव के अधिकांश लोग दिहाड़ी पर काम करते हैं और एक दिन की उनकी कमाई मुश्किल से पाँच-सात रुपये होती है। इसमें से भला वे क्या खायेंगे और क्या बचायेंगे?'

'मुम्बई वालों को पहल करनी चाहिए; तान्या भिलारे ने सुझाव दिया।

'मुम्बई वालों का सर्राफी धन्धा थोड़े ही है, भैया! गाँव में आने पर मुम्बई वाला होने के नाते टिप टॉप रहना पड़ता है। पर मुम्बई में तो कपड़ों के गटठ्र सिर पर रखकर दुनिया-भर की भाग-दौड़ जो करनी पड़ती है! कोई मार्केट में पटिया उठाता है, तो कोई ठेला चलाता है। महीने में मुश्किल से पाँच सौ का जुगाड़ वह कर पाता है। ऐसी स्थिति में वह तीन सौ कहाँ से जुटा पायेगा?' एक मुम्बई वाले ने जोरदार पैरवी की।

इतनी बड़ी रकम तो सभी को अखर रही थी—चाहे वह मुम्बई वाला हो या गाँव वाला। किसी ने राय दी कि तकावी के दो-चार मामलों को तुरन्त मंजूरी दी जाये और उसकी रकम इस मद में भर दी जाए। कुछ लोगों ने डेयरी के बिलों की रकम रोक रखने की सलाह दी। गणू व्हलार ने कहा, 'भाइयो, दो-दो, चार-चार दिन किसी-किसी के मुँह में कौर नहीं जाता, उनसे भला क्या उम्मीद की जा सकती है?'

काम तो पूरे गाँव का है और इसमें सभी के सक्रिय सहभाग की आवश्यकता है। बूंद-बूंद से ही तो सागर बनता है। यदि तुरन्त यह रकम भरना सम्भव न हो, तो क्रमशः जमा कराते रहिए। आखिर, हम भी तो जानते हैं। उनकी सुविधा का ध्यान जरूर रखेंगे,' सोकाजी ने उन्हें आश्वस्त किया।

'हम तो हाथ बटाएँगे,' ज्ञानू सावला।

इस योजना पर फौरन अमल शुरू करने का आग्रह अधिकांश सदस्यों ने किया। इस काम के लिए खून-पसीना एक करने का आश्वासन भी प्राप्त हुआ। 'गाँव के लिए हम लोहे के चने चबायेंगे।' इस दृढ़ निश्चय के साथ बैठक समाप्त हुई।

चन्दा जुटाओ अभियान शुरू हुआ और इसका पहला झटका डेयरी के छोटे-मोटे दूध उत्पादकों को लगा। क्योंकि बिलों की अदायगी रोक दी गयी। नून-मिर्च के लिए दस रुपये देकर बाकी रकम जबरदस्ती चन्दे की मद में जाने लगी। लगान भरने चावड़ी में आये लोगों से सोकाजीराव झपटकर रुपये लेने लगा। पंच अपनी-अपनी गली से उगाही के लिए सख्ती बरतने लगे, डराने-

धमकाने लगे। दो-चार लोगों को तो झापड़ भी खाने पड़े, प्यार-मनुहार और जोर-जबरदस्ती से दो महीने में बमुश्किल बीस-बाईस हजार का जुगाड़ हो पाया। बाकी रकम का क्या होगा? फिर से बैठक हुई, विचार-विमर्श हुआ। और अन्ततः मुम्बई की शरण में जाने का निश्चय किया गया।

महीने की पहली तारीख। मिल मजदूरों तथा अन्य कामगारों के वेतन का दिन। इसी को मद्देनजर रखते हुए एक प्रतिनिधि मण्डल मुम्बई के लिए रवाना हुआ। सोकाजीराव, ज्ञानू सावला, मुरार, संपतराव, चिणू गुणाजी, भिकू अण्णा, भीमू गुरव तथा तान्या भिलारे आदि दिग्गज उसमें शामिल थे। इन सब लोगों ने मुम्बई के लालबाग इलाके में डेरा डाला। आपस में जूतमपैजार करने वाले इन नेता लोगों को इसी बहाने हाथ-में-हाथ मिलाये देखकर गाँववालों को खुशी हुई। उन दो दिनों में बियर-मुर्गी-बिरयानी पर ही अधिक जोर रहा। जीजामाता उद्यान और मन्त्रालय का निरीक्षण दौरा एक ही दिन में समान उत्साह के साथ पूरा हुआ। लालबाग के उस कमरे में मुम्बई के अन्यान्य भागों में नौकरी करने वाले पांगिरकर बन्धु इकट्ठा हुए। अपने गाँव के प्रति असीम स्नेह एवं आस्था के कारण ही वे लोग वहाँ आये थे। बैठक के प्रारम्भ में सोकाजीराव ने कहा, 'नल-जल योजना को यथाशीघ्र पूर्ण करने का समुचित प्रयास हम करेंगे। आपके मुम्बई शहर में उड़ते फुहारों की तरह गाँव के प्रत्येक घर में आपको यही दश्य देखने को मिलेगा!' नेताजी की बात पर यकीन कर बरसों से खटाई में पड़ी इस योजना को कार्य रूप देने का निर्णय उन्होंने लिया। इस महीने के निजी खर्च में कटौती कर वह रकम नल-जल योजना में दे देने का निश्चय उन्होंने व्यक्त किया। चार-पाँच सौ मुम्बईवासियों से पन्द्रह हजार प्राप्त हो सके। प्रतिनिधि मण्डल खुश होकर लौट गया।

इस प्रकार बीस प्रतिशत का मामला निपट चुका था। कागजों पर योजना की रूपरेखा बनकर तैयार हुई और मेज-दर-मेज, विभाग-दर-विभाग कागजों की यात्रा आरम्भ हुई। विधायक तथा पंचायत समिति के संयुक्त समर्थन के कारण जि० प० स्तर पर फौरन मंजूरी मिल गयी। उसी के साथ नल-जल योजना की खबर गाँव में फैल गयी। घर-घर में चौबीसों घण्टे पानी उपलब्ध होने की प्रस्तावित योजना की मंजूरी की खबर यकीनन खुशगवार थी! गाँव की औरतें नेताओं को दुआएँ देने लगीं।

इसी बीच एक दिन ज्ञानू सावला ने चावड़ी पर आवाज बुलन्द की—,

'नल-जल योजना भाड़ में जाए⋯'

'ये क्या कह रहे हैं आप? दूल्हे को आपने ही सजाया, घोड़े पर बिठाया, गाजेवाजे के साथ उसकी बारात ले गये और अब आप ही उस घोड़े के पैर छांटने पर आमादा हो गये हैं?'

'घोड़ा जब सही रास्ता छोड़कर गलत रास्ते पर चलने से बाज न आये तो क्या किया जा सकता है ?'

'क्या मतलब ?'

'मतलब यही कि इस योजना को पूरा करने का ठेका सोकाजी-पुत्र सम्पतराव तथा तान्या भिलारे को दिया जा रहा है ।'

'तो क्या हुआ ? अपने ही गाँव के नौजवान हैं। जी-जान से काम करेंगे ।'

'क्या खाक काम करेंगे ! रुपया कबाड़ लेंगे, बस !! फर्जी बिलों की भरमार होगी, देख लेना । घटिया सीमेंट, और टूटी ईंटों का प्रयोग होगा । पूरी योजना तबाह हो जाएगी ।'

जि० प० ने टेंडर फॉर्म मँगवाये थे । और जैसे ही सावला को भनक मिली कि सम्पतराव ने टेंडर भरा है, उसी क्षण से ज्ञानू सावला की नींद हराम हो चुकी थी ।

'वैसे तो यह सौदा काफी फायदेमन्द है । कम-से-कम डेढ़ लाख का फायदा संप्या-तान्या हड़पने वाले हैं,' ज्ञानू सावला सन्निपात से पीड़ित मरीज की तरह बड़बड़ाने लगा । उसने मन-ही-मन निश्चय किया कि वह सार्वजनिक पूंजी का दुरुपयोग कदापि नहीं होने देगा । मुरार, भीमू, चिणू समेत पचास लोगों के साथ ज्ञानू ने संताजी काले से मुलाकात की ।

'हर मामले में अड़ंगा क्यों लगाते हो ?' संताजी ।

'मामला बहुत संगीन है, साब ! योजना का सत्यानाश हो जाएगा और गाँव की बदनामी होगी, सो अलग । लाखों की कमाई बैठे-बिठाये होने लगी तो सोकाजी मालामाल हो जाएगा । और अगले चुनाव में आपको वह भारी पड़ेगा । नाक का बाल बनने ही क्यों दिया जाए उसे ?'

विधायक महोदय अपने वाहन में बिठालकर उन लोगों को जि०प० कार्यालय में लिवा ले गये और नल-जल योजना का ठेका गाँव के किसी भी ठेकेदार को न देकर सरकारी ठेकेदार को देने का लिखित अनुरोध किया । तिस पर ज्ञान सावला नाचते-फुदकते हुए लौट आया । उच्च स्तरीय व्यवस्था के कारण सही समय पर चाबी घुमायी गयी थी । टेंडर खुल गये । दिखाने के लिए शाह ऐंड कं० को ठेका मिला किन्तु उप-ठेकेदार संप्या-तान्या ही थे । सोकाजी नहले-पे-दहला जमाने के अन्दाज में खुश था और पान की गिलौरी मुँह में दबाकर मंद-मंद मुसकरा रहा था ।

तान्या भिलारे की भागदौड़ शुरू हुई । जि० प० से पंचायत समिति के रास्ते पर उसकी बुलेट दौड़ने लगी । और प्रत्यक्ष काम शुरू होने से पहले ही तान्या पेशगी रकम बाकायदा ले आया ।

पांगरी नदी के पाट में इत्ते बड़े कुएँ की खुदाई का काम शुरू हुआ और दो

महीने में पूरा भी हो गया। सीमेंट, ईंटें, मिस्त्री···आदि सब कुछ तैयार था, सो कुएँ का निर्माण कार्य तेजी से पूरा होने लगा।

एक दिन सोकाजी कुएँ की जगत से भीतर झांककर कामकाज की प्रगति का जायजा ले रहा था। तान्या के मार्ग-दर्शन में मिस्त्री पर्त-दर-पर्त आगे बढ़ रहा था। ईंटों पर बाहर की ओर से तो सीमेंट की पर्त थी किन्तु ईंटों के बीच में भीतर की ओर काली, चिकनी मिट्टी का कीचड़ थापा जा रहा था। सोकाजी ने देखा तो वह चिल्लाया, 'ए तान्या, पागल हो गया क्या? ईंटों की दोनों ओर सीमेंट और भीतर काली मिट्टी?'

'तो क्या हुआ?'

'इससे तो निर्माण कार्य ढह जाएगाऽऽ?'

'ढहे तो ढह जाए अपनी बला से। अगले साल फिर नया टेंडर मँगाया जाएगा!'

पांगिरा की मिट्टी जानदार सिद्ध हुई। सिदुबा की महत्ता रंग लायी। मुरार पाटील का बेटा हनुमंत तथा बायना कांबले का बेटा आबा—दोनों एल-एल० बी० उत्तीर्ण हुए।

हरिजन बस्ती में बायना की खूब सराहना हुई। अपने इकलौते बेटे को वकालत तक की शिक्षा दिलाने के लिए बुढ़िया को कोन-कौन-से पापड़ नहीं बेलने पड़े? कोई भी काम करने में उसे तनिक भी संकोच नहीं होता था। कई बार तो उसे फाका करना पड़ा। रूखी-सूखी खाकर गुजारा करना पड़ा। पर बेटे को किसी चीज की कमी नहीं होने दी उसने। उसके लिए खुद खाना बनाकर रोजाना बस से भेज दिया करती थी। परीक्षा में आबा की सफलता की खबर गाँव में पहुँचते ही उसके घर पर आधे से ज्यादा हरिजन उमड़ पड़े। किसी ने कहा, आबा लगभग बाबासाहब जितना ही पढ़ा है। अब बुढ़िया की झोंपड़ी टूटेगी और उसकी जगह आलीशान कोठी खड़ी होगी और बायना छत पर चढ़कर शीतल पवन के हिंडोले पर सवार होगी और खूब मजे लेगी। कुछ लोगों का अनुमान था कि वह कार में घूमा करेगी। गजी ने बायना को आगाह किया-- 'देखो, कार में अकेली मत घूमना। अपने बेटे के साथ प्वांप ऽऽ प्वांप ऽऽ 'हारन' बजाते तुम्हारी गाड़ी जा रही हो तो भी मेरे लिए रास्ते में गाड़ी रोक दिया करो, हाँ।'

जिला केन्द्र से आने वाली हर बस की ओर बायना आँख लगाये बैठी रही। अपने वकील बेटे को जी भरके देखने को वह बेताब थी। उसके इन्तजार में दोपहर तक दरवाजे में ही वह ठिय्या देकर बैठी रहती। मुरार का हनुमंत तो आ गया पर मेरा आबा कहाँ अटक गया? राह देखकर वह थक गयी। चार दिन की मजदूरी की रकम दस रुपए तायन्या पंच को सौंपकर आबा

की खोज-खबर लेने को कहा उसने। बूढा तायन्या गया और खाली हाथ लौट भी आया।

'आप अकेले ही लौट आये ?'

'चिन्ता न करो। तुम्हारा बेटा सकुशल है।'

'पर आया क्यों नहीं ?'

'एक बड़े वकील से सीख रहा है। कुछ दिनों बाद आने की कह रहा था।'

'कुछ दिनों बाद यानी कब ?'

'दो-चार महीने...'

बायना की आँखें सावन-भादों हुईं। घर के भीतर उठने-बैठने में भी वह हाँफने लगती थी। तथापि, पेट तो पालना ही था, सो काम पर जाने लगी।

हनुमंत के वकालत की परीक्षा पास कर लेने से राधाई-मुरार की खुशियों का ओर-छोर नहीं रहा। मदमस्त होकर लेझिम खेलने वाले अल्हड़ बालक की तरह उछल-कूद करने को मुरार का दिल मचल रहा था। राधाई ने सिदुबा को एक तथा सटवाई (षष्ठी देवी) को एक नारियल फोड़ा। परीक्षा परिणाम का कागज लेकर हनुमंत हाजिर हुआ, तो राधाई ने देहलीज पर ही उसे रोककर बासी रोटी से उसकी नजर उतारी। राई-नमक से भी उसकी नजर उतार कर वे दाने चूल्हे में डाल दिये। हनुमंत अपने पिता के पाँव छूने के लिए झुका ही था कि मुरार ने उसे उठाकर गले लगाया था। पिता-पुत्र दोनों की आँखें बरसने लगीं। राधाई ने आँखें पोंछ लीं। रुंधे गले से पाटील ने कहा, 'पुत्र हो तो ऐसा बाँका, तीनों लोक में उसका डंका ऽऽ।' मुरार पाटील को अपने बचपन की वह घटना याद आयी, जब कर्मवीर भाऊराव से उनकी मुलाकात हुई थी। वे खुद ही मानो वटवृक्ष बन गये। बौराये पेड़ की कोंपलें जैसे झूमने लगीं। सुर्ख-लाल फलों से मानो वह वृक्ष लद गया।

राधाई की खुशियों का तो कोई ओर-छोर नहीं था। उसने डेयरी में दूध भेजना बन्द किया। अपने बेटे पर ही दूध-दही की वर्षा वह करती रही। पाटील ने भी लाल पाखों का एक मुर्गा उस पर कुरबान कर दिया। रात को शीतल पवन की सुखद अनुभूति के क्षणों में पाटील और हनुमंत आँगन में लेटे-लेटे खूब गप्पें मारते। फलक में टँके सितारों की संख्या बढ़ने के साथ ही उनकी बातचीत भी चरम सीमा पर पहुँच जाती। किसान संघर्ष समिति, सहस्रबुद्धे साहब की विशाल जन सभाएँ, किसान आन्दोलन के सिलसिले में रणदिवे साहब के साथ की गयी यायावरी आदि के सम्बन्ध में हनुमंत विस्तार से बताता था।

और उसकी बातें सुनकर मुरार को संयुक्त महाराष्ट्र आन्दोलन के वे तूफानी दिन अनायास याद आते।

गाँव की मिट्टी की सोंधी महक अब अतीत में कहीं खो गयी थी। उसके स्थान पर अब बदबू और सड़ांध का साम्राज्य था। पुराने, गोलाकार, घरेलू, एकपाखी खपरैलों की जगह अब में गलौरी कवेलुओं के शानदार बरामदोंवाले दुमंजिला मकान बने थे। पहाड़ों की तरह बुलन्द ममता करने वाले स्नेह-पुरुष अब एक-एक करके ढहने लगे थे। लाभ-लोभ के चक्कर में, मिट्टी की महक से जुड़े इन्सान एक-दूसरे के खून के प्यासे हो गये थे। न मिट्टी में नमी बची थी, न हृदय में आर्द्रता। सुबह की सुनहरी किरणों की ऊर्मिल आभा में अपने पंखों के अनगिन रंगों की फाग खेलने वाले शुक समूह भी अब अदृश्य हो गये थे। यमाई की पहाड़ी पर उजड़ती जा रही वन-संपदा की वीरानगी के डर से मोर-मोरनी जैसे प्राणी कभी के स्थलांतरित हो चुके थे। पीपल के पेड़ पर बसे चमगादड़, अपने ही भाई-बन्दों की प्रस्तावित हत्या के समाचार से विह्वल होकर किसी दूसरे बसेरे की तलाश में चले गये थे। रात के अंधेरे में डायन के अस्त-व्यस्त बालों का अहसास दिलाने वाली, पीपल की डालियाँ खौफजदा लग रही थीं। तोता-मैनाओं की संख्या भी घट गयी थी। पंचायती कार्रवाई की बदौलत अधखुले गटरों की गंदगी में मुँह मारकर सुअर समूचे गाँव को इसकी दीक्षा देने के अंदाज में मुक्त संचार कर रहे थे। मुरार को लगा कि ऐसे कसैले वातावरण से हनुमंत को दूर रहना चाहिए। व्यापक अध्ययन कर उसे ज्ञानवृद्धि करनी चाहिए। अतएव सिर्फ दो-चार दिनों के बाद ही उन्होंने उसे जिला मुख्यालय भेज दिया।

कानून के दूसरे वर्ष की पढ़ाई के दौरान ही हनुमन्त रणदिवे के ज्यूनियर के रूप में काम सीखने लगा था। अब तक अदालती कार्रवाई की समूची कार्य-पद्धति से वह वाकिफ हो गया था। वह संपूर्ण लगन से काम करता था। अॅड० रणदिवे भी उसे काम सौंपकर आश्वस्त हो जाते थे। और अब वे सहस्रबुद्धे का साया बनकर अकसर उन्हीं के अभियान से जुड़े रहने लगे थे। इस वजह से हनुमन्त को अनायास मौका मिला था और वह भी निष्ठा एवं ईमानदारी से दायित्व निर्वाह कर रहा था।

बायना बुढ़िया अपने बेटे को देखने के लिए तरस रही थी और उसकी याद में सूखकर काँटा होने लगी थी। उसका बेटा आबा मेधावी था और जिले के बड़े ठेकेदार संदेशकुमार सबनीस का विशेष कृपापात्र था। संदेशकुमार ने बड़े-बड़े पुलों तथा प्रशासनिक भवनों के ठेके लेकर निपटाये थे। आबा उसी के सहायक के रूप में काम देखता था। उसे कानूनी सलाह देता था। इतन बड़े व्यक्ति से अपने गाँव के एक होनहार युवक के जुड़न की बात भला अण्णा कं

निगाहों से बच पाती ! यत्र-तत्र अटके पड़े अपने मामलों को आबा के जरिए सुलटा पाने की उम्मीद के साथ अण्णा सन्देश मैंशन के इर्दगिर्द मँडराने लगे थे। एक दिन अण्णा ने संदेश को नयी-नवेली बुलेट पर जाते देखा। उस समय आबा के पीछे सन्देशकुमार की जवान, खूबसूरत, नीलाक्षी बेटी गलबहियाँ डाले बैठी थी। वह दृश्य देखकर अण्णा के सीने में हूक-सी उठी। इस सम्बन्ध में विस्तृत जानकारी प्राप्त कर अण्णा गाँव में आये और उन्होंने एक शगूफा छोड़ा, 'बायनी के बेटे ने सन्देश सेठ की बिटिया को पटा लिया है ! लड़की तो जैसे चाँद का टुकड़ा है।'

आबा का यह मामला गाँव में चर्चा का विषय हो गया। लोग बड़े चाव से इस सम्बन्ध में कहने-सुनने लगे। बस्ती की बूढ़ी औरतों को उकसाते देखकर बायना ने प्यार से उन्हें समझाया, 'मेरा बेटा मुझसे पूछे बिना शादी नहीं करेगा। आखिर मैं उसकी माँ हूँ। और बेटा कभी अपनी माँ को भूल सकता है?'

उसके महीने-भर बाद ही पांगिरा में एक दिन हल्ला-गुल्ला हुआ। 'राष्ट्र-भक्ति' के पहले पन्ने पर ही एक बड़ी-सी तसवीर छपी थी और उसके नीचे बड़े-बड़े अक्षरों में लिखा था, 'आबासाहब— मुग्धगंधा का आन्तरजातीय विवाह।' आबासाहब बज्याप्पा कांबले और मुग्धगंधा सन्देशकुमार सबनीस का विवाह बड़ी ही धूमधाम के साथ जिला मुख्यालय में सम्पन्न हुआ था। वर-वधू को आशीर्वाद देने के लिए समाज के विभिन्न तबकों के मान्यवर महाभाग आये थे। वक्ताओं ने जोरदार भाषण भी किये। पत्रकार विजय मांडके ने उनकी प्रशस्ति में कहा, 'दक्खन की काली मिट्टी के पठारी प्रदेश का लाल आबा कांबले तथा कटहल के गूदे से भी रसभरी, कोंकण की लाल मिट्टी से जुड़ी मुग्धगंधा का विवाह महज शरीरों का मिलन न होकर दो संस्कृतियों का पवित्र संगम है। अखण्ड मानवता इस रूप में एकात्मता का अहसास दिला रही है।' कांबले गुरुजी अखबार लेकर दौड़ते हुए बायना के घर गये और उन्होंने उसे वह दिखाया। खबर सुनकर उसे तो जैसे सदमा लगा। तथापि खुद को सँभालते हुए वह डबडबायी आँखों से अखबार में छपी तसवीर देखने लगी। गुरुजी ने उसे खबर पढ़कर सुनायी। अखण्ड मानवता-बीनवता वगैरह तो उसके समझ में नहीं आयी। पर वह बेचारी तो उस तसवीर को ही अपलक घूरती रही, बस। तनिक रुककर बायना ने कहा, 'इस लड़की की शक्ल तो हमारी बिरादरी के किसी से मिलती-जुलती नहीं है। परदेसी लगती है। मुझे थोड़े ही अपनाएगी वह?'

'तेरी बहू ने बाल कटवाये देख, लड़कों की तरह,' सकना।

'अब तेरा क्या होगा तायना?' सुगंधा पूछने लगी, 'सुना है कि शेरगाँव की लड़कियाँ डबल रोटी में मक्खन लगाकर खाती हैं। साग-रोटी भी नहीं

आती उन्हें। जबकि रोटी के बिना तो तेरा पेट भरता ही नहीं।'

देर रात तक लोगों का ताँता लगा रहा। किसी ने कुछ कहा, तो किसी ने कुछ। अन्ततः बायना की पड़ोसनें चली गयीं। गाँव में दिन-भर इसी विषय पर चर्चा होती रही।

बासी रोटी बायना जैसे-जैसे चबा गयी। ऊपर से लोटा भर पानी पी लिया और कँथरी बिछाकर लेट गयी। पर उसे नींद नहीं आ रही थी। उसकी आँखों के सामने वीरान बी डी डी चॉल का दृश्य तैरने लगा। कपड़ा मिलें बन्द होने से वह बस्ती उजड़ गयी थी। वहाँ के निवासी अपने-अपने गाँव गये थे। इस वजह से ढाबे के ग्राहकों की संख्या घट गयी थी। जो थे, उन पर बकाया काफी हो गया था। इसी बीच दीपावली आयी। उन दिनों आबा दसवीं में था पर उसके पास ढंग के कपड़ भी नहीं थे पहनने के लिए। उसकी निक्कर कूल्हे पर फटी हुई थी। बायना की माँग तो कभी की उजड़ चुकी थी। गले की माला आदि भी ठिकाने लग चुकी थी। अपने पति की एक ही निशानी बाकी बची थी, बस···बनारसी साड़ी; पूरे चार सौ की थी। दीपावली के दिन बायना ने चोर बाजार में अपनी वह साड़ी सिर्फ चालीस रुपयों में बेच दी और आबा के लिए वह निक्कर-कमीज ले आयी। बेटे को नये कपड़ों में देखकर उसे कितनी खुशी हुई थी! वही आबा आज अपनी सगी माँ को भूल गया था। किसी के खेत में गलती से आये तथा दो दिन बाद गायब हुए पंछी की तरह आबा बुढ़िया के हाथ से निकल गया था।

हरिजन बस्ती के कई लोगों की राय यह थी कि बायना को आबा के पास चले जाना चाहिए। इसलिए बस्ती के कई लोगों ने तायन्या पंच से आग्रह किया, 'आप्पा, आप एक बार जरूर हो आइयेगा।' पर उन्होंने साफ मना कर दिया। कहने लगे, 'पिछले बार गया था तो ढंग से बात भी नहीं की कम्बख्त ने। अब वह बड़ा बन गया है, हमारा नहीं रहा। हमसे दूर चला गया है। एक बार अपमानित होने के बाद दुबारा थोड़े ही आऊँगा उसके सामने? बायना की देखभाल हम सब मिलकर करेंगे। आखिरी दम तक उसका साथ देंगे। अब वह बेसहारा हो गयी है।'

बायना अब वाकई बुढ़ा गयी थी। मानो उसकी कमर ही टूट गयी थी। अब उसने काम करना छोड़ दिया। बस्ती के लोग एकाध रोटी बिला नागा उसे ला देते थे और भगवान का नाम लेकर उसी से वह अपना गुजारा कर लेती थी। मौत के इन्तजार में जी रही थी।

महीने-भर बाद फिर एक बार मुंबई के एक अखबार के रविवारीय परिशिष्ट में आबा-मुग्धगंधा की तसवीर छपी थी। पुणे के एक समाजवादी साथी ने उन पर एक लेख लिखा था। आन्तरजातीय विवाह का प्रचार-प्रसार पांगिरा

जैसे दूर-दराज के गाँव में भी हुआ है, हो रहा है—यह आगामी कल के सुनहरे भविष्य की आहट है···आदि बहुत कुछ लिखा था उसमें। पंचायत कार्यालय में गाँव तकिये से टेक लगाकर बैठे श्रीपति सावंत 'पांगिरा' का नाम पढ़ते ही चौंक गये। उन्होंने उस लेख की एक-एक पंक्ति गौर से पढ़ी। पांगिरा यानी एकमुश्त चार-साढ़े चार हजार मतों का पुलिन्दा था। पांगिरा के जिला परिषद चुनाव क्षेत्र में संताजी काले ने अपनी अच्छी-खासी धाक जमायी थी। श्रीपति को डर था कि मौजूदा जिला परिषद सदस्य शामराव रानदांडगे आगामी चुनाव में जमींदोज हो जायेगा। संयोग से रानदांडगे उस वक्त वहाँ मौजूद था। सभापति ने कहा—

'शाम्या, यह पढ़ा तुमने ? तुम्हारे चुनाव क्षेत्र का युवक है। सदेश सेठ की गोरी-चिट्टी लड़की से उसने विवाह किया है।'

'तो फिर ?'

'फिर क्या ? पांगिरा में जोरदार एक कार्यक्रम हो सकता है, जो लीक से हटकर होगा। आन्तरजातीय विवाह का बहाना है। हरिजन बस्ती के एकमुश्त पाँच सौ मत तुम्हारी जेब में आ जाएँगे। तायन्या वहाँ का पंच है। उसे प्यादा बनाकर चाल चलो, ताकि आगामी चुनाव में एक भी मत इधर से उधर न होने पाए।'

उसी दिन तहसील पंचायत की बैठक हुई और पांगिरा में आबा-मुग्धगंधा के सत्कार-समारोह की बात पक्की हो गयी। नकद एक हजार रुपये, शॉल, श्रीफल तथा प्रशस्ति-पत्र देना तय हुआ। समारोह की तारीख तय करने के लिए स्वयं शामराव रानदांडगे जिला परिषद अध्यक्ष के पास गये और लगे हाथ आबा साहब की सहमति प्राप्त करने की जहमत भी उन्होंने उठायी।

समारोह के दिन पांगिरा में जैसे उफान आया था। घर-घर में समारोह की ही बातें हो रही थीं। आबा की अपेक्षा उसकी नीलाक्षी पत्नी के दीदार करने में लोगों को ज्यादा उत्सुकता थी। भिकू अण्णा ने नमक-मिर्च लगाकर उसकी खूबसूरती का बखान पहले ही किया था। बॉब कट, नीली-नीली आँखें, गदरायी जवानी और केले के कन्द-सी गोरी चिट्टी काया···आदि काफी कुछ उन्होंने बताया था। ग्राम पंचायत की ओर से हरिजन बस्ती में पण्डाल डालने का काम दिन-भर चलता रहा। चुनाव को मद्देनजर रखते हुए रानदांडगे और सोकाजीराव समूचे आयोजन पर स्वयं निगरानी रख रहे थे। पाँच बजे मंच-सज्जा का काम पूरा हुआ। अब अतिथियों का ही इन्तजार था।

ठीक समय पर अतिथि आये। सोकाजी की कोठी पर बकरे के मसालेदार गोश्त की दावत हुई और वहाँ से अतिथिगण सीधे सभा-स्थान की दिशा में ही चल पड़े। शानदार नीला कोट तथा उसी से मिलते-जुलते रंग की टाय पहने

आबा की ओर किसी का ध्यान नहीं था, जबकि सलवार-कुर्ता पहने मुग्धगंधा पर ही सबकी आँखें गड़ी थीं। आकर्षक व्यक्तित्व, घुंघचों की तरह छोटी-नीली आँखें, एक विशिष्ट अंदाज में कटे काले-काले बाल, सुराहीदार गरदन और सुगठित बदन···पांगिरकर होश-ओ-हवास खोकर उसी सुन्दरी को अपनी पलकों में छुपाने का प्रयास कर रहे थे। निःशुल्क फिल्म देखने के लिए मानो लोगों का सैलाब उमड़ पड़ा था। सभा की कार्रवाई शुरू हुई। रानदांडगे की आँखें तायन्या पंच की टोह ले रही थीं। वह उसी भीड़ में, एक कोने में बैठा था। उसके पास एक लालटेन भी जल रही थी। खेत में जाने की तैयारी से ही वह आया था। रानदांडगे मंच से नीचे उतरकर तायन्या के पास आया और कहने लगा, 'अप्पा, चलिए मंच पर बैठिये। मैं कब से ढूंढ़ रहा हूँ आपको।' पर तायन्या मना करता रहा। काफी आग्रह करने के बाद भी तायन्या नहीं माना, तो रानदांडगे पुनः मंच पर जा बैठा। सत्कार, पुरस्कार, प्रशस्ति-पत्र आदि प्रदान करने के बाद गौरवपरक भाषणों का सिलसिला शुरू हुआ।

गुरुजी ने कहा, 'यह आन्तरजातीय विवाह नयी समाज व्यवस्था की बुनियाद है। और आबा साहब इसी नवयुग के कुशल शिल्पी हैं।'

सरपंच सोकाजी डोकरे ने कहा, 'गांव में इतनी खूबसूरत बहू किसी भी घर में नहीं है। इसलिए मैं सबसे पहले बायना को बधाई देता हूँ। हमें उम्मीद है कि पांगिरा की काली मिट्टी में अब भविष्य में गोरे बालक पैदा होंगे। इसमें पहल करने के उपलक्ष्य में आबा को मेरी ओर से हार्दिक बधाई!'

सभापति श्रीपति सावंत ने कहा, 'स्थिति की गम्भीरता को समझिए। दोस्तो, यह नवयुग की सुनहरी प्रभात है और सुनहरी आभा के सबसे पहले अपने गांव में प्रकट होने के उपलक्ष्य में मैं सर्वप्रथम पांगिरा गांव को बधाई देता हूँ।'

रानदांडगे ने कहा, 'मेरे चुनाव क्षेत्र में ऐसे अवसर बार-बार आने चाहिए। मैं आश्वस्त कराना चाहूँगा कि हर ऐसे दम्पति को पुरस्कार राशि दी जाएगी।

वक्ताओं की सूची लगभग समाप्त हुई। पर रानदांडगे को लग रहा था कि कुछ छूट गया है। वह बार-बार तायन्या पंच की ओर ही देखता रहा। उसकी देखादेखी सभापति भी बेचैन हो गये। उनके दिमाग में एकमुश्त पांच सौ मतों का जो गट्ठर बँधा था, वह टूटकर बिखरने लगा, तो उन्होंने रानदांडगे की चिकोटी ली, 'किसी भी तरह से तायन्या को मंच पर लिवा लाओ।' रानदांडगे दो-चार अन्य कार्यकर्ताओं को साथ लेकर फिर से तायन्या के पास गया और उसे मनाने लगा। तथापि वह 'नहीं, नहीं। मैं नहीं आऊँगा।' कहकर मना करता रहा। अन्ततः कार्यकर्ता उसकी बाँह थामकर जबरदस्ती उसे ले

जाने लगे। उसके हाथ से लालटेन खींचकर उन्होंने एक ओर रख दी। बुढ्डा किसी तरह से अदबदाकर मंच पर आया, तो जिला परिषद अध्यक्ष सहित कई लोगों ने आग्रह किया—

'अप्पा बोलिए…'

'आप लोगों का इतना आग्रह है तो बोलता हूँ,' कहकर उसने माइक हाथ में थाम लिया।

'बोलिए ऽऽ अप्पा बोलिए,' फिर एक बार शोर हुआ।

रुँधे गले से, लड़खड़ाती आवाज से बुड्ढा बोलने लगा, 'अब तक बड़े-बड़े लोगों ने ऊँची-ऊँची बातें कहीं। किसी ने इस शादी को नयी क्रान्ति कहा, तो किसी ने नवयुग की सुनहरी प्रभात। लेकिन देवियो और सज्जनो, मुझे ऐसा कतई नहीं लगता। यह फरेब है, फरेब।'

बुड्ढे की आवाज अँधेरे को चीरते हुए गूँजने लगी। श्रोता चौंक गये। स्याही में खोये हुए, सामने वाले पीपल के पेड़ की ओर इशारा कर उसने कहा, 'उस पीपल की ओर देखिए। मुझे तो कुछ भी दिखाई नहीं देता। मेरी बहन बायना जिसका बोझ नौ महीने अपने पेट में ढोती रही, जिसे पढ़ाने-लिखाने में अपनी जान की बाजी लगाती रही, वही बायना उस पेड़ के नीचे बैठी है। यहाँ की गिटपिट तो उसके पल्ले नहीं पड़ी; पर एक माँ होने के नाते वह जानना चाहती है कि यह शादी किसने करवायी? क्यों करवायी? कैसे करवायी? क्या उसे बहू का चेहरा दिखाने की जहमत किसी ने उठायी? बहू को आशीर्वाद देकर उसकी माँग में सिंदूर भरने, उसे सजाने-सँवारने का मौका भी कभी उसे मिलेगा? बहू के मंह से क्या कभी वह 'माँजी' शब्द सुनने की हकदार होगी? यदि नहीं, तो भाड़ में जाए आपकी क्रान्ति ऽऽ।'

बुड्ढा मानो सुलग उठा था। कहने लगा, 'आप सब लोग झूठे हैं, फरेबी हैं। क्रान्ति की बातें आप लोगों के मुँह में शोभा नहीं देतीं। ये आबा हमारी जाति का है। दो किताबें पढ़कर इस गोरी चमड़ी को फांस लिया। क्या हमारी जाति में लड़कियाँ पैदा नहीं हुई? क्या एक भी गोरी लड़की हमारी बिरादरी में नहीं मिलती? क्या हमारी बिरादरी में खूबसूरत लड़की एक भी नहीं है? यह मुँहजला यदि बिरादरी की किसी लड़की से शादी करता तो बुढ़िया उस पर निहाल होती। उसकी भूख-प्यास यूँ ही मिट जाती। बड़े गर्व से वह गाँव वालों से कहती—मेरा बेटा वकील है! शेरगाँव के सभी लोग झूठे हैं। हमारी बिरादरी का एक लड़का गलती से सयाना क्या बना आप लोगों ने फौरन उसे झपट लिया; उसकी जात-पांत की भी खोज-खबर नहीं ली! हमारे तबेले से कटरा उड़ा लो और सोने की गाड़ी का जुआ उसके कांधे पर रखो!! यह भला कहाँ का न्याय हुआ? आपका घर आबाद हुआ, हमारा खेत उजड़ गया ऽऽ।'

काफी देर तक बुड्ढा बड़बड़ाता रहा। सभा की कार्रवाई समाप्त हो गयी। नेताओं को मुँह की खानी पड़ी थी। गर्दन लटकाकर वे अपनी-अपनी गाड़ियों में जा बैठे और चले गये। आबा बहुत ज्यादा शर्मिन्दा हुआ। गोरी बीवी के साथ वह फौरन अपनी कार में जा बैठा, उसने काले शीशे ऊपर चढ़ा लिये और गाड़ी फर्राटे से चल दी। 'आबा ऽ आबा ऽऽ मेरे बेटे ऽऽ' माँ की पुकार रात के अँधेरे में कहीं खो गयी।

पांगिरा किनारे के गाँवों में ग्राम पंचायत चुनावों का शोर-शराबा शुरू हुआ। देखते-ही-देखते सभी को चुनावी मलेरिया का बुखार चढ़ने लगा। घर-घर में, गली-कूचों में, खेत-खलिहानों में अनबन शुरू हुई। सयाने लोग भी मूर्खता करने पर आमादा हो गये। इस मलेरिया ने गरीबों तो अधमरा बना दिया। मतदान के दिन जैसे-तैसे ठप्पा लगाकर उन्होंने कोयनेल की कड़ुवी गोलियाँ निगल लीं तथा आगामी पाँच साल तक घुन की तरह पिसने के लिए सिद्ध हो गये।

नेताओं को अनुमान था कि पांगिरा में चुनाव दो-तीन महीने आगे खिसक जायेगा। सोकाजी और ज्ञानू अपने-अपने समूहों के साथ घात लगाकर बैठे थे। अब भीतरी अनबन तथा एक-दूसरे के खिलाफ शिकायतों का दौर शुरू हुआ। ज्ञानू सावला खुल्लम-खुल्ला आरोप लगा रहा था कि नल-जल योजना में सोकाजी और तायन्या ने काफी कमाई कर ली है। जिस पर सोकाजी का प्रति प्रश्न यह था कि 'थोड़ा हमने खाया, थोड़ा गाँव को भी दिया। लेकिन इसमें तुम्हारे बाप का क्या गया?' ज्ञानू एण्ड कम्पनी का सवाल यह था कि दो साल पहले खुदाई-वुदाई कर नल तो लगा दिये, किन्तु उनमें पानी क्यों नहीं आता?' इसके जवाब में सोकाजी पान की गिलौरी चबाते हुए कहता, 'जब बुआई हुई है, तो कोंपल आयेगी ही। शादी के बाद औरत का पाँव भारी नहीं होगा? ठीक उसी तरह, नल लगे हैं तो एक-न-एक दिन पानी भी जरूर आएगा।'

चुनाव की दृष्टि से 'अपने-पराये' को टटोलने का क्रम शुरू हुआ। ज्ञानू का साथी भीमू गुरव एक लम्बे अर्से से सोकाजी की आँख की किरकिरी बना था। भीमू नौजवान था और खुद्दार भी। गली के युवक उसी की जेब में थे। सोकाजी की धारणा थी कि भीमू के ज्ञानू के पक्ष में होते हुए गुरव-गली में उसे बमुश्किल आठ-दस मत मिलेंगे। अतएव किसी भी कीमत पर भीमू को अपने खेमे में लाने की पुरजोर कोशिश सोकाजी करने लगा।

जिला सहकारी बैंक में हुई भर्ती में भीमू का नम्बर नहीं लगा। तथापि, ज्ञानू सावला ने उसे आश्वस्त किया था कि प्रतीक्षा सूची में जरूर उसका नाम

आएगा। ज्ञानू सावला के साथ भीमू ने जिला मुख्यालय के कितने ही चक्कर लगाये थे। टेलीफोन, चिट्ठियों का लेन-देन, मेल-मुलाकातें···इन सबसे भीमू उकता गया था। इसके अलावा चार हजार की चपत लगी सो अलग। यह सब भीमू की बरदाश्त के बाहर हो गया था।

एक बार बस अड्डे पर पान की दूकान के सामने भीमू खड़ा था। उसके लिए पनवाड़ी मसाला पान बना रहा था। इतने में संपा की जीप अचकचाकर उसके सामने आ रुकी।

'कहिए भीमराव ! क्या हालचाल हैं ? आइए, जीप में बैठिएऽऽ।' इस अनपेक्षित प्रस्ताव से भीमू बौखला गया।

'आओ भी। उसमें शरमाने की क्या बात है ? तुमसे मेरी दुश्मनी थोड़े ही है ! या ज्ञानू सावला ने पाबन्दी लगायी है ? आ जाओ यार···'

भीमू को साथ में लेकर संपतराव घर आया। चाय-पान के बाद पान की गिलौरी मुँह में दबाकर सोकाजीराव कहने लगे—

'भीमा, ज्ञानू सावला के चक्कर में क्यों दर-दर की ठोकरें खा रहे हो ? चार साल भाड़ झोंककर क्या मिला तुम्हें ? कुछ फायदा हुआ ?'

'लेकिन मैं कर ही क्या सकता हूँ ?' हथियार डालने के अन्दाज में भीमू ने कहा।

'कोई धन्धा क्यों नहीं करते ?'

'कौन-सा धन्धा ?'

'दारू की दूकान शुरू करो। खूब चलेगी।'

'दारू की दूकान ?'

'क्यों ? उसमें क्या बुराई है ?' सुपारी का टुकड़ा मुँह में छोड़ते हुए सोका-जीराव कहने लगा, 'महाराष्ट्र के ऐसे दो-चार लोगों के नाम गिनाओ जो दारू या एजेन्सी के बिना बड़े बने हों। उन्हीं बड़े लोगों के पदचिह्नों पर हमें चलना होगा। समझे ?'

'लेकिन आजकल लाइसेंस भी तो नहीं मिलता !'

'उसकी चिन्ता तुम मत करो। किसी का पुराना लाइसेन्स होगा, तो तुम्हारे नाम से बदलवा देंगे। यह काम मेरे जिम्मे लगा।'

भीमू ने दो-चार लोगों से पूछा। सभी की राय यही थी कि इस व्यवसाय में भरपूर कमाई है। भीमू की नाक में बीयर की महक गुदगुदाने लगी और दिमाग में रम का नशा। उसकी आँखों के सामने संत्रा-मौसमी की बोतलें लह-राने लगीं। जेब भर-भरकर रोजाना उमड़नेवाले रुपयों की गड्डियाँ उसे झक-झोरने लगीं। उसने सोकाजीराव के सामने आत्मसमर्पण किया, 'आबा, किसी तरह से मुझे लाइसेन्स दिलवाइए।' सोकाजी इसी सिलसिले में दो-चार बार

मुंबई हो आया। चौथी बार श्रीपतराव से बॉम्बे जिमखाना में मुलाकात हो पाई और सभापति होने के नाते मन्त्रालय में ठिय्या मारकर उन्होंने फाइलें चलवायीं। अन्ततः काम पूरा करवाकर ही श्रीपतराव ने दम लिया। सोकाजी ने कुल मिलाकर एक लाख का हिसाब दिखाया। भीमू ने दो एकड़ मक्खन का टुकड़ा सोकाजी को सौंपकर उसका हिसाब चुकता किया। 'संजीवनी देशी शराब की दूकान' नाम पट्ट के साथ भीमू का अड्डा शुरू हुआ। दूकान में सोकाजी की भागीदारी थी ही। किसी ने उससे पूछा, 'भीमू, ज्ञानू सावला का साथ क्यों छोड़ा तुमने ?' पर भीमू का जवाब था, 'कौन ज्ञानू सावला ?'

ज्ञानू सावला का साथ निभाने वाले तथा सोकाजीराव को अखरनेवाले और भी दो-चार खुद्दार युवक गांव में थे। तान्या और संपतराव उन्हें जीप में ठूंसकर मुंबई ले गये।

'चलो यार, मुंबई घुमा लाते हैं।'

'हम तो देख चुके हैं।'

'असली मुंबई थोड़े ही देखी तुमने ?' महिन्द्र एंड महिन्द्र कम्पनी की नयी नवेली जीप में बिठालकर वे लोग मुंबई के लिए चल पड़े। नल-जल योजना में तायन्या की अच्छी-खासी कमाई हुई थी। उन्हीं पैसों से उसने यह नयी जीप खरीदी थी। हाल में हुए, श्रीपतराव सावन्त के चुनाव में इस जीप ने अहम् भूमिका निभाई थी। इसलिए जि० प० ने और भी दो-चार गाँवों की नल-जल योजनाओं के ठेके तायन्या को दिये थे। तान्या कहता था, 'धीरे-धीरे समूचे जिले को ही मैं पानी पिलाऊंगा। मुंबई पहुँचते ही उन्होंने जिले के पालक मन्त्री से मुलाकात की। नौजवानों से उनका परिचय करवाया।

रात को कुलाबा की एक होटल में बीयर पार्टी आयोजित की गयी। प्याले में बीयर भरने वाली अधनंगी, मदमस्त यौवनाओं की मन्द मधुर मुसकान को झेलते हुए कितनी बोतलें खाली हुईं इसका उन्हें होश ही नहीं रहा। गाँव के युवक अभिभूत हो गये। वहाँ से वे लोग डिस्को क्लब में गये और खूब मस्ती लेते रहे। इस प्रकार रात की रौनक उनके रोयें-रोयें में समा गयी। दूसरे दिन भी वे हवा में तैरते रहे, उनकी पलकें भारी रहीं। राह चलती औरतें भी उन्हें नंग-धड़ंग दिखाई देने लगीं। रम के नशे में चूर जीप सकुशल पांगिरा पहुँची। फिर क्या था, रोज रात को वे युवक भीमू के अड्डे पर हाजिरी लगाने लगे। नये खून को मौका दिलाने की सोकाजी-नीति इस रूप में कारगर सिद्ध होने लगी।

नये चरण में सोकाजीराव की माँग थी, 'अब बुजुर्ग नेताओं को राजनीति की बिसात से हट जाना चाहिए। युवा पीढ़ी को आगे आने का मौका दीजिए। गाँव की पूरी जिम्मेवारी नयी पीढ़ी को सौंप कर हम लोग निवृत्त हो जाएँगे।'

पांगिरा और डोंगरवाडी में चुनाव कार्यक्रम की घोषणा तहसीलदार ने की, इसी के साथ चहल-पहल शुरू हुई।

सावंत बाबा के दिमाग में हूक-सी उठने लगी थी। अपने जीते-जी श्रीपति का राज्यारोहण कर वे इत्मीनान से आँखें मूँदने के लिए तैयार थे। पर दुर्भाग्य से श्रीपतराव की जड़ें जमने के बजाय उखड़ रही थीं। हाल के चुनाव में अपने बजाय उन्होंने श्रीपति को टिकट दिलवाया। पर उसमें उसे मामूली अन्तर से ही सही, पराजय का मुंह देखना पड़ा था। पिछली पराजय का बदला लेने तथा संताजी को अपनी औकात का अहसास दिलाने के इरादे से पिता-पुत्र ने एड़ी-चोटी का जोर लगाया पर सफल नहीं हुए। रात-दिन खून-पसीना एक करने के बावजूद उन्हें असफलता का मुँह देखना पड़ा। सत्ताधारी पार्टी को इससे गहरा सदमा पहुंचा। अपने चुनाव क्षेत्र के हर गांव में जाकर वहाँ के शराब के ठेकेदार, अनाज के व्यापारी तथा अन्य छोटे-मोटे दुकानदारों पर श्रीपति ने अपना प्रभाव जमाया था। और उसके, शराब के ठेकेदारों ने काफी हबड़-धबड़ मचायी थी। इधर संताजी ने भी यथावश्यक रूप से साम-दाम-दण्ड-भेद नीति अपनाकर लोगों में दहशत फैलायी जी। विपक्षी नेता विधायक चन्द्रभान शिन्दे भी मांगोला तहसील के गाँवों में तूफानी प्रचार अभियान में शामिल हुए थे। ऐन मौके पर किसान संघर्ष समिति का समर्थन संताजी को प्राप्त हुआ था। और इन्हीं सब कारणों से, सिर्फ चौंसठ मतों से ही सही, संताजी विजयी हुआ था।

युवा नेतृत्व को युवा समर्थन दिलाने के चक्कर में सावंत बाबा ने मांगोला तहसील के, मुम्बई में कार्यरत युवकों को छुट्टी लेकर मतदान के लिए विशेष रूप से आने का आग्रह किया था। अपने पक्ष में समा बाँधने के कई हथकण्डे उन्होंने अपनाये थे। पर अन्ततः मुंह की ही खानी पड़ी। सावंत बाबा की हवा निकल गयी। वे खौफ खा गये। अपनी आँखों के सामने विधायक के रूप में बेटे की ताजपोशी का उसका सपना चूर-चूर हो गया। दो महीने इसी उधेड़बुन में बिताने के बाद बुड्ढा फिर से तैश में आ गया। अब तहसील-पंचायत के चुनावों में उनकी दिलचस्पी जाग उठी। पांगिरा तथा डोंगरवाडी में चुनाव कार्यक्रमों की घोषणा होते ही उसने सोकाजी एवं डोंगरवाड़ी के पताशा चोरगे को बुलाया और एक-एक मत प्राप्त करने के लिए समूची ताकत से जूझने तथा कदम पीछे न लेने की सलाह दी।

गाँव का नेतृत्व युवा हाथों में सौंपने का मतलब संपतराव को सरपंच की कुरसी पर बिठाना था। सोकाजीराव के पिट्ठू ऐसी ही हवा चला रहे थे। गाँव में खूनखराबा या सिर फुटौवल की कीमत पर भी संप्या को सरपंच न बनने देने के लिए ज्ञानू सावला दृढ़प्रतिज्ञ था। गाँव में भाईचारे का वातावरण अब

नहीं रहा। घर-घर में उत्तेजना फैलने लगी। मुरार पाटील ने चुनौती दी—'मैं देखता हूँ कि संप्या कैसे सरपंच बनता है।' जबकि मुरार का बेटा बाजीराव कहता था, 'सरपंच संपतराव ही बनेगा।' पनघट के रास्ते में सगुणा झगड़े ने टिप्पणी की,

'सयानी सरकार पागलपन क्यों कर रही है ? बार-बार चुनावों का चक्कर चलाती है। बिना बात के, लोग मरने-मारने पर आमादा हो जाते हैं। आपसों में लड़ाई उनकी होती है और धूल हम जैसे गरीबों की आँखों में जाती है।'

डोंगरवाडी में निर्विरोध चुनाव हुआ। पताशा चोरगे सरपंच निर्वाचित हुआ। नावंत गुट को एक ग्रामपंचायत अनायास प्राप्त हुई। यह खबर उसी दिन मांगोला पहुँची, तो विधायक संताजी काले रातोंरात पांगिरा में हाजिर हुआ। ज्ञानू सावला के घर पर गुप्त बैठक हुई, जिसमें मुरार, ज्ञानू. चिणू गुणाजी और संताजी शामिल हुए। बैठक देर रात तक चली। संताजी को डर था कि डोंगरवाडी का असर कहीं पांगिरा को भी अपने आगोश में न खींच ले। उनींदी आँखों से संताजी जीप में जा बैठा और जीप शुरू हुई। पर यकायक उसने इंजिन बन्द किया और कहा, 'देखो मुराररावजी, ज्ञानदेवराव यह अपनी इज्जत का सवाल है। पांगिरा हाथ से निकल जाने का मतलब है हमारी जड़ें उखड़ जाना। मेरी आबरू आप लोगों के हाथ में है। आप ही फैसला कीजिए।'

चुनाव की ततैया ने जैसे पांगिरा को डंक मारा। पूरे गाँव को बुखार चढ़ने लगा। उसमें उतार-चढ़ाव भी होता रहा। नाक की सीध में चलने वालों को भी उसने अपनी चपेट में ले लिया। सज्जनों का गला सूखने लगा। गरीबों को दस्त-उल्टियों ने घेर लिया।

गाँव के ग्यारह सदस्य ग्राम-पंचायत के लिए चुने जाने थे। चार वार्डों के तहत यह कार्रवाई पूरी होनी थी। हरिजन बस्ती से दो तथा अन्य तीनों वार्डों से तीन-तीन सदस्य चुने जाने थे। सोकाजी के पैनल में संपतराव डोकरे, तान्या भिलारे, भीमू गुरव, सदा बनिया तथा बाजीराव पाटील के नाम शामिल थे। हरिजन बस्ती का मसीहा इस बार सोकाजीराव से जुदा होकर ज्ञानू सावला के खेमे में चला गया था। चार हरिजनों का दस दिन का बिल डेयरी हड़प कर गयी। तायन्या और सोकाजी में दरार डालने के लिए इतना बहाना काफी था। इसके अलावा ज्ञानू सावला के पैनल में चिणू गुणाजी, शिरप्या अडीसरा तथा मुरार पाटील के नाम थे। दादू को हमेशा यही शिकायत होती थी कि माने खानदान की बिरादरी के साथ अक्सर अन्याय ही होता है। कदम खानदान की बिरादरी को पनपने का अवसर न मिलने की बिना पर बूढ़े ने सोपाना माने को अपनी गली में स्वतन्त्र उम्मीदवार के रूप में खड़ा किया था। और सोपाना अपना उम्मीदवारी फॉर्म भरकर भी आया था। माने बिरादरी ने प्रचार अभि-

यान का शुभारम्भ कर दिया था। मुरार पाटील चुनावी उखाड़-पछाड़ के झंझट में पड़ना ही नहीं चाहते थे। बुढ़ापे में माला जपने तथा खेत-खलिहान में दिल लगाने में उन्हें अधिक दिलचस्पी थी। पर ज्ञानू सावला का आग्रह था कि विधायक संताजी के हाथ मजबूत करने के लिए पाटील को चुनाव लड़ना ही चाहिए।

भिकू अण्णा तो सीधे जि० प० अध्यक्ष की कुरसी पर ही झपट्टा मारने की फिराक में थे। पर सरपंच की कुरसी पर भी समझौता हो सकता था। तथापि अण्णा भरोसेमन्द नहीं थे। इसीलिए मामूली पंच भी नहीं बन पा रहे थे। मांगोला के बाजार में जब उनसे कोई पूछता, 'आप चुनाव लड़ेंगे या नहीं ?' तो वे जवाब देते, 'अरे बाबा, लल्लू-पंजू का खेल मैं नहीं खेलना चाहता।'

गाँववालों को उत्सुकता थी कि क्या मुरार और बाजीराव दोनों मैदान में उतरेंगे ? यदि हाँ तो किसके टिकट पर चुनाव लड़ेंगे ? क्या बाप-बेटे में ही भिड़न्त होगी ? हवा तो यही थी कि सोकाजी बाजीराव को हरिजन बस्ती में खड़ा करेगा। किन्तु ऐन मौके पर बाजीराव ने पाटील गली से ही चुनाव लड़ने की घोषणा की, तो मुरार पाटील समेत पूरा गाँव चौंक गया। सोकाजी ने मौके का फायदा उठाया। अपने बेटे को दुश्मन की चाल का प्यादा बनते देखकर तथा अपने ही बगावती खून से मुकाबला करने की मजबूरी की वजह से मुरार को गुस्सा आया। चिणू गुणाजी ने आग को हवा दी—,

'बेटा तो बाप को धूल चटाने की बात करता है।'

'अरे जा जा ऽऽ,' मुरार पाटील ने तमतमाकर कहा, 'मुझे धूल चटाने वाला माई का लाल अभी पांगिरा में पैदा नहीं हुआ। पैदा हो जाए तो मैं उसका खून पी जाऊँगा ऽऽ।'

अँधेरा घिर आया, तो पिता-पुत्र दोनों घर लौटे। लक्ष्मी अपने पति की उम्मीदवारी निश्चित हो जाने के उपलक्ष्य में बाजीराव के स्वागत के लिए आरती का थाल हाथ में लिए प्रतीक्षा कर रही थी। उसने बाजी के माथे पर तिलक लगाया और उसकी आरती उतारी। बाजी अपने दोस्तों के साथ हँसी-ठिठोली करते हुए भीतर आया। ताऊजी-ताईजी मैदान मारकर आये पहलवान को प्यार से देख रही थीं। राधाई को पहले ही मालूम हो गया था कि बाप-बेटे में लड़ाई होगी। और तभी से उसकी जान निकली जा रही थी। घर की बरबादी की कीमत पर लोगों को तमाशा देखने का अवसर मिलने वाला था। यहाँ तक तो फिर भी ठीक था, पर यदि स्थिति नियन्त्रण से बाहर होकर खतरनाक मोड़ लेती है तब ? राधाई सिर थामकर बैठी रही। पाटील भीतर आये। पगड़ी उतारकर उन्होंने खूँटी पर टाँग दी। इतने में राधाई फूट पड़ी। पल्लू का सिरा मुँह में ठूँसकर वह सिसकियाँ रोकने का प्रयास करने लगी। पाटील ने उसे शान्त

करते हुए अपने सीने से लगाया।

'क्या हुआ ? रो क्यों रही हो ?'

'तमाशा क्यों दिखा रहे हैं गाँववालों को ? बाप-बेटे दोनों मिलकर मेरी जान क्यों ले रहे हो ?' कहकर वह सुबकने लगी।

'मैं कर ही क्या सकता हूँ ? मेरे खिलाफ चुनाव लड़ने की जुर्रत उसने की कैसे ?'

'तो क्या हुआ ? आखिर है तो आपका बेटा न ?'

'मुझे तो नहीं लगता कि वह मेरी औलाद है।'

यह तीर राधाई के सीने से आर-पार चला गया, और वह अदबदाकर गिर पड़ी। खुद ही अपने गाल पर चाँटे मारने लगी। रोने लगी। पाटील को अपनी गलती महसूस हुई और उनकी आँखें भर आयीं। राधाई के चेहरे को दोनों हाथों में समेटकर उन्होंने कहा, 'राधे, मुझे माफ कर दो। अनजाने में मैं अण्ट-शण्ट कुछ भी बकता रहा।' दो बूढ़ी आत्माएँ एक-दूसरे से लिपटकर बिलखती रहीं। दोनों भूखे पेट ही सो गये।

राधाई ने चिट्ठी लिखकर हनुमंत को बुला लिया। बाप-बेटे की लड़ाई में खानदान की इज्जत को दांव पर लगते देखकर हनुमंत भी मायूस हो गया। फार्म भरने के बाद से तो मुरार पाटील और अधिक सीना तानकर चलने लगे थे। उनकी आँखों में खून उतर आया था। बाजीराव तो पूरी तरह से सोकाजी की जेब में जा बैठा था। उसके हिस्से के खेत में सोकाजी के ही मजदूर और साझीदार खट रहे थे।

शर्म-ओ-हया को धता बताकर लक्ष्मी सोकाजी के घर में काम कर रही थी। बरतन माँजने से लेकर तबेला साफ करने तक के सभी काम…! हनुमंत ने बाजी को अपनी उम्मीदवारी वापस लेने के लिए हर तरह से समझाने की कोशिश की। पर कोई फायदा नहीं हुआ। मुरार पाटील को कोई राय देना तो बेकार था। राधाई को हिम्मत से काम लेने की सीख देकर हनुमंत चला गया।

भीमू का मयखाना प्याऊ की तरह सबके लिए खुला था। सवेरे सात बजे ही एक-एक पेग मारकर लोग चुनाव प्रचार के लिए चल पड़ते थे। सदा बनिया पाटील गली का उम्मीदवार था। दूसरों के इलाके से चुनाव लड़ना खतरे से खाली नहीं था। अतएव अपने पक्ष में वातावरण बनाने के लिए तरह-तरह के हथकंडे उसे अपनाने पड़ रहे थे। पाटील गली के मतदाताओं पर सदा मेहरबान हो गया। पचास रुपए के माल के वह पच्चीस रुपए ही लेने लगा। माचिस, साबुन, चीनी जैसी मामूली चीजें तो मुफ्त वितरित कर रहा था। मुफ्तखोरी की यह खबर आग की तरह गाँव में फैल गयी। फिर क्या था, उसकी दूकान

पर भीड़ उमड़ पड़ी। सदा अब चौकन्ना हो गया और चिल्लाया—

'मेरे बाप का श्राद्ध थोड़े ही है। जो लोग पाटील गली में रहते होंगे, केवल उन्हीं को ये चीजें मुफ्त मिलेंगी।'

'हाय रे कम्बख्त ! हमारी गली से क्यों नहीं खड़ा हुआ तू ? दो-चार दिन मुफ्त का खाना तो मिल जाता हमें।'

ज्ञानू सावला गुट को पेड़, मोर और भुट्टा ये चुनाव चिह्न आबंटित हुए थे। शिरपा अडीसरा गाँव का अत्यंत उजड्ड व्यक्ति था और ज्ञानू सावला के गुट की ओर से ही चुनाव लड़ रहा था। जवानी के दिनों में शिरपा पहलवानी किया करता था। पर अब सब कुछ छोड़-छाड़कर दूधिये का धंधा करना ही उसने बेहतर समझा। तीन भैंसों का दूध सवेरे वह डेयरी में जमा करता था और शाम का दूध खुद पी जाता था। मनमानी दूध पीकर जनाब मेंढक की तरह गोल-मटोल हो रहे थे। शिरपा एक तो ठिगना था और चौड़ाई में फूल रहा था। इस वजह से दिखने में वह बहुत ही भद्दा लग रहा था। इसीलिए उसका नाम अडीसरे रखा गया था। दिन-भर मवेशियों को चरागाह में छोड़कर पेड़ के नीचे घंटों आराम करना उसकी आदत थी। किन्तु अब दिन-भर प्रचार की भाग-दौड़ करनी पड़ रही थी और इससे वह बेहद परेशान हो गया था। उसे पेड़ चुनाव-चिह्न मिला था। अपने चुनाव-चिह्न को मतदाताओं की जेहन में उतारने के लिए वह आम के पाँच-छः फुट लम्बे दो कमसिन पेड़ कटवाकर लाया था। गली के दो छोरों पर एक-एक पेड़ उसने खड़ा करवाया तथा स्कूली बच्चों को कहकर उसने उन पर 'आपका नेता—श्रीपति अडीसरा' ये अक्षर खुदवाये थे।

डोकरे गुट को साइकिल, आदमी और कार— ये चुनाव-चिह्न आबंटित हुए थे। किशोरवयीन लड़के, जिनके होंठों पर अभी-अभी मसें उग आयी थीं, भीमू के प्याऊ से घूंट-दो घूंट चढ़ाकर ही चुनाव-प्रचार में शामिल होते थे। इसके अलावा रोजाना मुर्गे-बकरे कट रहे थे, सो अलग। गाँव के प्राथमिक तथा प्राध्यमिक स्कूल वीराना बन गये थे। तबेले में मवेशियों के चारे-पानी की व्यवस्था देखने की फुरसत किसी के पास नहीं थी। दिन-भर भेड़-बकरियों की चीखें सुनाई पड़ती थीं, बस। गन्ने के खेत में दो-एक बार हल चलने से, डेलों के बीच में से होकर जमीन में पड़ी दरारें साफ दिखाई पड़ती थीं। छुट्टी मंजूर होने की परवाह किये बिना मुंबईवासी भारी संख्या में वहाँ आये थे। इसलिए गाँव में जैसे मेला लगा था। लगभग प्रतिदिन जुलूस, रैली, सभा, मुलाकातें आदि का दौर चल रहा था। गाँव में काफी चहल-पहल थी। रोजाना शाम के वक्त सम्पतराव गाँव की परिक्रमा करता था। उसके आगे-आगे साइकिल और सजी-धजी कार की शोभा-यात्रा निकला करती थी। चुनाव-चिह्न आदमी को

उभारने के लिए बजा शेटे के मुँह पर तवे की कालिख पोतकर उसे आदमी के पूर्वज का रूप दिया जा रहा था। होली की हुड़दंग के दौरान की जाने वाली लीपापोती से भी चुनावी हुड़दंग की खुमारी कुछ अलग ही थी। सम्पतराव के पिट्ठू चिल्लाते—

'आया आया भालू उसके देखो बाल
जानू सावला की लालम्लालऽऽ
साइकिल, आदमी और कार
ज्ञानू को मारो जूते चार ऽऽ
देश का नेता ऽऽ सम्पतराव डोकरे ऽ !'

इसके जवाब में ज्ञानू सावला के पिट्ठू चिल्लाते—

'रास्ते का माल सस्ते में
सोकाजी की जान आफत में
इना मिना डिका
सोकाजी का रंग फीका'

प्रचार के स्तर में गिरावट आ रही थी और दुश्मनी के प्रदर्शन में भी। पान के बागान का रास्ता सोकाजी के खेत में से होकर जाता था। बागान के अधिकांश मजदूर ज्ञानू सावला के गुट के थे। इसलिए उनका रास्ता रोकने के उद्देश्य से सोकाजी का चेयरमैन भाई मानाजी दलबल समेत वहाँ खड़ा था। बिजली की कई मोटरें साझीदारी में बिठायी गयी थीं। एक ओर मालिक तथा दूसरी ओर साझीदार हो, तो साझीदार के पानी पटाने में बाधा डाली जाती थी। विरोधियों की बैलगाड़ियाँ और हल बीच में ही रोक दिये जाते थे। नहरें तोड़कर पानी की पलानें तहस-नहस की जा रही थीं। काशा देसाई संपतराव का पिट्ठू था।

नये-नये फैशन के कट तथा मूंछों के रखरखाव का गुर कोई काशा से सीखे। आसपास के इलाके में इस मामले में उसका कोई सानी नहीं था। एक बार संपतराव ने उसे यूँ ही झाँसा दिया, तो वह ज्ञानू सावला खेमे के लोगों के बाल काटने, दाढ़ी बनाने के लिए साफ मना करने लगा। इसलिए ज्ञानू गजापुर से एक नाई लिवा लाया। वह ज्ञानू के घर के बाहर एक कोने में, बड़े से पत्थर पर बैठकर गली के लौंडों की हजामत मुफ्त में करने लगा।

पवार-गली की सुगन्धा का रिश्ता डोकरे-गली में हुआ था। उसकी प्रसूति में तीन सप्ताह का समय बाकी था। उसे प्रसूति के लिए मायके लिवा लाने की समुचित व्यवस्था बाबूराव पवार ने की थी। इसी बीच चुनावों की घोषणा हुई। ससुर ज्ञानू सावला गुट का आदमी था इसलिए वह बहू को मायके जाने

ही नहीं दे रहा था। और दामाद डोकरे गुट से सम्बद्ध होने के कारण बाबूराव अपनी बेटी को लिवा लाने से कतरा रहे थे। 'उसकी शादी हुई तो अब ससुराल में ही वह जीयेगी या मरेगी,' कहकर बाबूराव उलाहना देने लगा। नौवाँ महीना चल रहा था, सो सुगन्धा को बार-बार माँ की आवश्यकता महसूस होने लगी थी। दिनोंदिन बदन भारी होने लगा, तो उसे तीव्रता से माँ की याद आती रही। यदा-कदा तो वह रुआँसी हो जाती। एक दिन दोपहर के वक्त घरवालों की आँख बचाकर उसने माँ को सन्देशा भेजा। वह भी बेचारी चोरी-छुपे दामाद के घर पहुँची और माँ-बेटी दोनों फूट-फूटकर तबीयत से रोती रहीं। सुगन्धा ने हिचकियाँ लेते हुए कहा—

'इन चुनावों को भी कम्बख्त अभी आना था···?'

'मेरे सात बच्चे हुए, पर ऐसी मुसीबत कभी नहीं आयी थी। लेकिन तू क्यों दिल छोटा कर रही है?' सुगन्धा की माँ ने उसे हिम्मत देने का प्रयास किया।

असली मुकाबला तो मुरार पाटील और बाजीराव में होने वाला था। पिता-पुत्र दोनों जी-जान से जुट गये थे। चुनाव में अब सिर्फ चार दिन बाकी थे। एक दिन समाचार मिला कि कल रात बाजीराव ने फी मतदाता बीस रुपये के हिसाब से रकम बाँटी। मुरार पाटील ने किसी को कोई लालच नहीं दिया। वे हाथ जोड़कर विनम्र अनुरोध करते थे। उन्होंने अपने जीते-जी कई लोगों की सहायता की थी। वे सिर्फ उस घटना की याद दिलाते थे, बस। 'मेरी औकात तो आप लोग जानते ही हैं। आपको जँचे तो मत दीजिए। वरना राम-राम···'

संपतराव के पास शराब, रुपया, गुण्डागर्दी आदि सब कुछ था। और 'युवा शक्ति को मौका' देने का आग्रही नारा था। नौजवानों की जुबान पर मुर्गी-बकरे का मसालेदार गोश्त था और प्यास बुझाने के लिए भीमू का मयखाना था, जो रात के बारह बजे तक खुला रहता था। डोंगरवाडी का सरपंच पताशा संपतराव को जिताने के लिए अपनी बिरादरी के पांगिरावासियों से खुल्लम-खुल्ला अनुरोध कर रहा था। उनके मुकाबले ज्ञानू और मुरार के प्रयास ना-काफी सिद्ध हो रहे थे। शिरपा अडीसरा को अपने विजय की पूरी उम्मीद होने से वह खूब उछल रहा था। सदा बनिये की दूकान खाली होने लगी। माने खानदान का एकमात्र उम्मीदवार सोपाना माने था और उसे जिताने के लिए दगडू रातघ्या काफी हाथ-पैर मारता रहा। 'अरे बाबा, अपनी बिरादरी की नाक मत कटवाओ,' कहकर वह युवकों में चेतना जगाता रहा।

अब सिर्फ दो दिन बचे थे। दोनों पार्टियाँ पूरे तैश में थीं। मुम्बई कर मतदाता तो कभी के आ चुके थे। तथापि तीस-पैंतीस कामगार अभी आने बाकी थे। उनके नाम भी गाँव की मतदाता सूची में शामिल थे। तान्या भिलारे को चैन

नहीं था, सो वह स्पेशल ट्रक से मुम्बई गया तथा मतदान की तारीख की पूर्व-सन्ध्या को बाकी बचे मतदाताओं के साथ लौट आया और सोकाजी के खेत में ही उनके रहने की व्यवस्था उसने करवायी। सोलापुर की कपड़ा मिल में सात मतदाता थे। उन्हें लिवा लाने के लिए ज्ञानू ने चिणू गुणाजी को जीप में सोलापुर भेज दिया। मतदाता चिणू की जीप से पांगिरा के लिए चल पड़े। इतने में सदा बनिये की जीप भी वहाँ पहुँची। वहाँ हाथापाई की नौबत आयी थी। पर चिणू अत्यन्त चालाकी से मतदाताओं को उड़ा लाया। दिन निकलने से पहले जीप ज्ञानू के घर के सामने आ रुकी।

आज तक तायन्या कांबले के इशारे पर हरिजन बस्ती के लोग मतदान किया करते थे। इसलिए ज्ञानू सावला ने वहाँ तायन्या को ही अपनी पार्टी का उम्मीदवार मुकर्रर किया था। अतएव तायन्या को जोरदार झटका देने का इरादा सोकाजी कर चुका था। चुनाव की पूर्वसंध्या को सोकाजी ने हरिजन बस्ती के सभी मतदाताओं की एक बैठक अपनी कोठी पर ही आयोजित की। बैठक हुई। भोजन हुआ। उसके बाद सोकाजी ने हँसते हुए कहा, 'साथियो, अब यहीं सो जाओ। रात काफी हो गयी है। सवेरे उठकर यहीं चाय-नाश्ता कर लो और ठप्पा लगाकर घर चले जाओ। क्यों?' कोठी का दरवाजा पहले ही बन्द हो चुका था। उन पर कड़ी निगरानी रखी जा रही थी।

मतदान के दिन सवेरे पांगिरा जाग तो गया पर लोगों की आँखों में तरा-वट थी। रात-भर मटरगश्ती चलती रहने से कोई सो ही नहीं पाया था। 'ए बुढ़िया, ये कार है, ये साइकिल और ये आदमी ऽऽ,' छोटे-छोटे बच्चे बड़े-बूढ़ों को चुनाव-चिह्न बताते फिर रहे थे। हर एक घर में आने-जाने वाले लोगों पर गाँव के निठल्ले युवक बराबर निगाह रखे हुए थे। किसी एक पार्टी का कोई आदमी किसी के घर में हो आये, तो दूसरी पार्टी के प्रतिनिधि फौरन उस घर में घुसकर 'वह क्यों आया था? क्या कह रहा था?' आदि जानकारी प्राप्त करने का प्रयास करते। इस प्रकार गर्मजोशी वहाँ के वातावरण में व्याप्त थी।

मतदान केन्द्रों पर भी खूब धमाल चल रही थी। कुल मिलाकर विलक्षण उत्साह की प्रतीति चारों ओर हो रही थी।

सोकाजी की कोठी में रात-भर बंदिस्त हरिजनों को सवेरे जैसे-तैसे एक प्याली चाय नसीब हुई। उसके बाद संपतराव ने भाषण झाड़ते हुए कहा—'गाँव की भलाई के लिए ही हमें यह करना है। आप सभी लोगों का मत हमारे उम्मीद-वार गज्या कांबले को ही मिलना चाहिए। यदि इस चुनाव में तायन्या की जीत हुई तो भरी दुपहरी में समूची हरिजन बस्ती आग के हवाले कर दी जाएगी। क्या समझे?'

वे बेचारे आतंकित हो गये थे। एक-एक करके उन्हें कोठी से बाहर जाने दिया गया और एक झुंड बनाकर संपतराव उन्हें मतदान केन्द्र की ओर ले जाने लगा, गोया वे इन्सान नहीं, मवेशी हों। ज्ञानू सावला के समर्थक यदि रोड़े अटकाने लगें, तो उनकी हवा टाइट करने का बन्दोबस्त भी संपतराव ने कर रखा था। राह चलते संपतराव को अचानक याद आने से उसने चिल्लाकर कहा, 'बोलो शिवाजी महाराज की ss ?'

'जय ss' लोगों ने जवाब दिया।

'बोलो बाबा आम्बेडकर की ss ?' तान्या भिलारे।

'जय ss' कांबले समूह ने वाक्य पूरा किया।

हरिजनों का मतदान अभी पूरा हुआ था कि कल रात ट्रक में मुंबई से आये तथा सोकाजी के खेत में रुके हुए मतदाता जोश-खरोश के साथ वहाँ आ पहुँचे। सोलापुरी मतदाताओं की जीप भी आ धमकी। अनुपस्थित मतदाताओं के नाम से भी मतदान हुआ। दोनों पार्टियों में से किसी ने इस पर आपत्ति नहीं की। मृत व्यक्तियों के नाम से भी बाकायदा मतदान हुआ।

अब बड़े-बूढ़ों की बारी थी। बच्चे अब उनकी ओर मुखातिब हुए। जरा जर्जर मरीज भी उनकी गिरफ्त से बच नहीं पाये। वृद्धा जनी बेलाशे हड्डियों का ढाँचा भर रह गयी थी और चारपाई से चिपकी हुई थी। उसकी बहू मत-दान के लिए गयी थी। अब उस बुढ़िया को पीठ पर लादकर ले जाने के लिए होड़-सी लगी थी। ज्ञानू के लोग उसका सिर खींचने लगे, तो सोकाजी के लोग उसके पैर। उनकी खींचातानी को जज्ब कर बुढ़िया जैसे-तैसे मतदान केन्द्र पर आ पहुँची। इस बीच उसकी आँखों की पुतलियाँ तन गयी थीं। यह देखकर लक्षा बेलाशे चिल्लाया, 'अबे, छोड़ दो उसे। मेरी बुढ़िया की तो जान ले ली तुम लोगों ने···' बुढ़िया को पानी पिलाया गया। उसके सहायक के रूप में लक्षा ने ही ठप्पा लगाया। कुल मिलाकर बूढ़ों-मरीजों की खूब छीछालेदर हुई। छोटे-मोटे विवाद भी होते रहे। पुलिस के यथासमय बीच-बचाव के कारण स्थिति विस्फोटक नहीं बन सकी।

शाम के पांच बजे मतदान समाप्त हुआ, तो ग्रामवासियों के सिर पर से एक बोझ हल्का हुआ। मतपेटियाँ सकुशल मांगोला पहुँच गयीं।

दूसरे दिन चुनाव-परिणाम सुनने के लिए गाँव के एक-चौथाई से भी अधिक लोग मांगोला गये। मुरार पाटील ने मवेशियों को चारा-पानी किया। पिछले दो-चार दिनों से मवेशियों की ओर ध्यान देने की फुरसत ही नहीं मिली थी उन्हें! चुनाव-परिणाम कहीं भाग थोड़े ही जाएँगे? शाम को जरूर सुनने को मिलेंगे। उन्हें सन्देह था कि उनके साथ न्याय हो पायेगा। क्योंकि मतदाताओं के दिलों की थाह पाना तो सम्भव नहीं था।

शाम चार बजे चिणू गुणाजी तहसील मुख्यालय से लौट आया। उसके बुझे-बुझे-से चेहरे की स्याही काफी कुछ कह रही थी। पाटील का कलेजा तार-तार हुआ जा रहा था। चिणू गुणाजी ने मर्माहत अन्दाज में कहा—

'ऐसा कैसे हुआ ? अपने पैनल का एक भी उम्मीदवार नहीं आया ?' पाटील की गर्दन झुक गयी।

'पाटील, मतगणना शुरू हुई, तो हमें लगा था कि आप जरूर विजयी होंगे। काफी उत्तेजना थी। पलड़ा नीचे-ऊपर होता था। अन्ततः आपके बेटे को पचासी मत मिले और आपको अस्सी ! सिर्फ पाँच के मताधिक्य से उसकी जीत हुई।'

'हार तो हार ही है....' पाटील की आँखें भर आयीं।

रात होने से पहले ही गुरुजी चादर ओढ़कर सो गये। भयाक्रान्त राधाई बुत बनकर उनके सिरहाने बैठी रही।

शाम को काफी शोरगुल हुआ। विजयी उम्मीदवारों का आलीशान जुलूस निकाला गया। ढोलक-नगाड़े, लेझिम, बैंड, गुलाल-नारियल, पटाखे, अनार, रंगबिरंगी आतशबाजी आदि के बीच निकले जुलूस का नजारा देखते ही बनता था। डोंगरवाडी का राजा पताशा चोरगे को लिवा लाया। राजा की वजह से जूलूस में खूब रौनक आयी। सजी हुई बैलगाड़ी में दूल्हे की तरह अकड़कर संपतराव बैठा था। बाकी चेले-चमचे उसके आगे-पीछे मँडरा रहे थे। सोकाजी के पिट्ठुओं ने दगडू बुड्ढे को भी जबरदस्ती जुलूस के दायरे में खींच लिया। बुड्ढा गुलाल से लालीलाल हो गया था। इसी बीच कोई चिल्लाया, 'कदम-माने भाई भाई,' तो बाकी लोग खिलखिलाकर हँस पड़े। जुलूस मुरार पाटील के घर के सामने पहुँचा। लड़के कुछ ज्यादा ही जोश में आये। ढोलक-नगाड़ों की आवाज अधिक तेज हुई। शोर भी बढ़ गया। कंडों के धुंधुआने से उठने वाले धुएँ की तरह पाटील भीतर-ही-भीतर सुलग रहे थे। दांत-होंठ भींचकर उन्होंने कहा—

'राधा, जा तू भी अपने बेटे की आरती उतार। बाप को हराकर भड़ुआ विजयी हुआ है। उसे प्यार से गले लगा ले।'

राधाई ने उत्तेजित पाटील का सिर अपनी गोदी में लिया और समूची क्षमता के साथ वह उन्हें शान्त करने लगी। बाहर राधाई की जेठानियाँ अपने विजयी भतीजों की आरती उतार रही थीं, मादा घोड़ों की तरह हिनहिना रही थीं। जबकि इधर राधाई अश्क पी रही थी।

रात दो बजे तक जुलूस चलता रहा। सोकाजी की कोठी में दावत थी। घंटों नाचने से थके हुए युवकों ने छककर खाना खाया और वहीं सो गये। इधर सोकाजी और संपतराव हिसाब लगा रहे थे कि कौन-से वार्ड में उन्हें कितने

मत मिले, किस-किस ने धोखा दिया, पानी की साझीदारी से किस-किस का पत्ता काटना है, सोसाइटी के साये से किस-किस को वंचित रखना है आदि।

सोकाजी की कोठी के अलावा पूरा गाँव खर्राटे भर रहा था। गाँव के बाहर, सीमा से लगे खेत में आम के नीचे शिरपा अडीसरा सोटा हाथ में लिए बैठा था। अनजान व्यक्ति तो उसकी बेलौस आकृति को बराबर भूत मान सकता था। पराभूत शिरपा हारी हुई निगाहों से बार-बार खेतों की ओर देख रहा था। भोर होने को आयी। झुटपुटा होने लगा। लोग काम पर जाने के उद्देश्य से अलस्सुबह जागकर तैयार होने लगे। पाटील-गली की औरतें लोटा हाथ में थामे फारिग होने खेतों में आने लगीं। शिरपा ताक में ही बैठा था। वह बैठे-बैठे ही मिट्टी के डेले औरतों पर बरसाने लगा।

'कौन है ऽऽ कौन है ?' औरतें चीखने लगीं।

'मैं हूँ। तुम्हारा बाप। शिरपा अडीसरा। इस खेत का मालिक,' शिरपा ने गरजकर कहा, 'चुड़ैलो, मेरे खेत में फारिग होने फिर कभी आओ, तो टाँगें तोड़ दूँगा! तुम्हारी तो माँ की ऽऽ तुम्हारे प्रजातन्त्र की ऐसी-तैसी··· वोट उनको दो और हगने यहाँ···?'

शिरपा ने डेले बरसाना जारी रखा तो औरतें डर के मारे लोटे वहीं छोड़ कर भाग खड़ी हुईं।

पंचायत चुनावों में विपक्ष को मुँह की खानी पड़ी थी। सोकाजी अब निरापद आगे बढ़ सकता था। चुनाव जीतकर नये-नये मुसलमान बने युवक गाँव के लिए कुछ कर गुजरने की सोच रहे थे। सोकाजी की कोठी में उसकी बिरादरी के लोग तथा अन्य यार-दोस्त घण्टों बतियाने लगे। वहाँ बैठे-बैठे तान्या भिलारे को अनायास बड़-नीम के पेड़ याद आते रहे। उन पेड़ों की उम्र भी अब हो चली थी। अब वे संन्यास ग्रहण करने के अन्दाज में धीरे-धीरे हरीतिमा को त्यागने लगे थे। यानी कि ठूँठ बनने की ओर अग्रसर हो रहे थे। इस साल बड़ के पेड़ में फल आये ही नहीं। न निमौरी देखने में आयीं, न ही नीम के पत्ते। उनकी जड़ें तान्या के दिमाग में गहरे पैठती जा रही थीं। उसने ठेकेदारी के क्षेत्र में कदम रखा था, तभी से ये पेड़ उसकी निगाहों में बस गये थे। ठेकेदारी में अब उसकी अच्छी-खासी धाक थी और एक लाख से कम का ठेका तो वह लेता ही नहीं था। और अब तो पूरा गाँव उसकी मुट्ठी में आ गया था। फिर भी ये दो पेड़ कटवाने की जुर्रत वह नहीं कर सकता था। तान्या उसाँस छोड़कर ललचायी निगाहों से यदा-कदा उन्हें घूरता था। राह चलते हुए पाँव में इत्ता बड़ा काँटा चुभने से घट्ठा पड़ने जैसी स्थिति उसके दिल की हो रही थी। तान्या की चुप्पी सोकाजी से देखी नहीं गयी। उन्होंने कहा—

'तान्या, तुम्हारे मुँह पर ताले क्यों पड़े हैं? खौफ खा गये हो क्या?'

'आबा, ऐसी बात तो नहीं है। फिलहाल पूरे गाँव को जलाकर राख कर डालने की ताकत हमारे पास है। पर मैं सोच रहा हूँ कि बड़-नीम पर अभी तक गाज क्यों नहीं गिरी?'

सोकाजीराव भी चुप हुआ। बात उसके दिल पर भी चोट कर गयी थी। तनिक सोचकर सोकाजी ने कहा।

'पन्द्रह साल पहले वहाँ बस अड्डा होने वाला था न?'

'क्यों नहीं हुआ?'

'क्योंकि वह प्रस्ताव ही फाइलों में कहीं दबा पड़ा होगा।'

'तो फाइल खुलवाएँगे। उसमें कितनी देर लगती है? शुभ काम में मुहूर्त की भी जरूरत नहीं...'

इतना संकेत मिलने पर शिकार को फौरन झपटने का निश्चय तान्या ने किया।

इसी विषय पर सोकाजी से उसकी विस्तृत बातचीत हुई। तान्या संपतराव के साथ चल दिया। चबूतरे पर बैठे गपशप कर रहे भिकू अण्णा को भी उन्होंने जीप में लिया और जिला मुख्यालय पहुँच गये। फाइलों के अम्बार उलट-पुलट कर देखने पर दीमक लगे कागजात प्राप्त हुए। बस अड्डे की रूपरेखा का मसविदा अन्ततः उनके हाथ लगा। फिर क्या था, भिकू अण्णा के जरिये एक आवेदन-पत्र लिखवा लिया गया, जिसमें महत्त्वपूर्ण तथ्यों का उल्लेख किया गया था। जैसे—बस अड्डे की आवश्यकता क्यों है, धूप और बारिश में यात्रियों को कितने कष्ट उठाने पड़ते हैं, खुले आसमान तले बस के लिए उन्हें किस तरह घण्टों इन्तजार करना पड़ता है, बीस वर्षों से ग्रामवासियों की जायज माँग को भी किस तरह दबा दिया गया है आदि। आवेदन पर गाँव के अधिकांश लोगों के हस्ताक्षर या अँगूठे के निशान लगाये गये। उसके साथ पटवारी का खसरा-खतौनी प्रमाण-पत्र नत्थी कर एक प्रतिनिधि मण्डल को लेकर दो जीपें मुंबई के लिए चल पड़ीं।

परिवहन मन्त्री से मिलने के लिए कितने ही लोग केबिन के बाहर प्रतीक्षा कर रहे थे। बुधवार मुलाकातियों के लिए आरक्षित था। इसलिए पाँच-सात प्रतिनिधि मण्डल अपनी बारी का इन्तजार कर रहे थे। और फिर मन्त्री महोदय के पास गृह मन्त्रालय का अतिरिक्त कार्यभार भी तो था। इसी वजह से वरिष्ठ पुलिस अधिकारी वहाँ भीतर-बाहर आ-जा रहे थे। पांगिरा के प्रतिनिधि मण्डल के साथ सभापति श्रीपतराव सावंत सीधे साहब की केबिन में ही घुस गये। साहब ने उनका आवेदन पढ़कर ठहाका लगाते हुए कहा—,

'इत्ते से काम के लिए यहाँ आने की क्या जरूरत थी? आप डाक से भेज देते तो भी आपका काम शर्तिया हो जाता।'

'साब, जब तक आप सम्बन्धितों के कान नहीं उमेठेंगे, कागज अपनी जगह से हिलते ही नहीं। बाबू लोग गैंडे की चमड़ी के हो गये हैं' सोकाजी ने टिप्पणी की।

पास-पड़ोस के लोग हँस दिये। श्रीपतराव ने कहा, 'साहब, जिला परिवहन कार्यालय को लाइटनिंग कॉल लगाइए...'

'कॉल क्या करना है? चिट्ठी देता हूँ।'

'चिट्ठी तो दे ही दीजिए, साथ में फोन भी कीजिए। हमारे लोगों को बहुत परेशानी हो रही है।'

पांच मिनट के अन्दर-अन्दर नम्बर लगा और बात भी हुई। साहब ने काम फौरन शुरू करने तथा वह पूरा होने पर उसकी रिपोर्ट भेजने की कड़ी हिदायत भी दी। प्रतिनिधि मण्डल खुश हुआ। अब उनसे यथाशीघ्र फारिग होने के उद्देश्य से उन्होंने पूछा, 'और कुछ? और कोई बात हो तो जरूर बताइए।' इससे अच्छा मौका और क्या हो सकता था? अन्धा माँगे एक...। सोकाजी के दिमाग में कई सवाल मँडराने लगे। चारपाई देखी नहीं कि प्रसूत होने की उसकी आदत थी। उसने लगभग चिल्लाकर कहा—

'अजी साब, बाजारगाँव की पुलिस चौकी में फोन लगाइए। 'लाईटिंग कॉल होना चाहिये।'

'लेकिन क्यों? क्या काम है?'

'आप तो गृह मन्त्रालय का भी कामकाज देखते हैं। इसीलिए कह रहा हूँ कि पुलिस चौकी को फोन लगाइए।'

'मुझे अपने क्षेत्राधिकार के विभागों की सूची याद है। आप पहले काम बताइए।'

'वहाँ शिवा हवालदार नामक एक करमजला है। पाँच साल से वहीं है और हरदम हवा में तैरता है। उसका तबादला भी तो नहीं होता। पिछली बार उसने सरेआम मुझे खूब बुरा-भला कहा। मुझे जलील किया कम्बख्त ने। फोन पर उसे हड़काइये तो। हमारी ताकत का पता तो चलने दीजिये लोगों को...।'

'लेकिन गृहमन्त्री एक टुच्चे से हवालदार को फोन करे?'

'तो क्या हुआ? कार्यकर्ताओं की आहें हैं ये। आम आदमी के हितों की रक्षा करना आसान नहीं होता, साब!'

श्रीपतराव ने सोकाजी को जैसे-तैसे समझाया। लगभग खींचकर ही वह सोकाजी को बाहर ले आया। साहब ने शिवा हवालदार से तो बात नहीं की किन्तु बस अड्डे के शेड सम्बन्धी आवेदन पर 'फौरन कार्रवाई की जाए' टिप्पणी लिख दी। साहब के हुक्म पर तामील होने का मतलब हुआ पेड़ों का अपने आप धराशायी हो जाना। सांप भी मरेगा और लाठी भी नहीं टूटेगी। संपतराव

ने फिकरा कसा,

'अब ज्ञानू सावला को करने दीजिए भजन। बड़ा उछल रहा था।'

'अल्पसंख्य समुदाय का हितैषी बनता है? अब यह बस अड्डे का बहाना कैसा लगा?' तान्या ने हँसते हुए चिकोटी ली।

बाजी जीत लेने के अंदाज में प्रतिनिधि मण्डल लौट आया।

वे दोनों पेड़ कटेंगे। और उसी जगह बस अड्डे की शेड बनेगी। इसके मन्त्रालय से ही आदेश जारी हुए हैं···आदि बातें गाँव की जनता को मालूम होने में देर नहीं लगी। इन दो पेड़ों की रक्षा के लिए ज्ञानू सावला ने एड़ी-चोटी का जोर लगाया था। लेकिन आखिर कब तक उनके तने को मुद्दा बनाया जा सकता था? इसलिए ऐसी बातों की ओर ध्यान देना उसने छोड़ दिया था। पर इसी बात को लेकर सोकाजी की बिरादरी के लड़के ज्ञानू-खेमे के लड़कों को उलाहना देने लगे। 'आ बैल मुझको मार' जैसी स्थिति थी। और लोगों को अकसर इसकी आदत-सी होती है। ज्ञानू की बिरादरी के लड़कों ने ज्ञानू से कहा, 'भाई साहब, सोकाजी ने तो हमारी नाक काट दी। अब हमें गाँव में घूमना-फिरना मुश्किल हो गया है।'

ज्ञानू सावला के दिमाग पर फिर से खब्त सवार हुआ। आधे रास्ते से लौटकर अपने लोगों की बेइज्जती को भला वह बरदाश्त कैसे कर सकता था? भीमू गुरव ने भले ही उससे तलाक ले लिया हो, गुरवों की बाकी पलटन अभी भी उसके साथ थी। ज्ञानू के कुएँ का पानी जो वे लेते थे। अतएव इतनी निष्ठा दिखाना तो उनका फर्ज बनता था। ज्ञानू कमर कसकर फिर से तैयार हुआ। मुख्यमन्त्री के नाम से उसने एक लम्बी-चौड़ी अर्जी लिखी और उसकी प्रतियाँ प्रधानमन्त्री, राष्ट्रपति से लेकर गृहमन्त्री, आयुक्त, जिलाधीश, उप-जिलाधीश, तहसीलदार, पटवारी आदि सभी को भेज दीं। इस बात पर चिकोटी लेते हुए चिणू गुणाजी ने कहा, 'इतने सारे लोगों को आपने आवेदन की प्रतियाँ भेजीं, फिर अमरीका और रूस के राष्ट्रपति ने क्या गुनाह किया है? उन्हें भी एक-एक प्रति जाने दीजिए।'

सब लोग हँस दिये। भिकू अण्णा इस महफिल में भी शामिल थे। ज्ञानू सावला ने उनसे पूछा, 'अण्णा, इतना लम्बा-चौडा आवेदन लिखने का रिवाज अभी चल पड़ा है कि नहीं?'

'मुझे क्या पता? मैं थोड़े ही अर्जियाँ लिखता हूँ? और फिर प्रतियाँ भेजनी हों, तो अमरीका और रूस के राष्ट्रपति को मराठी पढ़ने आता है?' भिकू अण्णा ने हँसकर कहा।

'बहुत खूब' कहकर चिणू गुणाजी खिलखिलाकर हँस पड़ा। उसे सन्तोष था तो यही कि मराठी पढ़ने-लिखने से अनभिज्ञ लोगों की श्रेणी में उसके अलावा

और भी कई बड़े-बड़े लोगों के नाम हैं। बिला वजह कई जगह आवेदन भेजने की गन्दी आदत अण्णा को शुरू से ही थी। मेड़ में दरार पड़ने पर शिकायती अर्जी तहसीलदार को देते समय उसकी प्रति भी वे प्रधानमन्त्री को बराबर भेज दिया करते थे। बिल्कुल ही अँगूठा छाप महिला का कोई काम हो और उससे सेवा शुल्क लेकर भले ही वे उसका काम कर रहे हों, पर अपनी बात उसके गले से नीचे उतारने के उद्देश्य से वे कहते, 'सगुणा, सीधे दिल्ली दरबार में भी तेरी कैफीयत हमने भेज दी है। इतनी दूर आवेदन भेजना हो, तो कितना खर्चा आएगा ?'

दो-चार दिन में ही बस अड्डे की प्रस्तावित शेड का जायजा लेने कुछ अधिकारी गाँव में आ गये। पहले तो उन्होंने चारों पेड़ों को फीता लगाकर तनों के घेरे की नाप ली और उनके आस-पास की खुली जगह की भी। निशान के तौर पर उसकी चौहद्दी में उन्होंने एक-एक पत्थर गाड़कर उस पर सफेदी पुतवा दी। उस परिसर में काफी संख्या में ग्रामवासी इकट्ठे हो रहे थे। जाहिर है कि इससे ज्ञानू सावला बेचैन हो गया। वह एक प्रतिनिधि मण्डल के साथ फौरन मांगोला जा पहुँचा और विधायक संताजी को उसने पूरा वाकया सुनाया। संताजी ने उसे आश्वस्त किया कि हफ्ते-भर में ही शुरू होने वाले ग्रीष्मकालीन अधिवेशन में इस समस्या का स्थायी हल निकालने की पूरी कोशिश वे करेंगे।

एक जीप भाड़े से ली गयी। दूध में बनी गेहूँ की रोटियों का तोषा साथ में लेकर प्रतिनिधि मण्डल मुंबई के लिए चल पड़ा। इस सामग्री से दो दिन उनका गुजारा बड़े आराम से हो सकता था। ग्रीष्मकालीन अधिवेशन शुरू हो चुका था। मन्त्रालय परिसर में ठसाठस भीड़ थी। अधिवेशन काल में मन्त्रियों से शर्तिया मुलाकात हो पाने की उम्मीद से राज्य के अन्यान्य इलाकों से भारी संख्या में अभ्यागत मुंबई आये थे। झकाझक वस्त्रधारी नेता अपने-अपने प्रतिनिधि मण्डलों के साथ इधर-से-उधर मंडरा रहे थे। चर्चा-बैठकों की जैसे भरमार थी। चीनी मिलों, सोसाइटियों, दूध महासंघ, जि० प०, पंचायत समितियों की अम्बसेडर गाड़ियाँ, जीप गाड़ियाँ विधान भवन परिसर में कतारबद्ध खड़ी थीं। कार्यकताओं को वहाँ घूमना-फिरना मुश्किल हो गया था। मन्त्रियों के बँगले भी दर्शनार्थियों से पटे पड़े थे, गोया विधानसभा अधिवेशन न होकर जोतिबा का मेला लगा हो। यहाँ कमी थी, तो गुलाल-नारियल की। बाकी माहौल तो लगभग वैसा ही था।

पांगिरा के प्रतिनिधि मण्डल के साथ विधायक संताजी काले सीधे विपक्षी नेता के बँगले पर गये। वहाँ भी काफी चहल-पहल थी। संताजी ने साहब के निजी सहायक से मुलाकात की। सामने पड़ी फाइलों को एक ओर करते हुए,

हैरान-परेशान से निजी सहायक ने झल्लाकर कहा, 'अजी साहब, अभी दो दिन तो हमारे साहब के पास बिल्कुल भी फुरसत नहीं।'

'अल्पसंख्य समुदाय की जिन्दगी और मौत का सवाल है। कई परिवार तबाही की कगार पर खड़े हैं,' संताजी ने जोर-जोर से बात कर उनके निजी सहायक को पटाने की कोशिश की। उसने भीतर फोन कर दो दिन बाद का समय निर्धारित किया।

प्रतिनिधि मण्डल ने संताजी काले के कमरे में ही अपना सामान रखकर वहीं डेरा जमाया। वहाँ सोने आदि की व्यवस्था अच्छी थी। रात को जब वे लोग लौटे तो विधायक-निवास में प्रत्येक विधायक के कमरे से बाहर जूतों का ढेर लगा था। संताजी का कमरा भी इस बीमारी से अछूता तो नहीं रहा था। कमरे का दरवाजा खोलते ही दस-बीस लोग एक-दूसरे से सटकर सोते पाये गये। कमरे के बाहर, बरामदे में भी पाँच-सात लोग लेटे थे। पांगिरकर सोच में, तो विधायक महोदय उलझन में पड़ गये। वे सभी लोग उनके पार्टीजन थे और उन सभी लोगों ने उनके शेर पर ही ठप्पा लगाया था। ऐसी स्थिति में भला किसी से क्या कहा जा सकता था? ज्ञानू सावला दरवाजे के पास सिमट-सिकुड़कर लेटा रहा। बाकी लोग विधायक-निवास के बाहर फुटपाथ पर धोती बिछाकर, सामान की पोटली अपने सिरहाने लिए खुली हवा में सो गये। सवेरे उठने के बाद फारिग होने-नहाने के लिए भी लोगों का ताँता लगा रहा। ऐसे में कुछ ही लोग नहा सके, तो बाकी लोग मुँह-हाथ धोकर चल पड़ने के लिए तैयार हो गये।

दूसरे दिन तोषा खत्म हुआ। ज्ञानू सावला गिरगाँव में अपने एक रिश्तेदार के यहाँ खाना खाने गया। अन्य साथियों ने होटल में भोजन करना ही बेहतर समझा। इस प्रकार विपक्षी नेता से जैसे-तैसे मुलाकात हो पायी। साहब काम में अत्यधिक व्यस्त थे। मेज पर फाइलों का अम्बार लगा था। मुलाकाती बिना पूछे ही चले आते थे उनके कमरे में, दो-दो, तीन-तीन फोन एक साथ बजने लगते थे। पांगिरकर वहाँ के नरम, गद्देदार सोफे पर बैठ गये। संताजी काले पूरा किस्सा उन्हें सुनाते रहे। विपक्षी नेता चन्द्रभान शिंदे ने बीच में ही टोकते हुए कहा, 'राज्य में अन्य इतनी समस्याएँ हैं और आपको बड़-नीम के दो-चार पेड़ बचाने की चिन्ता है? ऐसी छोटी-मोटी बातों पर यदि हम अपनी शक्ति जाया करेंगे तो बाकी मसले हम कैसे हल कर पाएँगे?'

'साहब, आप समझने की कोशिश कीजिए। मेरे आदमी आठ दिनों से आपसे मुलाकात करने के उद्देश्य से यहाँ ठिप्पा मारकर बैठे हैं। न उनके खाने-पीने का कोई ठिकाना है, न उठने-बैठने का। पेड़ कटने का उन्हें उतना दुख नहीं जितना कि इसके लिए अपनाये जा रहे हथकंडों का। उन लोगों ने दहशत फैला रखी

है। वहाँ के सोकाजी डोकरे नामक खूसट मुस्टंडे ने हमारे गुरव लोगों का जीना हराम कर दिया है। गुरव समुदाय के लोग गाँव छोड़कर जाने लगे हैं···'

'साएब, चार परिवार तो जा चुके हैं,' दुष्ण्या ने संताजी के बयान की पुष्टि की।

'सुनिए साहब, आप ही सुन लीजिए,' सामने की मेज पर थपकी लगाकर संताजी ने साहब का ध्यान आकर्षित करते हुए कहा, 'अपनी घर-गिरस्ती, खेती-बारी छोड़-छाड़कर कहाँ जाएँगे साहब ये लोग ?'

शिन्दे समझ गये कि मासला संगीन है। उन्होंने सम्बन्धित कागजात उलट-पुलटकर देखे। वहाँ के सर्वे नम्बर में काश्तकारों के रूप में गुरवों के नाम लगे थे। विधायक महोदय के साथ शिन्दे साहब की विस्तृत बातचीत होती रही। साहब ने अन्ततः फैसला दिया, 'कल ही विधान सभा में यह मामला उठाऊँगा।'

बँगले से बाहर आते ही किला फतह करने के अन्दाज में ज्ञानू सावला ने विधायक काले को बाहुओं में भर लिया। बाकी लोग भी खुश होकर जैसे हवा में तैरने लगे। ज्ञानू सावला कहने लगा, 'विधायक साहब, हमारे गाँव की जिन्दगी और मौत के मसले पर कल विधानसभा में बहस होगी। अपनी जायज माँगों के समर्थन में मेरे साथी पिछले चार दिनों से यहाँ डेरा डाले बैठे हैं। भूखे पेट वे इस जद्दोजहद में शामिल हुए हैं। कल अपनी आँखों से सदन की कार्रवाई देखने का मौका तो उन्हें दीजिए। किसी उन्हें तरह पास दिलाइए।'

दूसरे दिन विधान भवन के प्रवेशद्वार के पास पांगिरकर आ खड़े हुए। राज्य विधानसभा की विशाल वास्तु देखकर वे हक्का-बक्का रह गये। आज यही सवाल पूछा जाना था। रात के समाचारों में समूचे महाराष्ट्र में यह खबर पहुँचेगी। कल के समाचार पत्रों में भी खबर छपेगी। काम सोलह आने पूरा होगा। लोगों को दो दिनों से नहाने का अवसर भी नहीं मिल सका था। उनके कपड़े-वपड़े भी गन्दे हो रहे थे। चिणू गुणाजी ने कहा—

'पाटील साहब, आपको वताना चाहिए था कि यहाँ इतने दिन लगेंगे। वरना हम एक जोड़ा और कपड़े अपने साथ ले लेते।'

'लेकिन मुझे भी कहाँ पता था ?' ज्ञानू सावला।

विधायक महोदय प्रवेश-पत्र ले आये और खुशियों से सरावोर प्रतिनिधि मण्डल उनके पीछे-पीछे हो लिया। ठीक उसी समय बाजारगाँव के लोग भीतर से बाहर आ रहे थे। उनमें वहाँ के सरपंच भी थे, तो ज्ञानू सावला ने उन्हें आवाज दी—

'सरपंच, यहाँ कैसे ?'

'क्या बताएँ पाटील, हमारे मराठी स्कूल के हेड मास्टर चौगले का तबादला

सभापति ने किया है। भोत अफरातफरी चल रही है।'

'तो यहाँ क्या करने आये हैं?'

'मुख्यमन्त्री से कहकर तबादला रद्द करवाएँगे।'

'सो कैसे?'

'साहब के मौसेरे भाई को ही साथ लाये हैं। अब देखेंगे कि तबादला कैसे रद्द नहीं होता...'

विधान भवन के चिकने-चिकने फर्श पर अत्यन्त सावधानीपूर्वक कदम-ब-कदम, वे आगे बढ़ रहे थे। इतने में शिरपा अडीसरा का, नाल जड़ा जूता फिसलने से वह ड्रम की तरह धड़ाम् से गिर गया। दो-तीन लोग बड़ी मुश्किल से उसे उठा पाए। उसकी बाँह में दर्द होने लगा था। तथापि वे लोग वैसे ही दर्शक दीर्घा में जा बैठे। नरम-नरम गलीचे और मद्धिम रोशनी की ठण्डक से सराबोर होकर पांगिरकर सुधबुध खो बैठे। दस-बीस मिनट दत्तचित्त होकर चारों ओर का नजारा आँखों में समोते रहे। थोड़ी देर बाद सदन की कार्रवाई पर उनकी आँखें टिक गयीं। इसी बीच विपक्ष के नेता चन्द्रभान सिंह खड़े हुए और उन्होंने विशेष मामले के तौर पर 'पांगिरा' का सवाल उठाया। अपने गांव का नाम सदन में सुनकर पांगिरकर के बदन में फुरेरी-सी हुई। वे एक-दूसरे की चिकोटी लेने लगे, तो उन्हें शान्ति बरतने का अनुरोध करते हुए ज्ञानू ने कहा, 'अब आप अपना मुँह बन्द रखने का क्या लेंगे?' पांगिरा के अल्पसंख्य समुदाय की अनुगूंज सदन में होने लगी, बड़-नीम के पेड़ डोलने लगे। सब लोग कान लगाकर गौर से सुनने लगे।

विपक्ष के सभी सदस्यों ने पांगिरा के मसले के प्रति अपना समर्थन व्यक्त किया तथा समस्या के सभी पहलुओं पर वे जोरदार शब्दों में विभिन्न मुद्दे उठाने लगे। चन्द्रभान शिन्दे की आँखें तो जैसे अंगार उगलने लगीं। उनका गला भर आया और नयनों की कोरों में पानी छलकने लगा। जेब से रूमाल निकालकर उन्होंने आँखें पोंछ लीं और फिर से उसी जोश में आगे कहने लगे।

'महाराष्ट्र के सन्तों—महान विभूतियों, प्रखर बुद्धिजीवियों, प्रज्ञावानों और सदाचारी व्यक्तियों की श्रेष्ठ परम्पराओं को हम भूलते जा रहे हैं। दलित-पीड़ित एवं अभावग्रस्त लोगों के प्रति हम सरोकार हीन होने लगे हैं। फुले-आम्बेडकर की सामाजिक समानता एवं न्याय-प्रवणता को हम ताक पर रखने लगे हैं। इस सिलसिले में सदन को मैं विशेष रूप से याद दिलाना चाहूँगा कि एक बार शाहू महाराज को विशालगढ़ के पास गजापुर में रात बितानी पड़ी। चारों ओर घुप्प अंधेरा था और महाराज शिकार खेलने गये थे। पिछड़ी जाति का, अल्पसंख्य समुदाय का एक लड़का महाराज के कैम्प में साफ-सफाई किया करता था।

महाराज की इत्ती बड़ी पलंग, उस पर नरम, मुलायम, मखमली गद्दा देखकर उस बेचारे बालक को लगा कि ऐसे बिछौने पर सोने में कितना ही मजा आता होगा। अपनी इसी जिज्ञासा को शान्त करने के लिए वह रात को उस पर लेटा रहा और शीतल बयार के सुखद झोंकों पर सवार होकर वह फौरन सो गया। पौ फटने के दौरान महाराज शिकार खेलकर लौटे और उन्होंने उस बालक को पलंग पर सोते हुए देखा, तो फौरन अपने कन्धे से शॉल उतारकर उसे उढ़ाया।

सीधे देवत्व से अपना रिश्ता जोड़नेवाली वह महान परम्परा कहाँ और पांगिरा के गरीबों के नाक में दम करनेवाला नराधम सोकाजीराव कहाँ? इस वक्त यह गाँव आतंक के साये में जी रहा है। सोकाजी के खौफ से आतंकित लोग घर से बाहर कदम रखने से भी डरते हैं। अल्पसंख्य समुदाय के लोग तो अपना घर बार छोड़-छाड़कर किसी सुरक्षित बसेरे की तलाश में जा रहे हैं। उनकी जानमाल की रक्षा का प्रबन्ध सरकार करेगी या नहीं? यह गुंडा सोकाजी कौन है? किसके बल पर वह इतना उछलता है और मनमानी करता है? इस पूरे मामले में राज्य सरकार की क्या भूमिका है? सरकार कोई कारगर कदम उठाएगी या नहीं?'

चन्द्रभान शिन्दे ने सरकार की उदासीनता की कड़े शब्दों में भर्त्सना की। अपनी इज्जत बचाने के लिए सरकार ने 'पांगिरा काण्ड' की जाँच के फौरन आदेश दिये तथा जिलाधीश स्तर के वरिष्ठ अधिकारी को यह काम सौंपा। पांगिरकर खुशी के मारे बेहोश हो गये। अत्यन्त प्रभावी भाषण करने के लिए शिन्दे साहब की चहुँमुखी सराहना होती रही। चिणू गुणार्जा ने मन्त्रालय से बाहर आते ही अपनी मैली-कुचैली पगड़ी उछालकर आनन्द व्यक्त किया। शायद उसे लगा होगा कि यह सिदुबा का मेला है।

गाँव में 'दूध भवन' का निर्माण कार्य जारी था। विगत सात-आठ वर्षों में सदस्यों से चन्दा इकट्ठा हुआ था। और उसी रकम से दूर-दराज के इस गाँव में दूध महासंघ का अपना दुमंजिला भवन निर्माणाधीन था। राज्य के एक छोटे-से गाँव में सहकार आन्दोलन की बुनियाद को पुख्ता होते देखकर जिला महासंघ ने भी भवन निर्माण के लिए पैंसठ हजार का अनुदान दिया था। बाकी रकम 'दूध भवन' को गिरवी रखकर सहकारी बैंक से प्राप्त हो सकी। यह ऋण प्राप्त करने में ज्यादा पापड़ नहीं बेलने पड़े। क्योंकि जिला महासंघ के अध्यक्ष ही सहकारी बैंक के उपाध्यक्ष थे और संस्थाओं के सुख-दुखों से भली भाँति परिचित थे। निजी बातचीत के दौरान वे सहकार भी परिभाषा कुछ इस प्रकार

बताते थे—'सहकार आखिरकार किस चिड़िया का नाम है? एक-दूसरे का हाथ थाम लो और उसे दबाते हुए आगे बढ़ते-बढ़ाते रहो।'

गाँव में 'दूध-भवन' बन रहा हो तो किसी दूसरे गाँव के ठेकेदार को क्यों न्यौता दिया जाए? तान्या भिलारे अनुभवी ठेकेदार था। गाँव के आसपास के इलाकों में उसने आठ पुल बनाये थे। उनमें से दो पुल तो मौसम की पहली वर्षा से ही बह गये, पर बाकी पुल अभी भी बरकरार थे। चेअरमैन मानाजी-राव के शानदार हस्ताक्षर युक्त आदेश के तहत तान्या को 'दूध-भवन' के निर्माण का ठेका प्राप्त हुआ।

पहले एक साल तक काम में अपेक्षित गति नहीं आ पायी। क्योंकि ठीक इसी दौरान सोकाजी की कोठी की मरम्मत का काम जो चल रहा था। रंगा कुलकर्णी के पुरखों ने उस कोठी का निर्माण किया था। अब उसमें शौचा-लय, चिकने-चिकने फर्श बिछाना, दीवारों में भीतर की ओर से पलस्तर आदि मामूली काम ही तो बचे थे। दूध भवन के साथ-साथ कोठी की मरम्मत भी होती रही। अभी महीने-दो महीने हुए थे कि मुरार-ज्ञानू ने चिल्लाना शुरू किया—'दूध भवन का सीमेंट-ईंटें आदि माल रात के अँधेरे में कोठी पर ले जाया जाता है। यह सरासर धोखाधड़ी है। सार्वजनिक सम्पत्ति का दुरुपयोग है।'

तिस पर एक दिन तान्या भिलारे ने सोकाजीराव से कहा, 'आबा, ये दोनों मेंढक कुछ ज्यादा ही टर्राने लगे हैं, उनका इलाज करना होगा। हम जैसे इज्जतदार लोगों पर यह कीचड़-उछाल बरदाश्त नहीं होती।'

'बिपक्षी लोग ऐसे ही खब्ती होते हैं। ना नर ना मादा। रचनात्मक कार्य का ककहरा भी मालूम नहीं और लगे हैं पाठ पढ़ाने। सिर्फ लड़ाई-झगड़े, जुलूस-रैलियाँ, नारेबाजी-शोशेबाजी में ही माहीर होते हैं वे अखबारों में अपनी तसवीर छपवाने के कायल होते हैं वे। उन्हें तो कुछ अच्छा कर दिखाना चाहिए। सिर्फ चीखने-चिल्लाने से क्या फायदा?'

'फिलहाल इनका मुंह बन्द हो जाना बहुत जरूरी है।'

'ऐसा करो, फौरन दूध भवन का काम रुकवा दो। वहाँ कितना सीमेंट अभी बाकी है?'

'यही कोई, दस-बारह कट्टे।'

'तो जल्दी करो। सभी कट्टे यहाँ भिजवा दो। कोठी की मरम्मत का काम पहले पूरा कर लेते हैं। तब तक मेरा सीमेंट भी मंजूर हो जायेगा। मैं अपने कोटे में से दस कट्टे सीमेंट तुम्हें लौटा दूंगा। यहाँ का काम पूरा होते ही वहाँ का शुरू करेंगे। क्यों?'

'आबा, ये हुई न लाख टके की बात!'

पहले कोठी का काम पूरा हुआ। संगमरमर-सा चिकना फर्श कोठी की

शोभा में वाकई चार चांद लगा रहा था। पुरानी दीवारें सीमेंट का नया शॉल ओढ़कर नयी-नवेली लग रही थीं। अब आँगन में खुले आसमान तले नहाना बन्द हो गया। हरे-नीले रंगों के टाइलों से सजा खूबसूरत गुसलखाना बनकर तैयार हो गया। तुलसी के पवित्र पौधे के लिए कमर की ऊँचाई तक एक चबूतरा बनाया गया। इसके बाद ही तानाजी दूध-भवन के काम को आगे बढ़ा सका।

वैसे तो योजनाओं के मामले में पांगिरा अत्यन्त सौभाग्यशाली गाँव था। कई अनोखी योजनाएँ अन्य केन्द्रों की तुलना में पांगिरा में सबसे पहले शुरू हुई थीं। अब एक आदर्श दुग्ध ग्राम की महत्त्वाकांक्षी योजना विचाराधीन थी। प्रत्येक तहसील क्षेत्र में आदर्श गाँव के रूप में एक केन्द्र का चयन कर वहाँ सभी आधुनिक सुविधाएँ मुहैया कराने का प्रस्ताव था। इस नमूना गाँव का आदर्श सामने रखकर धीरे-धीरे अन्य गाँवों की विकास योजनाएँ दिशा प्राप्त करेंगी, इसी उम्मीद से यह प्रयास किया जानेवाला था। मांगोला तहसील में पांगिरा को इस योग्य पाया गया।

इसके तहत सबसे पहला प्रावधान पशु चिकित्सालय का था। जाहिर है कि इस चिकित्सालय में डॉक्टर भी नियुक्त किया जाना था। बल्कि बारीकराव झेंडे नामक चिकित्सा अधिकारी की नियुक्ति हो भी गयी थी और शीघ्र ही उसके अधिकार ग्रहण करने की उम्मीद की जा रही थी। भिकू अण्णा को खबर मिली कि रानदांडगे की एक काली-कलूटी और मुटल्ली बहन की शादी होने में मुश्किल पड़ रही थी। अन्ततः उस भारी-भरकम लड़की का रिश्ता इन्हीं झेंडे साहब से हुआ था। तहसील क्षेत्र के वरिष्ठ नेताओं में यह रिवाज-सा हो गया था कि अपनी बिरादरी के निठल्ले युवकों को किसी-न-किसी काम में लगाये रखने के लिए पुरजोर कोशिशें किया करें। 'इसे कहीं-न-कहीं चिपकवा दो,' 'उसे कुछ काम दिला दो', 'उसे ऐडजेस्ट कर लो' आदि वाक्यांश तो निजी बोलचाल में आम फहम हो गये थे। रानदांडगे ने झेंडे को बाकायदा ऐडजेस्ट ही तो किया था।

जिस दिन बारीकराव झेंडे ने गाँव में पदभार ग्रहण किया, उसी दिन से गूँगे मवेशियों ने भी बड़ी ही उम्मीदों के साथ उसकी ओर देखना शुरू किया था। इतने दिनों तक तो उपचार के अभाव में मरते रहना पशुओं की नियति थी। अब कम-से-कम उनकी स्थिति में सुधार तो होगा कुछ! दो दिन तक साहब ने गाँव में हर तबेले का मुआइना किया। किसी के बैल के मुँह से लार टपकती थी, तो किसी की गाय का एक पैर अकड़ गया था और किसी की भैंस पिन्हाती नहीं··· साहब ने किसी को भी मना नहीं किया। हर एक के मवेशियों का उन्होंने निरीक्षण किया। उनके पास जो दवाइयाँ थीं, वह उन्होंने किफायती

दामों में बाँट दीं। बाकी लोगों को उन्होंने दवाइयाँ लिख दीं और बाजार से लाने को कहा। साहब दूध संकलन केन्द्र में बैठकर दूध के स्तर का मुआइना भी करने लगे।

गाँव में रहने के लिए उन्हें मकान नहीं मिलता था, सो उन्होंने मांगोला में ही रहना पसन्द किया। वे रोजाना मोटरसाइकिल से आते-जाते थे। बैंक से ऋण मंजूर कराकर उन्होंने संपतराव और तानाजी को चार-चार होस्टन गायें दिलवा दीं। गाय-भैंसों के ऋणों की अदायगी बकाया होने से कई लोगों को नये ऋण से वंचित रह जाना पड़ा। फिर भी कोई-न-कोई रास्ता निकालकर कुछेक लोगों की व्यवस्था तो उन्होंने कर ही दी। पशु खाद्य कितनी मात्रा में दिया जाना चाहिए, कितनी बार दिया जाना चाहिए आदि बारीकियों में भी झेंडे साहब अधिक रुचि लेते रहे। गाँव का तो जैसे भाग्योदय हो गया।

आदमी काम का हो तो उसके पीछे दुनिया-भर के झंझट लग जाते हैं। रानदांडगे साहब और उनकी बहन यानी स्वयं झेंडे भाभी ने एक छोटी-सी दूध परियोजना शुरू की। सहकारी बैंक की सहायता से उन्होंने एकमुश्त पन्द्रह गायें खरीदीं। उनकी देखभाल झेंडे ही करने लगे। होनहार झेंडे के सेवा भाव की ख्याति सभापति श्रीपतराव के कानों तक जा पहुँची, तो उन्होंने भी संदेशा भेजा, 'डॉक्टर साहब, समय निकालकर यदा-कदा हमारे तबेले की ओर भी तनिक ध्यान दीजिये।' झेंडे के हाथ में तो जादू था जैसे। सभापति ने अकसर मवेशियों की देखभाल के लिए आने वाले डॉक्टर की छुट्टी कर दी। उनकी पच्चीस गायें भी झेंडे साहब के कुशल मार्गदर्शन में ही पलने-बढ़ने लगीं।

एक साथ दस-दस जगह नियंत्रण रखना उन्हें सम्भव नहीं हो पा रहा था। इसलिए उन्होंने पांगिरा के लिए सोमवार का दिन निर्धारित किया। पर धीरे-धीरे सोमवार को आना भी मुश्किल होने लगा। कुल मिलाकर वे गूलर के फूल की तरह अप्राप्य हो गये। सोकाजी के गायों की बीमारी की खबर मिलते ही दो-तीन दिन में एक बार कुछ समय के लिए पांगिरा जरूर आते थे, पर उन्हें फौरन मांगोला लौटना पड़ता था। आदर्श गाँव योजना के तहत गाय-भैंसों के लिए अनुदान के रूप में दवाइयाँ मिलती थीं। शुरू-शुरू में तो पांगिरा में दवाइयों के दो-चार खोखे कभी-कभार पांगिरा में आते भी थे, पर अब उनका आना बन्द हो गया था।

आखिरकार 'दूध भवन' बनकर तैयार हुआ। दूध की तरह झकाझक भवन के उद्घाटन के लिए किसे बुलाया जाए? संपतराव और तानाजी के सामने यह बहुत बड़ा सवाल था। पिछले दो-चार सालों से तानाजी को एक बात कुछ ज्यादा ही सालती थी। सरकार की ओर से विधायकों को अपने-अपने चुनावक्षेत्रों के विकास के लिए दो-दो करोड़ रुपये मिलते थे। इस रकम से विभिन्न इमारतों,

सड़कों तथा पुलों की मरम्मत का काम करवाया जाना अपेक्षित था। संताजी खेमे के ठेकेदारों को ही अकसर ऐसे काम के ठेके प्राप्त होते थे। तानाजी सावंत गुट का आदमी होने से संताजी की सूची में उसका नाम होने का सवाल ही नहीं उठता था।

एक बार शाम के वक्त यूँ ही गपशप हो रही थी, तो तानाजी ने संपतराब से अनायास पूछा,

'संपत, अपने सभापति विधायक कब बनेंगे ?'

'क्यों ?'

'क्योंकि दो करोड़ में से एकाध काम भी हमें मिलता है कभी ? कैसे गुजारा करें ?'

संपतराव ने तनिक सोचकर हौले से कहा, 'हम संताजी से नजदीकी स्थापित करेंगे, ताकि दो-चार ठेके हमें भी मिलें।'

'और चुनावों में क्या करेंगे ?'

'सावंत जिन्दाबाद।'

'संताजी इतना लल्लू है ? अरे बाबा, वह पेड़ पर ही पका हुआ फल है,' तानाजी।

'तो क्या हुआ ? वह हमारा मुँह बन्द करेगा ?'

'खैर, छोड़ो भी ! पहले यह तो बताओ कि उससे नजदीकी स्थापित करने का तरीका क्या हो सकता है ?'

'तरीका मुश्किल तो नहीं है। दूध-भवन तो तैयार हो ही गया है। उसके उद्घाटन के लिए संताजी को बुलाएँगे और कार्यक्रम समाप्त होने पर काम की बात चलाएँगे,' संपतराव ने हँसते हुए तरकीब ढूँढ़ निकाली।

'संपा, यानी तुम्हें भी जच गयी मेरी बात ?'

संपतराव और तान्या के प्रस्ताव को संताजी ने पहले-पहल अस्वीकार कर दिया। पर आखिर बच्चों के आग्रह को कैसे टाला जा सकता था ? सताजी ने स्वीकृति के संकेत दे दिये। संपा-तान्या सावंत खानदान के साथ भला गद्दारी कैसे कर सकते थे ? यह बात तो तय थी कि दूध-भवन के उद्घाटन के लिए विधायक संताजी काले के आने की खबर से पिता-पुत्र उखड़ेंगे जरूर। फिर भी ऐसा तय हुआ कि उद्घाटन से पहले ही सोकाजी राव अपनी बेटी के पास मुंबई चले जाएँगे तथा कार्यक्रम पूरा होने तक वहीं रहेंगे। और उसके बाद ही लौट आएँगे। ताकि मामला चौपट हो जाने पर सावंत के सामने ही 'अबे कम्बखत, मेरी अनुपस्थिति में ये क्या कबाड़ा कर दिया तुम लोगों ने ?' कहकर सोकाजी बच्चों को लताड़ने का नाटक कर सके।

तानाजी और संपा विधायक संताजी काले को उद्घाटन का न्योता देने

मांगोला गये, तो संताजी को आश्चर्य हुआ। वे उन दोनों को अच्छी तरह पहचानते थे। तथापि उद्घाटन से पहले किसी तरह का वचन देने का तो सवाल ही नहीं उठता था। पर इसी बहाने मधुर सम्बन्ध स्थापित हो जाएँ और ये युवक कब्जे में आ जाएँ तो एक महत्त्वपूर्ण अपने हाथ में आ जायेगा'' यह जोड़-तोड़ भी संताजी ने की। 'युवा वर्ग यदि ठोस रचनात्मक कार्य करता हो तो हम जैसे जिम्मेदार व्यक्ति को पार्टी और खेमे के दायरे से बाहर आ जाना चाहिए। पूर्वाग्रहों से मुक्त होकर उन्हें आगे आना चाहिए तथा उस कार्य का जायजा लेना चाहिए। आप जैसे युवकों का उत्साहवर्धन करना चाहिए,' संताजी की इस मीठी छुरी से संपा-तान्या भी खुश हुए। उन्हें भी संताजी का व्यवहार खूब पसन्द आया।

तीन सप्ताह बाद एक तारीख को कार्यक्रम तय हो गया। पांगिरा में तरह तरह की अफवाहों का बाजार गर्म होने लगा। संताजी काले को दूध-भवन के उद्घाटन के लिए आमन्त्रित किया गया है। पांगिरा की राजनीति में नया मोड़ आया है। सावंत को गाँव में कदम भी नहीं रखने दिया जाएगा। सावंत खेमे का अस्तित्व समाप्ति की ओर'''आदि। अन्य कस्बों-शहरों में भी इस बात को लेकर तरह-तरह की बहसें होने लगीं। नमक मिर्च लगाकर राई के पहाड़ खड़े किये जाने लगे। खेल-खेल में पंख लगाकर आसमान में तैरने की बातें होने लगीं।

एक दिन पांगिरा के टैंकर का पूरा दूध फट गया, तो लगा कि तेज धूप के कारण ऐसा हुआ होगा। दो दिन बाद फिर वही हाल। बीच में कुछ दिनों के अन्तराल से लगातार दो दिन फिर से गाज गिरती रही। इस प्रकार दूध संकलन केन्द्र की काफी बदनामी होने लगी। दस दिनों में से छः दिन यह हादसा हुआ। नेताओं के होश उड़ गये। यदि रोजाना यही स्थिति रही तो आमदनी कहाँ से होगी? दूध उत्पादकों को देने के लिए पैसा कहाँ से आएगा? घर-गृहस्थी कैसे चलेगी? कर्ज के बोझ से लदे दुधारू पशुओं को किसके भरोसे और कहाँ छोड़ दिया जाये? इसका जवाब श्रीपतराव सावंत से ही पूछना होगा। क्योंकि तहसील दूध उत्पादक संघ का अध्यक्ष वही तो है। तहसील मुख्यालय में संकलित दूध ही शहर भेज दिया जाता है। जिला महासंघ भी तो सावंत खेमे के ही हाथ में था। यदि दूध महासंघ के हाथ-पाँव फूल गये, तो वैकल्पिक व्यवस्था न ग्रामवासियों के पास थी, न ही संताजी के पास। दूध की चाबी तो सावंत के ही हाथ में थी। इस पखवाड़े में बिल कितना आएगा? उससे खर्चा किस तरह पटाया जाएगा? गाँव की औरतें शोर करने लगीं। सोकाजी ने राग-रंग देखकर घुटनों के बल सावंत की हवेली का दरवाजा खटखटाने का निर्णय लिया।

सोकाजीराव गाँव के एक प्रतिनिधि मण्डल के साथ सवेरे-सवेरे मांगोला जा पहुँचे और उन्होंने सावंत के दरवाजे पर दस्तक दी। सभापति को अनुमान

तो था ही। वे फौरन दीवानखाने में आये और उन्होंने अभ्यागतों का हार्दिक स्वागत किया। अकसर प्रतिनिधि मण्डल में अग्रिम पंक्ति की शोभा बढ़ाने वाले संपा-तान्या इस बार मुँह लटकाकर अन्तिम पंक्ति में बैठे थे। शुरू-शुरू में इधर-उधर की बातें होती रहीं। उसके बाद सभापति ने धीरे से पूछा—

'कहिए आबा, कैसे आना हुआ?'

'अब क्या बताऊँ आपको? हमारे पांगिरा में तो अनहोनी का सिलसिला ही जारी है।'

'क्यों? ऐसा क्या हुआ?'

'दस दिन में छ दिन पूरा-का-पूरा दूध फट गया। इसे अनहोनी नहीं तो और क्या कहा जाए?'

'देखिए, पांगिरा हमारा गढ़ है। वहाँ की डेयरी हमारी है। जबकि दूध-भवन का उद्घाटन संताजी के हाथों होगा। क्या यह भी अनहोनी नहीं है?'

'लेकिन यह सिलसिला कब तक जारी रहेगा?'

'जब तक भटकैया कटरे हमारे खेत से बाहर चले नहीं जाते। उद्घाटन के लिए संताजी जैसे बहादुर अतिथि उपलब्ध होते रहेंगे तब तक जंग जारी रहेगी, बरखुरदार!'

सभी लोगों ने मातमी अंदाज में गरदन झुका ली सोकाजी ने अनुनय के स्वर में कहा, 'सरकार, गुस्ताखी माफ कर दीजिये। छोटा बच्चा यदि गोदी में ही गन्दगी कर दे, तो बदन का वह हिस्सा काट डालना अक्लमन्दी तो नहीं!'

'आबा, हमने क्या नहीं किया आपके गांव के लिए?' श्रीपतराव तमतमाकर बोलने लगा, 'पिताजी का अतिरिक्त लगाव होने से हमने पांगिरा पर अपनी जान न्योछावर कर दी। दस साल पहले जहाँ डॉक्टरी इलाज के अभाव में प्रसूति के दौरान कई औरतों को जान गँवानी पड़ती थी, वहाँ हमने पशु चिकित्सक भी उपलब्ध कराया। क्या यही बखशीश है हमारी दरियादिली का?'

श्रीपतराव जैसे उफन रहा था। खूब उल्टा-सीधा बकता रहा। पांगिरकर जमीन में आँखें गड़ाये बैठे रहे। उन्होंने मुँह से उफ तक नहीं की। थोड़ी देर बाद श्रीपतराव शान्त हुआ तो सभी लोगों ने तनिक राहत की साँस ली। श्रीपतराव ने चाय का आदेश दिया। अभ्यागतों ने मीठी-मीठी चाय की चुस्कियाँ लीं। चाय-पान के बाद सभापति बहुत ही अनौपचारिक हो गये। थोड़ी देर बाद वे लोग जाने के लिए उठ खड़े हुए, और उनके साथ-साथ सभापति भी। वे संपतराव और तान्या के करीब गये तथा उनके कांधे पर हाथ रखकर उनकी हौसला अफजाई करते हुए उन्होंने कहा—

'बीत गयी सो बात गयी। मेरे युवा दोस्तो, अब मुस्तैदी से काम में जुट जाओ। हमें अपने समूचे तहसील क्षेत्र के विकास कार्यक्रमों में तेजी लानी

होगी। मेहनतकश लोगों की आँखों के आसू पोंछने होंगे…'

'साहब, गलती हुई,' दोनों ने गिड़गिड़ाते हुए कहा।

'अरे, तुम लोग क्या खाक गलती करोगे?' सोकाजी की ओर देखते हुए सभापति कहने लगे, 'आबा, आप विश्वास नहीं करेंगे पर यह सच है कि मैं मुम्बई में कानून की पढ़ाई करने के साथ ही उन दिनों साम्यवादी नेता बनने के सपने मैं देखा करता था। किन्तु यथार्थ के धरातल पर उतरने के बाद मेरी आँखें खुल गयीं। क्रान्ति, विद्रोह, बगावत के नारे किताबों में ही ठीक लगते हैं। दो-चार किताबें लिखने या मुँह मियाँ मिट्ठू बनने को समाज सेवा नहीं कहा जा सकता। सत्ता हाथ में हो, तो ही सेवा हो सकती है। दुनिया में सत्ता से बढ़कर कोई भी चीज नहीं है। सत्ता हो, तो ही दीन-दुखियों के दुख बाँटे जा सकते हैं। वक्त-जरूरत किसी की सहायता की जा सकती है। पददलितों और पीड़ितों के नारकीय जीवन में सुधार लाया जा सकता है। विरोधियों के भाषण जरूर सुनने चाहिए। क्योंकि वे फिल्मी संवादों से अधिक चटपटे और जायकेदार होते हैं। पर भारतीय नागरिकों का दिमाग वाकई बहुत सुलझा हुआ है। वे विरोधियों की सभाओं में भीड़ करते हैं और ठप्पा हमारे निशान पर लगाते हैं। क्योंकि सत्ता के महत्त्व से वे भी भली भाँति परिचित हैं। सत्ता ही तो सेवा की बुनियाद है!'

मांगोला तहसील के अकाल पीड़ित गाँवों की सूची में शामिल होने की दिशा में पांगिरा बड़ी तेजी से आगे बढ़ रहा था। बिन पानी सब सून जैसी वहाँ की स्थिति हो गयी थी। गाँववालों को गुमान था कि 'जब तक सूरज-चाँद रहेगा, पांगिरा खुशहाल रहेगा।' पानी के अखण्ड स्रोतों पर पांगिरकर इठलाते थे। पर अब उनकी हवा निकल गयी। दस साल पहले शर्मा ने जिस आगामी खतरे के प्रति उन्हें आगाह किया था, वही खतरा अब ग्रामवासियों को वाकई जमींदोज करने पर उतारू हो गया था। पांगिरा रेगिस्तान बनता जा रहा था।

तहसील क्षेत्र में विगत दस-बारह वर्षों से रोजगार गारण्टी योजना कार्यान्वित हो रही थी। पांगिरकर ऐसी टुच्ची-सी योजना की खिल्ली उड़ाया करते थे। लेकिन गन्ने की खेती उजड़ने और रोजी-रोटी के लाले पड़ने के साथ ही वे भी इस योजना की माँग करने लगे थे। मांगोला-पांगिरा सड़क बरसों बरस लावारिस-सी पड़ी थी। पर रोजगार गारण्टी योजना के तहत उसके अच्छे दिन आ गये और सड़क निर्माण का काम शुरू हुआ। शुरू-शुरू में लेहनादार तथा मजदूरों तक ही इसका दायरा सीमित था। पर धीरे-धीरे खानदानी काश्तकारों को भी सड़क पर आना पड़ा।

सिर्फ बारह साल पहले जो परिसर नितान्त हरा-भरा था, वह अब वीरान बन चुका था। जहाँ गन्ने की फुनगियाँ लहराती थीं, वहाँ सिर्फ लाल मिट्टी बची थी। जहाँ गन्ने की पेराई दिन-रात चलती थी और बड़े-बड़े कड़ाहों में सीरा पकने तथा गुड़ बनने की महक चौबीसों घण्टे समूचे परिवेश में व्याप्त रहती थी, वहाँ अब बचे हैं ईंटों के खण्डहरनुमा चूल्हे तथा पेराई के लिए खोदे गये गड्ढे।

बीच-बीच में कहीं-कहीं दो-चार एकड़ गन्ने की फसल दिखाई देती थी। इसका मतलब यह होता था कि वहाँ पानी अभी भी है। इससे नीरा किनारे की आठ-दस मिलों के दफ्तर पांगिरा में ही लगते थे, गन्ने के ट्रकों की आवा-जाही महीनों चल रही होती। सबसे पहले अपना गन्ना भिजवाने के लिए गन्ना उत्पादकों में होड़-सी लगी रहती थी। एकाध धन्ना सेठ किसान किसी चीनी मिल के दफ्तर के एकाध बाबू को सौ-दो सौ रुपल्ली थमाकर अपना गन्ना सबसे पहले उठवाने में सफल हो जाता। कोई चेयरमैन की या एम डी की चिट्ठी लाता। गन्ना कटाई के लिए भी ऐसी स्पर्द्धा देखने को मिलती। पर अब विचारे गुरुजी, सदा बनिया, सोकाजी और ज्ञानू सावला आदि गिने-चुने लोगों के दो-चार, दो-चार एकड़ में ही गन्ने की फसल देखी जा सकती थी। जहाँ चालीस-चालीस एकड़ गन्ने की फसल लहलहा रही होती थी, वहाँ अब सिर्फ तीन-चार एकड़ तक उसका सिकुड़ना नागवार गुजरने से खेतों की ओर देखने को भी सोकाजी का मन तैयार ही नहीं होता था। गन्ने की कटाई, ढुलाई आदि का काम संपतराव ही देखता था। पांगिरा में अपना दफ्तर खोलने में किसी भी चीनी मिल को अब कोई दिलचस्पी नहीं थी। मांगोला में भी दो-एक मरियल से दफ्तर बचे थे, बस वहाँ ट्रक की माँग करने के लिए जाने पर दफ्तर के कर्मचारी उसकी खिल्ली उड़ाया करते थे; 'ट्रक पांगिरा भेजकर हमें रेत थोड़े ही मँगवानी है?' यह उलाहना सुनकर गाँववालों का दिल खट्टा हो जाता था। समय का फेर था यह, जो उन्हें ऐसी ऊल-जलूल बातें सुननी पड़ती थीं।

गाँव में अब रोजगार के अवसर सिकुड़ गये थे। होंठों पर मसें उग आने से पहले ही लौंडे मुम्बई की शरण में जाकर वहाँ भवन निर्माण के ठेकेदारों के पास कंकरीट के तसले उठाने का काम करने लगे थे। कोई हाथगाड़ी खींचने लगा, तो कोई बाजार में बोरे-कट्टे ढोने का काम करने लगा। दस साल पहले पांगिरा में सकन्या हरि के दो एकड़ खेत में केले का बाग था। पर अब उसका बेटा मुम्बई की सड़कों पर आठ-दस दर्जन केले की पाटी सामने रखकर केला बेचने का काम करता था, और रोजाना मुश्किल से पाँच-सात रुपये कमा लेता था। पूर्व में डोंगरवाडी के लोगों को पूर्णतया पांगिरा पर ही निर्भर रहना पड़ता था।

क्योंकि वहाँ सात-सात महीने गन्ने की कटाई का काम अबाध गति से चलता रहता था। उस पूरी अबधि में ढुलाई, पेराई तथा गुड़ बनाने के काम में डोंगरवाडी के ही मजदूर पांगिरा में खटते थे। मौसम समाप्त होने पर तीन-चार हजार नकद और गुड़ की चार-पांच भेलियाँ बड़े आराम से उन्हें मिल जाया करती थीं। उस अवधि में उनके मवेशियों को भी मुफ्त का चारा उपलब्ध हो जाता था। पर अब उनके लिए वहाँ कोई काम ही नहीं बचा, तो वे अपने बीवी-बच्चों को बैलगाड़ी में ठूंसकर अहमदनगर जिले के गन्ने के खेतों की ओर कूच करने लगे। कुछ लोग वसई में केला-बागानों के रखरखाव का काम करने आ गये। ये सब लोग बारिश शुरू होने के आसपास डोंगरवाडी लौट आते थे।

मांगोला तहसील में अकाल आम-फहम हो गया था। फिर भी नदी किनारे के डोंगरवाडी, पांगिरा, बामुलगाँव, खालपे, बाजारगाँव आदि केन्द्रों की स्थिति बेहतर थी। पर अब वे भी सूखे के दायरे में आ गये थे। इन गाँवों के पीछे की ओर जो हरा-भरा पहाड़ था, वह नंगा-मुंगा हो गया। वर्षा नाम मात्र के लिए होने लगी। जोरदार लू चलना शुरू हुई। धूल के गुबार आसमान को पाटने लगे। पिछले दो वर्षों में पांगिरा की जो दुःस्थिति हुई थी, उसका वर्णन भला किन शब्दों में किया जाए? दोनों वर्ष मृग नक्षत्र में वर्षा हुई ही नहीं। पूरे मौसम में दो-तीन बार दो-दो दिन वर्षा हुई, बस। उसके बाद बादल पता नहीं, कहाँ लुप्त हो गये। भरी गरमियों में भी भरा रहने वाला सति-आसरा जलाशय गौरी-गणपति के दौरान ही सूख गया। पहाड़ो से झरने फूटना तो कभी का बन्द हो चुका था। गाँव में पीने का पानी उपलब्ध नहीं था। विकास योजना के तहत जिस कुएँ का निर्माण किया गया, वह ढह चुका था। नदी का इलाका रेतीला होने से निर्माण कार्य में अपेक्षित मजबूती न आने सम्बन्धी एक प्रमाणपत्र कार्यकारी अभियन्ता ने दे दिया और मामला रफादफा हो गया। अतएव फिर दूसरी जगह कुआँ खुदवाया जाने लगा। योजना शुरू होने पर उसे ग्रामपंचायत के जिम्मे सौंपकर सरकारी विभाग ने कन्नी काट ली। नदी का जल स्तर ही बेतहाशा घट जाए तो नलों में पानी क्या खाक आयेगा! ऐसी स्थिति में मोटर में भी खराबी आ गयी। उसकी मरम्मत के लिए सरकारी विभाग से लिखा-पढ़ी शुरू हुई। फाइलें एक से दूसरी मेज पर खिसकाने की औपचारिकता निभायी जाने लगी। इस बीच नदी लगभग सूख गयी, तो गाँव तथा सरकारी विभाग—दोनों ने इस योजना से मुँह मोड़ लिया।

गुजर-बसर के नये रास्ते ढूंढने के लिए पांगिरा, बाभुलगाव, खलपे, बाजारगांव में अभियान शुरू हुए। लाल प्याज का वरदान मानो सूखाग्रस्त इलाके को मिला था। तीन-साढ़े तीन माह की अल्पावधि तथा अल्प जलापूर्ति के बावजूद भरपूर उपज देने वाली यही एक फसल थी। इस प्याज को जमीन से

निकालने के एक महीने के भीतर उसका प्रयोग करना चाहिए वरना उसमें कोंपलें उगने लगतीं या सड़कर बदबू आने लगती। संयोगवश मांगोला तहसील के कोणन्द कस्बे में ही प्याज की बहुत बड़ी मण्डी थी। यह केन्द्र रेलवे से भी जुड़ा होने से हाथोंहाथ प्याज मुम्बई भेज दिया जाता और मुम्बई पहुँचने के दूसरे ही दिन जहाजों में लादकर उसे खाड़ी के देशों में भेज दिया जाता। कोणन्द का मीठा प्याज खाकर अरबस्तान के अरब रेत के महासागर में कुलांचे भरने लगते हैं। प्याज की इस अल्पावधि फसल के बूते पर ही तो मांगोला तहसील-क्षेत्र की साँस कायम है। क्योंकि लाखों टन प्याज कम तो नहीं होता। इससे पहले पांगिरा के कुछेक किसानों ने भी अल्पावधि प्याज की फसल लेना शुरू तो किया था, किन्तु गन्ने की फसल चौपट होने के साथ ही अधिकांश किसानों ने इसी प्याज की फसल पर अपना ध्यान केन्द्रित किया। कोणन्दवासी हीरालाल चुडामण, गुलजारीलाल दर्डा, गंगू तेली आदि लोग गाँव-गांव में अपनी जीप दौड़ाते हुए प्याज के पौधे एवं चालीस प्रतिशत की ब्याज दर से ऋण की 'होम डिलीवरी' करने लगे। दशहरे के महीने में चारों ओर, खेतों में प्याज-ही-प्याज की फसल दिखने लगी।

दीवाली के बाद प्याज की फसल हाथ लगने ही किसान तनिक राहत महसूस करते हैं और उनका बोझ कुछ हल्का हो जाता है। उसके बाद खेत अलसाये हुए से पड़े रहते। क्योंकि पानी के अभाव में दूसरी पारी का खेल हो ही नहीं पाता। सुबह-शाम मवेशियों के चारा-पानी की व्यवस्था का काम ही सिर्फ बचा रहता था। दोपहर भर लोग खाली बैठे रहते थे। गांव के चबूतरे पर आराम फरमा रहे होते। इन दिनों सवेरे की पहली बस से ही 'राष्ट्रभक्ति' अखबार के अंक गाँव में आ जाया करते थे। भद्र जन अखबार पढ़ते थे और बाकी लोग 'क्या खबर है', 'कोई खास बात' आदि सवाल पूछकर अखबार पढ़ने वालों को परेशान करते थे। हत्या, डाकेजनी, दुर्घटना, आगजनी आदि के समाचार बड़े चाव से पढ़े जाते थे। हसन्या मुसलमान के होटल में चाय-पकौड़ी की उधारी बढ़ाते हुए लोग यूं ही निठल्ले बैठे रहते। इससे पहले, मांगोला यार्ड में गुड़ की बकाया उधारी की अदायगी न किये जाने से हसन्या ने गाँव के दस-बीस लोगों पर मुकदमे दायर किये थे। इसलिए पैरवी के लिए निर्धारित तारीख को सम्बन्धितों को मांगोला जाना पड़ता था। मांगोला तहसील के लिए मजूरशुदा बाँध के बारे में भी यदाकदा चर्चा होने लगती थी। इसी बहाने विषय जिन्दा रहता था।

पानी के अभाव में पांगिरा झुलस रहा था। जल है तो जीवन है, वरना मौत ही संजीदा है। मगर संक्रांति का त्यौहार हाल में सम्पन्न हुआ है। फिर भी ऊष्मा बहुत ज्यादा है। अब दोपहर के वक्त खेतों में कोई नहीं रुकते। रुककर वहाँ

करते भी क्या ? भरी दुपहरी में सूरज जैसे अंगार उगलने लगा था । नदी-नाले किनारे करंज या खैर की छाँव में पशु-पक्षी साँस ले रहे थे । बाकी अधिकांश पशु-पक्षी कभी के स्थलांतरित हो चुके थे । वरना तो एक जमाना था जब दानों से लदी फसल धराशायी हो जाती थी । ऐसे में मक्का या जवार के दाने चुगने में पंछियों को बड़ा मजा आता था । उन दिनों दोपहर की धूप तल्ख नहीं गुन-गुनी हुआ करती थी । सात-आसरा जलाशय में पंख फड़फड़ाकर डुबकी लगाने में उन्हें बड़ा मजा आता था । इससे पानी तरंगायित हो जाता था और पंछी उसमें बार-बार डुबकियाँ लगाते थे । अब वहाँ पशु-पक्षियों के रहने लायक बचा ही क्या है ? सैकड़ों एकड़ उजड़ी हुई भूमि ! दीपावली के बाद प्याज की फसल निकल जाए तो नंगे-मुंगे खेत ही बाकी महीनों में सिसकते रह जाते हैं । प्याज भी सम्पूर्ण खेत में कहाँ ? महज चालीस प्रतिशत उपजाऊ जमीन में ही यह फसल ली जा सकती थी । अब न गेंड़े हैं, न पतहर, न ही फुनगी-अंगेर, न सुखद-शीतल छाया । फिर भला पंछी क्यों रहेंगे ? पूर्व में पंछियों के मौसमी झुंड हर साल आते थे, अब नहीं आते । यदा-कदा पेड़ों पर गिद्ध-बाज अवश्य देखे जा सकते हैं । मरे हुए एकाध पशु की भनक लगते ही इत्ते सारे गिद्ध अनायास वहाँ इकट्ठा हो जाते । इत्ते बड़े-बड़े पंख फैलाकर वे उसे नोचने के लिए जैसे धावा बोलते । वैसे उनका स्थायी निवास यमाई के पहाड़ पर है । जब तक जीवितों के साथ मौत जुड़ी हुई है, गिद्ध बाकायदा अपनी मौजूदगी का अहसास दिलाते रहेंगे ।

खेतों में चरने के लिए जब तिनका, चारा या हरियाली न हो तो न तराई में, न ही पहाड़ों पर मवेशियों, भेड़-बकरियों के झुंड भला कहाँ से दिखाई देंगे ? अब तो गाँव में वैसे भी विलायती गायों का बोलबाला था । किन्तु दरअसल विलायती गाय जच्चा से भी अधिक भारी पड़ती थी । पाँव में दर्द होने की सम्भावना से उसे चौबीस-घण्टे खूँटे से बाँधे रखते थे, बस । वहीं पर उसे गरम पानी से नहलाओ; साफ-सुथरे कपड़े से उसका बदन पोंछ लो, तबेले में रात-भर रोशनी हो, दिन में दो बार तबेले की सफाई का एहतियात बरतो···यानी कि वी आई पी की तरह से उनका ध्यान रखो । ऐसे दुधारू पशु सरकार ने, आधुनिकता से उपलब्ध कराये थे, जिन्हें घूमने-फिरने से परहेज था । अन्य मवेशी तबेले में रखने की भी कोई गुंजाइश नहीं थी । क्योंकि ढाठ के सौ पूलों के लिए पूरे तीन सौ गिनने पड़ते थे । रंडी क्या खाए, क्या पहने ? एक-से-बढ़-कर-एक ऊँची नस्ल के बैल रखना किसी जमाने में प्रतिष्ठा का विषय माना जाता था, पर अब उनकी कोई जरूरत ही महसूस नहीं की जाती थी । हल की जगह ट्रैक्टर तथा मोट-चरखे की जगह बिजली की मोटर आ गयी । बैलगाड़ी की जगह बसों ने ले ली । ऐसे में बैलों का भला क्या काम ? और फिर उनके

चारा-पानी का बन्दोबस्त कहाँ से करें? सत्तर रुपये घण्टा के हिसाब से ट्रैक्टर किराये से लेना अधिक फायदेमन्द था। छोटे-छोटे किसानों के पास दो-दो, तीन-तीन एकड़ भूमि थी और दो-तीन घण्टे में वह बुआई योग्य स्थिति में लायी जा सकती थी। फिर भला बैलों का झंझट कौन पालता? अपवादात्मक रूप में ही किसी के पास बैल पाये जाते। न ढोर-डाँगर, न चरागाह, न चरवाह, न हरियाली, न जलाशय···कुछ भी नहीं बचा था।

प्यासे कुएँ गर्भवती महिला की, कोटर में धँसी इत्ती-इत्ती-सी आँखों से करुण-आर्त दिखाई देते। विगत तीन वर्षों से गरमियों में हर साल कुएँ गहराये जाते थे; अब और गहराने की कोई गुंजाइश नहीं बची थी क्योंकि अब चट्टानों का साम्राज्य शुरू हो चुका था। तथापि उनमें छेदकर बारूदी सुरंगें भर दी गयीं, धमाके हुए, कंकड़-पत्थर हटाये गये, सब्बर-कुदाली चलाकर किसानों की हथेलियों में छाले आ गये, खून के थक्के जमने लगे। पीठ अकड़ गयी, पसलियों में दर्द होने लगा···किन्तु पत्थर का दिल नहीं पजसीता था। जल प्राप्त करने के सारे प्रयास विफल हो रहे थे। कुओं में रात-भर रिस-रिसकर थोड़ा-सा पानी इकटठा होता था जो सवेरे पन्द्रह-बीस मिनट तक मोटर चलाने के लिए काफी होता था। उसी से शाक-सब्जियाँ सींची जा सकती थीं, बस। दिन के बाकी हिस्से में धूप की चादर ओढ़कर चावड़ी में, चबूतरे की आड़ में, मन्दिर के अहाते में या सदा बनिये की दूकान के सामने बेंच पर बैठकर गपशप करते रहो, या ऊँघते रहो। प्रत्येक घर से एक-एक जवान लड़का मुंबई में नौकरी कर रहा होता और हर महीने के प्रथम सप्ताह में उससे मनीआर्डर आने का इन्तजार होता था, बस। डेयरी के पैसों से तेल-पानी, नून-मिर्च का खर्चा निकल आता था। किसी तरह गुजर-बसर करनी पड़ती थी।

एक दिन एक इत्ता बड़ा ट्रक दनदनाता हुआ गाँव में आया। उसमें भारी-भरकम विलायती मशीन थी। उसकी लम्बी-चौड़ी सीढ़ी ट्रक के सिर पर, उसके ढाँचे से बाहर ताक-झांक करती दिखाई दे रही थी। वह ट्रक सीधे सोकाजी के खेत में ही जा पहुँचा। उसके पीछे-पीछे एक जीप आयी। उसमें से एक गोरा-चिट्टा, छरहरा, नीलगिरि के तने-सा लम्बूजी नीचे उतरा। ट्रक में काले-कलूटे, ठिगने-से मजदूर थे. वे सक्रिय हो गये। वह लम्बूजी शायद उस मशीन का मालिक था। उसने मशीन फिट की। ट्रक पर सवार सीढ़ी आसमान की ओर देखने लगी। उसके ऊपरी सिरे से लोहे की एक छड़-सी लटकने लगी। घुईऽ घुईऽऽ रॉयऽ रॉयऽऽ आवाज करते हुए वह जमीन खोदने का काम करने लगी। गाँव के बड़े-बूढ़े और बच्चे यह करिश्मा देखने दौड़ पड़े। मशीन भी तैश में आ गयी और लोहे की सलाख जमीन में गहरे धँसने लगी। अब लोग समझ गये कि यह बोरिंग मशीन ही है, जो चट्टान के सीने को फाड़कर पानी बाहर निकालती है।

वहाँ आये तमाशबीनों ने वहीं जमे रहने का निर्णय लिया। चट्टान के भीतर से एकाध झरना फूटने की उम्मीद में शाम हो गयी। रात के खाने की भूख लगने से लोग धीरे-धीरे खिसकने लगे।

मशीन की आवाज रात-भर आती रही, जो आस-पास में काफी दूर तक सुनी गयी थी। कई लोग तो इस आवाज के कारण रात को सो नहीं पाये, जो सो पाये, उनमें से कई लोग हड़बड़ाकर उठ बैठते थे। अब सोकाजी का कुआँ लबालब होने तथा उसका खेत हराभरा होने की उम्मीद थी। गन्ने की फुनगियाँ लहराने वाली थीं। मुरार पाटील और ज्ञानू सावला सोच रहे थे कि क्या मशीन का खर्चा वे उठा पाएँगे?

दूसरे दिन सवेरे-सवेरे गुड़ की चाय गटककर ग्रामवासी सोकाजी के खेत की ओर चल पड़े। मशीन अभी-अभी बन्द हुई थी। सम्भवतया पानी उपलब्ध हो गया था···पर नहीं! रात भर खुदाई होने के बावजूद एक बूँद पानी भी हाथ नहीं लगा था। काले-कलूटे लड़के जमीन में धँसी सलाख को क्रेन की सहायता से ऊपर निकालने का प्रयास कर रहे थे। मशीन इस तरह खड़ी थी, गोया दस-बीस एकड़ हल चलाने से उसके छक्के छूट गये हों। सभी प्रयास विफल हो जाने के कारण अब मशीन की क्षमता को किसी दूसरी जगह आजमाना था। लड़कों ने फुर्ती की और दो घण्टे में खेत के दूसरे कोने में मशीन पहुँच गयी। धुई ऽऽ धुई ऽऽ रॉय ऽ रॉय ऽऽ के साथ वह फिर से धड़धड़ाने लगी।

मशीन का मालिक लम्बूजी आम की शीतल छाया में आराम से बैठा रहा, तो ग्रामवासियों ने उसे घेर लिया। तब उन्हें पता चला कि उसका नाम लूणासिंह शेखावत है और नलकूपों के व्यवसाय से ही वह सम्बद्ध है। दरअसल राजस्थान छोड़कर महाराष्ट्र आये अभी उसे केवल छ: साल ही हुए थे। इस अवधि में बैंक ऋण से उसने दो ऐसी मशीनें खरीदी थीं और उसका व्यवसाय ठीक-ठीक चल रहा था। पुणे-मुंबई में उसके फ्लैट थे, चार-पांच गाड़ियाँ थीं। अकाल और सूखे ने उस पर मेहरबानी की थी। चिणू गुणाजी ने जिज्ञासावश पूछा—

'संपतराव के खेत में कम-से-कम यहाँ तो पानी की उम्मीद है?'

'एक होल फेल हो गया तो क्या हुआ? समूची धरती पानी पर ही तो तैर रही है। धरती के पेट में पानी है—शेषनारायण हैं। उसी के फैलाये फन पर पृथ्वी टिकी हुई है। और नारायण है तो पानी भी अवश्य ही होगा। धरती है तो नारायण···नारायण है तो धरती···'

लूणासिंह बातचीत में तो मंझा हुआ खिलाड़ी लगता था। दुनिया से दो कदम आगे की बात वह करता था। प्रत्येक खेत में नलकूप क्यों और कैसे आवश्यक है—इस बात को वह उनके गले से नीचे उतारने का प्रयास कर रहा था। येलू भणगे लगातार उस भले आदमी को घूर रहा था। अभी, एक महीने

पहले ही तो पेन्शन लेकर वह मुंबई से आया था। और अभी उसकी पूंजी समाप्त नहीं हुई थी। उसके पास भी तीन एकड़ जमीन तो थी, पर पानी नहीं था। बोरिंग मशीन को आजमाने का निर्णय अभी वह ले नहीं पा रहा था। बिचारे गुरुजी भी वहाँ आ गये थे। अण्णा ने सदू येलू से कहा, 'येल्या, रुपये जमा करके उसका अचार डालेगा क्या? खर्च करो कुछ और आजमाओ अपनी किस्मत।'

येलू के बारे में काफी जानकारी लूणासिंह को प्राप्त हुई। उसने आँखें मिचकाते हुए येलू से पूछा—

'पाटील, आपकी जन्मकुंडली है?'

'नहीं तो। हमारे बापू ने बनवायी ही नहीं कभी।'

'खैर, कोई बात नहीं। आपका हाथ तो देखूं जरा।'

येलू की हथेली थामकर लूणा गौर से देखने लगा। पहले वह हथेली को आँखों के पास ले गया। बाद में थोड़ी-सी आगे खिसकाकर तिरछी-सी··· गोया वह विलायती शीशे में अलग-अलग कोणों से मुखड़ा देख रहा हो।

'यह धन रेखा है, यह आयुष्य रेखा, पारिवारिक सुख और यह रही पानी की रेखा ऽऽ।'

लूणासिंह के भविष्य कथन पर येलू लट्टू हुआ। लूणा ने एक कागज पर फुर्ती से दो-चार तरह से आँकड़े लिखकर जोड़-बाकी की, होंठों की थोड़ी-सी हलचल की और कहा—

'पाटील, आपके खेत की मिट्टी के नीचे जो चट्टान है उसके भीतर पानी के झरने-ही-झरने छुपे हैं। मन्त्रसिद्धि से सही स्थान पकड़ में आये तो समझ लो, पानी-ही-पानी···'

'आपकी दर क्या है?' विचारे गुरुजी ने जानना चाहा।

'दर की बात बाद में देखेंगे। पहले आपकी कुंडली लाइए।'

'तुम क्या मेरी कुंडली देखोगे? मेरी कुंडली तो भगवान भी नहीं पढ़ सकेगा। जगदम्ब ऽऽ।'

विचारे गुरुजी की दलील पर सब लोग हँस पड़े। इसी बीच मशीन की सलाख जिस छेद में प्रहार कर रही थी वहाँ से मटमैले पानी का फव्वारा फूट पड़ा। 'पानी ऽऽ पानी ऽऽऽ' चिल्लाते हुए सब लोग उस ओर खिसक गये। उनकी खुशी का ओर-छोर नहीं था। संपतराव का रोम-रोम सिहर उठा, मानो भू-गर्भ से पानी नहीं, सोना निकल आया हो। थोड़े-थोड़े अन्तराल से मशीन का प्रहार जारी था और उसी के साथ झरने का जोर भी बढ़ने लगा था। उसी के पास, कलाई जितनी एक और धारा फूट पड़ी। अपना शुरुआती प्रयास सफल होते देखकर लूणासिंह नखशिख हहरा रहा था।

येलू ने अन्ततः फैसला कर ही लिया। वह लूणासिंह को अपने खेत में लिवा ले गया। वहाँ की मुट्ठी भर लाल मिट्टी लूणासिंह ने उठा ली और उसे नीचे-ऊपर करते हुए उसने येलू से कहा, 'यहाँ पानी की सम्भावना अच्छी है। सिर्फ डेढ़ सौ फुट पर पानी उपलब्ध हो जायेगा।' दूसरे ही दिन येलू बैंक से साढ़े चार हजार निकाल लाया और लूणासिंह को रकम सौंपकर उसने उसे काम शुरू करने को कहा। अगले दो दिनों में संपतराव के खेत में दो और होल मारने के बाद लूणासिंह की मशीन येलू के खेत में आ धमकी। मशीन की कार्रवाई विधिवत् शुरू होने से पहले येलू ने खेत की मिट्टी की पूजा की। वहाँ के आम के पेड़ पर रहने वाली डायन के नाम से उसकी बीवी ने भूरे रंग की मुर्गी और लाल पंखों वाला मुर्गा न्यौछावर किया। मशीन शुरू हुई। इस्पाती पाइप तेजी से जमीन में घुसने लगा। येलू अपने बीवी-बच्चों समेत पालथी मारकर वहाँ बैठा रहा। मुँह से राम नाम जपते हुए, मशीन पर आँखें गड़ाकर वह फव्वारा फूट पड़ने का इन्तजार करने लगा।

सोकाजी के खेत में एक जगह ही सही, पानी का स्रोत उपलब्ध होने से दो-तीन एकड़ जमीन की सिंचाई की समस्या हल हो गयी थी। उस मटमैले पानी के फव्वारे को देखकर मुरार पाटील को लगा कि विलायती गाय खरीदने के लिए हनुमन्त ने जो रुपये भेजे थे, उनमें थोड़ी और रमक मिलाकर 'बिस्मिल्लाह' कहा जाये। शाम को मुरार ज्ञानू के घर गया और उसकी राय लेने लगा, 'कुछ तो बोलिए, ज्ञानू पाटील ?'

'मुरार भाई, सोकाजी की देखादेखी आप हर बात में जल्दबाजी क्यों करते हैं ?'

'क्यों ? क्या हुआ ? उसके खेत में आखिरकार पानी उपलब्ध हुआ न ?'

'चार जगह छेद करवाये, तब कहीं एक जगह पानी मिला। इसमें उसकी अंटी से क्या गया ?'

'क्या मतलब ?'

'मतलब यही कि पंचायत समिति की किसी योजना में उसने ये चार छेद फिट कर दिये हैं। पंचायत कार्यालय की ओर से लूणासिंह को चेक पहले ही मिल चुका है और उसे भुनाने के बाद ही मशीन यहाँ आयी है। इसमें सोकाजी को न हींग लगी, न फिटकरी…!'

'तो ये बात है ?'

'इसीलिए तो कहता हूँ कि हाथी के सिर पर गिल्ली-डंडा क्यों खेलते हैं आप ? यहाँ तो आपको अपनी जेब से रुपये देने पड़ेंगे। क्यों ?'

मुरार पाटील ने अपना इरादा बदल दिया। येलू अत्यन्त जीवटतापूर्वक रात-भर-खेत में ही बैठा रहा। वह बड़ी ही अधीरता से पानी के फव्वारे का

इन्तजार करता रहा। पौ फटने के साथ ही मशीन रुक गयी, तो येलू ने पूछा, 'क्यों ? बन्द क्यों की मशीन तुमने ?'

'क्योंकि डेढ़ सौ फुट की खुदाई हो चुकी है।'

येलू की साँस फूलने लगी। अब क्या किया जाये ? लूणा सोच में पड़ गया। तथापि, वह इतनी जल्दी हार मानने वाला नहीं था। उसने राय दी, 'सौ फुट और खुदवाइये। अवश्य फायदा होगा।'

'अच्छा ? तो चलाओ मशीन।'

'रुपये···?'

'मांगोला के बैंक खुलने का समय तो होने दो। मैं कहीं भाग थोड़े ही जाऊँगा ?'

'आप रुपये ले आइये, तब तक हम मशीन की साफ-सफाई करते हैं।'

बारह बजे येलू ने पूरे तीन हजार लूणासिंह को दिये, तब कहीं मशीनी कारंवाई शुरू हुई। कड़ी धूप की तल्खी को झेलते हुए येलू आँखों में तेल डाल कर मशीन को घूरता रहा। ढाई सौ फुट पर मशीन फिर ठप्प हुई। पत्थर दिल पसीजने से इनकार करता रहा, पर येलू की आँखों से जरूर पानी बहता रहा। कल से भूखी उसकी पत्नी का गला सूखने लगा। येलू ने आँखें पोंछकर पूछा—

'अब क्या करेंगे, साब ? पूरा पैसा तो तुमन झटक लिया फिर भी मिला कुछ नहीं।'

'आप बिलकुल चिन्ता मत कीजिये,' येलू के कांधे पर हाथ रखकर लूणासिह ने कहा, 'हमारा दफ्तर मांगोला में बैंक के ठीक सामन ही है। पन्द्रह दिन बाद आप सिर्फ सात सौ रुपये लेकर आइयेगा। हम इन छेदों के मुहाने में बारूद भरकर धमाका करवाएँगे, ताकि छेद अपने आप गहराया जायेगा और झरना फूट पड़ेगा। कुएँ में पानी आने लगेगा।'

उजड़े हुए, वीरान खेतों की ओर देखकर किसानों की आँखों में आँसू आने लगते और उनका कलेजा तार-तार हुआ जाता था। इस दुःस्थिति से बच निकलने का कोई-न-कोई रास्ता निकाला जाना चाहिए था। दुष्चक्र टूटना चाहिए था। पानी की व्यवस्था होनी चाहिए थी। फसलें लहलहानी चाहिए थीं। और खुशहाली के वे दिन लौट आने चाहिए थे। झानू और गणू शिगाडा के खेतों की स्थिति फिर भी बेहतर थी। दोनों की खसरा-खतौनी पर आपत्तिजनक कोई भी कैफियत नहीं थी। छोटा-मोटा ऋण लिया और उसे पटा दिया ऐसी ही स्थिति थी। दोनों ने आपस में मशविरा किया। तहसील मुख्यालय गये। लूणासिह के जरिए बैंक में गये। बैंक अधिकारियों से लूणसिंह के मधुर सम्बन्ध थे। सभापति का फोन आ जाए तो भी आमतौर पर कर्ज मंजूर होने में दो-तीन महीने का समय तो मामूली बात थी। कागजात और अपेक्षित दस्तावेज जुटाने में ही

जान निकलने लगती थी। पर लूर्णासह की मध्यस्थता से तीसरे ही दिन ऋण मंजूर हुआ और बीस हजार रुपये जेब में आते ही मशीन फिर से गाँव में पहुँच गयी। दोनों के जमाने में मशीन खूब चली, चलती रही पर कोई फायदा नहीं हुआ। पानी का कहीं कोई अता-पता नहीं था। अन्ततः येलू की तरह इन्हें भी बारूदी सुरंग का लालच देकर लूर्णासह चला गया।

गाँव में दोनों हथेलियों से सिर थामकर बैठे लोगों को जगाने का काम भिकू अण्णा, पटवारी कर रहे थे। अन्य कर्जे-वर्जे की बात तो दूर, सरकार किसानों को चारे के लिए दो-चार हजार तकावी देने के लिए तैयार थी। जिनके मवेशी चारे के अभाव में दम तोड़ने लगे थे, केवल वे किसान ही इस योजना से लाभ उठा सकते थे और उन्होंने लाभ उठाया भी। जैसे-तैसे दो-एक महीने के गुजारे की व्यवस्था तो हो पायी! कई लोगों ने अपने पशु बेच डाले थे, पर सरकारी रिकॉर्ड में यह परिवर्तन दर्ज नहीं हुआ था। गाँव के मुखिया का प्रमाणपत्र ही अधिकृत माना जाता था। सर्कल इन्स्पेक्टर जाँच के लिए आते थे और वीरान तबेले को देखकर पंचों से पूछते थे—

'तबेले में सात पशु हैं। मंजूर है?'

'जी।'

'इनमें से दो दुधारू पशु हैं?'

'जी हाँ हैं ऽऽ' पंचनामा फौरन तैयार हो जाता। आवश्यक लिखा-पढ़ी, तहसील मुख्यालय जाने-आने का मार्ग-व्यय, मेल-मिलाप तथा चाय-पानी के लिए दो-चार सौ रुपये खर्च करने पर पन्द्रह-सोलह सौ हाथ में आ जाते थे। सौदा बुरा तो नहीं था।

एक दिन तहसीलदार साहब गाँव में जाँच-पड़ताल करने आ पहुँचे। तकावी संवितरण का जायजा भी उन्होंने लिया। उसके बाद निर्धारित कार्यक्रमानुसार भोजन के लिए उनकी जीप सोकाजी की कोठी के सामने आ रुकी। गाँव के सरकारी कर्मचारियों को सोकाजी ने स्थायी अनुदेश दे रखे थे कि तहसीलदार, बी डी ओ, डी एस पी—कोई भी आए, उनका भोजन तो उसकी कोठी पर ही होगा!

सूखे की स्थिति से अवगत कराने के लिए सोकाजी तहसीलदार साहब को अपने खेत में ले गया और गिड़गिड़ाकर कहने लगा, 'राव साहब, दस साल पहले, बिलबिलाते सँपोलों की तरह यहाँ पानी प्रचुर मात्रा में था। खेत हरेभरे थे। पर अब औरत के उजड़े हुए माथे की तरह खेत वीरान हैं...'

'पांगरी नदी पर बाँध बनाया जाना चाहिए। बाँध के लिए मँजूरी तो मिल ही चुकी है।' तहसीलदार साहब ने कहा।

'उसके लिए निधि उपलब्ध होने और प्रत्यक्ष काम शुरू होने में तो अभी

एक अर्सा गुजर जाएगा। उससे पहले यहाँ पानी की कोई जुगत कीजिए।'

'देखते हैं।'

सोकाजी साहब के साथ खेत में पहुँचा। साहब ने उसका, बीस एकड़ का हिस्सा देखा। कुएँ के अपर्याप्त जल से बमुश्किल तीन-चार एकड़ में ही तनिक हरियाली नजर आती थी। बाकी जमीन बेफसल खाली पड़ी थी। उसमें बीच-बीच में छुट-पुट घास उग आयी थी, बस। सामने वाले पहाड़ तथा उस पहाड़ को द्विभाजित कर बहनेवाले नाले की ओर देखकर उन्होंने पूछा—

'ये कौन-सी बस्ती है ?'

'डोंगरवाडी। हमारे ही गांव की बस्ती है।'

'उस नाले पर सिंचाई टैंक बनवाइए।'

'उससे क्या फायदा होगा ?'

'आपकी खेती के लिए पानी उपलब्ध हो जाएगा। आपके पूरे खेत पर हरियाली छा जाएगी।

तहसील मुख्यालय से पताशा के लौट आने की खबर मिलते ही बस्ती के सारे लोग वहाँ इकट्ठा हुए। उनमें छोटे-छोटे बच्चों को गोद में लिए औरतें भी शामिल थीं। क्योंकि समूची बस्ती के अस्तित्व का सवाल जो था। रात की आखिरी बस का सभी को इन्तजार था। बस में से पताशा के उतरते ही बस्ती वालों ने उसे घेर लिया। आँगन में लालटेनों की मद्धिम रोशनी। दाँत किट-किटाने वाली ठण्ड में कम्बल ओढ़कर लोग बैठे थे। बस्ती का बाकी हिस्सा अँधेरे में डूबा हुआ था। पताशा से कैफियत सुनने के लिए वे लोग बेताब थे। बातचीत शुरू करने से पहले दो कौर खा लेने के, बीवी के अनुरोध को ठुकरा-कर पताशा बाहर आकर बरामदे में बैठा रहा। उसकी बोलती मानो बन्द हो गयी थी। जुबान खुलती ही नहीं थी। इसी बीच दो बुजुर्गवार लोगों ने कहा, 'कुछ बोलोगे भी ? हमारी तकदीर में जो भी लिखा हो, बता तो दो।'

'डिप्टी इंजीनियर साब के पास गया था। कच्चा नक्शा देख आया हूँ। डोंगरवाडी के मुँहाने पर सिंचाई के लिए एक बड़ा-सा जलाशय बनाने की योजना मंजूर हो चुकी है। वाडी की समूची उपजाऊ भूमि इस योजना में चली जाएगी। हमारे हिस्से में बची रहेगी पथरीली जमीन !' मायूस होकर पताशा ने कहा।

'समूची बस्ती को उजाड़ने पर कौन तुला हुआ है ?' एक बूढ़ा।

'सोकाजी। क्योंकि उसकी बीस-पच्चीस एकड़ जमीन को अनायास पानी उपलब्ध हो जाएगा।'

'यानी कि अपनी जमीन से हाथ धोकर बस्ती हवा खाएगी ? या भाड़ झोंकेगी ? या भीख माँगेगी ? या भूखों मरेगी ? अबे पताशा के बच्चे, तेरी वजह से हमने सोकाजी को मत दिया। भेड़-बकरियों की तरह सावन्त बाबा के पीछे-पीछे हो लिये। तुमने खुद को निर्विरोध निर्वाचित करने का अनुरोध हमसे किया। हमने वैसा ही किया। तुमने सरपंच बनाए जाने की इच्छा व्यक्त की। हमने बना दिया। बस्ती में सावन्त बाबा का झण्डा फहराए जाने की ख्वाहिश तुमने जाहिर की। वैसा ही हुआ। और ये ही लोग हमें जड़ से उखाड़ने में लगे हुए हैं ? बोल, अब हम कहा जाएँगे ? किससे फरियाद करेंगे ?' तातू महार ने कहा।

'मांगोला में आज सावन्त से मिले थे ?' एक अन्य व्यक्ति ने पूछा।

'गया तो था मिलने। पर हवेली में नहीं थे वे।'

बस्ती के सभी लोग पताशा पर फिसल गये और इस मुसीबत के लिए उसी को जिम्मेदार ठहराने लगे। पताशा ने रुंधे गले से कहा, 'बस्ती की तबाही की कीमत पर मुझे राजनीति नहीं खेलनी है। मुझे मालूम नहीं था कि ये लोग इतने गिरे हुए होंगे और हमारी थाली में जहर घोलेंगे। मैं आप लोगों के साथ हूँ। बस्ती की खुशहाली के लिए जीएँगे-मरेंगे। लेकिन अब पीछे नहीं हटेंगे।'

दूसरे ही दिन बस्ती के कुछ चुनिन्दा लोगों के साथ पताशा सोकाजीराव की कोठी पर जा पहुँचा। सोकाजीराव बरामदे में ही बैठा था। वहाँ पहुँचते ही सहमे-सहमे से अन्दाज में पताशा ने कहा, 'आबा, पीठ के बजाय आपने हमारे पेट में लात मारी ? यह गोरखधन्धा कब से शुरू किया आपने ? डोंगरवाडी का नामोनिशाँ मिटाना चाहते हैं आप ?'

सोकाजी ने उन लोगों को शान्त करते हुए कहा, 'विरोधियों के बहकावे में आकर आप लोग गलतफहमी के शिकार क्यों हो रहे हैं ? इस योजना में मुश्किल से एकाध-दूसरा मकान डूब क्षेत्र में आएगा। किन्तु इत्ती-सी बात को लेकर आप लोग विकास-कार्य में बाधा मत डालिए। हमें बस्ती का विकास करना है। वहाँ बिजली, पानी, पक्की सड़कें इत्यादि मूलभूत सुविधाएँ मुहैया करानी हैं ...'

'यही सब सुनते-सुनते हमारे बाल पक गये...' दो-तीन लोगों ने समवेत स्वर में कहा।

सोकाजी समझ गया कि पताशा और उसके साथी कुछ भी सुनने की स्थिति में नहीं हैं। इसी बीच भीतर से गाढ़े दूध की बढ़िया चाय सबके लिए आयी। इससे वे लोग तनिक ठण्डे पड़ गये। सोकाजी अकेले पताशा को ही अपने कमरे में ले गया और तकिये से टेककर बैठते हुए, प्यार से उसकी पीठ थपथपाते हुए

स्पष्ट शब्दों में उसने कहा, 'देख पताशा, इसमें तेरा क्या नुकसान है ? तुम मेरे अजीज हो, इसलिए कहता हूँ कि डोंगरवाडी के अधिकांश मकान डूब-क्षेत्र में आ जाते हैं और उपजाऊ जमीन भी। यदि तुम्हारी जमीन भी इसमें आती हो, तो चिन्ता क्यों करते हो ? मेरे खेत में तुम हल चला सकते हो, और भी काम कर सकते हो। तुम तो मेरे छोटे भाई जैसे हो ! एक और महत्त्वपूर्ण खबर शायद तुमने सुनी नहीं। तहसील क्षेत्रीय खरदी-बिक्री-परिसंघ के अध्यक्ष पद का भार तुम्हें सौंपने का निर्णय श्रीपतराव ने तथा हमने ले लिया है। तब तो खरीद भी तुम्हारे हाथ में होगी और बिक्री भी।'

पताशा के तन-बदन में जैसे आग लग गयी। उसने दाँत-होंठ भींचते हुए कहा, 'आबा, ऐसे सब्जबाग पताशा को मत दिखलाइए। पानी आप लोगों ने नष्ट किया। यहाँ तो बड़ी मछली छोटी मछली को निगलने लगी है ! मेरे सामने टुकड़े मत फेंकिये। कोई फायदा नहीं होगा। मुर्दे को घर में रखे रहकर मालपुए खानेवालों की औलाद हम नहीं हैं ! हमारी बस्ती का जो हाल होगा, वही मेरा भी होगा ! किसी भी कीमत पर वहाँ जलाशय नहीं होने देंगे।'

पताशा अपनी बस्ती के साथियों समेत सीधे मांगोला पहुँचा। वहाँ सबसे पहले उसने सावन्त बाबा के दरवाजे पर दस्तक दी। उस वक्त वे हवेली में ही थे। पूरा वाकया सुनने के बाद सावन्त बाबा ने कहा, 'भाइयो, जल्दबाजी मत करो। धीरज रखो, सब कुछ ठीक हो जाएगा।'

'बस्ती को उजड़ते देखकर भी धीरज रखें ?'

'शान्ति रखो। समस्या का समाधान निकल आएगा।'

'क्या शान्ति और कौन-सा समाधान ?' पताशा ने झुंझलाकर कहा, 'सरकार, यह खुराफात पांगिरा की भले ही हो, पर इसका असली खिलाड़ी तो सोकाजी ही है। डोंगरवाडी में जलाशय का काम पूरा होते ही उसके बीस एकड़ को सिंचाई सुविधा उपलब्ध होगी। इसीलिए वह साब लोगों को, इंजीनियर को मजबूर कर रहा है। फाइलें बड़ी तेजी से इस मेज से उस मेज पर आ-जा रही हैं। दोनों गाँव आपके ही हैं। यानी आपके ही गुट के लोगों के हाथ में कारोबार है। अब आप हमें बताइए कि आप सोकाजी को मनाएँगे या नहीं ?'

'धीरज रखो, पताशा ! इत्मीनान से काम लो।'

'बहुत हुआ, साब ! गाँव के चक्कर में फँसकर आप बस्ती को फूंकने पर आमादा हो गये हैं ? इस घर की देहलीज पर हम दोबारा आएँ या नहीं ?'

सावन्त बाबा की आँख से आँख भिड़ाकर पताशा कुछ देर घूरता रहा। पर उन्होंने कोई भी निर्णय नहीं दिया। 'सोच-समझकर कोई भी कदम उठाओ' ऐसा ही गोलगोल जवाब देकर टाल-म-टोल करते रहे। पताशा नीची निगाहों से बस्ती में लौटा तो लोगों ने उसे घेर लिया।

'क्या कहते हैं सावन्त बाबा ?'

उसने कोई जवाब नहीं दिया।

'सावन्त बाबा आखिर क्या चाहते हैं ?' बस्ती के तमाम लोग पूछने लगे।

'वो जो करेंगे सो करेंगे, मेरा इस्तीफा ले लो। मुझे नहीं रहना सरपंच पद पर।' आंसू पोंछते हुए पताशा ने कहा।

'इस्तीफे की बाद में देखी जाएगी। पहले बस्ती को बचाने की सोचो', बुज़ुर्गों ने राय दी।

रात को यमाई के मन्दिर में एक बैठक हुई। बरफीली रात में पूरे समय खूब गरमागरम बहस होती रही। यदि जलाशय हुआ तो समूची बस्ती पर गाज गिरनेवाली थी। बस्ती के आधे से अधिक लोगों की कुल मिलाकर चालीस एकड़ जमीन थी। और उसमें पूरे साल भर धान और मँडुए की फसल ली जाती थी। गरमियों में भेड़-पालन, गन्ने के खेतों, केला-बागानों तथा हाल में शुरू हुई रोजगार गारण्टी योजना के कामों में बस्ती के लोग उलझे रहते थे। तब कहीं दो जून रोटी का जुगाड़ होता था। ऐसी स्थिति में पांगिरा बस्ती वालों के मुंह का कौर छीनने की जिद्द कर रहा था? बस्ती, ढोर-डांगर, हजारों पीढ़ियों का विस्तार एवं घर-गृहस्थी को समेटकर कहाँ जाते वे? बस्ती के लोगों ने प्रतिज्ञा की कि वे अपनी जान की कीमत पर भी क्षरण तालाब या सिंचाई टैंक वहाँ नहीं बनने देंगे।

समूचे पांगिरा गाँव को जैसे खून का चस्का लगा था। पानी कबाड़ने के लिए वे बेहद ललचा रहे थे। गरदन टेढ़ी कर कसैली निगाहों से वे डोंगरवाडी को घूरने लगे थे। उसे झपटने की फिराक में बैठे थे। पांगिरा के साये में डोंगरवाडी पली-बढ़ी थी, जैसे भाई की छत्रछाया में छोटी बहन का विकास हुआ हो। किंतु बहन का सुहाग छीनने तथा उसकी लुटिया डुबोने पर आमादा भाई को सबक सिखाने के लिए समूची बस्ती तैयार खड़ी थी। अहमदनगर के गन्ने के खेतों में काम कर रहे कामगारों को तार द्वारा सूचित किया जा चुका था। मुंबई में भी सँदेशा भेज दिया गया था। वसई के केला-बागानों में भी पांगिरा-डोंगरवाडी को लेकर खुसुर-पुसुर शुरू हो गयी थी। अपनी बस्ती की जान पर आफत आती देखकर इन विभिन्न स्थानों से बस्ती के मूल निवासी डोंगरवाडी के लिए चल पड़े। हर रोज दो-चार, दो-चार की तादाद में वे आते रहे। डोंगरवाडी में युद्ध स्तर पर हो रही कार्रवाई की भनक पांगिरावासियों को पड़ गयी थी।

डोंगरवाडी पहुँचने वाली रात की आखिरी बस पांगिरा से होकर ही आती थी। वाडी के लोगों को देखते ही पांगिरकरों की भौंहें तन जातीं। बस में अगल-बगल बैठे हों तो भी एक-दूसरे को शकी निगाहों से वे देखते। वाडी की

कई लड़कियाँ पांगिरा में ब्याही थीं। इस प्रकार उन दोनों में पारिवारिक सम्बन्धों के होते हुए भी अप्रिय स्थिति पैदा हो रही थी। अब भाई-बिरादरी में आना-जाना बन्द हो गया था। डोंगरवाडी से आनेवाला दूध पांगिरा की डेयरी में लेने में अब आनाकानी होने लगी थी। सोकाजी ने दुश्मनी का जहर गाँव में घोल दिया था। पांगिरा के लोग ऐंठने लगे। जुम्मा-जुम्मा आठ दिन पुरानी डोंगरवाडी की धज्जियाँ उड़ाने की उद्दंडतापूर्ण बातें करने लगे।

डोंगरवाडी का दृढ़ निश्चय बरकरार था। अपने पक्ष में वातावरण बनाने के लिए यहाँ-वहाँ चिट्ठियाँ लिखने, शिकायती आवेदन करने का काम वे शुरू कर चुके थे। इसी बीच एक दिन सवेरे-सवेरे एक जीप प्रस्तावित क्षरण तालाब के स्थान पर आ पहुँची। गोल-गोल टोपियाँ पहने साहब लोग तालाब का सर्वे करने लगे। पत्थर गाड़कर उन पर सफेदी पोतने लगे। मूल नक्शे के कई कागज नाले के आस-पास जमीन पर बिछ गये। दो-चार लौंडे झंडे हाथ में लेकर नाले के इर्द-गिर्द भाग-दौड़ करने लगे। इस प्रकार खेतों में, मेड़ों पर लाल झंडियों का बोलबाला हो गया।

सर्वे शुरू होने की खबर पहुँचते ही बस्ती के लोग चौकन्ने हो गये और देखते-ही-देखते नाले के पास वे पहुँच गये। सर्वे करने वाले वे साहब लोग बस्तीवालों को चीनी-पाक दुश्मन प्रतीत होने लगे थे। बस्तीवालों की तल्खी भी साहबों की निगाहों से बच नहीं सकी। वे सकपका गये। बजा चोरगे ने चिल्लाकर उनसे पूछा—

'तुम लोगों को बाँध बनाने किसने भेजा?'

'बाँध बनाने नहीं, केवल सर्वे करने···'

'वही समझ लो। पर भेजा किसने? हमारे सीने पर मूँग दलते हुए शर्म नहीं आती तुम्हें? काफी पढ़े-लिखे लगते हो। सरकार से कह नहीं सकते कि बस्ती तबाह हो जाएगी?'

'हमारा काम तो सर्वे करना है।'

'बस करो यह बकवास-चुपचाप यहाँ से चले जाओ। वरना जिन्दा वापस नहीं लौटोगे', बस्ती के लोगों ने उत्तेजित स्वर में चेतावनी दी।

विगत दो सप्ताह से बस्तीवालों के दिमाग पर यही एक विषय हावी था। इसलिए अब उनकी सहनशक्ति जवाब दे रही थी। वे गाली-गलौज पर उतर आये। इस बीच एक युवक ने उन साहबों में से एक के गाल पर चाँटा रसीद किया, तो बाकी चार साहब उसे बचाने के लिए आ गये। अब उन पर पत्थर-डेले बरसने लगे। साहब लोग अपना सामान समेटकर फौरन लौट पड़े। उनकी जीप को लोगों ने घेर लिया। वे जा नहीं पा रहे थे। इतने में किसी ने जीप का टायर पंक्चर कर दिया। वे बेचारे जीप में से कूदकर पांगिरा की

दिशा में दौड़ पड़े। उन पर डेले-पत्थरों की वर्षा अभी भी जारी थी। उनमें से कुछ लोगों के सिर पर चोटें आयी थीं, कपड़े फट गए थे। कुल मिलाकर उन्हें बेआबरू होकर वहाँ से लौटना पड़ा।

शाम चार बजे वे लोग जैसे-तैसे पांगिरा पहुँच सके। उन्हें बदहवास स्थिति में देखकर पांगिरकर चौंक गए। क्षर तालाब का सर्वे करने वाले दल के सदस्यों की दुःस्थिति की यह खबर आग की तरह गांव में चारों ओर फैल गयी। गाँववालों ने साहब लोगों को सिदुबा मन्दिर के बरामदे में बैठाया, उन्हें पानी पिलाया तथा आराम करने की सलाह दी। धीरे-धीरे ग्रामवासी वहाँ जमा होने लगे और देखते-ही-देखते भीड़ बहुत ज्यादा बढ़ गई। इतने में सोकाजीराव वहाँ आ गया। उसने सदा बनिये की जीप से साहब लोगों को मांगोला के अस्पताल में पहुँचा दिया।

आनन-फानन में मन्दिर के आहाते में ग्रामवासियों की बैठक शुरू हुई। बैठक में ज्ञानू सावला, चिणू गुणाजी, भीमू गुरव, शिरपा अडीसरा, लहू चोरगे, मुरार पाटील, भिकू अण्णा, तान्या भिलारे, सदा बनिया, तायन्या कांबले और सम्पतराव आदि महत्त्वपूर्ण व्यक्ति उपस्थित थे। मूँछों पर ताव मारते हुए सोकाजी कहने लगा, 'देख लिया ? वाडी के लोगों ने कानून अपने हाथ में ले लिया है, जो लोग हमारी जूठन खा-खाकर पले-बढ़े, वही लोग लठ लेकर हम पर धावा बोलने लगे हैं, कल हमारी जान लेने पर उतारू हो जाएँगे।'

'आबा, साब लोगों की जो जीप वहाँ खड़ी थी उसमें उन लोगों ने आग लगा दी,' एक लौंडे ने खबर दी।

'सुना ? आज उन्होंने जीप में आग लँगा दी, कल को पूरे गाँव को फूंक देंगे। इस जहरीले साँप को समय रहते ही मार डालना चाहिए। आप लोग क्या सोचते हैं ? आपको लगता होगा कि इसमें चूँकि मेरा फायदा है, मैं मसले को ज्यादा तूल दे रहा हूँ। पर मैं आपको यकीन दिलाता हूँ कि छोटे बच्चे की पिशाब की धार जितना भी पानी नहीं चाहिए मुझे। मैं तो अपने गाँव को खुशहाल देखना चाहता हूँ। जामगाँव, धारगाँव में एक क्षरण तालाब बना और आसपास के क्षेत्र के कुओं में झरने फूट पड़े। वहाँ इतना ज्यादा पानी हो गया कि उसके विनियोग की समस्या उनके सामने पैदा हुई। अब तक तो डोंगरवाडी पांगिरा के बूते पर ही जिंदा रह सकी। हमारे गन्ने के खेतों में खटने से ही तो उनकी दो जून रोटी की व्यवस्था हो पायी। और आज उनकी चार-छः एकड़ जमीन डूब क्षेत्र में आयी तो कौन-सा पहाड़ टूट पड़ा उन पर ?'

श्रोताओं में से तान्या भिलारे तमतमाकर उठ खड़ा हुआ और चिल्लाते हुए कहने लगा, 'आबा, चलिए डोंगरवाडी चलते हैं। इसी वक्त। उनकी टाँगें तोड़ देंगे। धोबी पछाड़ की कारगुजारी उन्हें दिखा देंगे।'

'अपनी डेयरी में कल से उनका दूध लेना बन्द कर दो।' ज्ञानू सावला ने सुझाव दिया।

'कल से उनका दूध बन्द !' घुना चेयरमैन मानाजी ने निर्णय दिया।

'कल से पांगिरा होते हुए वहाँ जानेवाली बस का रास्ता रोक देंगे,' दो-तीन लोगों ने राय जाहिर की। इस प्रस्ताव के स्वागत में तालियों की अनुगूंज हुई। तान्या फिर एक बार दहाड़ने लगा—

'आबा, सभा और भाषणबाजी काफी हो गयी। पहले वहाँ चलकर उनसे तलब करते हैं।'

'सबूरी से काम लो···' मुरार पाटील ने राय दी, 'ज्यादा उतावली अच्छी नहीं होती। पहले उनके साथ एक संयुक्त बैठक होने दीजिए। तालाब बनकर तैयार हो जाने के बाद तो उन्हें जमीन से हाथ धोना ही पड़ेगा। क्यों ?'

'ये लो, घर का भेदी यहीं निकला,' तान्या गुर्राया।

'ऐसे ढुलमुल व्यवहार से ही थुक्का फजीहत होती है।' सोकाजी ने झल्ला कर कहा।

ज्ञानू सावला ने मुरार को चुप किया। बहुमत के आगे होशियारी दिखाने से क्या फायदा ? ज्ञानू-समर्थक युवा वर्ग भी डोंगरवाडी को पानी में देखने लगा।

अब अँधेरा घिरने लगा था। बिजली में जान न होने से लट्टू मुरझाये से प्रतीत होने लगे थे। अभी उन्होंने खाना भी नहीं खाया था। फिर भी तान्या कुछ ज्यादा ही उछलने लगा था। भीमू गुरव की खुद की दूकान थी, सो खूब पीकर वह जैसे झूम रहा था। पांगिरकरों के दिल में प्रतिशोध की बारूद ठसाठस भरी थी। उसके धमाके के लिए एक छोटी-सी चिंगारी ही काफी थी। संप्या और भीम्या चिल्लाये, 'चलो, डोंगरवाडी चलकर भड़ुओं को तलब करते हैं···'

बैठक समाप्त हुई। युवा वर्ग अपने-अपने घरों की ओर चल दिया। कुछ ही मिनटों में वे लठ, बल्लम, गँडासा, कुल्हाड़ी आदि जो भी मिले, लेकर सिदुबा के आहाते में इकट्ठा हुए। हथियारबन्द युवकों की संख्या दो-तीन सौ तो जरूर रही होगी। सोकाजीराव बन्दूक लेकर आया। 'जय सिदुबा ऽ', 'जय पांगिरा ऽ' का नारा लगा और खाने-पीने की परवाह किये बिना अँधेरे में ठोकरें खाते हुए काफिला डोंगरवाडी की ओर चल पड़ा।

पहाड़ की गोदी में बसी डोंगरवाडी शान्त-निःशब्द थी। शीतल पवन सैर-भैर सी कुलांचे भर रही थी। लोग घरों में दुबके पड़े थे। शाम की गपशप से निपटकर बस्ती के लोग खाना खा रहे थे या खाना खाकर लेट रहे थे। कोई छोटे-छोटे बच्चों को खिला रहे थे। चारों ओर सन्नाटा था। इस बीच यकायक

कुत्ते भौंकने लगे। उसके बाद गोली चलने की आवाज आयी। 'लोटा परेड' के लिए गये लोग लोटे-बीटे छोड़-छाड़कर भाग खड़े हुए। हल्ला-गुल्ला ज्यादा ही होने लगा। पांगिरकर जवान घरों में घुसकर मर्दों को बाहर खींचने लगे। औरतें बीच-बचाव करने लगीं। चीखने-चिल्लाने लगीं। 'पकड़ो ऽऽ मारो ऽऽ काटो ऽऽऽ।' कुल मिलाकर युद्ध सदृश स्थिति उत्पन्न हुई। मर्दों को बाहर खींच निकालकर उनके साथ बदसलूक किया जाने लगा। उन पर हमला किया जाने लगा। गँडासे, कुल्हाड़ी से किये गये हमले में लोग हताहत होने लगे। 'मैं तो मर गया ऽऽ। हे भगवान ऽऽ। हमें क्यों पकड़ रहे हो? हमने क्या बिगाड़ा है तुम्हारा?' 'अबे, चुप रह स्साले! साहब लोगों को मारते हो? तालाब नहीं चाहिए? जूते खाने हैं?' हाय-तौबा मच गयी। घरों के सामने हाथापायी, छीना-झपटी और मारकाट मची। छोटे बालक तो बाकायदा बोभ मारने लगे। तबेले में बँधे मवेशी सहमे-सहमे-से टुकुर-टुकुर देखने लगे।

गुरिल्ला हमले या बहुत बड़ी डाकेजनी की वारदात की तरह बस्तीवालों की पिटाई की जाने लगी। ये लोग तो आराम फरमा रहे थे, सो गफलत में रहे। इस मामले में डोंगरवाडी के लोग निष्प्रभ सिद्ध हुए। लाठी-काठी के प्रहार के निशान बदन पर दिखाई देते रहे। पिछली बार की तरह अब भी वे सोच-संस्कारों के प्रति बहुत ही सतर्क रहे। सिर पर, माथे पर कुल्हाड़ी के घाव होने से खून बहने लगा था। सोकाजी बन्दूक तानकर मराठी स्कूल के सामने खड़ा था। आँखों में तेल डालकर पहरा दे रहा था। तीन चार लोगों ने तो बिछौने में सोये हुए सरपंच पताशा को उड़ा लाने का नायाब तारीका अपनाया। उसे उन्होंने सोकाजी के सामने पेश किया। उसकी जोरदार मरम्मत की गयी। इतने में उसकी बीवी वहाँ पहुँची और अपने पति को बचाते हुए गिड़गिड़ाने लगी, 'मत मारिए इसे। मैं आपके पाँव पड़ती हूँ। आपसे भीख माँगती हूँ।'

सोकाजी ने तिरछी निगाहों से घूरते हुए पूछा, 'क्यों सरपंच, क्या हालचाल हैं वाडी के?'

'सोकाजी, तुम्हें यह शोभा नहीं देता,' पताशा ने कराहते हुए कहा, 'तुम्हारे बेटे के चुनाव में हम दिन-रात खटते रहे। हर तरह का काम हमने किया। उसी की सजा हमें दी तुमने? हमारी वस्ती को उजाड़ने की साजिश कर रहे हो? जोर-जबरदस्ती से हमारे बाल-बच्चों के मुंह का कौर छीनना चाहते हो? सोक्या, तेरा कभी भला नहीं होगा। आखिरी वक्त में तू टट्टी-पेशाब खाएगा। लोग थूकेंगे तेरे मुँह पर…'

पताशा कुछ ज्यादा ही बकबक करने लगा, तो संपतराव आगे आया और उसने पताशा की बीवी को उठाकर लकड़ी के गट्ठर की तरह एक ओर पटक दिया। पताशा की और अधिक मरम्मत की गयी। उसके सिर में चोटें आयीं

और खून बहने लगा। वह अधमरा होकर निश्चेतन-सा पड़ा रहा। बस्ती के अधिकांश लोग सड़कों पर बेहोश पड़े हुए थे। कुछेक अपनी जान बचाकर भागने में सफल हुए थे। किसी ने होश में आकर उठने की थोड़ी-सी कोशिश की नहीं कि डण्डे बरसने लगते उस पर। बीच में ही कोई चिल्लाया—

'झेल्या, मुझे पीटता है स्साले ? मेरा साढ़ू होकर ?'

'तू साढ़ू है, तो मेले में आ जा, तुझे दावत दूंगा। इस वक्त गांव की इज्जत का सवाल है।'

समूची बस्ती बेजान-सी कराहने लगी। बिजली के मरियल से लट्टू सहमे-सहमे से अन्दाज में टुकुर-टुकुर देखते रहे। हवा भी डरकर भाग खड़ी हुई। चोरी-छुपे एकाध झोंका आता था, बस। अमानुष बर्बरता से वृक्ष भी भयाक्रांत हो गये। पत्ते सरसराने लगे। एक-दूसरे की कान में खुसुर-पुसुर करने लगे। बस्ती मरघट में बदल गयी और सन्नाटा छा गया। सोकाजी ने कहा, 'बस हुआ। अब चलते हैं।' सभी ने अपने-अपने हथियार समेट लिये। जाते-जाते तान्या ने उलाहना दिया, 'कम्बख्तो, यह तो सिर्फ नमूना है। असली मजा तो बाद में आएगा। अभी भी कुछ बिगड़ा नहीं है। सँभल जाओ। ऊँट की च्यूतड़ को चूमने की जुर्रत मत करो। वरना भरी दुपहरी में बस्ती से धुआँ उठने लगेगा। मिनटों में जलकर राख हो जाएगी! आग बुझाने एक बूंद पानी भी नहीं मिलेगा।'

किला फतह करने की खुशी से सराबोर होकर पांगिरकर उछलते-फुदकते हुए लौट गये तो आरती उतारकर महिलाओं ने उनका वीरोचित स्वागत किया।

बस्ती के जो लोग अंधेरे का फायदा उठाकर भाग गये थे, वे लौट आये। उन्होंने औरतों की मदद से घायलों की मरहम-पट्टी की, उन्हें होश दिलाया, पानी पिलाया। जो लोग अभी भी मुर्दे की तरह पड़े हुए थे उन्हें उठाकर बैल-गाड़ियों में लिटाया। बाकी लोग भी उसमें सवार हुए और सात-आठ बैल-गाड़ियाँ स्याही को चीरते हुए, अदबदाते-लड़खड़ाते हुए चल पड़ीं। घाटी पार कर समतल रास्ते पर आते ही पांगिरा के लट्टू दिखाई दिये, तो बैल सहम गये। उनकी चाल और भी धीमी पड़ गयी। क्योंकि बरास्ता पांगिरा ही तहसील मुख्यालय जाया जा सकता था!

काली गाड़ी का सायरन 'कुई ऽऽ वाय ऽऽऽ वाय' बजने लगा, तो देर रात को सोये पांगिरकरों की नींद उचट गयी। वे हड़बड़ाकर उठ बैठे और आँखें मलते हुए खिड़की में से झांकने लगे। पुलिस की चार-पांच जीप गाड़ियाँ वहाँ की

गलियों में गश्त लगा रही थीं। गाड़ियों में पुलिस के जवान ठूंस-ठूंसकर भरे हुए थे और ऐलान किया जा रहा था, 'भागने की कोशिश मत करना। वरना भून दिये जाओगे। घर के मर्द बाहर आ जाएँ। हमारे हवाले हो जाओ ऽऽ' स्थिति की गम्भीरता को देखते हुए कुछ लोग बाहर आ गये, पर कई लोग भीतर ही छुपे रहे। पुलिसवाले घरों में घुसकर लातों-मुक्कों, डण्डे से पीटकर उन्हें बाहर निकालने लगे।

आधे घण्टे में गाँव के सभी मर्द चावड़ी में इकट्ठे हुए। उनकी सूची शायद बस्ती के लोगों ने ही पुलिस वालों को दी थी। सूचीबद्ध लोगों को बाकी लोगों से अलग बैठने को कहा गया। इन्स्पेक्टर जाधव नाम पढ़ने लगा। मुरार पाटील, सदा बनिया, भिकू अण्णा के अलावा पचास एक लोगों के नाम उस सूची में थे। इन्स्पेक्टर जाधव एक-एक नाम जोरों से पुकारने लगा—

'ये संपतराव सोकाजी डोकरे और सोकाजी बयाजी डोकरे कौन हैं ?'

'सरपंच और सरपंच का बाप,' ज्ञानू सावला ने बताया।

'ये मादरचोद क्यों नहीं आये अभी तक ? या उनके लिए खास आदमी भेजूँ ? हवालदार, जाओ और बहन के···को लेके लाओ,' इन्स्पेक्टर जाधव ने कड़ककर कहा।

दो जवान चले तो गये थे पर खाली हाथ लौट आये। इसलिए ताव खाकर इन्स्पेक्टर खुद ही जीप में चल पड़ा। उसकी कोठी के सामने जीप को रुकवाकर उसने ऐलान किया, 'सोकाजी, चुपचाप बाहर आ जा। वरना गाँड पे हंटर चलेंगे ऽऽ।'

'सोकाजी पहली मंजिल पर पान चबाते बैठा था। इन्स्पेक्टर की चेतावनी सुनकर वह पास में ही बैठे अपने बेटे से पूछने लगा, 'बड़ा उछल रहा है। नया आया है क्या ?'

'जी। नया आया है।'

'उम्र ?'

'होगी चालीस के आस-पास, पर इठलाता बहुत है।'

'खैर। कोई बात नहीं। मांगोला का पानी शायद इसने चखा नहीं अभी तक···'

कमरे से बाहर, मुंडेर पर आकर संपतराव ने कहा—

'साब, बाहर क्यों खड़े हैं ? भीतर आइए। चाय-पानी कुछ लीजिए। काम की बाद में देखेंगे।'

'पहले बाहर निकलो हरामजादो ऽऽ' इन्स्पेक्टर गुस्से में आकर कहने लगा, 'पुलिस स्टेशन में ही तुम्हें चाय-पानी पिलाऊँगा।'

ज्यादा बेइज्जती से बचने के लिए इन्स्पेक्टर की बात मानना ही सोकाजी

ने उचित समझा और नये कपड़े पहनकर वह संपतराव के साथ बाहर आया। पिता-पुत्र उस काली गाड़ी में सवार हुए। ग्रामवासियों के लिए एक ट्रक मँगवाया गया और काफिला मांगोला की ओर चल पड़ा। वारदात की सूचना मिलते ही इन्स्पेक्टर जाधव ने रात के दो बजे डिप्टी साहब से फोन पर अनुमति प्राप्त कर पास के दो पुलिस स्टेशनों से ज्यादा कुमुक मँगवायी थी और दिन निकलने से पहले ही पांगिरा की नाकाबन्दी करवायी थी, ताकि कोई भागने न पाए। इस प्रकार छोटी-बड़ी सभी मछलियाँ उसके जाल में बराबर फँस गयी थीं।

पुलिस स्टेशन के सामने सभी गाड़ियाँ रुक गयीं, तो लात-घूंसे जमाते हुए जवानों ने पांगिरकरों को ट्रक से नीचे उतारा, और हवालात में बन्द करने लगे। सोकाजीराव को अकड़कर खड़े देखकर इन्स्पेक्टर जाधव का खून खौलने लगा। वह चिल्लाया, 'अबे ए भड़ुए, देखता क्या है? यहाँ बारात में आया है क्या? चल अन्दर ऽऽ।'

सोकाजी फिर भी टस-से-मस नहीं हुआ। इन्स्पेक्टर जाधव कमर का बेल्ट अभी उतार ही रहा था कि टेलीफोन की घण्टी बजने लगी।

'कौन ?'

'नमस्ते साहब ऽऽ। मैं सभापति श्रीपतराव सावंत बोल रहा हूँ।'

'हाँ-हाँ, नमस्ते। बोलिए···'

'साहब, पांगिरा के लोगों को आपने हिरासत में ले लिया है?'

'जी हाँ, सभी को।'

'कोई बात नहीं। मैं आपके काम में बाधा तो नहीं डालना चाहता, पर मेरा जिगरी दोस्त सोकाजीराव और उसका बेटा···'

'वे दोनों हवालात में बन्द हैं। दंगा भड़काने, आगजनी को प्रोत्साहन देने, आर्म्स ऐक्ट का उल्लंघन करने के आरोप···'

'मैं जानता हूँ, मैं जानता हूँ। मैंने तो पहले ही आपसे कहा कि मैं आपके काम में बाधा नहीं डालना चाहता। इन आरोपों से उन्हें बरी करने की सिफारिश भी मैं नहीं करता। मेरी तो अर्ज यह है कि अदालत से जमानत के आदेश प्राप्त करने तक कृपया उन्हें हवालात में बन्द मत करवाइए। यह हमारी इज्जत का सवाल है।'

'सबके साथ समान व्यवहार होगा।'

'साहब, इतना भर सहयोग···'

'हरगिज नहीं।'

'किससे बात कर रहे हैं आप? और इतना गुमान? याद रखिए। यदि सोकाजी-संपतराव को आपने लॉकअप में रखा तो आज शाम छः बजे से पहले,

मांगोला पुलिस स्टेशन में नया इन्स्पेक्टर आएगा ! समझे ?'

और बस, चोंगा पटकने की आवाज आयी । इन्स्पेक्टर जाधव के तन-बदन में जैसे आग लगी । इससे पहले सावंत कई लोगों के ऐसे तबादले करवा चुके थे । तो ठीक है, मेरा भी तबादला हो जाएगा । पर किसी की मुँहजोरी क्यों सहेंगे ? चाहे कुछ हो जाए, किसी को हावी थोड़े ही होने देंगे ? अरे हाँ, यह नवम्बर महीना है । बड़ी बेटी बारहवीं का दूसरा टर्म पूर्ण करने के लिए अभी-अभी यहाँ आयी है । सिर्फ चार माह बाद वह बोर्ड की परीक्षा देगी । उसे मेडिकल में प्रवेश दिलाना है । सब झंझट-ही-झंझट हैं जाधव बौखलाये । उसी पिनक में भीतर जाकर हिरासत में रखे लोगों की धुनाई करने लगे । बाहर बरामदे में सोकाजी पान खाने खड़ा था । किसकी जमानत दी जाए और उन्हें किस तरह अदालत में लाया जाए—इसी की जोड़-तोड़ में वह लगा था ।

कुछ ही देर में पटवारी की बुलेट दनदनाकर पुलिस स्टेशन के सामने आ रुकी । झकाझक नये कपड़े पहनकर भिकू अण्णा पिछली सीट पर बैठे थे, वे भी नीचे उतरे । सोकाजी ने अण्णा से पूछा—

'कहो अण्णा ? कैसे आना हुआ ?'

'ऐसे ही । जमानत पर समूचे गाँव को रिहा करवाना हो तो खसरा खतौनी होनी ही चाहिए अपने पास । क्यों ? इसके अलावा समेकित मालिकाना अधिकारों वाला फॉर्म 8-अ भी लगेगा । आपको दिक्कत न हो इसलिए खसरा खतौनी की पूरी बुक और पटवारी साहब को साबुत यहाँ लाया हूँ ।' अण्णा ने हँसकर कहा ।

'ये आपने बहुत बढ़िया किया ।'

'जिन्दगी-भर यही तो करता रहा हूँ । अब तो पूरा 'प्रोसीजर' कंठस्थ हो गया है ।'

सोकाजी बैठा रहा । अण्णा ने श्रीपतराव की सहायता ली । जिला परिषद सदस्य रानदांडगे ने काफी मदद की । वकील, खतौनी आदि सभी औपचारिकताएँ फुर्ती से पूरी हुईं । रात नौ बजे जमानतदार राजी हुए और सभी पांगिरकर जमानत पर रिहा हो सके । रात को बिछौने पर लेटे-लेटे गाँव के मर्द विगत रात को हुई वारदात का बखान अपनी-अपनी बीवियों को सुना रहे थे । औरतें मर्दों की वीरता से अभिभूत होकर उनसे लिपटने लगीं ।

बस्तीवालों के हाल-बेहाल हुए । तहसील मुख्यालय के अस्पताल में वैसे भी भीड़ काफी रहती थी और वहाँ कॉटों की संख्या भी सीमित ही थी । इसलिए डोंगरवाडी के अधिकांश लोगों को ठंडे फर्श पर, फटे-पुराने गद्दे बिछाकर

कराहते रहना पड़ा। सरपंच पताशा की बहुत ज्यादा धुनाई हुई थी। अतएव उसके बदन में काफी सूजन थी। इसी कारण से उसे अलग से एक बन्द कमरा मिला था।

इस वारदात के बाद से पांगिरा गाँव डोंगरवाडी का कड़ा दुश्मन हो गया। पूरे चार दिनों तक बस को पांगिरा से आगे जाने ही नहीं दिया गया। पत्रकार विजय मांडके ने इस ज्यादती की खबर पहले पन्ने पर छापी। तब कहीं प्रत्येक बस को चार-चार जवानों के पुलिस संरक्षण के साथ डोंगरवाडी तक जाने का अवसर प्राप्त हो सका था। बस्ती के लोगों को पांगिरा के बस अड्डे पर कभी इन्तजार करना पड़े, तो इन्हें बहुत ही डर लगता था। चुस्त-चौकन्ने होकर वे टोही निगाहों से चारों ओर देखते रहते थे। क्योंकि हमलावरों के कभी भी धावा बोलने का खतरा जो था। बस पांगिरा से आगे सही सलामत निकल गयी, तो उनकी जान में जान आ जाती। डोंगरवाडी से लगभग एक सौ लीटर दूध पांगिरा की डेयरी में जाता था। पर अब यह सिलसिला बंद हुआ। पाँच-दस, पाँच-दस परिवारों से प्राप्त दूध घड़ों में भरकर बस्ती के लोग पहाड़ी रास्तों से होकर उसे बेचने के लिए शहर ले जाने लगे। इस वजह से प्रतिदिन सात-आठ किलो मीटर की परेड उन्हें अनिवार्यतया करनी पड़ रही थी।

दो-तीन सप्ताह बाद तनाव कुछ कम हुआ। लोगों की आवाजाही पूर्ववत् शुरू हुई। अस्पताल में भर्ती लोग भी डोंगरवाडी वापस आ गये। मांगोला की साप्ताहिक पैंठ में पताशा से मुरार पाटील की मुलाकात हुई। पताशा घूम-फिर तो रहा था, पर उसके घाव अभी पूर्ण रूप से भरे नहीं थे। बगल में बैसाखी लेकर ही उसे चलना पड़ रहा था। पताशा-मुरार का आमना-सामना हुआ तो दोनों भौंचक्के-से देखते रहे, बस। उनकी जुबान से एक भी लफ्ज नहीं निकलता था। पताशा की आँखें झरने लगी थीं। कुछ देर बाद आँखें पोंछते हुए, रुँधे गले से पताशा ने कहा, 'अप्पा, माफ कीजिए। आप जैसे भले आदमी के खिलाफ हमने प्रचार किया। सोकाजी जैसे आस्तीन के सांप को दूध पिलाते रहे। किस तरह डँस लिया उसने, देखो? मैं तो क्या, हमारी पूरी बस्ती तबाही की कगार पर खड़ी है, उसकी बदौलत।'

वे दोनों, पास की ही एक होटल में चाय पीने चले गये। चाय की चुस्की लेते हुए मुरार ने पूछा, 'तू सावंत से मिलने नहीं गया?'

'वे यदि मेहरबान होते, तो मेरी टाँग टूटती ही क्यों?'

'तो संताजी से मिलो।'

'किस मुँह से जाऊँ उसके पास। श्रीपतराव की तारीफ के पुल बांधते हुए हम चुनाव प्रचार में संताजी को नीचा दिखाते रहे। समूची डोंगरवाडी को सभापति की सेवा में समर्पित कर दिया था हमने। इसीलिए मुझे डर है कि

संताजी अब हमें पास फटकने भी देगा ?'

'ऐसी कोई बात नहीं। संताजी बहुत सुलझा हुआ आदमी है। कोल्हापुर के छात्रावास में बर्तन मांजने का काम करता था। शिक्षा ग्रहण करने के लिए क्या-क्या पापड़ नहीं बेलने पड़े उसे ! इसीलिए उसे गरीबों के प्रति पूरी हमदर्दी है। तुम लोगों पर जो गाज गिरी, उस अमानुषता को देखकर तो पत्थर की मूर्ति से भी आँसू बहने लगेंगे। वह तो गुदड़ी का लाल है। गुदड़ी-गदोले की ऊष्मा में पले बढ़े आदमी की पहली वरीयता साधनहीन, अभावग्रस्त लोग ही होंगे; मोटे-मोटे गद्दों पर लेटने-लोटने वाले धन्नासेठ नहीं।'

'यदि आपको इतना आत्मविश्वास है तो आप चलेंगे मेरे साथ ? संताजी से मिलने में मुझे खुशी होगी।'

'बेशक चलूँगा। जब तुम कहो, चले चलेंगे। मेरे लिए वह पराया थोड़े ही है।'

दोनों फौरन संताजी से मिलने चल पड़े। मुरार पाटील संताजी को बेहद चाहते थे। क्योंकि संताजी को मौजूदा स्थिति में आने के लिए बहुत जद्दोजहद करनी पड़ी थी। एम० कॉम० पास होने पर वह बैंक मैनेजर भी बना था। किन्तु नौकरी उसे रास नहीं आयी और वह राजनीति में चला गया। क़दम-क़दम पर महात्मा फुले तथा शाहू महाराज की दुहाई देने लगा। वाणी का वरदान भी उसे मिला था। दत्तचित्त होकर लोग उसका भाषण सुनते थे। उसका एक-एक वाक्य श्रोताओं के दिल को छूता था। सबसे पहले उसका मुक़ाबला सावंत बाबा से हुआ, जो एक पहाड़ से टकराने जैसा था। पर अपने प्रभावी भाषणों से उसने लोगों का दिल जीता। 'माई-बाप जनता जनार्दन के चरणों में शीश नवाकर अर्ज कराना चाहूँगा कि यदि कर्तव्यपालन में मैं कसूर करूँ तो भरे चौराहे में आप मुझ पर कोड़े बरसाइए। मेरी जान निकाल लीजिए। मैं आपको आश्वस्त करना चाहता हूँ कि जुल्म-ओ-सितम, अन्याय-अत्याचार, शोषण की वजह से क्षरणोन्मुख मांगोला की अकालग्रस्त मिट्टी अब मेरे जरिए न्याय की गुहार कर रही है। मुझे वोट देकर मिट्टी से नाता जोड़ने की गुजारिश मैं आप लोगों से करता हूँ...'

तहसील क्षेत्र के सभी लोगों ने उसे सिर पर उठा लिया। चुनाव में प्रचंड मताधिक्य से वह विजयी हुआ और विधायक बना। दूसरे दौर में श्रीपतराव से उसका पाला पड़ा। पर इस बार संताजी को अपूर्व समर्थन नहीं प्राप्त हुआ। 'गपोड़ा, बंडलबाज' कहकर लोगों ने उसकी भर्त्सना की। फिर भी जीत उसी की हुई। चौंसठ मतों से ही सही, पर अन्ततः वही विजयी हुआ। राह चलते मुरार पाटील दीख जाएँ, तो उसकी जीप अभी भी बराबर रुकती है। उनकी खोज-खबर लिये बिना वह आग बढ़ता ही नहीं। उसकी जीत के लिए मुरार

पाटील ने काफी मेहनत की थी। सावंत बाबा के एकछत्र साम्राज्य में भी संताजी के रूप में एक झंडा ही सही, गाड़ने में मुरार सफल हुए थे। इस वक्त सोकाजी अपनी स्वार्थसिद्धि के लिए डोंगरवाडी की जान का दुश्मन बन गया है, तो उसके कारनामों से संताजी को वाकिफ करने में बुरा क्या है? इससे वाडी का भला ही तो होगा।

मुरार और पताशा विधायक संताजी काले के 'जनसेवा' बँगले पर पहुँचे। वहाँ बँगले के भीतर-बाहर मुलाकातियों की काफी भीड़ नजर आ रही थी। लेकिन संताजी की चौकस निगाहों ने मुरार को बराबर पहचान लिया और उन्होंने आवाज दी, 'आइए, अण्णाजी आइए...'

'राम राम, साहब।'

'आइए, यहाँ कुरसी पर बैठिये।'

मुरार कुरसी में जा बैठे और पताशा बैसाखी को नीचे रखकर बिछावन पर इत्मीनान से बैठ गया। अपने सहृदय, अंतरंग मार्गदर्शक के रूप में मुरार पाटील का परिचय संताजी ने बाकी लोगों से कराया। और पताशा की ओर देखकर उन्होंने कहा—

'मैं तुम्हें देखने अस्पताल गया तो था, पर उसी दिन दोपहर आपको वहाँ से छुट्टी दे दी गयी थी।'

'...............'

'पताशाजी, अब तो समझ गये न, कि शेर की खाल में छुपे भेड़ियों का साथ देने का अंजाम क्या होता है?'

'साब, हम तो गँवार हैं। गलतियाँ करते हैं। आपकी परेशानी बढ़ाते हैं। पर आप तो हमारे मालिक हैं। हमें इस दोजख से बाहर निकालिए। हमारा मार्ग-दर्शन कीजिए...'

'यह बात तो सही है कि सोकाजी की मनमानी पर अंकुश लगाया जाना चाहिए। मैं कल एक मीटिंग के लिए जिला मुख्यालय जा रहा हूँ। वहाँ डी एस पी साहब से मैं सब विस्तार से कहूँगा।'

'आप ही हमारे माई-बाप हैं, साब! पानी के लिए गाँव एक-दूसरे के जानी दुश्मन बनने लगे हैं। यदि बड़ी मछली इस तरह छोटी मछली को निगलने लगे, तो हम भला कैसे जीएँगे? यह सिलसिला आखिर कब तक चलेगा? क्या हर पल मौत के साये में जीना ही हमारी नियति है? किसकी जान ले ली जाए और किसे बख्श दिया जाए? आप लोग बड़े बाँध बनाकर सभी गाँवों को सिंचाई सुविधाएँ उपलब्ध क्यों नहीं कराते?'

'बहुत खूब!' संताजी ने खुश होकर कहा, 'यही तो मैं चाहता था। अपने चुनाव-क्षेत्र के मतदाताओं से मुझे ऐसे ही दमदार सवालों की उम्मीद थी।

विधान सभा के आगामी सत्र में मैं पानी की समस्या का मुद्दा उठाने ही वाला हूँ।'

सौहार्दपूर्ण वातावरण में बातें हो रही थीं। संताजी काले आज कुछ ज्यादा ही खुश नजर आ रहे थे। इसी बीच भीतर से एक लड़का बाहर आया और पेड़े बाँटने लगा, तो मुरार ने पूछा—

'साहब, किस खुशी में···?'

'अरे हाँ, मैं तो भूल ही गया था! बंडू, अप्पा को एक और पेड़ा दो। अप्पा, विपक्षी प्रतिनिधि के तौर पर सरकार ने राज्य परिवहन निगम के निदेशक मण्डल में मुझे नामित किया है।'

'हार्दिक बधाई! बहुत बढ़िया!!'

वहाँ के खुशनुमा माहौल का राज अब कहीं मुरार को मालूम हुआ। संताजी उठकर भीतर चले गये। बाहर गपशप पूर्ववत् जारी थी। थोड़ी देर बाद चपरासी बाहर आया और मुरार को भीतर लिवा ले गया। वहाँ उन्हें मशविरा करने के विशेष आसन पर बैठने को कहा गया। विधायक काले आज खुशियों से सराबोर थे। एक आदमकद शीशे के सामने खड़े होकर वे बाल सँवार रहे थे। दोनों बगलों में खुशबू फुहार रहे थे। तसवीर के सामने किसी मन्त्री के अन्दाज में गरदन टेढ़ी कर अभिवादन करने का अभ्यास कर रहे थे। उन्होंने यकायक मुरार से पूछा—

'अप्पा, आप लोग इतने दिनों से मेरे लिए खटते रहे हैं। रैलियाँ, सभाएँ आयोजित करते हैं। बड़ी ही लगन से हर काम करते हैं। पर आपको बन्द, रैलियाँ, घेराव, प्रतिनिधि मण्डल आदि से कभी उकताहट नहीं होती?'

'आपके लिए हर उकताहट हमारी खुशी बन जाती है।'

'फिर भी! यदि आपके संताजी को मन्त्रिपद, लाल दिये की गाड़ी मिल जाये, उसके आगे-पीछे कलेक्टर-डी एस पी भाग-दौड़ करते हों, बड़े-बड़े अफसर हाथ जोड़कर 'सावधान' की मुद्रा में सामने खड़े हों, उसके इशारे पर गणपति हनुमान का और हनुमान गणपति का रूप धारण करते हों, तो आपको कैसा लगेगा? क्या ऐसे संताजी को देखना आप पसन्द करेंगे?'

'आपके मुँह में घी-शक्कर! यदि ऐसा हुआ तो मैं पूरे गाँव में पेड़े बटवाऊँगा। लेकिन साब, विपक्षी सदस्यों के ऐसे भाग्य कहाँ?'

'क्यों? क्या विपक्ष में ही हम सड़ते रहेंगे? अप्पा, आप चिन्ता मत कीजिये। सत्ताधारी पार्टी में सावंत के काफी रिश्तेदार हैं। उनमें नासिक की काकी भी शामिल है। और वही मेरे रास्ते का पत्थर है। उसके होते हुए तो मुझे वहाँ से टिकट नहीं मिलेगा। आगामी चुनाव में अभी दो साल बाकी हैं। यह चुनाव जीतकर उधर जाया जाए, तो कैसा रहेगा? तब तक सावंत की हवा

भी निकल जायेगी। बल्कि हो सकता है कि इस दुनिया से उसका पत्ता भी कट जाये…'

मुरार समझ नहीं पा रहे थे कि संताजी आज ऐसी बहकी-बहकी-सी बातें क्यों करने लगा है। वे हैरत से उसे घूरने लगे। सामने के शीशे में अपनी छवि को निहारते हुए संताजी बुदबुदाये, 'सिर के बाल पक गये, उनके झड़ जाने से खोपड़ी खल्वाट हो गयी है। जल्द ही दाँत भी गिरने लगेंगे। दो बार चुनाव जीतकर क्या हासिल किया हम लोगों ने?' बाहर अँधेरा घिरने लगा था। डोंगरवाडी जाने वाली आखिरी बस का समय हो रहा था। मुरार को घर की चिन्ता सताने लगी थी। सवेरे से मवेशियों के चारे-पानी की क्या व्यवस्था हुई होगी? घर में सब ठीक-ठाक तो होगा? आदि सवाल उनके सामने उभर रहे थे, तो उन्होंने पूछा, 'तो विधायक साहब, हमें क्या करना होगा?'

'किस सम्बन्ध में?'

'डोंगरवाडी के सम्बन्ध में। वहाँ किसी भी हालत में तालाब न बनने दिया जाये। वरना गरीबों की मिट्टी पलीद हो जायेगी और वे मजबूरन सड़क पर आ जाएँगे। इस वक्त तो इन्सान ही इन्सान का दुश्मन बन गया है।'

'आप ही बताइये, क्या करना होगा?'

'साहब, हमारे तहसील-क्षेत्र के विधायक हैं। कोई ठोस भूमिका लीजिये। बस्ती के भूखे-नंगे लोग आपके अहसानों को कभी नहीं भुलाएँगे।'

संताजी ने कुछ नहीं कहा। तनिक रुककर थोड़ा-सा आगे खिसकते हुए मुरार के कानों में फुसफुसाया, 'अप्पा, आपने मुझे बेटे का प्यार दिया। इस हकीकत को भला मैं कैसे भुला सकूँगा? अब एक बात कहूँ? आप बुरा तो नहीं मानेंगे? आपकी अनुमति है?'

'बेशक बोलिए। मेरी अनुमति की जरूरत ही क्या है?'

'क्या यह सच नहीं कि पिछले चुनाव में सिर्फ चौंसठ मतों से मैं विजयी हुआ था?'

'बिल्कुल सच है।'

'इसीलिए कह रहा हूँ अप्पा, कि अगले चुनाव में काँटे की लड़ाई होगी। तहसील की राजनीति से या तो श्रीपति का पत्ता कटेगा या मेरा। इस बात का फैसला होकर ही रहेगा।'

'तो फिर?'

'फिर क्या? अभी से हमें जुट जाना होगा,' संताजी सीधे, सपाट अंदाज में कहने लगा, 'डोंगरवाडी का सदमा इतना बड़ा है कि दुश्मन का कलेजा भी तार-तार हो जायेगा। उनकी दुःस्थिति से मेरा दिल भी दहल गया। इन्सानियत का तकाजा तो यही है कि मुझे उनकी सहायता करनी चाहिए। लेकिन…लेकिन

पांगिरा में मेरी स्थिति बहुत ही कमजोर है और वहाँ मुझे दस प्रतिशत से अधिक वोट कभी नहीं मिल सके। पर आगामी चुनाव में मुझे वहाँ के नब्बे प्रतिशत वोट हर हालत में प्राप्त करने हैं। डोंगरवाडी के मतदाता हैं सिर्फ पाँच सौ और पांगिरा के साढ़े चार हजार!'

'लेकिन साहब···'

'यह बात ठीक है कि जनता के दुःख-दर्द हैं, जज्बात हैं, परेशानियाँ हैं। किन्तु हमें राजनीति भी तो देखनी होती है।'

देर हो रही थी, सो मुरार उठ खड़े हुए। बस तो किसी भी हालत में पकड़नी थी। इसलिए वे रिक्शा में बैठकर बस अड्डे पहुँचे। पर बस तो कभी की जा चुकी थी। अँधेरे में खोये रास्ते को बुझी-बुझी निगाहों से वे देखते रहे।

सवेरे-सवेरे बाजी और लक्ष्मी खेत की ओर जा रहे थे। एक अर्से बाद उन दोनों को संग-संग देखा गया था। बंडू माने का हल लेकर वे जा रहे थे। बैल नदी किनारे के खेत की ओर दृढ़ता से आगे बढ़ रहे थे। बाजीराव बार-बार बंडू के बैलों को घूरने लगा था। असली किसान का यही तो लक्षण होता है। हम लोगों ने जिद्द की और अपने पैरों पर कुल्हाड़ी मार ली। फिर भी गनीमत है कि दो दुधारु भैंसें हमारे तबेले में हैं। रोज-मर्रा का खर्चा चलाने की दृष्टि से डूबते को तिनके का सहारा···!

कल दोपहर वैंजू भाभी से अपमानित होने का वह वाकया लक्ष्मी अभी भूल नहीं सकी थी। पति खेत की ओर देखता ही नहीं। हरदम सोकाजी के बरामदे में बैठा रहता है। इसीलिए तो लक्ष्मी सोकाजी के घर से अनाज-पानी ले जाया करती थी। बाजी के खेत में सोकाजी के नौकर खटते थे। शुरू-शुरू में तो वैंजू भाभी और माँजी की मीठी-मीठी बातों में उलझकर वह पिघल गयी। सगी सास से गाल-गलौज कर दुश्मन के सामने दुम हिलाने लगी। एक जमाना था, जब लक्षी वैंजू भाभी के काम में हाथ बटाने के लिए बरतन माँजने में उनकी मदद किया करती थी। लेकिन धीरे-धीरे वैंजू भाभी उस काम से अलग हो गयीं और लक्ष्मी ही बरतन माँजने का काम करने लगी। बल्कि वह उस घर को बाई बन गयी और चौका-बरतन करना उसका कर्तव्य। यदा-कदा उसे उलाहना भी सुनना पड़ता था। ऐसी स्थिति में दस साल बीत गये। बाजी के खेत की फसल का अनाज सोकाजी के घर में पाया जाने लगा। लक्ष्मी-बाजी दिहाड़ी मजदूर की तरह सोकाजी से रोजाना थोड़ा-थोड़ा अनाज माँगकर ले जाते थे, तब कहीं उनके घर का चूल्हा जलता था।

पिछले दो-तीन महीनों में तो कोठी के लोगों के बोलने का अंदाज ही बदल गया था। कल दोपहर को स्थिति विस्फोटक बन गयी थी। लक्ष्मी वहाँ से 'दोपायल्या' (आठ सेर) चावल ले जा रही थी, तो वैजू भाभी ने पोटली उसके हाथ से छीन लेते हुए कहा, 'तेरे बाप का अनाज है, जो ले जा रही है ?' पति-पत्नी रात-भर सोचते रहे। आखिर कब तक मर-मरकर जीना पड़ेगा ? बेकार में उनकी लल्लो-चप्पो करते रहो, जी हुजूरी करते रहो, तो कब तक ? हम अपनी जमीन में खुद पसीना बहाएँगे और अपनी मेहनत की रोटी अमन-चैन से खाएँगे। हल चलाने के लिए फिलहाल किसी दूसरे के बैल उधार ले लेंगे। पर इस दोजख से बाहर निकलेंगे। उन्होंने पक्का इरादा कर लिया।

बाजी सवेरे-सबेरे खेत की ओर गया, तो उसने देखा कि उसके खेत में सोकाजी का हल चल रहा था। पास ही एक मेंड़ पर संपतराव आराम से बैठा था। दुश्मन का हल चलते देखकर बाजी को गुस्सा आया। उसने आव देखा न ताव, हल को रोकते हुए वह चिल्लाया, 'रुक जाओ। किसके खेत में कर रहे हो बुआई ?'

मजदूर सकपका गये। संपतराव अपनी जगह से उठकर आगे आया और ऐंठकर पूछने लगा, 'कहो बाजीराव ? यहाँ कैसे आना हुआ ?'

'क्या मैं अपने खेत में भी नहीं आ सकता ?'

'बहुत जल्दी याद आया तुम्हें अपना खेत ! पिछले सात-आठ सालों से कहाँ गये थे तुम ? इस दौरान तुम्हें टुकड़ा कौन फेंका करता था ? किसकी कमाई से तुम्हारी घर-गृहस्थी चलती थी ?'

बाजीराव भी खार खाये बैठा था। मजदूरों को एक जोरदार गाली बकते हुए उसने कहा, 'चुपचाप यहाँ से चले जाते हो, या इस कोड़े से काम लेना होगा ?' और हल थामने का प्रयास वह करता रहा। इसलिए संपतराव ने हलवाहों को इशारा किया, तो उन्होंने हल-बैल छोड़ दिया और लठ लेकर लड़ने के लिए तैयार हो गये। आस्तीनें ऊपर कर बाजी को अपना लक्ष्य बनाते हुए वे आगे बढ़ने लगे। स्थिति की गम्भीरता को देखकर लक्ष्मी ने फुर्ती की और बाजी को उसने अपनी ओर खींच लिया। वह संपतराव को माँ-बहन की गालियाँ देने लगी। 'तेरा सत्यानास हो जायेगा ऽऽ' कहकर उसे कोसने लगी। मेंड़ से नीचे उतरते हुए बाजी चिल्लाया, 'संप्या, देख लूँगा तुझे मैं। छोड़ूँगा नहीं। फौजदारी मुकदमा दायर करूँगा।'

'अबे जा जा। पहले खसरा-खतौनी देख ले। उसमें किसका नाम है, मालूम कर ले। उसके बाद आगे कदम उठा।'

बाजी-लक्ष्मी उजड़ी-उखड़ी-सी अदा में गाँव में आये। लक्ष्मी की जुबान अविराम चल रही थी। बाजी के दिमाग में हलचल होने लगी। संपा ने खसरा-

खतौनी का जिक्र किया था ? उसने उसमें हेराफेरी तो नहीं न करवायी होगी ? वे दोनों सीधे ही चावड़ी पर पहुँचे । पटवारी से खसरा-खतौनी ली । उसके नीचे, एक कोने में बाकायदा संपतराव का नाम लिखा था । बाजी को काटो तो खून नहीं । वह समझ नहीं पा रहा था कि संपा यह हेरा फेरीकैसे कर सका ? बस अभी नहीं गयी होगी और भिकू अण्णा जरूर घर में मिलेंगे इस उम्मीद से वह फौरन उस ओर दौड़ पड़ा । इत्तेफाक से उस समय भिकू अण्णा से उसकी मुलाकात भी हुई और वह कागज देखकर तो वे भी हैरान हो गये ।

'बज्या, ये क्या कर बैठे तुम ?'

'क्या हुआ अण्णा ?' काँपते स्वर में बज्या ने कहा ।

'सोकाजी ने तुम्हारे खेत में संपा का दस्तूर दिखाया है । समझ लो, कि तीन एकड़ हाथ से निकल गये । बुढ़ापे में बाप की नींद हराम कर दी तुमने ··'

'अण्णा, पटवारीजी को पटाकर कुछ किया नहीं जा सकेगा क्या ?'

'अब तो उसका बाप भी कुछ नहीं कर सकेगा । यह तो चौदह नम्बर का पच्चर है । इतनी आसानी से थोड़े ही निकलेगा । अब तहसील मुख्यालय में शिकायत दर्ज करो; उप-जिलाधीश के पास अपील, जिलाधीश कार्यालय के चक्कर लगाओ; पुणे में कमिश्नर साब का दरवाजा भी खटखटाना पड़ सकता है । जमीन-जुमले की बात है यह । आदमी का खून पीये बिना मामला सुलटेगा थोड़े ही ।'

बाजी के तो पैरों तले की जमीन धसक गयी । लुटे-पिटे अन्दाज में वह नीचे बैठ गया । लक्ष्मी की आँखें छलछलायीं । साड़ी के पल्लू से अपनी आँखें पोंछते हुए उसने बाजी से विनती की, 'इस तरह व्यर्थ में समय न गँवाओ जी । फौरन पिताजी के पांव पकड़कर माफी माँग लो । वे ही तुम्हें बचा सकेंगे ।'

'किस मुँह से उनके पास जाऊँगा ?'

'आखिर वे तुम्हारे जन्मदाता हैं ।'

'लेकिन मैंने तो आज्ञाकारी बेटे सा व्यवहार नहीं किया उनके साथ···'

बाजी की तो हिम्मत नहीं हो रही थी । वह पहले घोरपडेजी के पास गया और वहाँ से ज्ञानू सावला के पास । दोनों की राय यही थी कि, 'बाप के पाँव पकड़ लो । गाँववालों के बहकावे में न आओ ।'

सुबह के नाश्ते से निपटकर मुरार-राधाई बैठे थे । राधाई को हमुमन्त के शादी-ब्याह की चिन्ता होने लगी थी । वह दो-से-चार हो जाये और घर में पोता या पोती की किलकारियाँ सुनने को मिलें तो चैन से आँखें मूंद पाने की उसे उम्मीद थी । ऐसी ही हल्की-फुल्की बातें हो रही थीं, कि बाजी-लक्ष्मी वहाँ प्रकट हुए । मायूस होकर वे मुरार-राधाई की ओर देख रहे थे । बाजी को

देखते ही मुरार का खून खौलने लगा। उन्होंने राधाई से पूछा, 'ये लोग कौन हैं? और यहाँ क्यों आये हैं? इनसे कहो कि ये फौरन यहाँ से दफा हो जाएँ।'

'अप्पा, मरे हुए को और न मारिये। हम आपके साये में न आएँ तो जाएँगे कहाँ?' बाजी ने रुआँसे अन्दाज में कहा।

'तेरे सगे बाप के पास चला जा। वही तेरा असली बाप है न? तो जा, उसी के सामने नाक रगड़ ले…'

मुरार के इस व्यवहार से उसके दिल को चोट लगी और वह छोटे बच्चों की तरह फूट पड़ा। लक्ष्मी भी बुक्का फाड़कर रोने लगी।

पाटील भी चौंक गये कि आखिर ऐसी कौन-सी आफत आ गयी उन पर, जो इस कदर बिलखने लगे हैं। राधाई भी हैरत में पड़ गयी। रीतने की सीमा तक बादल बरसते रहे, तो राधाई भाँप गयी कि मामला संगीन है। उसने बाजी से पूछा, 'क्या हुआ? कुछ बोलोगे भी या रोते रहोगे?'

'क्या बताऊँ माँ? दुश्मन ने हमारे साथ दगाबाजी की। मेरे हिस्से के खेत पर उसने कब्जा जमा लिया है।'

'क्या?' मुरार पाटील ने चिल्लाकर कहा, 'जरा विस्तार से बता तो सही…'

'कल सोकाजी के घर से हमें अनाज नहीं मिला। हमने सोचा कि आखिर कब तक हमें दूसरों का मुँहताज होना पड़ेगा? अपनी जमीन में हम खुद मेहनत करेंगे। इसलिए हम सुबह उठकर खेत में गये। वहाँ संप्या बैठा था। उसने हमें खदेड़ दिया। चोरी सो चोरी, ऊपर से सीनाजोरी! चौदह नम्बर की कार्रवाई उसने की है। खसरा-खतौनी में भी उसी का नाम है। पटवारी ने बताया कि उस जमीन पर अब हमारा कोई अधिकार नहीं रहा।'

'हरामजादे, यह क्या किया तैंने? मेरा सोने का टुकड़ा दुश्मन को सौंप दिया तुमने? अपनी मर्जी से कसाई के पास गये और अपनी गरदन कटवा ली? हमारे खानदान की इज्जत मिट्टी में मिला दी तुमने? मुझे कहीं का नहीं रहने दिया तुमनेऽऽ कहीं का नहीं।'

मुरार पाटील तो जैसे उफन रहे थे। उनका रोंया-रोंया सिसक रहा था। वे बाजी को खूब कोसने लगे, गालियाँ बकने लगे, लताड़ने लगे। राधाई ने बीच-बचाव करते हुए कहा, 'चुप रहो जी। इस तरह संयम खोने से हमारा कोई फायदा थोड़े ही होनेवाला है? अब तो इसमें से बाहर निकलने का कोई रास्ता बताओ।'

'लेकिन यह मामला इतना सरल नहीं रहा अब। बहुत पेचीदा हो गया है। इससे पार पाना आसान नहीं।'

'लेकिन मेरा दूसरा बेटा वकील है न?'

'तो क्या हुआ ? वह कानून थोड़े ही बदलेगा ? फिर से अदालत के चक्कर लगाने पड़ेंगे । सबूत जुटाने पड़ेंगे । जिरह के दौरान कठघरे में खड़ा होना पड़ेगा । सोचा था बुढ़ापे में तो कम-से-कम चैन से रहेंगे । पर इसने तो हमें मरवा दिया…'

खसरा-खतौनी पाटील ने देखी और बाजीराव के साथ उन्होंने सीधे ही सोकाजी के दरवाजे पर दस्तक दी, 'सोक्या, बाहर आ जा ऽऽऽ' गली के लोग वहाँ जमा होने लगे । शोर-शराबा बढ़ने लगा । सोकाजी भीतर से बाहर आया, तो हाथ में पटवारी का कागज नचाते हुए उन्होंने पूछा, 'तू ने यह ऐसा कैसे किया ? हमारे खेत में तेरा दस्तूर कैसे हुआ ?'

'मैं दस्तूर वापस लेने तैयार हूँ ।'

'लेकिन तू ने वह दिखाने की जुर्रत कैसे की ?'

'मेरे पास हिसाब है । आठ-दस साल वहाँ सल्फेट, बीज-पौधे, मोटर का पानी, हल चलाना आदि मद में हमने पूरा खर्च उठाया और इसके अलावा पचास हजार रुपए बाजी से प्राप्त होने हैं । यह हिसाब चुका दो और अपनी जमीन ले लो ।'

'यानी कि उसकी उपज का एक दाना भी तू ने नहीं लिया, क्यों ? कितने पाप करेगा रे ? एक-न-एक दिन तुझे हिसाब चुकाना ही होगा । तब मैं भी देख लूँगा । मेरा तन जरूर बुढ़ा गया है, पर मन जवान है । वो मजा चखाऊँगा कि जिन्दगी-भर तू याद करेगा । तेरा सत्यानाश होगा ।'

बाजी के साथ ही वह दनदनाते हुए घर वापस आये और उन्होंने आम्बेपुर को हनुमन्त के पास सन्देशा भेजा ।

रात होने से पहले हनुमन्त की बुलेट गाँव में आ पहुँची । वह भी काफी बौखलाया-सा लगता था । क्योंकि 'मोराची पड' जैसी अत्यन्त उर्वरा और उपजाऊ जमीन सोकाजी हड़प चुका था और अब पुश्तैनी जमीन का आधा हिस्सा भी हाथ से निकला जा रहा था । धोखाधड़ी की भी कोई सीमा होती है । सोकाजी का यह दुष्कृत्य तो दुष्टता को भी कलंकित करने लायक था । मुरार ने हनुमन्त से पूछा, 'क्यों ? हम लोगों को चैन से मरने भी नहीं दोगे ? मेरी लाश को जलाने के लिए भी कोई जगह बची रहेगी या नहीं ?'

'अप्पा, मैं अपनी जान को गिरवी रखूंगा, खून सुखा दूंगा, पर सोकाजी को यह जमीन हजम नहीं होने दूंगा,' हनुमन्त ने बाप को आश्वस्त किया ।

संशोधित खसरा-खतौनी लेने पिता-पुत्र पटवारी के पास गये । निर्धारित शुल्क देकर उन्होंने उसकी यथावश्यक प्रतियाँ प्राप्त कीं । पर जाते-जाते हनुमन्त के मुंह से निकल ही गया, 'अण्णा, आपने अच्छा नहीं किया ।'

'वकील साहब, आप ऐसे कैसे कहते हैं ? कानून के अनुसार ही मैंने

किया ।'

'कानून क्या कहता है ?'

'कानून कहता है कि जो आदमी अपनी जमीन में खुद फसल नहीं उगाता और दूसरा कोई व्यक्ति उसमें मेहनत-मशक्कत करता हो तो चौदह नम्बर की खतौनी भरिए । जांच शुरू कीजिए ।'

'कानून का गलत इस्तेमाल कर रहे हैं आप । सरकार ने गरीबों की सहायता के लिए चौदह नम्बर का हथियार आपके हाथ में दिया है । उन्हें मुसीबत में फँसाने के लिए नहीं ।'

हनुमन्त तहसील मुख्यालय गया और उसने चौदह नम्बर की जाँच यथाशीघ्र शुरू करने का अनुरोध किया । उसे न दिन को चैन था, न रात को आराम । जिला न्यायालय में उसकी जोरदार प्रैक्टिस चल रही थी और गाँव में उसके बाप की ये छीछालेदर ! बुढ़ापे में बाप को इस कदर परेशानी में डालना क्या उचित है ? सोकाजी तो पूरी तरह से तैयार बैठा था । उसने गोडबोले को वकालतनामा दिया । वकील साहब ने उसे समझाया भी, 'अरे भाई, मुरार मेरा पच्चीस साल पुराना मुवक्किल है । उसके खिलाफ का कोई मामला भला मैं कैसे लड़ सकूँगा ? क्या यह उचित होगा ?'

'साब, मैं चौगुनी फीस देने के लिए तैयार हूँ । पर मुकदमा आप ही लड़ेंगे ।'

संपतराव ने हरे नोटों की गड्डी मेज पर रखी । गोडबोले वकील आखिरकार मुकदमा लड़ने के लिए राजी हो गये । मुरार के तीन एकड़ में सोकाजी का ट्रैक्टर दिखाई देता रहा । इधर मोरार का खून जलता रहा । मुरार को लगता था जैसे उसके सीने पर कोई ट्रैक्टर चला रहा है । रात-रात-भर वह करवटें बदलता था, बस । किसी भी क्षण सोकाजी के पास जाकर उसके टुकड़े-टुकड़े कर कुत्ते को खिलाने या गीदड़ों को दावत देने को उसका मन करता था । पर यह संभव नहीं था । क्योंकि सोकाजी के काँधे से हरदम बन्दूक लटक रही होती थी । सपने में ट्रैक्टर चलते देखकर उसके सीने में हूक-सी उठती । वह हड़बड़ाकर उठ बैठता और हनुमन्त को सम्बोधित करता, 'बेटा, चाहे दुनिया इधर की उधर क्यों न करनी पड़े, पर सोकाजी के कब्जे से यह जमीन निकलनी ही चाहिए । मेरी जमीन पर उसका ट्रैक्टर देखते ही चुल्लू-भर पानी में डूबकर मर जाने की इच्छा होती है ।' हनुमन्त बाप के दिल की तल्खी को महसूस करता था । उसने कबाड़खाने से पुराना रिकॉर्ड निकाला, पेटियाँ उलट-पुलटकर देखीं, पुराने कागजातों का मुआइना किया । और अन्ततः सोकाजी के खिलाफ फौजदारी मुकदमा दायर कर ही दिया ।

मुँह में झाग आने की सीमा तक हनुमन्त ने अदालत में पैरवी की । मुकदमे

का आखिरी फैसला होने तक जमीन दोनों में से किसी के भी कब्जे में न रहने देने का आदेश अदालत की ओर से जारी हुआ। कोर्ट रिसीवर की नियुक्ति हुई और ट्रैक्टर वहाँ से निकल गया, तब कहीं मुरार को तनिक चैन मिला।

गाँव में पानी की किल्लत ज्यूँ-ज्यूँ महसूस की जाने लगी, त्यूँ-त्यूँ स्थिति गम्भीर रूप धारण करने लगी। मनमुटाव बढ़ने लगा। हाथापाई की नौबत आने लगी। दो साल पहले तुका और धुलक्या माने में कहा-सुनी हुई थी, तो दगड़ू बुड्ढे ने बीच-बचाव कर मामला रफादफा करवाया था। पर इन दो सालों में स्थितियाँ काफी बदल गयी थीं। पिछले जाड़ों में दगड़ू बुड्ढा भगवान को प्यारा हो गया था।

कुएँ में नाममात्र के लिए पानी बचा रहता था। तुका-जना ने इत्ते से टुकड़े में ही शाक-सब्जी लगायी थी। किन्तु दो-तीन दिन में एक बार पानी पटाने पर भी वह काफी नहीं होता था। शनिवार-रविवार को धुलक्या के लिए पानी उपलब्ध कराने का वादा था, पर कुएँ में ही न हो, तो डोल में भला कहाँ से आएगा! इस वजह से धुलक्या भी चबर-चबर करने लगा था। महीने-भर से तो तुका ने धुलक्या को पानी देना ही बन्द कर दिया। क्योंकि जना ने तुका को पट्टी पढ़ायी थी कि, 'कुआँ अपना है, पानी अपना है। जब पानी हमारे लिए ही पूरा न पड़ता हो, तो औरों को दान-धर्म करना उचित थोड़े ही है?' धुलक्या की गवार और सेम की फसल पानी के अभाव में सूख गयी। उसकी बीवी तो रोजगार गारण्टी योजना के तहत कभी से काम करने लगी थी। खेत के उजड़ जाने से धुलक्या परेशान हो गया। रोजाना सोकाजी के कदमों में गिड़गिड़ाने लगा, 'आबा, एक बूंद पानी नहीं है। आप ही बताइए, मैं क्या करूँ?'

'कुआँ खोद लो। किसी-न-किसी योजना में फिट कर देंगे। तुम खुदाई शुरू तो करो...'

'लेकिन जमीन में पानी हो, तब न खुदाई करने से कोई फायदा होगा?'

'पीने के पानी की तो व्यवस्था हो जाएगी? और फिर वक्त हरदम एक-सा थोड़े ही रहता है। अगले साल अच्छी बारिश होगी तो कुआँ भी लबालब हो जाएगा। चिन्ता क्यों करते हो?'

धुलक्या ने सोचा, हाथ-पर-हाथ धरे बैठे रहने से भला क्या फायदा? आबा ठीक ही कहते हैं। अगले साल तो फायदा होगा! इसलिए कुएँ की खुदाई शुरू करने का निर्णय उसने लिया। पिछली बार जहाँ उसने काम अधूरा छोड़ा था, वहाँ से कूड़ा-कचरा हटाकर वह बीवी-बच्चों के साथ फिर वहीं जुट गया। यह देखकर तुका और जना दोड़े-दौड़े वहाँ आये। माने-बिरादरी के और लोग भी

वहाँ इकट्ठे हुए और धुलक्या को समझाने लगे—

'बासी कढ़ी में फिर क्यों उफान ला रहे हो ? ये कुएँ का चक्कर छोड़ दो…'

धुलक्या ने सब्बर एक ओर रख दी और दोनों हाथ जोड़कर वह कहने लगा, 'भाइयो, मुझे किसी से लड़ाई-झगड़ा नहीं करना है। पर आप ही बताइए। क्या मुझे पानी की व्यवस्था नहीं करनी चाहिए ? भूखे-प्यासे बच्चों को लेकर मैं कहाँ जाऊँगा ? मेरे खाने में मिट्टी मत मिलाइए। मैं आपके पाँव पड़ता हूँ। मेहरबानी करके मुझे मत रोकिए। मुझे अपना काम करने दीजिए।'

धुलक्या जिद्द कर रहा था। किसी की कोई भी बात सुनने के लिए वह तैयार नहीं था। दिन-भर कड़ी धूप में वह पसीना बहाता रहा। हाथ में छाले आये। थका-हारा खिलाड़ी जैसे-तैसे घर लौटा। जनी को चिन्ता थी कि देवर का कुआँ बन गया तो अपने कुएँ में पानी कम रह जाएगा। वह बेचैन थी। थोड़े-से हिस्से की शाक-सब्जी जलाभाव के कारण सूखने लगी थी। इसलिए रात को सोये हुए अपने पति को जगाकर वह गिड़गिड़ाकर कहती, 'अजी, आप मांगोला जाइए और मनाही हुक्म ले आइए। वरना मेरी फसल चौपट हो जाएगी।'

'अब चुपचाप सो जा। कल सवेरे देखेंगे। हरदम मुझे परेशान मत किया कर।'

दूसरे दिन तुका मांगोला गया। पाँच-सात सौ खर्च कर मनाही आदेश ले आया। तीसरे दिन धुलक्या ने फिर भी काम जारी रखा, तो दोपहर को पुलिस आयी और उन्होंने उसके हाथ से हथियार छीन लिये। काम ठप्प हो गया। धुलक्या-हौसा और उनके दो छोटे-छोटे लौंडे रोते-बिलखते हुए घर लौट आए। धुलक्या की आँखें लगातार बहती रहीं।

दूसरे दिन मुँह अँधेरे ही तुका नींद से जागकर तबले में आया और झुट-पुटे की स्याही में ही मवेशियों को चारा डालने लगा। मवेशी भी अँगड़ाई लेकर खाने-पीने के लिए सज्ज हो गये। काली भैंस की नथुनों को तुका प्यार से सहला रहा था। वह तनिक झुका हुआ था, कि उसकी एड़ी पर कुल्हाड़ी का प्रहार हुआ। पैर के पीछे की नस फट गयी और रक्त की धारा फूट पड़ी। तुका तबेले में ही चित हो गया। फिर क्या था, उसके हाथ-पैर तथा विभिन्न अंगों पर कुल्हाड़ी के बार होते रहे। अँधेरे में भी तुका ने धुलक्या को पहचान लिया और वह कहने लगा, 'धुलक्या, मेरे भाई, ये क्या कर रहा है तू ? मेरा सगा भाई होकर भी…' इसी बीच एक बार उसकी गरदन पर हुआ और उसकी आवाज बन्द हो गयी। पलक झपकते ही खबर चारों ओर फैल गयी। तबेले में पड़ी लाश को गोदी में लेकर जनी बिलखने लगी, 'अरे मेरे मालिक, मेरे धनी…मुझे छोड़कर

चले गये ऽऽ' जनी की आर्त-करुण चीख अँधेरे के आर-पार जा रही थी। पौ फटने के आसपास वहाँ लोगों का मजमा लगा। किसी ने कहा, 'खून के छींटों से सजा हुआ धुलक्या सोकाजी की कोठी की ओर भागता दिखाई दिया।'

दिन निकल आया। रोना-धोना जारी था। रिश्तेदारों को खबर भेजी गयी। लोग समूहों में बैठकर चर्चा करने लगे। हत्या कब हुई, कैसे हुई आदि पहलुओं पर तर्क-वितर्क प्रस्तुत किये जाने लगे। वहीं एक ओर पुलिस-पाटील ज्ञानू सावला बैठा हुआ था। उसके सामने ही मुरार पाटील, चिणू गुणाजी, शिरपा अडीसरा बैठे थे और कुछ फुसफुसा रहे थे। इसी बीच दीवार के ऊपर से एक मुर्गा पंख फड़फड़ाते हुए उस महफिल में गिर पड़ा। मुरार पाटील ने फुर्ती से उसकी गरदन पकड़ ली और जूतों के नीचे उसके पंख दबाये रखे। फिर मायूसी भरे-अन्दाज में मुरार ने कहा, 'देख ज्ञानू ऽऽ मुर्गा अर्राने लगा है। चरबी चढ़ गयी है उसके दिमाग पर। समूचे गाँव का खून चूसता है। अब इसका काम तमाम कर देते हैं और बाँट लेते हैं। क्यों?'

'बेशक,' चिणू गुणाजी ने दबी जुबान से कहा, 'यही वक्त है। दबा दो उसकी गरदन···'

ज्ञानू सावला अपनी 'राजदूत' पर सवार होकर फर्राटे से मांगोला पहुँचा और सवेरे-सवेरे उसने पुलिस चौकी में खबर दी, 'पांगिरा में हत्या हुई है। धुलक्या माने और सोकाजीराव डोकरे ने तुका माने नामक किसान की हत्या की है। लाश अभी वहीं पड़ी है।' खबर सुनकर इन्स्पेक्टर जाधव ने कमर पर बेल्ट कसकर बाँध लिया और घोड़े पर सवार होने के अन्दाज में उचककर जीप में जा बैठा, तो स्टार्टर के बिना ही जीप का ढांचा चरमराया। दूसरे ही पल घरघराते हुए, पुलिस बल के साथ जीप पांगिरा के लिए चल पड़ी। सबसे पहले उन्होंने सोकाजी की कोठी को घेर लिया। पर सोकाजी वहाँ नहीं था। संपतराव भी कहीं गया था। धुलक्या माने भी गायब था। पंचनामा दिन-भर जारी रहा। हस्ताक्षर-अँगूठा निशानों का क्रम, बयान, खोज-कार्य, हथियार बरामद करना आदि काम शुरू हुए। कुल्हाड़ी कहाँ है पता लगाओ, वारदात की जगह से दूर रहो···यही सब चलता रहा। सवेरे से पड़े शव पर चींटियाँ धीरे-धीरे कब्जा जमाने लगी थीं। शव की भयावह, बदशक्ल मुद्रा मानो इन्स्पेक्टर से गुजारिश कर रही थी, 'अमा, अब बस भी करो यह छीछालेदर। जल्दी से ठिकाने लगा दो···' इन्स्पेक्टर जाधव ने सबके बयान बाकायदा दर्ज किये। चिणू गुणाजी, शिरपा अडीसरा तथा लहू चोरगे ने चश्मदीद गवाह के रूप में बयान दिये कि धुलक्या कितनी बेरहमी से कुल्हाड़ी से वार कर रहा था, कि सोकाजी बन्दूक तानकर वहीं, पास में किस तरह खड़ा था, कि गवाहों को गोलियों से भून डालने की धमकी किस तरह दे रहा था···आदि सभी बातें उसमें

दर्ज थीं। रात को तुका की लाश को मेटाडोर में लादकर मांगोला ले जाया गया, ताकि सरकारी अस्पताल में शव-विच्छेदन किया जा सके। पांगिरा की स्याही अपनी छाया से भी डरने लगी थी।

चिवारी आइलैंड में सोकाजी-धुलक्या छुपे हुए थे। दूसरे दिन भोरहारे में ही वे वहाँ से चल दिये। अभी दिन निकला नहीं था। सामने सावंत की हवेली दिखाई दे रही थी। उन्होंने इधर-उधर देखा और चुपके से हवेली में घुस गये। बरामदे में ही सभापति का पी ए बैठा था। सहमे-सहमे-से अन्दाज में सोकाजी ने पूछा—

'दादासाहब हैं ?'

'तंजावूर गये हैं। मद्रास की ओर…'

'और सभापति ?'

'वे भी उनके साथ ही हैं। सभापति साब की मौसेरी बहन की शादी है। सब लोग उसी में गये हैं। यहाँ कोई नहीं है।'

'कब लौटेंगे ?'

'एक हफ्ते बाद।'

'सत्यानाश हुआ।'

सोकाजी पसीने से तरबतर हुआ जा रहा था। उसके पैर लड़खड़ाने लगे। वह धम् से नीचे बैठ गया। धुलक्या मायूस होकर टुकुर-टुकुर देखता रहा। इस बीच सोकाजी ने समझदारी का एक काम किया। पी ए से उसने तंजावूर का फोन नम्बर प्राप्त किया। फिर क्या था, तंजावूर के लिए लाइटनिंग कॉल बुक किया गया। पर फोन मिल ही नहीं रहा था। सोकाजी बार-बार चोंगा उठाकर टेलीफोन ऑपरेटर को परेशान करने लगा, 'बाईसाब, हमारे लाइटिंग कॉल का क्या हुआ ? एक घण्टा हो गया। जल्दी कीजिए ऽऽ' उधर से मीठा-सा जवाब आया, 'सवारी, लाइन खराब है।' सोकाजी ने गुस्से में भरकर चोंगा पटक दिया। धूप कड़ी होने लगी। अब लोगों की आवाजाही शुरू होने की संभावना थी। जल्दी ही वहाँ से खिसक जाना चाहिए था। उसने धुलक्या को आगाह किया, 'धुलक्या, जल्दी कर…'

जूते पहनकर सोकाजी और धुलक्या वहाँ से बाहर जाने लगे, तो इन्स्पेक्टर जाधव मौत का साया बनकर वहाँ खड़ा था। वह ठठाकर हँस दिया। सोकाजी की गरदन पकड़कर उसके चूतड़ पर घुटने से एक जोरदार घूँसा उसने जमाया। उसी के साथ सोकाजी मुँह के बल मिट्टी में जा गिरा। दोनों को काली गाड़ी में ठूँसकर गाड़ी फर्राटे से पुलिस चौकी की ओर चल पड़ी। इन्स्पेक्टर के दिल में गोल-गप्पे फूट रहे थे। मन-ही-मन खुश होकर उसने कहा, 'मि० बंगाले, साले की चमड़ी उधेड़कर रख देंगे। बहुत उन्मत्त हो गया था। मगरूर मुर्गे-सा…!'

अब इन्स्पेक्टर जाधव को कोई डर नहीं था। चार दिन पहले ही उनकी बड़ी बेटी की बारहवीं कक्षा की परीक्षा समाप्त हो चुकी थी और उसके पर्चे भी अच्छे गये थे। कभी भी तबादला हो जाये तो भी उन्हें कोई चिन्ता नहीं थी। मौके का फायदा उठाते हुए इन्स्पेक्टर जाधव उसे खूब रगड़ना चाहते थे!

चैत की धूप अब अंगार उगलने लगी थी। खलिहान के बीच में बनी ऊँची मचान की टिकटी पर खड़े होकर अनाज की की जा रही ओसौनी की तरह आसमान से मानो अंगारे बरस रहे थे। पानी के अभाव में मुँह में झाग आना बाकी रह गया था, बस। काली मिट्टी पर स्याही फैलती जा रही थी। गोरे-गोरे जिस्म भी काले पड़ने लगे थे। आधा चैत समाप्त हुआ। धूप की झुलसन से कुम्हलाये-मुरझाये लोग सिर पर रूमाल बाँध कर खेती के कामों में जुट गये। पिछले चार-पाँच वर्षों से इस इलाके में संतोषजनक वर्षा नहीं हुई। इसलिए धूप की तल्खी कुछ ज्यादा ही महसूस होने लगी थी। खेतों में लाल चींटे प्रचुर मात्रा में पाये जाने लगे। पंकीड़े भी बिलबिलाने लगे। इस साल ठीक-ठाक वर्षा होने की उम्मीद से ढोर-डाँगरों तथा किसानों ने खून-पसीना एक किया। हल चले, मिट्टी के बड़े डेलों को कूट-कूटकर समतल बनाया गया। इस प्रकार हर तरह से सज्ज होकर लोग वरुण देवता की आराधना करने लगे।

इस कदर कड़ी धूप का प्रकोप पहली बार महसूस किया जा रहा था। भरी दुपहरी में दस-बीस कदम चलते ही दम निकलने लगता। इसलिए दोपहर के वक्त घर से बाहर निकलने से लोग कतराते थे। मिट्टी की दीवारों से बने घरों में चैन से बैठकर आँखें मिचकाते हुए बाहर का नजारा वे देखा करते थे। नदी-नालों के किनारों पर खड़े वृक्ष झुलस रहे थे। पंछी तो भूल से भी अपने घरौंदों से बाहर नहीं निकलते थे। किसी कोटर या खोह में छुपकर धूप की मार से बचने का प्रयास वे किया करते थे। शाम को थोड़ी-सी हवा चलने पर वे चहचहाते हुए मुक्त संचार करने लगते। पिछले कुछ वर्षों के दौरान पोखर-तालाब में गँदला ही सही, पर थोड़ा-बहुत पानी अवश्य होता था। पर इस साल वे पूरी तरह से निर्जल थे। तालाब के घेरे में अब सुबह-शाम खेलप्रेमी लड़के क्रिकेट खेलने लगे थे। खेतों में खटनेवाले मजदूरों को पीने के पानी के लिए कुछेक फलांग की दूरी तय करनी पड़ती थी।

गाँव में पानी की एक-एक बूंद के लिए तरसना पड़ रहा था। पूर्व निर्धारित जल-नल योजना इतिहास के पन्नों में कभी की समा चुकी थी। झानू सावला भी अब उसका जिक्र नहीं करता था। जब भू-गर्भ में पानी ही न हो, तो क्या किया जा सकता था? सार्वजनिक सभी कुएँ निर्जल हो गये थे। पीने के लिए

पानी मिलना दूभर हो गया था, तो नहाने के लिए भला वह कहाँ से मिलता? मवेशियों को तो तीन-तीन महीने नहलाया नहीं जा सका था। काली भैंसें धूल-गुबार की पर्त बदन पर चढ़ जाने से हल्की भूरी दिखाई दे रही थी। बैल हड्डियों का ढाँचा भर रह गये थे, और इत्ती,लम्बी जीभ बाहर निकालकर वे भरपूर पानी पी लिया करते थे। कई लोगों ने मवेशियों को अपने रिश्तेदारों के पास अन्यत्र भिजवाने की व्यवस्था की और कहा, 'आप इनकी देखभाल कीजिए और आमदनी लीजिए। बारिश ठीक-ठाक हुई तो वापस मँगवा लेंगे, या फिर समझ लीजिए कि ये आप ही की अमानत हैं।' डेयरी में दूध-संकलन लगभग आधा रह गया था। भेड़-बकरियों के हाल-बेहाल होने लगे, तो उनके मालिकों ने मांगोला को 'अल्विदा' कहा और कराड-पाटण आदि खुशहाल कस्बों की शरण ली। बारिश हुई तो वापस जाने, या फिर वहीं बसने की फिराक में वे थे।

नाले के पास ही गीताबाई जानुगडे का एक कुआँ था। उसके तीनों बेटे सेना में भर्ती हुए थे। हर महीने उसे धनादेश प्राप्त होता था। कुएँ के आस-पास की जमीन में गीताबाई गरमियों में अल्पावधि प्याज तथा मूँगफली की फसल ले लिया करती थी। उनके साथ लहसन और बैंगन भी कमोबेश मात्रा में हुआ करते थे। पर इस साल अभूतपूर्व सूखे के कारण पानी के लिए दर-दर की ठोकरें खाने वाले ग्रामवासियों की दयनीय स्थिति देखकर उसने फसल को पानी पटाना बन्द कर दिया और अपनी फसल की कीमत पर उसने गाँववालों को पीने का पानी मुहैया कराया। उसके कुएँ पर लोगों की भीड़ उमड़ पड़ती। वे उसे आशीर्वाद देते, 'गीताबाई, तूने बड़ी मेहरबानी की हम लोगों पर। भगवान तेरा भला करेगा।'

'मुझे किस चीज की कमी है? मेरे तीनों शेर बेटे मिलिटरी में हैं। हर महीने वे मुझे बराबर रुपये भेजते हैं। उनके बापू जब मरे तो ये छोटे-छोटे थे। भगवान की दया से अब तीनों नौकरी में हैं। खुश हैं। मैं भी खुशहाल हूँ। इस साल फसल नहीं आयी तो मेरे लिए कोई फर्क नहीं पड़ता। लोगों को पीने का पानी मिल जाने से उनकी आत्मा तो तृप्त होगी!'

गीताबाई का कुआँ पूरे दो महीने गाँववालों में संजीवनी बाँटता रहा। पर बाद में उसकी क्षमता भी जवाब दे गयी। दोपहर के वक्त कुआँ सूखने लगा। इत्ते से झरने से पत्ता लगाकर एक घड़ा भरने में दस-पन्द्रह मिनट लगते थे। गाँववालों के सामने बहुत बड़ा प्रश्नचिह्न था, 'अब क्या किया जाये?' अलस्सुबह उठकर बैलगाड़ी में ड्रम रखकर पानी की तलाश में चार-चार, छः-छः कोस वे जाने लगे। गाँव में पानी की असाधारण कमी से त्रस्त होकर एक दिन ग्रामवासियों ने एक रैली निकाली और तहसील कार्यालय के सामने प्रदर्शन

किया। उसके दो दिन बाद स्थिति का जायजा लेने के लिए साहब ने गाँव का दौरा किया। और चार दिन बाद रोजाना भोरहारे में पानी का एक टैंकर आने लगा।

बाजार गाँव के कुएँ से टैंकर में पानी भरा जाता था। पाँच मील की दूरी से यह टैंकर आता था और पांगिरा की सेवा में ही पूरी तरह समर्पित था। सुबह से शाम तक सात-आठ खेप पानी मिलने के बावजूद लोगों की माँग बनी रहती थी। क्योंकि गाँव की जनसंख्या ही ज्यादा थी और सभी परिवार भरे-पूरे थे। इतने सारे लोगों के लिए एक टैंकर ऊँट के मुंह में जीरा नहीं तो और क्या होगा? दोपहर तक लोगों में होड़-सी लगी रहती। एक-दूसरे के बरतन ठेलने, बाल नोचने और हाथापाई की नौबत आ जाती। बल्कि इसी झमेले में आधा पानी तो वहीं बिखर जाता। अनुशासन था ही नहीं। 'या शेख, अपना-अपना देख' वाली प्रवृत्ति ही लोगों में पायी जाती थी!

सुबह पहला टैंकर सोकाजी की कोठी के सामने आ रुकता था। बड़ी माँ और वैजू भाभी के मार्ग-दर्शन में गली की लड़कियाँ कोठी में पानी भर दिया करती थीं। आधा टैंकर तो वहीं रीत जाता था। उसके बाद ही अगले पड़ाव की ओर वह आगे बढ़ पाता। पहली मंजिल पर स्थित अपने कक्ष से सोकाजी टैंकर पर बराबर नजर रखे रहता था। यूँ समझिये कि सोकाजी के सितारे गरदिश में थे। आनन-फानन में उस पर आफत आ गयी। वरना तो मुँहमाँगी कीमत पर वह हिरासत-पूर्व जमानत मंजूर करवा लेता। और दुर्भाग्य से सावंत भी तो उन दिनों गाँव में नहीं थे। इन्स्पेक्टर जाधव को इससे अच्छा मौका भला कौन-सा मिलता? उसने पूरा बदला लिया। अदालत से प्रार्थना कर उसने सात दिन का रिमांड प्राप्त किया और सोकाजी की खूब मरम्मत की। उसकी माँ-बहनों का भी उसने खूब उद्धार किया। सभापति तंजावूर से लौटे और उन्होंने खूब भाग-दौड़ की। तब कहीं सोकाजी और धुलक्या जमानत पर रिहा हो सके। बेआबरू होकर गाँव में कदम रखते हुए सोकाजी की गरदन झुकी हुई थी। इतना बड़ा नाम, जायदाद, रौब-रुतबा होने के बावजूद यह दुर्गति··? तथापि हफ्ते-भर के अन्दर-अन्दर ही सोकाजी ने गाँव की नब्ज पहचान ली। कोठी, ट्रैक्टर, जीप, माल-असबाब सब कुछ बरकरार था। गाँववालों से दुआ-सलाम भी पूर्ववत् होती थी। उसके अलावा उन्हें ठौर ही कहाँ था? जैसी भी हो, सोकाजी की इज्जत अभी भी बरकरार थी। सोकाजी को इस बात की आहट मिली और वह केंचुली उतारकर पुनः अपने उसी अन्दाज में फुँफकारने-डसने लगा।

डेयरी की हालत खस्ता हो गयी। माँ-बहनें मवेशियों को ज्यादा निचोड़ने का प्रयास करतीं और इस शोषण को न सह पाने से मवेशी लात मारने लगते।

लोगों को घर का खर्चा चलाना मुश्किल हो गया। लोग रोजगार की तलाश में दर-दर भटकने लगे। मांगोला तहसील क्षेत्र सूखाग्रस्त तो था ही, पर पांगरी नदी किनारे बसे आठ-दस गाँव इतनी बुरी तरह से सूखे की चपेट में इससे पहले कभी नहीं आये थे। इस वजह से रोजगार गारण्टी योजना का विशेष बोलबाला यहाँ नहीं था। साहब लोगों की डायरियों में आँकड़े दिखाने तथा कागजी खानापूर्ति की सीमा तक ही यहाँ उस योजना का कार्यान्वयन होता था। ऐश-ओ-आराम की जिन्दगी बिताने वाले गाँव वालों को रोजगार गारण्टी की आवश्यकता कभी महसूस नहीं हुई और वैसे कामों की उन्हें आदत भी नहीं थी। पर सूखे के इस माहौल में तो अच्छे-अच्छों के छक्के छूटने लगे। आय-व्यय में तालमेल बिठाना मुश्किल होने लगा। रोजगार तलाशने के अलावा और कोई चारा ही नहीं बचा था उनके पास। घर-देहलीज न लाँघनेवाली औरतें गारण्टी योजना के तहत कहीं भी, कोई भी काम करने के लिए तैयार थीं।

खेतों में नाला-बंडिंग के कामों में लोगों को अधिक दिलचस्पी थी। क्षमता से अधिक लोग यहाँ हाजिरी लगाने लगे। अनावश्यक लोगों को वापस जाने के आदेश देने के बावजूद वे जाते ही नहीं थे। लोगों को पर्याप्त काम नहीं मिल पाने से इस योजना की हालत खस्ता होने लगी। अधिकारियों की जीपें धूल के गुबार उड़ाते इधर से उधर आती-जाती रहीं। जल्दी-जल्दी में सर्वेक्षण किया गया और पहाड़ी की तलहटी में तीन छोटे-छोटे क्षरण तालाब का काम शुरू हुआ। इस वजह से अब वहाँ चहल-पहल अधिक होने लगीं। झकाझक धोती पहनकर इठलाती-मदमाती, ठुमक-ठुमक कर चलने वाली औरतें जीर्ण-शीर्ण वस्त्र पहनकर मिट्टी से मित्रता स्थापित करने आने लगी। क्योंकि यहाँ चिलचिलाती धूप में खटने की नौबत जो आन पड़ी थी। जरी की धोतियाँ पेटियों में बन्द भले ही रही हों, पर यहाँ हर हफ्ते नकदी का इन्तजाम तो हो ही जाता था। इस प्रकार हफ्ता-दर-हफ्ता समय बीतने लगा।

गारण्टी योजना के काम के दौरान अच्छी सुविधाएँ उपलब्ध थीं। लोहे की किसी चीज से चोट आने पर उपचार के लिए दादी का बटुआ वहाँ मौजूद था। उसमें आयोडिन, रुई आदि का इन्तजाम था। इससे ज्यादा और क्या चाहिए? वृद्धा-अबलाओं को भी इसी बहाने चुस्ती दिखलाने का मौका मिला। क्योंकि गारण्टी योजना के तहत काम पर जानेवाली औरतों के छोटे-छोटे बच्चों को सँभालने का काम अब उनके जिम्मे था। आबा काँबले की माँ बायना भी इन्हीं में से एक थी। कोई 'इन्जनेर' का मुआइना करने जब आता, तो मुकादम उसे बतलाता था 'ये पेड़ के नीचे जो अंधी बुढ़िया बैठी है न, वह सन्देश सेठ के दामाद की माँ है।'

'अच्छा!'

'नहीं बाबा, नहीं। मैं किसी की कुछ भी तो नहीं लगती। मेरा बेटा तो बचपन में ही मर गया। अब इस दुनिया में मेरा कोई नहीं ऽऽ'

अतिथि को बुढ़िया पर तरस आता। बायना को औरतों के काम पर नजर रखने की पगार मिलती थी। औरतें काम पर आते समय उसके लिए रूखी-सूखी लाती थीं। किसी तरह से बुढ़िया को जिलाये रखते थे, बस।

धुलक्या जमानत पर रिहा होने के बाद एक शरीफ इन्सान की तरह पेश आने लगा था। गुस्से में आकर अपने हाथ से जघन्य अपराध होने का अहसास उसे बहुत बाद में हुआ। धुलक्या जेल की सजा काटता रहा और इधर उसके तथा तुका के बीवी-बच्चों को तरह-तरह की मुसीबतें उठानी पड़ीं। देवरानी-जेठानी दोनों को गांव में कोई भी घास नहीं डालता था। गरीबी सबसे दर्दनाक सजा है। गरीबों के साथ लोग इन्सान की तरह पेश नहीं आते। उन्हें चैन से रहने नहीं दिया जाता। सुख-दुख के क्षणों में जना-हौसा का साथ देने भला कौन आता? वे दोनों एक-दूसरे का लिहाज करने लगीं। मिल-बाँटकर रूखी-सूखी खाने लगीं। धुलक्या जमानत पर रिहा होने के बाद जब घर आया तो उसने देखा, कि उसके और तुका के बच्चे साथ-साथ खेल रहे थे। यह दृश्य देखकर उसे अपने किये पर पछतावा होने लगा। उसका गला रुँध गया। बच्चों से लिपटकर वह खूब रोता रहा। जना भाभी के पाँव छूकर उसने कहा, 'भाभी, तुम मेरी माँ जैसी हो। हो सके तो मुझे माफ कर दो।'

तुका के बच्चों की देखभाल धुलक्या करने लगा। कोर्ट-कचहरी के चक्कर में दोनों की चीज-वस्तु कभी की बाजार में जा चुकी थी। इस वक्त तो दो जून रोटी के लिए भी वे महँगे थे। जना, हौसा, धुलक्या—तीनो गारण्टी योजना के तहत काम पर जाते थे। दोपहर के वक्त अमिया की छाँव में तनिक आराम करने के दौरान तुका का जिक्र अनायास आते ही धुलक्या की आँखें पनिया जातीं। धुलक्या छोटा था तो तुका उसे कांधे पर उठाकर नाथा के मेले में ले जाता था। लाल जलेबी, इमरती, गोलगप्पे खिलाता था। नागरदोले में बैठकर वे दोनों खूब मजे लेते थे। अतीत की ये स्मृतियाँ धुलक्या को सराबोर कर देतीं। वह पनियायी आँखों से वे किस्से सुनाता और फूट पड़ता था। फिर थोड़ी देर बाद आँखें पोंछकर कहता, 'मेरा भाई तो संत आदमी था। किन्तु गुस्से में आकर मैंने कितना जघन्य अपराध किया! हे भगवान, मुकदमे का फैसला जल्द-से-जल्द हो और मुझे फांसी लग जाए तो अच्छा होगा...'

'देवर जी, इस तरह अशुभ नहीं बोला करते। जो हुआ सो हुआ। हमें ऐसी स्थिति में छोड़कर आप भी यदि चले जाते हैं, तो बच्चे किसके साये में पलेंगे-बढ़ेंगे?' हिचकी पीकर जना उसे शान्त करने का प्रयास करती थी।

गाँवों और खेतों का नूर बदलने के साथ ही सुर तथा लय में भी बदलाव

आया था। इससे पहले गाँव के चबूतरे पर, पेड़ के साये में तमाशा की कनातें कस दी जाती थीं। हाड़-मांस के अभिजात कलाकार सुध-बुध खोकर दर्शकों के सम्मुख साक्षात् इन्द्र देवता का दरबार प्रस्तुत किया करते थे। अब तो मेलों की संख्या भी घट गयी। पिछले दो साल से मांगोला में वीडियो भी है। पांगिरा में भी अब वह आ गया है। सिर्फ एक-दो रुपल्ली में देश-विदेश की मेनका-अप्सराओं से कभी भी, कितनी ही बार साक्षात्कार किया जा सकता है। इस वजह से तमाशा का पत्ता कट गया था और तमाशा कलाकारों की छुट्टी हो गयी थी। सुन्दरा पंढरपुरी तमाशा क्षेत्र की नामी-गिरामी हस्ती थी। किसी जमाने में दस जिलों के मतवाले उसकी घुँघरुओं की छमछम के लिए तरसते थे। अब सुन्दरा पचास की हो चली थी और उसके छरहरे-लचीले बदन को थुलथुलेपन ने घेर लिया था। पांगिरा में भी कई मतवाली रातों को उसने धूम मचायी थी। जाना-पहचाना और खुशहाल गाँव होने से वह स्थायी रूप से पांगिरा में ही रहने लगी थी। उसके साथ उसका मशहूर शायर, दोस्त गोविंद तथा दो-तीन साजिन्दे भी थे। दिन निकलते-निकलते सुन्दरा अपने साथियों समेत गारण्टी योजना के काम में जुट जाती। राजा, प्रधान बनकर किसी जमाने में इन्द्र देवता के दरबार में जान फूंकने वाला शायर गोविन्द कड़ी धूप में, हथौड़ी से पत्थर तोड़कर कंकरीट बना रहा होता। उसके हाथ में छाले आते, दर्द होने लगता। पर जिन्दा रहना उसकी मजबूरी थी और रोटी का जुगाड़ करने के लिए खटना उसके जिन्दा रहने की आवश्यकता थी। लोकनाट्य में हरिश्चन्द्र की तारामति, राम की सीता और कल्याण के सूबेदार की बहू बनकर अपने पायल की छम-छम से जवानी के दिनों में बड़े-बड़े जमींदारों, जागीरदारों के दिल की धड़कन बढ़ाने वाली सुन्दरा भरी दुपहरी में मिट्टी के तसले ढोती थी। उसके तलुवों में कंकड़-पत्थर चुभते थे, बदन झुलसता था···पर यही उसकी नियति थी। ऐसी स्थिति में भी उसे लगता कि वह मिट्टी का तसला नहीं, दही-दूध लेकर मथुरा के बाजार में जा रही है। बरबस उसके कदम थिरकने लगते और उसका यह पागलपन देखकर औरतें खिखियाकर हँसने लगतीं।

दोपहर को रोटी खाकर वे लोग पेड़ की छाया में तनिक आराम फरमाते। शायर गोविन्द को लावणी (कलाम) पेश करने का आग्रह करते। गोविन्दा भी ना-नुकुर किये बिना शुरू हो जाता। उसके साथी साजिन्दे पत्थर के दो पतले, चौकोर टुकड़ों का झाँझर बनाकर पार्श्व संगीत देने लगते। बायें कान पर हाथ रखकर गोविन्दा लम्बी तान खींचकर गाने लगता—'दाजी रं जी ऽऽ जी···'

नाच नाचून होस न्हाई भागलो
सुन्दरा ऽ हमीच्या कामावं प्हायली
मोरपंखी लुगडं, बाजूबंद आणि बुगडया

अंगातला ताल, करी काकजाचं हाल
खुणवती कानातल्या कुड्या
गेला चाळ, आला काळ
पोटामंदी जाळ, नशिबात हिरीतला गाळ
दगडाचिपज्यात आसवांची घुंघरं वाह्यली
सुन्दरा ऽ हमीच्या कामावं राहयली

(नाचने की ख्वाहिश पूरी नहीं हुई तो सुन्दरा गारंटी योजना के काम में जुट गयी। मयूर पंखी धोती, करधनी, झुमके, कनककली, पाजेब, मदमस्त जवानी···कलेजा थामकर उसे देखने को दिल करता है। पर अब दिन फिर गये। पेट में भूख की आग है। प्यास बुझाने के लिए पानी तो नहीं, पर कुएँ की तलछट है। पाहन-खोंडर में आँसुओं के घुंघरू बजते रहे और सुन्दरा को गारंटी योजना में काम करना पड़ रहा है।)

सूखा राहत कार्यों के दौरान ही डोंगरवाडी के क्षरण तालाब का काम पूरा कर लेने का आग्रह सोकाजी करने लगा। इस दृष्टि से उसने जोड़-तोड़ भी शुरू की। पर बस्ती के लोग भी तैयार बैठे थे। मांगोला में उनका आका भले ही कोई न हो, पर यमाई का आशीर्वाद तो अवश्य ही उनके साथ था। उन्होंने चन्दा इकट्ठा कर उच्च न्यायालय में रिट याचिका दायर की। ये लम्बी-चौड़ी नोटिसें इंजेनर पर ताभील की गयीं, उच्च न्यायालय ने स्थगन आदेश जारी किया। इससे सोकाजी उखड़ तो गया, पर थूक निगल कर चुप बैठे रहने के अलावा उसके सामने और कोई चारा नहीं था।

पांगीरकर अनाज के एक-एक दाने और पानी की एक-एक बूंद के मुँहताज थे। अधिकांश किसानों के खत्ते-टोकरे लगभग खाली हो गये थे। इसलिए बाहर से अनाज मँगाये बिना उनके सामने और कोई चारा नहीं था। अपने खेत की जवार की स्वादिष्ट गरमागरम रोटी खाने की आदत उन्हें थी, सो परदेस से आयी, कंट्रोल की जवार की रोटी उन्हें फीकी-फीकी लग रही थी। रोटी में उन्हें एक अजीब-सी गंध आने लगी, सो पहले दो दिन तो उस रोटी की ओर देखने की भी इच्छा उन्हें नहीं हुई। किन्तु मियाँ की दौड़ मसजिद तक! और कोई विकल्प सामने न होने से परदेसी जवार की बेस्वाद रोटी चींथना उनकी मजबूरी थी। गरीबों की यही तो नियति होती है। सोकाजी के घर में किसी भी चीज की कमी नहीं थी। संपतराव ने दिल्ली या इलाहाबाद से खुशबूदार चावल मँगवाये थे।

सूखे का यह मौसम सदा बनिये को मालामाल कर गया। एक ही छत में उसकी दो दूकानें थीं। एक उसकी निजी और दूसरी सरकारी। इस वजह से हेराफेरी और मिलावट करने में उसे कोई तकलीक नहीं होती थी। उसके धन्धे

में बहार आयी थी। तान्या और संपा को खुश रखकर वह उच्चाधिकारियों से, राशन के अनाज की अधिक मात्रा में आपूर्ति का अनुरोध किया करता था। ग्रामवासियों के भूखों मरने के खतरे की धमकी देकर चीनी, तेल आदि का अतिरिक्त कोटा मंजूर करवा लेता था। गाँव में वितरण के लिए चीनी के बोरे और तेल के डिब्बे ट्रक में लादकर मांगोला के गोदाम से ट्रक चल पड़ता, सो सेठ हीरामन की दूकान के सामने रुकता। वह दुगने दाम से ये चीजें खरीदता और तिगुने दाम से बेचा करता था। सदा अपने अनपढ़ ग्राहकों से कहता, 'राशन कार्ड घर में मत रखो; खो जाएँगे या खराब हो जाएँगे।' गँवार आदिवासी उसकी बात का यकीन कर अपने कार्ड उसी के पास रखवाते। फिर क्या देखने! उसकी चाँदी-ही-चाँदी होती! कभी वह कहता 'इस महीने में सरकार से माल आया ही नहीं' या 'चोर वैगन फोड़कर अनाज चुरा ले गये' जैसा कोई बहाना बनाता या थोड़ा-बहुत माल देकर लोगों का मुँह बन्द करवाता और बाकी माल ऊँची दर से बेचकर अपनी झोली भर लेता। उसने पचास रुपये की माहवार पर एक सेवानिवृत्त मास्टरजी को नौकरी पर रखा था। गोदाम से जिस दिन माल उठा लिया जाता, उसी दिन मास्टरजी राशन कार्ड भर देते और अनाज बाकायदा वितरित होने की कागजी कार्रवाई यथाविधि पूरी हो जाती। उसका रिकॉर्ड परिपूर्ण होता था। उसमें कहीं कोई कमी नहीं होती थी, न ही कोई हेराफेरी!

सदा बनिये के खिलाफ कई बार शिकायतें की गयीं, कई बार जाँच भी हुई। पर हर बार वह बेकसूर ही सिद्ध होता। इसके लिए उसे परदे के पीछे कितनी ही जोड़-तोड़ करनी पड़ती थी। सोकाजी की कोठी पर चीनी और तेल पहुँचा दिया जाता। सभापति के चुनाव के दिनों में सदा बनिये की जीप उसी के इंधन से पूरे दो महीने तक तहसील क्षेत्र का चप्पा-चप्पा छान मारती थी। इसके अलावा यदा-कदा किसी चीज की जरूरत पड़ने पर वह कभी मना नहीं करता था। इस मामले में वह दरियादिल आदमी था।

यह सूखा विचारे गुरुजी के लिए वरदान सिद्ध हुआ था। पिछले ही साल उन्होंने 'जगन्माता अम्बाई देवस्थान' के नाम से दफ्तर के लिए मांगोला में एक आलीशान दुमंजिला मकान खरीदा था। अब गुरुजी अपने बीवी-बच्चों समेत वहीं रहने लगे थे। मांगोला के प्रतिष्ठित व्यक्तियों में वे शुमार होते थे। वहाँ के एक सार्वजनिक पुस्तकालय के अध्यक्ष पद पर उन्हें स-सम्मान नियुक्त किया गया था। जिला परिषद की ओर से की गयी नीलामी में गुरुजी ने सात हजार में एक खटारा जीप खरीद ली थी। उस पर पन्द्रस-बीस हजार खर्च करने के बाद अब वह नयी नवेली दुल्हन-सी बन-ठनकर सुसज्जित हो गयी थी। जगन्माता के दर्शनार्थ हर रोज न सही, पर सप्ताह में दो बार वे अपनी

इसी जीप से पांगिरा अवश्य आते थे और पूरी भक्ति से माता के चरणों में मत्था टेकते थे।

सूखे की वजह से ग्रामवासी परेशान थे, किन्तु उनकी खोज-खबर लेने की फ़ुरसत गुरुजी के पास नहीं थी। इन दिनों सूट-बूट धारी साहब लोग उनकी जीप में बैठकर अकसर आते थे और गुरुजी उन्हें अपनी जमीन की परिक्रमा अवश्य करवाते थे। सामाजिक वनीकरण की दिशा में वे सोचने लगे थे। साग के पौधे वे देख आये थे। बारिश होते ही रोपाई करने का उनका इरादा था। छः-सात वर्षों में वहाँ साग-बन के आकार ग्रहण करने की पूरी उम्मीद थी। तब वे जगन्माता पर और भी अधिक खर्च कर सकते थे। यदि स्थितियाँ अनुकूल रहीं तो पाँच-सात एकड़ में अनार का बाग लगाने पर भी वे गंभीरता से सोच रहे थे।

पांगिरा से पाँच मील की दूरी पर स्थित बाजारगाँव से टैंकर द्वारा गाँव में पानी की आपूर्ति की जाती थी। दिन में सात-आठ चक्कर तो हो ही जाते थे। दूरी ज्यादा होने से पहले पखवाड़े का बिल बहुत ज्यादा आया। वरिष्ठ निरीक्षण अधिकारी बिल की रकम देखकर हैरान रह गया। उसने तहसीलदार और बी डी ओ को जोरदार शब्दों में हड़काया—'नजदीक ही पानी का कोई स्रोत हो, तो पता करवाओ। वरना इसे फिज़ूलखर्ची मानकर तुम दोनों के खिलाफ विभागीय जाँच शुरू की जा सकती है।' दूसरे ही दिन रावसाहब (तहसीलदार) की जीप पांगिरा पहुँच भी गयी। पटवारी, ग्रामसेवक की सहायता से उन्होंने पानी के स्रोत की टोह लेना शुरू किया। दर-दर की खाक वे छानने लगे। रावसाहब को अकेला पाकर एक किसान हौले से उनके कान में फुसफुसाया, 'गाँव से दो किलोमीटर दक्षिण में पहाड़ी की तलहटी में सदा बनिये का बहुत बड़ा कुआँ है और वहाँ अभी भी स्वच्छ शीतल जल काफी मात्रा में उपलब्ध है। महाभयंकर सूखे की स्थिति होने के बावजूद उसकी पाँच एकड़ भूमि में गन्ने की फसल लहलहा रही है। वहाँ से पानी लेना शुरू कर दिया जाये तो कम-से-कम दो हफ्ते तक चिन्ता करने की जरूरत नहीं होगी।' संकेत मिलते ही साहब लोगों की जीप ऊबड़-खाबड़ रास्ते से होकर सदा बनिये के खेत की ओर चल पड़ी और काफी हिचकोले खाने के बाद वहाँ पहुँच भी गयी। कुएँ का अधिग्रहण करने का निर्णय उसी वक्त ले लिया गया।

यह खबर आग की तरह गाँव में फैल गयी और लोग खुश हुए। क्योंकि बाजारगाँव के स्वादहीन पानी के बजाय शीघ्र ही गाँव के कुएँ के मधुर जल की व्यवस्था जो होने वाली थी। टैंकर की आवाजाही के लिए रास्ता ठीक-ठाक करवाने के आदेश देकर रावसाहब चले गये। उसी दिन से सड़क की मरम्मत का काम शुरू हुआ। किसी भी नये काम का शुभारम्भ गाजे-बाजे के

साथ करने की रावसाहब की आदत थी। इसलिए उन्होंने हिदायत दी थी, 'आज से ठीक चौथे दिन सवेरे पाँच सुहागनों को आमन्त्रित कीजिए। गुलाल-नारियल, फूल-माला आदि का इन्तजाम कीजिये। पानी का पहला टैंकर समारोह पूर्वक यहाँ से भेजा जाना चाहिए।'

कुएँ के सरकारी अधिग्रहण की खबर से सदा बनिया बौखला गया। उसे लगा कि यह तो सरासर ज्यादती है। धूप की झुलसन तो बढ़ती ही जा रही है। बारिश से पहले कम-से-कम एक बार तो पानी पटाया जाना जरूरी है। वरना खड़ी फसल चौपट हो जाएगी। बल्कि दो-एक दिनों में मोटर चलाने की योजना उसने बनायी भी थी। इसी बीच किसी ने चुगली की और यह सरकारी आफत आन पड़ी। अब पाँच एकड़ की तबाही के पूरे आसार नजर आने लगे थे। सदा ने फौरन हलचल शुरू की। संपा को साथ लेकर वह सोकाजी के पास गया और गिड़गिड़ाकर कहने लगा, 'आबा, कुआँ गाँववालों का ही है, सो जरूर उसे कब्जे में ले लीजिये। पर मुझे एक बार पानी पटा लेने दीजिए। वरना इस गरीब की खड़ी फसल मटियामेट हो जाएगी। इस नाचीज पर रहम खाइए, आबा!'

'देख सदा, अब तक हर बार हम तेरी सहायता करते रहे हैं; पर इस बार कुछ नहीं किया जा सकेगा। हो सकता है, हम जिन्दगी-भर बेईमानी करते रहे हों। पर यह मौका ही बड़ा नाजुक है। यह जीवन-मृत्यु का सवाल है। इसलिए हम मजबूर हैं। अब तुम आगे मत बोलो।'

'लेकिन आबा, मेरी फसल का क्या होगा? इस काम के लिए कुछ खर्चे-वर्चे की जरूरत हो, तो बताइये।'

'कह तो दिया, कि कुछ मत बोलो। गरीबों को हम तबाह होते नहीं देख सकते,' सोकाजी ने झुँझलाकर कहा।

सदा बनिया की जुबान बन्द हो गयी। तान्या भिलारे को भी कोई उपाय नहीं सूझ रहा था। रात-भर बनिये की आँखों में गन्ने की फुनगियाँ ही तैरती रहीं। क्या करें? सदा के दिमाग को जैसे काठ मार गया था। आधी रात के बाद उसे यकायक सदाबहार भिकू अण्णा की याद आयी। उसने ओढ़ना हटाया और वह उठ बैठा। फटाफट कपड़े पहनकर वह उसी वक्त अण्णा के घर पहुँचा और जोरों से कुंडा खटखटाने लगा। अण्णा ने भीतर से आवाज दी—

'कौन?'

'मैं हूँ, सदा बनिया।'

अण्णा ने उसकी आवाज पहचान ली और दरवाजा खोला।

'क्यों? कोई खास बात?'

'खास तो कुछ नहीं। बस यूँ ही···'

'इतनी रात को ? यूँ ही ?' अण्णा ने हँसकर कहा।

सदा बनिये ने एक ही साँस में पूरी राम कहानी उन्हें सुनायी और हाथ जोड़कर गिड़गिड़ाते हुए कहने लगा, 'अण्णा, गाँव में सबके दरवाजे खटखटा चुका हूँ, पर अन्ततः भगवान ने आपकी शरण में आने की हिदायत मुझे दी और मैं चला आया। गन्ने को सिर्फ एक बार पानी पटाने का मौका मुझे मिलना ही चाहिए।'

'देख सदा, मामला बहुत टेढ़ा है।'

'इसीलिए तो आपके पास आया हूँ, अण्णा।'

'डेढ़ हजार ख़र्च करने पड़ेंगे।'

'ये लीजिये दो हजार।'

अण्णा ने बाकायदा एक-एक नोट गिनकर इत्मीनान से पूरी रकम जेब में रख ली और आँखें मिचकाते हुए कहा, 'बेटा, जाओ। चार दिन बाद बेशक मोटर चलाओ। तुम्हें कोई नहीं रोकेगा।'

'लेकिन अण्णा, आप कैसे मैनेज करेंगे ?'

'कह तो दिया कि चले जाओ। बेटा, तुम्हें आम खाने से मतलब है न ? फिर गुठली के दाम क्यों पूछ रहे हो ? आज से ठीक चौथे दिन···समझे ?'

चार दिन बाद तहसीलदार और बी डी ओ साहब सोकाजी के संग कुएँ की ओर चल पड़े। उनके साथ इरकली धोती पहने, सजी-धजी पाँच सुहागनें भी थीं। पुष्प गुच्छ और फूलमालाएँ लेकर पटवारीजी भी जीप में बैठे थे। अण्णा भी थे। कुएँ के पास जाकर पाँच सुहागनें पांच कलशों की पूजा करेंगी और पानी टैंकर में उँड़ेल देंगी। तहसीलदार नारियल फोड़ेंगे और फूलमाला पहनाएँगे, बस।

बरातियों की तरह सजे-धजे ग्रामवासी, सुहागनें, मुख्य अतिथि, साहब लोग आदि वहाँ पहुँच गये। इसी बीच सामने से हवा का एक झोंका आने के साथ ही बदबू आने लगी। बी डी ओ इस दुर्गन्ध को सह नहीं पाये। उन्हें उल्टियाँ होने लगीं। सुहागनों समेत सभी ने कुएँ में झाँक कर देखा। पानी में मरे हुए चार साँप पड़े थे। दो कुत्ते और तीन बिल्लियाँ भी तैरती पायी गयीं। सुहागनें जोरों से चीखकर दूर हो गयीं और कलश वहीं पटककर भाग खड़ी हुईं। ग्रामवासी भी तितर-बितर हो गये। इतने में सदा बनिया सामने दिखाई दिया, तो उसकी बखिया उधेड़ते हुए अण्णा उस पर बरस पड़े, 'अबे बनिये के बच्चे, कुछ शर्म-वर्म है कि नहीं ? कुएँ की ओर ध्यान कौन देगा ? तेरा बाप ? कुत्ते-बिल्ली के शव किसने फिंकवाये पानी में ? किसी जोगड़े से लौंडे ने या मदारी के बच्चे ने ? ऐसा ही गन्दा पानी गाँव वालों को पिलाओगे ? अब अपने खर्चे से मोटर चलाओ और दो घण्टे में कुआँ खाली करवाओ। चलो, जल्दी करो···'

महज परम्परा को खण्डित न होने देने के लिए पांगिरा में इस साल सिद्धुबा का मेला लगा हुआ था। मेले में अब पहले जैसी रौनक नहीं रही थी। गाँव का भी यही हाल था। पिछले दो वर्षों से मेले में तमाशा का प्रदर्शन बन्द हो गया था। अतएव मेले के लिए चन्दा इकट्ठा करने की जहमत उठाने की भी जरूरत नहीं रह गयी थी। अब तमाशा का प्रदर्शन मानो इतिहास के पन्नों में सिमटकर रह गया था। क्योंकि वीडियो केन्द्रों की जोरदार फसल गाँव में उग आयी थी। सिर्फ चार-पाँच रुपल्ली में ही नंगी-मुंगी औरतें देखने को मिलती थीं। इसके सामने तमाशा के घिसे-पिटे चुटकुलों और व्यंग्यात्मक संवादों की अहमियत ही क्या थी ?

इससे पहले ही तान्या भिलारे ने गाँव में दो वीडियो केन्द्र शुरू किये थे। मेले में भीड़ को खुश करने के उद्देश्य से उसने दो और वीडियो सेट भाड़े पर मँगवाये थे। इनमें से एक केन्द्र के लिए जगह नहीं मिल रही थी, सो उसने मराठी स्कूल का एक कमरा अस्थायी रूप से प्राप्त कर लिया था। आज मेले में ज्यादातर अँगरेजी फिल्में ही दिखायी जाने वाली थीं। फिल्मों को समझने के लिए भाषा की समस्या गाँव वालों के सामने थी ही नहीं। क्योंकि ये सभी फिल्में मार-धाड़, उठा-पटक, कार-रेस, नीले-नीले पानी में उछल-कूद मचाने वाली गोरी-गोरी हसीनाएँ, उनके अनावृत बदन से अठखेलियाँ करने वाला कद्दावर, खूबसूरत नौजवान बांड या सांड···आदि मसाले से भरपूर थीं। भीड़ को आकर्षित करने के लिए ऐसी दृश्यावली काफी थी।

स्कूल में स्थित वीडियो केन्द्र में दर्शकों का मानो सैलाब आ गया था। बाहर तो 'भक्त पुंडलीक' लिखी तख्ती लटक रही थी और अन्य केन्द्रों की अपेक्षा यहाँ टिकट भी ज्यादा था। सात रुपये खर्च कर पाने वालों का भी लम्बा-चौड़ा क्यू लगा हुआ था। काउंटर पर स्वयं तान्या भिलारे बैठा था। पुंडलीक के दर्शनार्थियों की भीड़ को नियन्त्रित कर पाना मुश्किल हो रहा था। अपने दो पोतों को गोदी में उठाए चिणू गुणाजी ने भीतर प्रवेश किया। परदे पर नयनाभिराम दृश्यों को देखकर जनाब निहाल हो रहे थे। वे फौरन उठकर बाहर गये और पोतों को भाई के हवाले कर फुर्ती से अपने स्थान पर वापस आ बैठे। 'चैतन्य पूर्ण' की एक चुटकी मुंह में दबाकर वे अत्यन्त दक्षतापूर्वक 'पुंडलीक' दर्शन करने लगे। परदे पर 'नंगा नाच' हो रहा था। पूरी-की-पूरी फिल्म मांसाहारी थी।

दर्शनार्थियों की इस होड़ में पाँचवीं-छठी से लेकर वरिष्ठ कक्षाओं के छात्र भी पीछे नहीं थे। बैंकों के अधिकारीगण ऐसी जगह बैठे थे, जहाँ से उन्हें फिल्म तो ठीक-ठाक दिखाई देगी, पर वे किसी को दिखाई नहीं देंगे। सिगरेटी धुएँ की धुंध में फिल्म देखने का मजा कुछ और ही होता है !

अधिकारियों तथा नेताओं की असली खातिर-तवज्जो तो सोकाजी की कोठी के, पहली मजिल पर स्थित विशेष कक्ष में ही होती थी। दरअसल आज शानदार मेला तो यहीं लगा था। तहसील क्षेत्र के छोटे-मोटे, फुटकर ठेकेदार यहाँ जमा हुए थे। इनमें चार-छः जूनियर इंजनेर दो, 'डिप्टी इंजनेर' आदि भी शामिल थे। आज भीमू गुरव के मदिरालय में किसी भी ब्राण्ड की विलायती शराब उपलब्ध थी। वहीं से तो कोठी पर सप्लाई हो रही थी। अतिथियों के मनोरंजन की विशेष व्यवस्था संपतराव के जिम्मे थी।

सोकाजीरात्र दीवानखाने में लगी चौपाल पर बैठकर झूलने के बजाय चौके-रसोई की व्यवस्था की देखरेख कर रहे थे। जिला सर्किट हाउस में 'चिकन मसाला विशेषज्ञ' खानसामा था—करीम भाई। उसके लिए खासतौर से जीप भेजकर उसे आज के समारोह की शानो-शौकत बढ़ाने हेतु बुलाया गया था। करीम भाई की सहायता के लिए गाँव के पाँच-सात लौंडे भी थे। बीच-बीच में सदा बनिया भी चौके में झांककर करीम भाई से पूछताछ करता था।

'विशेष' कक्ष में अतिथिगण मदिरापान में व्यस्त थे। संपतराव वीडियो पर एक ब्लू फिल्म दिखा रहे थे। इस वजह से महफिल कुछ ज्यादा ही चटपटी और जायकेदार प्रतीत हो रही थी। 'वाह! क्या बात है!!' कहकर परदे पर दिखाई दे रही नंगी औरत पर वे फिदा हो रहे थे। संपतराव का, चौथी कक्षा में पढ़ने वाला 'होनहार' पुत्र दरवाजे की झिरी से भीतर की दृश्यावली बड़े चाव से देख रहा था। अपने दो-तीन मित्रों को भी दिखा रहा था। पहली मंजिल की इस रौनक की खबर बड़ी माँ, चन्द्रकलाबाई तक पहुँच चुकी थी। वे तमतमाकर सोकाजीराव के पास गयीं और शिकायत करने लगीं, तो सोकाजीराव उल्टे उन्हीं को डाँटने लगे, 'तुम्हें कहा किसने था, वहाँ जाने के लिए? हर जगह मुँह मारने की आदत बुरी होती है। समझीं?'

'खानदानी परिवारों में इस तरह का वाहियातपन शोभा नहीं देता जी!'

'क्यों नहीं देता शोभा?' पत्नी के काँधे पर हाथ रखकर उसे शान्त कराते हुए सोकाजी ने कहा, 'अब जमाना बदल गया है। तेरा बेटा बड़े-बड़े ठेके लेता है। उसके लिए टेण्डर भरने पड़ते हैं, मंजूरी लेनी पड़ती है, और भी बहुतेरे झंझट होते हैं। उन्हें खुश करने के लिए ये तरीके तो अपनाने ही पड़ते हैं।'

वीडियो केन्द्रों के अलावा भीमू गुरव के मयखाने की रौनक भी कुछ ज्यादा ही दिखाई दे रही थी। स्वयं भीमू नशे में झूम रहा था। आँखों की तरावट मिटाने के लिए पलकें झपकाते हुए। बीच-बीच में हिंडोले पर सवार हो जाता था। ग्राहकों से वह अनुरोध करता था, 'चलो, जल्दी करो। एक साथ छः कप दारू पीने पर दो और कप दारू हमारी ओर से मुफ्त!' भीमू शराबी मुरगी की तरह फुदक रहा था।

चावड़ी के सामने एक मुँडेर पर भिकू अण्णा बैठे थे। बस, टेंपो आदि की आवाजाही पर वे नजर रखे हुए थे। मेले के उपलक्ष्य में उन्होंने तहसील कार्यालय के चार बाबुओं को दावत पर आमन्त्रित किया था। सम्भव हुआ तो हवालदार बंगाले भी उनके साथ आने वाला था। अण्णा आज विशेष पोशाक पहने हुए थे। खद्दर के, कलफ लगे झकाझक कुरते पर, नेता छाप तंग कोट उन्हें खूब जँच रहा था। नयी चप्पल की पट्टी पर लाल फूँदा बराबर हिल-डुल रहा था। अण्णा मुंबई में ही विशेष रूप से ये वस्त्र पहना करते थे। मेले की रौनक की ओर कम, पर सामने से जाने-आने वाले वाहनों की ओर ही उनका ध्यान अधिक था। वे बार-बार अँगड़ाई लेकर वाहनों को घूर रहे थे। इसी बीच उन्हें पुलिस-वैन दिखाई दी। अभी तो वह काफी दूर थी। फिर भी, अण्णा चुस्ती से उठ खड़े हुए। वैन में कौन हो सकता है ? अभी वे सोच ही रहे थे कि गाड़ी चावड़ी के सामने अचकचाकर रुक गयी। अण्णा ने हाथ जोड़कर स्वागत करते हुए कहा,

'आइए भाऊसाहब ऽऽ आइये। माँ-पंढरी के मेले में आपके दर्शन हुए। यह सौभाग्य है हमारे गाँव का ऽऽ।'

'अण्णा, आप ही जरा इधर आइये।' धोती का पल्ला सँवारते हुए अण्णा फुर्ती से गाड़ी के पास गये। इस बीच गाड़ी के पास लोग इकट्ठा होने शुरू हो गये थे। अण्णा ने धीरे से पूछा—

'भाऊसाहब, आज कोई विशेष काम···?'

'आपके गाँव में मेला लगा है न ? सोचा, मेले के बन्दोबस्त का भी काम देखेंगे और आपके घर थोड़ा-सा भोजन कर लेंगे,' इन्स्पेक्टर जाधव ने मनीषा व्यक्त की।

'अच्छा ! यह तो बहुत ही खुशी की बात है।'

खुशी से फूलकर अण्णा गाड़ी में बैठ गये। अपनी निगाहों से वे मेलाइयों पर रौब गालिब करना चाहते थे, कि उनके घर भाऊ साहब भोजन करने वाले हैं। जीप अण्णा की कोठी की ओर चल पड़ी। अण्णा पिछली सीट पर बैठे थे। उन्होंने इन्स्पेक्टर जाधव को आश्वस्त किया, 'आप आनन-फानन में आये हैं तो कोई बात नहीं। घर में मटन मसाला, मुर्गी का शोरबा आदि सब कुछ हैं। सवेरे आप सँदेशा भेजते, तो कोई खास चीज बनायी जा सकती थी। मेरी बीवी कोल्हापुरी सूप बहुत बढ़िया बनाती है।'

'अच्छा ?'

'जी हाँ।'

भाऊसाहब कोठी में आ पहुँचे। वहाँ दरीचे पर बैठे अतिथियों से भाऊसाहब का परिचय उन्होंने करवाया। इन्स्पेक्टर साहब के लिए नमदा बिछाया गया।

पर शायद वे. जल्दी में थे। उन्होंने पुलिस-पाटील ज्ञानू सावला को बुलाने के लिए दो हवालदार रवाना किये। पटवारी को भी फौरन चले आने के लिए संदेशा भेजा। अण्णा समझ गये कि मामला संगीन है। अण्णा की कोठी के सामने काली गाड़ी खड़ी देखकर राहगीर बरबस वहाँ ठिठक जाते और गाहे-ब-गाहे भीतर की एक झलक पाने का प्रयास करते।

पुलिस-पाटील के आते ही इन्स्पेक्टर जाधव ने कुदाली-फावड़ों के साथ चार मजदूरों को लिवा लाने का आदेश दिया, तो अण्णा और भी असमंजस में पड़ गये। मजदूर भी हथियारों के साथ फौरन आ पहुँचे। इन्स्पेक्टर ने कोठी की दीवार भीतर की ओर से गिराने का हुक्म दिया। उसी के साथ सब्बर, कुदाली, टिकाव के आघात शुरू हुए। यह देखकर अण्णा के होश उड़ गये। चेहरा स्याह पड़ गया और वे धम् से नीचे बैठ गये। अण्णा के अतिथिगण भी भौंचक्के-से देखते ही रह गये। कोठी की मध्य-दीवार पाँच फुट चौड़ी थी।

दीवार की भीतरी ओर के पाँच-सात पत्थर गिर पड़े तो अन्दर दो-तीन बड़ी-बड़ी पेटियाँ दिखाई देने लगीं। इन्स्पेक्टर को इतनी खुशी हुई, जैसे पारसमणि उनके हाथ लगी हो। उन्होंने पेटियाँ उठाकर आँगन में रखवा दीं। ग्रामवासियों के समक्ष पेटियाँ खुलवाने पर उनके भीतर गाँजे के पैकेट पाये गये।

इन्स्पेक्टर जाधव का रोम-रोम सिहर उठा। क्योंकि तीर निशाने पर लगा था और एक बड़ी मछली अनायास जाल में फँस गयी थी। उन्होंने चिल्लाकर पूछा, 'क्यो चौगले, कम-से-कम पन्द्रह हजार का तो जरूर होगा यह गाँजा?'

'ज्यादा ही होगा, सर।'

अण्णा के रिश्तेदारों की भौंहें तन गयीं। उनके चेहरे पर मानो जूते पड़े थे। भीतर से उनकी पत्नी के सुबकने की आवाज आने लगी थी। अण्णा के घर पर छापा डाले जाने की खबर मेले में पहुँच गयी, तो इस ओर लोगों का तांता लग गया। लोग आपस में बातें कर रहे थे।

'हमें तो लगता ही था कि अण्णा के तामझाम के पीछे कोई-न-कोई राज जरूर है।'

'यह चोरी का धंधा अण्णा रात में किया करता था,' किसी ने दलील दी।

'पन्द्रह हजार का तो होगा ही···'

'अमा छोड़ो भी! मेरे हिसाब से तो चालीस हजार से ज्यादा का ही होगा यह माल।'

जितने मुँह उतनी बातें। अण्णा रुआंसा हो गया। उसने भाऊसाहब से पूछा, 'अजी साब, छापा डालने के लिए आपको मेले का ही मुहूर्त मिला? यही

शुभ दिन था ?' भाऊसाहब हँस दिये। पंचनामा शुरू हुआ। उनका बयान भी दर्ज किया जाने लगा। ज्ञानू और मुरार ने इन्स्पेक्टर जाधव को इशारे से अपने पास बुलाया और कमरे में एक ओर उन्हें ले जाकर कहने लगे, 'साहब, यह छापा तो मामूली है। इससे भी बड़ी मछली आपके हाथ लग सकती है।'

'सच ? कहाँ ? कैसे ?'

'मेले के बीचोबीच, मन्दिर से लगे मराठी स्कूल में तान्या भिलारे का वीडियो चल रहा है और उस पर नंग-धड़ंग औरतों की गंदी फिल्म दिखायी जा रही है। पवित्र मेले में ऐसी गंदी हरकत···बरदाश्त नहीं होता हमसे।'

जाँच कार्य जारी रखने के आदेश देकर इन्स्पेक्टर जाधव इस दूसरे ठिकाने पर धावा बोलने के लिए चल पड़े। भीतर जाकर उन्होंने देखा। वहाँ तो परदे पर पुंडलीक और विट्ठल भगवान दिखाई दे रहे थे। पुंडलीक द्वारा फेंकी गयी ईंट पर पांडुरंग खड़े थे। ढोल-मंजीरे की धुन पर भक्त जन भावविभोर होकर नाच रहे थे। दर्शक भौंचक्के रह गये। उन्हें समझ में नहीं आ रहा था कि यकायक दृश्यावली बदल कैसे गयीं ? उन्हें इन्स्पेक्टर दिखायी दिया, तो उन्होंने अनुमान लगाया कि यह इन्स्पेक्टर की ही महिमा हो सकती है। भाऊसाहब ने फिल्म बन्द करवायी, और सभी कैसेट चलाकर देखे। 'सती अनसूया', 'नागपूजा', 'दुल्हन चली ससुराल' आदि फिल्मों के ही वे कैसेट थे। झुँझलाकर इन्स्पेक्टर बाहर चले आये, तो तान्या ने विनम्रता से पूछा, 'साबजी, कुछ ठंडा-वंडा मँगवाऊँ ?'

'रहने दो, फिर किसी दिन आऊँगा मैं तुम्हें गरमागरम पिलाने,' इन्स्पेक्टर जाधव ने खीज कर कहा।

भिकू अण्णा के साथ काली गाड़ी मेले का निरीक्षण करती रही, चावड़ी के सामने तनिक रुकी। गाड़ी में बैठे भिकू अण्णा के हाथ में हथकड़ी लगी थी। अण्णा शर्मसार होकर कनखियों से इधर-उधर देखता रहा। उसे पुलिस की हिरासत में लिये जाने की खबर मेले में पहुँच जाने से लोग कुतूहलवश गाड़ी के पास जमा होने लगे थे। सरकस के खूँखार जानवरों को पिंजड़े में रखा जाता है और लोग दूर से ही उन्हें देख पाते हैं। इस समय अण्णा की स्थिति भी ठीक उस खूँखार जानवर-सी हो गयी थी। तथापि उन्होंने संपतराव को बराबर पहचाना और उसे बुलाया, 'सम्पतराव, बैठो गाड़ी में और चलो मेरे साथ। मुझे जमानत पर रिहा करवाओ, ताकि शाम को तो कम-से-कम सिदुबा के दर्शन कर सकूँ।' सम्पतराव ने मुँह फेर लिया। इतने में वहाँ चिणू गुणाजी दिखाई दिया तो उन्होंने उससे गुजारिश की, 'ए चिणू चलो, मुझे जमानत पर रिहा करवाओ। मेले के दिनों में हवालात में बन्द रहना ठीक नहीं।'

वे जिस किसी को रुंधे गले से बिनती करने लगे। पर किसी को भी टस-

से-मस न होते देखकर उन्हें गुस्सा आया और उन्होंने झल्लाते हुए कहा, 'अबे कम्बख्तो, कुछ तो शर्म करो। आज तक हर किसी को जमानत देते-देते मेरे बाल पक गये। जूतों की एड़ियाँ घिस गयीं। और आज मौका आने पर मेरे लिए जमानत देने कोई भी तैयार नहीं? तुम लोगों का सत्यानाश होगा, देख लेना।' अण्णा पागलों-से चिल्लाने लगे, तो छोटे-छोटे बच्चों ने हल्ला-गुल्ला शुरू किया। गाड़ी गाँव की परिधि से बाहर आयी, तो अण्णा भाऊसाहब से कहने लगे, 'देखा आपने? किसी पर मेहरबानी करने का कोई मतलब ही नहीं रह गया है।'

दिन ढलने लगा। मानू गुरव कुछेक मेलाइयों के साथ लहनेदार के घर की ओर चल पड़ा। किसन्या गुरव ने इस बार 'सालाना व्रत' रखा था। वैसे तो अब यह व्रत यानी महज एक औपचारिकता भर रह गयी थी। क्योंकि पूरे बारह महीने बीबी-बच्चों को स्पर्श किये बिना बिताना किसी को सम्भव नहीं था। मेले से दो-एक दिन पहले केवल धोती पर अन्य वस्त्रों को त्याग दो और अलग-अलग रहो। बस, इतना ही काफी है। दरअसल बीवी के साथ सोये बिना रातें कट सकती थीं? लहनेदार के पास जो छोटी मूर्ति थी, वह अब नहाने चली थी और नदी के पानी से नहाकर आने के बाद भगवान मन्दिर में आसनस्थ होकर 'भगतगणों' को दर्शन देने वाले थे। ग्रामवासी भगवान की मूर्ति को लिवा लाने चल पड़े। जुलूस में पूरी तन्मयता के साथ लेझिम खेलने वाले लोग अब गाँव में थे ही कहाँ? उम्दा ढोलकिये नहीं थे। महीन पिपोरी बजानेवाले, मँझे हुए बजवैये नहीं थे। बाकी बचा था सिर्फ गुलाल-नारियल। लेझिम खेलने से गुजारा न होने की वजह से युवा वर्ग रोजी-रोटी के चक्कर में शहरों की ओर चला गया था। बुजुर्ग ढोलकिये तो अभी जिन्दा थे, पर मुँहाने का चमड़ा बहुत महँगा हो जाने से उसे खरीदना गरीबों को सम्भव नहीं था। इसके बजाय एक ठेले में टेप रेकॉर्डर रख रखा था। इत्ती-सी पट्टी में मनपसंद गाने भर दिये गये थे, गोया वे गाने न होकर पानी की टंकी में रखी, पशुओं की दवाइयाँ हों। वह टिंगऽटिंगऽट्वांगऽट्वांग बजता था। उसकी धुन पर स्कूली बच्चे कूल्हे मटकाते हुए नाच रहे थे, मानो उनके कमर में भारी दर्द हो रहा हो। साथ ही 'डिस्कू ऽऽ डिस्कू···' चिल्ला भी रहे थे।

लहनेदार ने सिदुबा की मूर्ति रथ में रखी। अब सिदुबा नहाने जाने के लिए तैयार खड़े थे। पर मेलाइयों का जोश ठंडा पड़ जाने से भक्तजनों की संख्या घट गयी थी। अतएव इतना बड़ा रथ आगे बढ़े, तो कैसे? यही समस्या थी। पिछले साल लोगों ने खूब जोर लगाया, पर रथ हिलता ही नहीं था। इसलिए अंततः ट्रैक्टर की सहायता से उसे खिंचवाया था, इस साल भी वही तरीका अपनाया जाना था और तान्या भिलारे का ट्रैक्टर तैयार खड़ा था।

सिदुबा रथ में सवार हुए और 'सिदुबा के नाम से चांगभलं ऽऽ' के नारों से आसमान गूंज उठा।

'ट्रैक्टर शुरू करो...'

'शुरू करो ? इसमें डीजल कौन डालेगा ? मेरा बाप ?'

डीजल भरने की बात को लेकर लहनादार और पुजारी में नोंक-झोंक हुई। पुजारी पूछने लगा, रथ का, बरसों पुराना, इत्ता लम्बा रस्सा था कहाँ गया ? उसे बेचकर उसका पैसा कौन हजम कर गया ? तिस पर लहनादार की दलील थी कि मन्दिर में जो भोग लगाया जाता है, वह पूरा-का-पूरा तू ही तो हड़प करता है। उसमें मेरी साझीदारी क्यों नहीं है ?

डीजल के पैसे लिये बिना तान्या का ड्राइवर आगे बढ़ने को तैयार नहीं था। वह चिल्लाने लगा, 'चलो, जल्दी करो। मेरे पास वक्त नहीं।'

सिदुबा भगवान सकते में आ गये। जनता ठिठक गयी। बारह साल पहले इसी रथयात्रा के दौरान इतनी अधिक भीड़ हुई थी कि एक लड़का रथ के पहियों के नीचे दबकर मर गया था। जनसागर जैसे उमड़ पड़ता था उन दिनों। गुलाल-नारियल की फाग खेलने के साथ ही सोने की चेन समर्पित करने में भी लोग नहीं हिचकते थे। चार-चार रातें बिना सोये ही कट जाती थीं। उमंग और उत्साह का ज्वार-सा आ जाता था। सिदुबा को अभी भी याद हैं वे दिन। इस बीच कितना बदल गया था सब कुछ ! रथारूढ़ भगवान चाँदी की आँखों से दुनिया को बराबर देख रहे थे। उन्हें भी विश्वास नहीं होता था कि यह वही गाँव है, जो बारह साल पहले था।

भीड़ को चीरते हुए एक परदेसी आगे आया और कहने लगा, 'मुझ पर सिदुबा की कृपा हुई है। बारह साल बाद मेरे घर में लड़का पैदा हुआ है।' उसकी खुशी का ओर-छोर नहीं था। वह नाचने लगा। उसने पचास रुपये का नोट ड्राइवर पर न्यौछावर कर दिया। और ट्रैक्टर शुरू हुआ।

'सिदुबा के नाम से चांगभलं ऽऽ' यह आवाज फिर एक बार गूंज उठी।

इतने में ट्रैक्टर अचकचाकर रुक गया, तो पसीने से तर-बतर सिदुबा की धड़कन बढ़ गयी।

लकुटि के सहारे मुरार पाटील पथरीली जमीन पार करते हुए तेजी से आगे बढ़ रहे थे। समूचे परिवेश में जानलेवा तल्खी व्याप्त थी। अन्न-जल के अभाव में दस-पांच पंछी रास्ते में मरे पड़े थे। अस्थियों का ढांचा भर रह गये मवेशी तबेले में अधमरे-से खड़े थे। पेड़ भी सूख गये थे। फूल-पत्तों का अता-पता ही नहीं था। इसलिए केवल ठूंठ ही बचे थे। छाया के लिए तरस रहे पशुओं को वह न दे पाने के गम में पेड़ मानो बिलख रहे थे। नाले के किनारे थोड़ी-सी आड़ लेकर दो-चार कसाई ताक में बैठे थे। उनके हाथ में पगहे थे। पानी की

तलाश में एकाध पशु नाले के पास आते ही पगहा फेंककर वे उस पर कब्जा जमाते और कसाईखाने में उसे बेच डालते। उनके दिमाग पर नोट कमाने का भूत सवार था।

आँखों के सामने जमीन के समानान्तर हाथ थामकर मुरार पाटील सर्व दूर ताकने लगे। सामने से किसी की बारात तो नहीं आ रही है? धीरे-धीरे एक पालकी उनकी आँखों की परिधि में आ गयी। मामला जोरदार लगता था। चाँदी की पालकी, उस पर सोने के फुंदे। उसके कहार भी जरीले वस्त्र पहने थे। इस बियाबान से कौन-सा राजा-महाराजा गुजर रहा होगा? पालकी और भी करीब आ गयी। अरे! यह तो सिदुबा की पालकी है! सिदुबा दूल्हे की तरह सज-धजकर बैठे थे। पालकी तेजी से आगे बढ़ रही थी। मुरार पाटील ने फुर्ती की, और पालकी तक पहुँचकर वे पूछने लगे—

'हे परमेसर भगवान, बिना सलाह-मशविरा किये, कहाँ जा रहे हो?'

'अब स्वर्ग में रहना ही उचित लगता है, सो जा रहा हूँ वहीं···' कृत्रिम हँसी के साथ सिदुबा ने जवाब दिया।

'यह तो घोर अविचार है, सिदुबा! आपके अलावा हमारे गाँव का पालनहार और कौन होगा?'

'अब रहा ही क्या है तुम्हारे गाँव में?' सिदुबा ने झल्लाते हुए कहा, 'मेरी बहन यमाई के आग्रह से मैं यहाँ रहा था। गाँव को मेरी बहन ने अपार जलराशि का वरदान दिया था। किन्तु तुम लोगों ने धरती से बिजली के तार जोड़कर समूचे जल-भण्डार में आग लगा दी। मनमानी करते रहे। उर्वरा भूमि को रेगिस्तान बना दिया। अब वहाँ पीने के लिए भी पानी नहीं बचा। बूढ़े बाबा, तुम्हें याद होगा दस-बीस साल पहले दशहरे के दिन मैं सज-धजकर सीमोल्लंघन कर स्वर्ण प्राप्त करने पहाड़ी की दिशा में आता था। उन दिनों कितना घना जंगल था वहाँ! अब कहाँ है वह वन सम्पदा? शीतल छाया या तनिक साँस लेने की उपयुक्त जगह न होने से भूत-प्रेत भी अब तुम्हारा गाँव छोड़कर जाने लगे हैं। फिर मैं तो भगवान हूँ!'

'हे भगवान, हो सके तो हमें माफ कर दीजिए। हम तो आपके अबोध बालक हैं,' मुरार गिड़गिड़ाने लगे।

'नहीं, नहीं। अब यहाँ मेरी साँस घुटने लगी है। यहाँ की मिट्टी, मवेशी, मनुष्य···हर चीज बदल गयी है। और इस बदले हुए परिवेश में मैं एक पल भी साँस नहीं ले पाता। इसलिए मुझे जाने दो।'

'मत जाइए भगवन्! हम पर रहम खाइए,' मुरार पाटील ने गिड़गिड़ाना जारी रखा।

भगवान ठठाकर हँस दिया। और···और···यह क्या? कहारों समेत

पालकी आसमान में तैरने लगी, गुबारे की तरह। और कुछ ही क्षणों में ओझल भी हो गयी। अब बचा रहा नीला-नीला आसमान। दूर-दूर तक बादलों का कोई नामो-निशां नहीं···बूढ़े की आंख खुली। वह पसीने से तर-बतर हो रहा था, सो हड़बड़ाकर उठ बैठा।

बाहर तेज हवा चल रही थी। मानो कहर बरपा हुआ था। पेड़ एक-दूसरे से टकराने लगे। वह अंधड़ घर में घुस गया और चक्करदार घेरे में गूंजने लगा। घरों के दरवाजे और खिड़कियां खड़खड़ाती रहीं। बुड्ढा हड़बड़ाया। बिजली गुल हो गयी थी, सो राधाई ने बत्ती जलाने का प्रयास किया। पर तेज हवा की वजह से तीली जल नहीं पा रही थी। यह मामूली अंधड़ नहीं बल्कि चक्रवात था। राधाई लड़खड़ाते हुए बूढ़े के पास आयी। बाजी मुरार के पैरों से साँप की तरह लिपट गया। पिछले कई वर्षों में बूढ़े ने ऐसा महाभयंकर चक्रवात नहीं देखा था। लक्ष्मी ने कहा—

'आबा, इस भीषण हवा से गाँव में कई पेड़ गिर पड़े होंगे।'

'बेटी, अब पेड़ बचे ही कहां हैं? होते तो गिर पड़े होते!'

कुछ दूर कड़कड़ाहट-सी सुनाई दी। यह मकान ढहने की ही आवाज हो सकती थी। वह आवाज आसपास के इलाके में गूंजती रही। धीरे-धीरे आँधी शान्त हुई। झुटपुटा हुआ। स्याही की पुतलियों से दिन का उजाला दिखाई देने लगा। गली में लोगों की आवाजें सुनाई पड़ने लगीं। हर व्यक्ति एक-दूसरे से चक्रवात से हुए नुकसान के बारे में पूछताछ कर रहा था। इतने में भगदड़-सी मच गयी। चीखने-चिल्लाने की आवाजें आने लगीं, 'बड़ के पेड़ उखड़ गये ऽऽ, और नीम के भी···मन्दिर ढह गया ऽऽ भगवान पेड़ों के नीचे दब गये ऽऽ भागो ···भागो ऽऽ।'

लोग फौरन उठकर मन्दिर की ओर चल पड़े। गांव में शोर-शराबा होने लगा और दस मिनट के अन्दर-अन्दर पूरा गाँव मन्दिर के सामने इकट्ठा हुआ। वृद्ध मुरार के पैरों में भी हाथी की ताकत, पता नहीं कैसे आ गयी थी। वे भी डग भरते हुए मन्दिर की ओर चल पड़े। मन्दिर के सामने वे पहुँच तो गये, पर उसका शिखर कहीं दिखाई नहीं दे रहा था। सिदुबा बड़-नीम के बोझ से दबा पड़ा था। पूरा मन्दिर ढहकर ढूह हो रहा था। मन्दिर के सामने खड़े दीपस्तंभ पर एक डाली के गिर जाने से वह भी धराशायी हो गया था।

एक आदमी चिल्लाया, 'कम-से-कम अब तो हटवाओ उन पेड़ों को। बहुत रामायण हुआ उन पेड़ों को लेकर।'

'नेता लोग भगवान को ले डूबे और अब पेड़ों को हटवाने की बात कर रहे हैं। हूंह···' दूसरे एक व्यक्ति की टिप्पणी।

खाती, मिस्त्री, कामगार आदि सभी लोग काम में जुट गये। आरे से पेड़ों

के तने काटने लगे। मिट्टी के ढेर में वे भगवान को ढूंढ़ने लगे।

आँखों की नमी को पोंछते हुए बुड्ढा मुरार बुदबुदाया, 'हे भगवन्, आज सवेरे की दलील की यथार्थता का अहसास तुमने मुझे दिलाया। क्या इस गाँव में रहने लायक कुछ है भी?'

मौसम में यकायक परिवर्तन आया। गरमी खूब बढ़ गयी। लोग हरदम पसीने से नहाने लगे। घर में बैठे हुए लोग भी तल्खी और उमस के कारण परेशान होने लगे। बदन पर एक भी वस्त्र रखना नागवार गुजरने लगा। बनियान-कुरता उतारकर लोग पंखे के तौर पर उनका उपयोग करने लगे। मवेशी प्यास बुझाने के लिए तरसने लगे। टैंकर से भरकर लायी गयी पानी की बाल्टियाँ तबेलों में ही खाली होने लगीं। पशु भी आगे-पीछे का कोई भी विचार किये बिना भरपूर पानी पीने लगे, ताकि पेट में लगी आग शान्त हो सके। दूसरे दिन तो धूप और भी तेज हो गयी। गरमी की वजह से जान निकलने लगी। ऐसा लगता था जैसे खौलते पानी में बैठे हों।

दो दिनों में ही प्रकृति का स्वरूप एकदम बदल गया। आसमान में कुछ-कुछ बादल दिखाई देने लगे। कुछ-कुछ बादल तो केले के पत्ते के आकार के भी थे, तो कुछेक पीपल के पत्ते से नुकीले। पर धीरे-धीरे उनकी सघनता बढ़ने लगी। धीरे-धीरे कमजोर बादलों की व्याप्ति बढ़ने लगी। क्या इन्सान, क्या पशु—सभी को बेहद परेशान करने वाले, मुँह में झाग लाने वाले सूर्य को मतवाले, जलद बादलों ने ढक लिया तो भरी दुपहरी में अँधेरा छा गया। उजाला छंट गया और पूरे माहौल में स्याही घुल गयी।

बीच-बीच में धूल के गुबार भी उड़ने लगे। हवा निरंकुश होकर बहने लगी। खेतों में सरियाकर रखे गये गांज और जाँगियाँ, घास-फूस के छप्पर आदि को ये थपेड़े जोर-जोर से झकझोरने लगे। टिन के टप्परों में भी जैसे हड़कम्प मच गया। छिलका-बकला, पेड़ के सूखे पत्ते तेज हवा के तूफानी हिंडोले पर सवार होकर हवाई यात्रा का आनन्द लूटने लगे। हवा के तेज होने के साथ ही ग्रामवासियों का चिन्ताग्रस्त हो जाना स्वाभाविक था। उन्हें सन्देह था कि यह हवा जानलेवा ही सिद्ध होगी। जरूर धोखा देगी। लबालब बादलों की तरह लोगों के दिल भी भर आये। कुछ आस बँधने लगी थी कि प्याला होंठों से लगने से पहले ही छलकने की सम्भावनाएँ ही तीव्र से तीव्रतर होने लगीं। पुरोहितजी ने कहा था कि इस साल मेंढक वाहन होने से अच्छी वर्षा होगी। पर इस तूफानी बवण्डर के कारण समूचे अरमानों का गला घोंट दिये जाने का खतरा मँडराने लगा था। विगत पाँच-सात वर्षों में मेंढक जैसे कई अन्य वाहनों का सिलसिला बना रहा और हर साल बारिश धता बताती रही।

धीरे-धीरे हवा थम गयी। उसकी अर्राहट और जोश ठण्डा पड़ गया।

बादल और अधिक घने हो गए। काले-काले बादलों में सफेद बिजली कड़ककर बाकायदा नाचने लगी। घोड़े के टापों-सी आवाज आने लगी। पानी रिसने लगा। जलधाराएँ बरसने लगीं।

'पानी ऽऽ पानी ऽऽ' चिल्लाते हुए बच्चे गली-कूचों में उछल-कूद करने लगे, बारिश में भींगने का मजा लूटने लगे। मन-ही-मन खुश होकर किसान पान के बटुए इत्मीनान से खोलकर तंबाकू सहित गिलोरी मुँह में धरने लगे। आज तम्बाकू ज्यादा खाने में उन्हें विशेष मजा आने लगा था। तबेले में बँधे मवेशी खुश होकर खूंटों की रस्सी के संग अठखेलियाँ करने लगे। एक-दूसरे से चूमा-चाटी कर आनन्द व्यक्त करने लगे। उन्मुक्त-उन्मत्त मुरगों ने खूब धूम मचायी। 'क्वॉकाक ऽऽ क्वॉकाक ऽऽऽ' आवाज के साथ मेंड़-दर-मेंड़ फुदकते हुए नाक में दम कर दिया उन्होंने। बेशक किसी के भी घरों में घुसकर उत्पात मचाने लगे।

बारिश में नहा रही भेड़-बकरियों ने मिमियाकर अपने भीतर की ऊर्मि को अभिव्यक्ति प्रदान की। नौजवान युवकों में तो बारिशी हुड़दंग मचाने में होड़-सी लगी थी। पहने हुए समूचे वस्त्रों तथा काँधे पर रखे रहने वाले तौलिए को रूमाल की तरह हाथ में थामकर बारिश में भीगना उन्हें ज्यादा पसन्द था। वे खुशी के मारे नाचने लगे और मुंह से अजीब-अजीब-सी ध्वनियाँ निकालने लगे। बारिश इतनी तेज थी कि रात की स्याही के घुलने का पता ही नहीं चला। मूसलाधार वर्षा से गली-कूचों में मानो पानी का सैलाब-सा आ गया। खेतों में भी विपुल वर्षा हो रही थी। बरसों से प्यासे खेत चित लेटकर बारिश की जलधाराओं को बखुशी सीने पर झेल रहे थे, संजीवनी प्राप्त कर रहे थे। लोग गुदड़ी-रजाई ओढ़कर सो गए, फिर भी पानी बरसता ही रहा। जमीन तथा जमीन पर खड़ी-पड़ी हर चीज को बारिश अपने आगोश में लेने लगी थी। यदि इसी तरह से अविरत वर्षा होती रही, तो···? प्यासे दिल में मटमैला पानी हलचल मचा रहा था। मन को अंकुरित कर रहा था। यह अंकुरण पौधों का रूप ले रहा था और पौधे पेड़ों का। ललहाये हुए ज्वार-बाजरे के ढाठ ठोस भुट्टों के साथ मदमस्त होकर इठला रहे थे, झूमने लगे थे।

पाँच-छः दिन निरन्तर वर्षा होती रही। सूखकर रेत बने नाले भी लबालब हो गए। कल-कल कर जल बहने लगा। बरसों बाद पांगरी नदी को उमड़ने का अवसर मिला। अकसर गँदले पानी और तलछट के मटमैले पानी के होते हुए हिचकियाँ लेनेवाली पांगरी अब यकायक चुस्त-दुरुस्त दिखाई देने लगी थी। यमाई की पहाड़ी में भी झरने फूट पड़े। विटप-वेलियों ने भी छककर पानी पीने का आनन्द उठाया। सूखी घास में भी जान आने लगी। ठँठ की डालियों में कोंपलें उगने लगीं। पाँच दिनों बाद वर्षा थम गयी। खेत पानी से लबालब हो गए और लोग हहरा गए।

कुएँ, तालाब, पोखर, नदी, नाले, क्षरण तालाब··· पानी से भर गए। क्रिकेट खेलने के लिए जगह नहीं बची। क्योंकि सूखे तालाब के पाट में जहाँ क्रिकेट खेला जाता था, वह अब पानी से पट गया। अब तो किसानों के सामने सवाल यह था कि कौन-से बीज बोए जाएँ? कौन सी फसल ली जाए?

बारिश रुकने के तीन दिन बाद ही गाँव में दो-तीन ट्रक आये, उनमें प्याज के कच्चे गड्डे थे। कोणन्द के प्याज व्यापारी हीरालाल चूडामण, जवाहर लाल तथा गंगू तेली भी ट्रकों के साथ-साथ आये थे। उनके गुर्गे चावड़ी के सामने ही लकड़ी के तख्ते पर जम गये। रोपाई के उद्देश्य से वे प्याज के गड्डे बेचने लगे।

ग्रामवासी संतुष्ट थे कि व्यापारी अपना स्वार्थ सिद्ध करने के लिए ही सही, किन्तु सही समय पर पहुँच तो गये थे। उनकी अण्टी में नोटों की गड्डियाँ थीं। बैंकों से ऋण प्राप्त करना तो टेढ़ी खीर था। बुआई-रोपाई के दौरान ऋण का आवेदन करो, तो फसल कटाई के वक्त जैसे-तैसे वह मंजूर होता। इसके अलावा बीसियों दस्तावेज भी उन्हें देने पड़ते हैं और इसी में आदमी चुक जाता है। जैसे—खसरा खतौनी, आठ ए, कइयों के अनापत्ति प्रमाणपत्र, जमानतदारों के हस्ताक्षर, उनकी यथार्थता का सबूत, पूर्व कर्ज पटा होने की लिखित पावती, आवेदित ऋण की अदायगी की किस्तों की संख्या आदि··· और इस अग्निदिव्य से पार पाने पर भी आवेदन शाखा में प्रस्तुत करने पर कुछ दिनों बाद कृषि अधिकारी मुआयना करने आयेगा पर रिपोर्ट देने से पहले ही छुट्टी पर चला जाएगा। यानी कि इसी में उसका कलेजा मुँह को आने लगता है। ऋण न मिले तो कोई बात नहीं पर इस कागजी जंजाल से मुक्ति दिलाइये—कहने जैसी स्थिति हो जाती है! इसकी तुलना में सेठजी के कागजों पर अँगूठा लगाओ और फौरन हरे नोट ले जाओ—यह व्यवस्था ही किसानों को अधिक सुविधाजनक जान पड़ती है। ब्याज दर भले ही तीस-पैंतीस प्रतिशत हो, पर रकम यथा-समय मिलना आवश्यक होता है। चट मँगनी पट ब्याह हो, तो मजा भी आता है। और फिर इत्ते सारे दस्तावेज जुटाने में रुपये भी तो बहुत खर्च होते हैं। वर्षा नृत्य से तरोताजा हुए लोग अल्पावधि प्याज के गड्डों पर मानो टूट पड़े। दोपहर तक तीनों ट्रक खाली हुए। मौसम ठीक-ठाक है। जधिकांश जमीन खेती में प्रयुक्त होगी। इसलिए प्याज के गड्डे कम पड़ सकते हैं, पर बचे रहने का तो सवाल ही नहीं उठता था।

बारिश थम गयी। बीच में अन्तराल पड़ा। कीचड़ की किचकिच दूर हुई। प्रफुल्लित चेहरों से लोग अपने-अपने काम में जुट गये। बीवी-बच्चों, ढोर-डाँगरों की मौजूदगी से खेतों में बहार आयी। सवेरे दस बजे तक लोग घर से निकल जाते थे, तो गाँव में सन्नाटा होता था। बस अड्डे पर भी इक्का-दुक्का यात्री ही दिखाई देता था। इस्माइल का पान का ठेला घाटे में चलने लगा। वह दिन-

भर दाँत निपोरते हुए ग्राहकों का इन्तजार करने लगा। खेत मर्द-औरतों से पट गये।

अब निराई करना आवश्यक था। वरना खरपतवार प्याज की फसल को पनपने नहीं देगी। बैल-कटरों के कांधों पर जू आ गये। पटरे चलने लगे। जड़ें जमाने से पहले ही अनावश्यक घास को उखाड फेंकना जो था। पूरा गाँव सक्रिय हो गया था। माँ-बहनें दोपहर का खाना खेतों में ही लाने लगीं ताकि समय कम जाया हो। लोगों के पास फुरसत ही नहीं थी, इसलिए खुराफातें होने का सवाल ही नहीं उठता था। लड़ाई-झगड़ा, मार-पीट, कोर्ट-कचहरी आदि से लोगों को छुटकारा मिला था। दिन-रात लोग खेतों में खट रहे थे। उनमें वे युवक भी शामिल थे, जो अन्यथा हमेशा गाँव में मटरगश्ती करते पाये जाते थे। काम से थकान महसूस होने पर वे कुएँ में छलांग लगाते थे, बस। फिर से तरोताजा···

धुलक्या तो खेत में ही जमा हुआ था। उसे अपना और सोकाजी दोनों का काम देखना पड़ता था। तुका की हत्या के मुकदमे का फैसला एकाध महीना पहले ही हो चुका था। धुलक्या और सोकाजी को तीन-तीन महीने की बा-मशक्कत कैद की सजा सुनायी गयी थी। पर सोकाजी ने इसके खिलाफ उच्च न्यायालय की अपील की थी और जमानत भी प्राप्त की थी। अब तक बीस हजार खर्च हो चुके थे और अभी दस-पन्द्रह हजार खर्च होने का अनुमान था। सोकाजी ने धुलक्या पर पन्द्रह हजार बकाया दिखाया था। इस स्थिति से उकता कर धुलक्या ने हौसा से कहा भी था—

'ज्यादा-से-ज्यादा फांसी ही होगी न? मुझे मंजूर है। इस दोजख से तो मर जाना बेहतर है। महँगाई के इस जमाने में पन्द्रह हजार मैं कहाँ से लाऊँगा?'

'ऐसा मत कहिए, देवरजी। आप चले जाएँगे तो बच्चे भला किसकी ओर देखेंगे?'

'लेकिन इत्ते सारे रुपये लाऊँ कहाँ से?'

'कुछ-न-कुछ करेंगे। पर मुझे आप बताइए कि वह मन्दिर क्या, जिसमें भगवान न हो? और वह घर क्या, जिसमें घरवाला न हो? आपको यदि सजा हुई तो हम देवरानी-जेठानी का क्या होगा? बेवा औरतों से भी बदतर स्थिति हो जाएगी हमारी। गाँव वाले हमें चैन से जीने नहीं देंगे।'

छोटे बच्चों की ओर देखकर धुलक्या बुक्का फाड़कर रोने लगा। हौसा ने धुलक्या के पाँव पर सिर रखा और उसे शान्त करती रही। उसने विलायती गाय बेचने पर धुलक्या को मजबूर किया। उसके पाँच हजार मिले। उसमें जना ने अपने दो हजार मिलाये। कुल सात हजार सोकाजी को दे भी दिये। आठ हजार बाकी बचे थे। देनदारी इन्सान को वाकई लाचार बना देती है। सोकाजी

के इशारे पर धुलक्या को इसीलिए तो नाचना पड़ता था। घर-परिवार की जिम्मेवारी जना-हौसा को उठानी पड़ रही थी। हल चलाने के लिए उनके अपने बैल नहीं थे। खेत में हल चलाना तो जरूरी हो गया था। फिर क्या था, देवरानी-जेठानी पल्लू खोंसकर जुट गयीं इस अभियान में। बैलों की जगह उन्होंने जुआ अपने काँधों पर रख लिया और लगीं हल खींचने। तुका का बित्ता भर का बेटा हल चला रहा था। कंकड़-पत्थर-डेलों के बीच में से हल खींचते हुए वे पसीने से तरबतर हो रही थीं। थककर चूर हुए बैलों-सी हाँफने लगी थीं।

पूरा गाँव खेतों में खट रहा था। पर भिकू अण्णा उस ओर से बिल्कुल ही उदासीन थे। मादक पदार्थों की तस्करी के आरोप में पुलिसवालों ने उनके खिलाफ अदालती कार्रवाई शुरू की थी। इसलिए वे सोच में पड़े थे कि वकालतनामा किसे दिया जाये? अपने बचाव में कौन-कौन-सी दलीलें दी जाएँ? सरकारी गवाहों को किस तरह खरीद लिया जाए? ऐसे ही अन्यान्य सवालों में वे उलझे थे। लोग कृषि सम्बद्ध कार्यों में व्यस्त होने से उनके ग्राहकों की संख्या भी घट गयी थी। तथापि, अपने खर्चे से वे मांगोला जाते थे। तहसील-अदालत परिसर की परिक्रमा किये बिना उन्हें चैन नहीं आता था। ऊपर की कमाई बन्द हो जाने से उनका हाथ खिच गया था। अतएव उनकी खुद्दार बीवी को घर की देहलीज से बाहर कदम रखना पड़ रहा था। कृषि के सभी औजार उनके पास थे। बैल भी थे। दिहाड़ी पर मजदूर की सेवाएँ प्राप्त कर हल-पटरा आदि उससे चलवाने लगी। यदा-कदा हल पर खड़ी होकर वह बैलों का पगहा भी थामने लगी। अण्णा की दुःस्थिति के बावजूद उसने खेत को बियाबान नहीं बनने दिया। मुसकुराते हुए अण्णा ने कहा, 'आखिरकार पत्नी को गृहलक्ष्मी क्यों कहते हैं? क्योंकि वह हर स्थिति में परिवार से जुड़ी रहती है। यह लक्ष्मीदेवी ही हमारी फसल चौपट नहीं होने देगी।'

सोकाजी अब कोठी में ही सिमट गया था। जिला न्यायालय के फैसले के बाद न्यायदेवता की विश्वासहिता ही उसकी दृष्टि से विवाद के घेरे में आ गयी थी। उसकी धड़कनें तेज होती जा रही थीं। उच्च न्यायालय का फैसला उसके पक्ष में होगा तब तो ठीक है, पर यदि वैसा नहीं होगा तो येरवदा जेल में चक्की पीसने की नौबत उस पर आने वाली थी। जिले में उसके परिचय का दायरा इतना व्यापक था, उसका रौब-रुतबा भी था; पर इसका क्या फायदा? हद दर्जे की सुख-सुविधाएँ अर्जित कीं, खूब कमाई की, जायदाद बनायी; किन्तु एक-दो दिन भी यदि जेल में रहना पड़े तो, ये सब उपलब्धियाँ निरर्थक हो जाएँगी। फिर तो जिन्दा रहने का भी कोई मतलब नहीं रह जाएगा। सोकाजी की नींद भी उड़ गयी थी। वह रात-रात-भर यूँ ही करवटें बदलता रहता था, बस। अब धीरे-धीरे वह पूजा-उपासना की ओर आकृष्ट होने लगा था। हरिपाठ की

अभंगमाला भी वह बजार से खरीद लाया था। अभंगों का अर्थ समझ में न आने पर भी वह पढ़ते रहता था।

कृषि का पूरा काम संपतराव के जिम्मे था और उसने भी कहीं कोई कसर उठा नहीं रखी थी। अभी भी लगभग आधा गांव उसकी खानदान के बोझ से दबा हुआ था। किसी को उसने ऋण की मंजूरी के लिए सिफारिशी चिट्ठी दी थी, तो किसी को सौ-पचास रुपयों की आर्थिक सहायता। भैंसें भी दिलवायी थीं। किसी-न-किसी रूप में सभी को बांध रखा था। और फिर गांव की डेयरी पर अभी भी उसका कब्जा था। इसीलिए उसकी आवाज अभी उपेक्षित नहीं हुई थी। परिचित, उपकृत, रोटी के मुंहताज दिहाड़ी मजदूरों के साथ उसने खेती का काम जारी रखा था। पूरे पैंतीस एकड़ में प्याज की फसल लेने का उसका इरादा था।

अधिकांश दिहाड़ी मजदूर अब विचारे गुरुजी के खेत में ही जाने लगे थे। गांव में उन्हें आठ रुपये मिलते थे, जबकि गुरुजी दस रुपये दिहाड़ी देते थे। और फिर गुरुजी की जीप रोज सवेरे आठ बजे मांगोला से पांगिरा आती थी। बारातियों की तरह मजदूर उसमें बैठकर बड़े ठाठ से अम्बाई के मन्दिर की ओर जाते थे। 'प्वांप-प्वांप' भोंपू बजता था और जीप फर्राटे से दौड़ती थी। मजदूरों को और क्या चाहिए था ? वे तो खुशी-खुशी पूरी लगन के साथ मेहनत किया करते। कुछ लोग तो निजी खेतों के कामों से निपटकर दिहाड़ी पर गुरुजी के खेत में आने लगे थे। जिन लोगों की जमीन गुरुजी हजम कर गये थे, वे लुटे-पिटे काश्तकार भी इन्हीं दिहाड़ियों में शामिल थे। बासी कढ़ी में उफान लाने से अब कोई फायदा तो नहीं था। कठिन परिस्थिति में रोजी-रोटी का जुगाड़ करना अधिक महत्त्वपूर्ण था। गुरुजी ने सामाजिक वनीकरण को न्याय दिलाने के लिए अपने पच्चीस एकड़ में पहले ही गड्ढे बन कर तैयार रखे थे। बारिश होते ही अधिक संख्या में मजदूरों को तैनात कर एक ही झटके में साग, इमली, नीलगिरि आदि के पौधे उनमें लगवाने की फिराक में वे थे। फिलहाल दो गड्ढों के बीच की खाली जगह में प्याज के गड्डे बोने का काम चल रहा था। 'जय जगदम्ब, जगदम्ब' की रट लगाते हुए गुरुजी जीप के हूड पर कागज टिकाये, जोड़-बाकी कर रहे थे।

हनुमन्त भी अब कृषि की ओर ध्यान देने लगा था। उन्नत बीज का प्रयोग, आधुनिक पद्धति से बुआई-रोपाई, खरपतवार-अनावश्यक घास को नष्ट करने के कारगर उपाय आदि मसलों पर अकसर वह सोचता रहता था। केले नारियल, सन्तरा, मौसमी इमली के बाग भी उसका चैन हर लेते थे। वह असमंजस में

पड़ जाता था कि क्या करें और क्या न करें। अब तक गाँव में पानी की बहुत ज्यादा किल्लत थी और 'पानी बिन सब सून' ही था। सौभाग्य से इस वर्ष प्रकृति ने कृपा की। जोरदार बारिश हुई। हनुमन्त भी बहुत खुश हुआ। हर शनिवार-रविवार वह गाँव में आता था। हर बुराई में भी कुछ-न-कुछ अच्छाई जरूर होती है। सोकाजी के चक्कर में आकर बाजी-लक्ष्मी अपने हिस्से की जमीन से हाथ धो बैठे। सड़क पर आ गये। बरबाद हुए तब कहीं अक्ल आयी। पर अब उन दोनों ने केंचुली उतार फेंकी और सम्पूर्ण निष्ठा से वे मुरार-राधाई के संग रह रहे थे। मुरार भी अपने जीते-जी बेटे के सुधर जाने से खुश था।

हनुमन्त और बाजी ने जिद्द की। अपने हिस्से के बचे हुए सात-आठ एकड़ में प्याज की फसल लेने के लिए वे अड़ गये। इससे पहले ही अपने खेत की चौहद्दी पर हनुमन्त ने सुबाभुल (बबूल की जाति का पेड़), नीलगिरि के पेड़ों के साथ-साथ साग के पाँच सौ पौधे भी लगवाये थे। पहले पखवाड़े में तो बारिश नहीं हुई। हनुमन्त जिला मुख्यालय चला गया। बाजी-लक्ष्मी पानी के घड़े सिर पर ढोकर पौधों को सींचते रहे। किसानों की भलाई के लिए ही हनुमन्त पेड़ लगाने और उनकी रक्षा करने का आग्रह करता था। पर 'हनुमन्त, खेतों में पानी कहाँ है?' इस सवाल का कोई जवाब उसके पास नहीं था।

अब की बार छुट्टी लेकर हनुमन्त आया था। राधाई, मुरार, बाजी, लक्ष्मी और हनुमन्त—ये सभी लोग संयुक्त रूप से अपने खेत में मेहनत कर रहे थे। मुरार बुढ़ा गये थे। इसलिए पूरी क्षमता से काम नहीं कर पाते थे। पर निठल्ले बैठे रहना भी तो सम्भव नहीं था। इसलिए वे काम करने लगते। उन्हें काम करते देखकर उनके बेटे उन पर बरस पड़ते, 'अप्पा, अब चुप भी रहिए। आपको क्या करना है?' सिर्फ चार दिनों में आठ एकड़ में अल्पावधि प्याज की रोपाई का काम पूरा हुआ। हनुमन्त ने कहा—

'अप्पा, पिछले साल प्याज दो सौ रुपये क्विंटल की दर से बिका। मेरे हिसाब से इस साल प्रति एकड़ पचास-साठ हजार रुपये तो अवश्य मिलेंगे।'

'बेटा, जो भी मिलेगा सो मिलेगा। पर अभी से तुम हिसाब क्यों कर रहे हो? हम लोग किसान हैं और किसानों को हिसाबी मेहनत नहीं करनी चाहिए। फसल आने पर किसानों को हिसाब से कुछ भी तो नहीं मिलता। जो मिले, उसी पर संतोष कर लेना चाहिए।'

'लेकिन अप्पा, हम लोग इतनी मेहनत करते हैं। अपना खून सुखाते हैं...'

'कोई बात नहीं। कष्ट करना ही तो उसके हाथ में होता है, भाव-ताव या मोल-तोल नहीं।'

"मुरार का खोखला सन्तोष हनुमन्त को नागवार गुजरता था। उसके दिल में हूक-सी उठती थी।

चिणू गुणाजी की बड़ी बेटी विवाह योग्य हो गयी थी। बड़े, ऊँचे खानदान से ही रिश्ता जोड़ने का उसका प्रयास था। कोठी, ट्रैक्टर, खेत, मांगोला या आम्बेपुर में भी बँगला···इतनी जायदाद वाला दामाद प्राप्त करने की फिराक में वे थे। ऐसे मालदार दामाद के लिए पिटारा भर-भर के गहने देने पड़ते हैं। गोदरेज की अलमारी, बर्तन-भांडे, शादी का द्विपक्षीय खर्च की व्यवस्था रनी पड़ती है। आजकल बड़े घर के लड़के रंगीन टी०वी० की भी माँग करने लगते हैं। इतनी सारी पूंजी भला कैसे जुटायी जाए? पचास हजार का कर्ज तो पहले से ही है। नया कर्ज प्राप्त करने के लिए किसका दरवाजा खटखटाया जाए? पर बारिश हुई। मौसम ने साथ दिया, तो चिणू गुणाजी की जान में जान आयी। पूरे पाँच एकड़ में उसने प्याज लगाया। प्रति एकड़ पचास हजार प्राप्त करने की उसे उम्मीद थी। ऊपर के पचास हजार छोड़ दें तो भी दो लाख तो शर्तिया मिलने का उसे पूरा विश्वास था। यह आमदनी भी ठीकठाक थी।

सहकारी बैंक ने दस साल पहले दुधारू पशु खरीदने के लिए दिये गये बकाया ऋण चुकाने कीं नोटिसें जारी कीं। गाँव के कई काश्तकारों का तीन हजार का कर्ज सूद के साथ बढ़कर नौ हजार हो गया था। नोटिसों का कोई भी असर न होते देखकर बैंक ने कुर्की-आदेश प्राप्त किये, तो काश्तकार बैंक अधिकारियों के हाथ-पांव पड़ने लगे। उन्होंने सिर्फ चार महीनों की मोहलत माँग ली। प्याज की फसल तैयार होने पर मूल धन तथा ब्याज समेत पूरी रकम चुका सकने की उम्मीद उन्हें थी। साहब लोगों ने खेतों का मुआइना किया। प्याज की बित्ता-भर ऊंची फसल लहलहा रही थी, जिसे देखकर उनके दिल में भी गोलगप्पे फूट रहे थे। कम-से-कम एक गाँव से सौ फीसदी वसूली की उम्मीद बाकायदा की जा सकती थी।

हनुमन्त ने कृषि अधिकारियों से मशविरा किया। फसल का गणित समझने का प्रयास उसने किया। पहली किस्त में उसने प्रति एकड़ एक-एक कट्टा मिक्सचर और यूरिया छिटकाया। काँधे पर तसला रखकर मुट्ठी भर-भरकर उर्वरक वह खेत में अन्धाधुन्ध बिखेरने लगा। मेंड़ पर बैठे मुरार के ध्यान में यह बात आयी, तो वहीं से वह चिल्लाया, 'जरा सँभल के। इस कदर अन्धाधुन्ध मत बिखेरो।'

'अप्पा, भरपूर फसल प्राप्त करने की अपेक्षा हो, तो उर्वरकों के प्रयोग में कंजूसी बरतने से भला काम कैसे चलेगा? दाँत निपोरने से पेट थोड़े ही भरता है?'

एक अर्से से बन्द रहने से जंग लगी मोटरें शुरू हुईं। महीने में दो-तीन बार प्याज की फसल में पानी पटाया जाने लगा। मोटर का मीटर भी तेजी से घूमने लगा, आँकड़े बदलने लगा। संपतराव के खेत में भी उर्वरकों की उपलब्धता

को लेकर कोई समस्या नहीं थी। मांगोला महासंघ में संदेशा भेजो, तो दूसरे दिन उर्वरकों की गाड़ी बराबर पहुँच जाती। ज्ञानू सावला भी उर्वरकों का भरपूर प्रयोग कर रहा था। गरीब किसानों के पास उर्वरकों के लिए पैसा नहीं था। वर्षा का मौसम अभी समाप्त नहीं हुआ था। और बड़े गड्ढों में खाद अभी बनकर तैयार नहीं हुई थी। गोबर, बकला-कूड़ा अभी पूरी तरह से अपघटित नहीं हुआ था। किन्तु अधकचरी खाद ही गरीब किसान बाहर निकलवाकर खेतों में डाल रहे थे। यानी कि गरम-गरम खाद बिखेरने से ही काम चला रहे थे। उन्हें खाद भले ही कम पड़ी हो, पर वे विशेष रूप से कृपापात्र थे। भगवान उनकी सहायता के लिए तैयार जो बैठे थे! प्याज की रोपाई के बाद दो-तीन बार अच्छी वर्षा होने से फसल की स्थिति संतोषजनक थी। दो महीने पहले लाल-लाल अंगारों-सी दिखने वाली धरती अब हरी-भरी दिखाई दे रही थी।

फसल जड़ें पकड़ रही थी। आसपास के दस खेतों के मुकाबले हनुमन्त की फसल बीस दिखाई देती थी, उन्नीस नहीं। मांगोला के कृषि अधिकारी ने सोच-समझकर पानी के प्रयोग की सलाह दी। क्योंकि हर साल संतोषजनक वर्षा होने की गारण्टी नहीं थी।

गन्ने की फसल अभी न लेने की कड़ी हिदायत उसने दी। हनुमन्त को उसकी राय जँची। उसने गाँव के बड़े-बूढ़ों की एक बैठक बुलायी। उसमें संपतराव, तान्या भिलारे भी शामिल थे। पानी के संतुलित प्रयोग के बारे में कृषि अधिकारी ने लोगों को आगाह किया। हनुमन्त ने हाथ जोड़कर सभी से प्रार्थना की, 'पानी के सीमित प्रयोग से ही खुशहाली आ सकेगी। पानी ही जीवन है।' सभी लोगों ने प्रतिज्ञा ली—'हम शाक-सब्जी पर ही जोर देंगे। गन्ने की फसल नहीं लेंगे। दीर्घावधि फसलों के चक्कर में भी नहीं पड़ेंगे। अपने गाँव को रेगिस्तान नहीं बनने देंगे।'

इसके ठीक पन्द्रह दिन बाद ही ज्ञानू सावला ने ट्रक भर आडसाली गेंडे मँगवाये। जब गाँव के मुखिया ने ही पहल की, तो अन्य गरीब किसान भी गाहे-ब-गाहे उसका अनुकरण करने लगे। और कुछ ही दिनों में स्थिति पुनः पूर्ववत् हो गयी। दिन-रात मोटरें चलने लगीं। मीटर के आँकड़े तेजी से बढ़ने लगे। मुरार पाटील ने मन-ही-मन सोचा, 'यदि यही सिलसिला जारी रहा, तो गाँव को रेगिस्तान में परिवर्तित होते देर नहीं लगेगी।' तथापि कुछ अन्य लोगों ने हिसाब लगाया कि मौजूदा पानी कम-से-कम दो वर्षों तक तो चलेगा ही। इसलिए वे बहती गंगा में हाथ धोने लगे। भविष्य की चिन्ता उन्हें नहीं थी।

मुरार की फसल को तिबारी खाद मिलती रही और भरपूर पानी भी। फिर क्या था, फसल दिन दूनी, रात चौगुनी विकसित होने लगी। हनुमन्त ने

कुदरत का यह करिश्मा देखने के लिए रणदिवे साहब को आमंत्रित किया। अपनी व्यस्तताओं में से भी समय निकालकर वे आये और करिश्माई नजारा देखकर उन्होंने बाजी-हनुमन्त की खूब प्रशसा की।

फसल का विकास होने के साथ ही चिणू गुणाजी के बदन में गुदगुदी-सी होने लगी। प्याज की हरी-भरी पाँति में उसे दुल्हनिया बनी, सजी-धजी बिटिया दिखाई देने लगी। पूनम की रात को स्वच्छ, शीतल चाँदनी की महीन चादर के भीतर से झाँकती हरीतिमा दिल को सराबोर कर देती। ऐसे माहौल में चिणू को धूमधाम के साथ निकाली, अपनी बेटी की बारात का दृश्य दिखाई देता। फसल के बीच में से हवा के गुजरने से पैदा होने वाले संगीत में उसे शहनाई-नगाड़े की मधुर आवाज सुनाई देती।

इस साल खेतों में आयी बहार से पूरे गाँव में मस्ती का आलम था। फसल में कुलाँचे भरने तथा पानी में गोता लगाने की अदा में जोरदार छलाँग लगाने की तीव्र इच्छा धुलक्या को होती थी। प्याज के गड्डे के मुटाने जाने के साथ ही उसकी खुशियाँ द्विगुणित होती रहीं। तुकादादा का बेटा इस साल दसवीं में था। प्याज की पूँजी के बल पर उच्च शिक्षा के लिए अगले साल उसे आम्बेपुर भेजने की योजना वह बनाता रहा। फसल के इस व्यवहार से सही-सलामत पार पाने के बाद फाँसी के तख्ते पर कभी भी झूलने के लिए वह तैयार था!

बाजी और हनुमन्त पंछी की तरह अपनी फसल के इर्द-गिर्द ही मँडराने लगे। उछलने-फुदकने लगे। इस साल पन्द्रह गायें खरीदनी हैं। पच्चीस हजार फिक्स्ड डिपॉजिट में रखने हैं। राधाई के लिए सोने की चेन और कंगन। बच्चों को खुश देखकर मुरार की बूढ़ी मूँछों पर भी मुस्कुराहट तैरने लगती। वह हाथ जोड़कर भगवान से प्रार्थना करता, 'हे सिदुबा भगवान ऽ ऽ बच्चों को कामियाबी दो···'

बाजी-हनुमन्त प्याज का एकाध पौधा उखाड़कर देखते। इत्ता मोटा, लाल-लाल प्याज देखकर उनका दिल बाग-बाग हो जाता। वे कच्चा प्याज ही चबाने लगते। वह नारियल-सा मीठा लगता। हनुमन्त उसकी एक-एक पर्त खोलकर प्यार से उसे सहेजता। दिन-पर-दिन मुटाते जा रहे प्याज को देखकर हनुमन्त अप्पा से पूछता,

'क्यों अप्पा? प्रति एकड़ साठ हजार से कम क्या होगा!'

'ज्यादा ही होगा, कम नहीं', बाजी का अनुमान।

बुड्ढा अपने बेटों को समझाते हुए कहता, 'अरे बाबा, सब्र करो। धीरज रखो। शादी से पहले ही बच्चों के सपने न देखा करो। मेरे बाल धूप में तो नहीं पके हैं। मैंने दुनिया देखी है। खलिहान-भर अनाज की जहाँ उम्मीद थी वहाँ एक-दो बोरी अनाज पर ही संतोष कर लेना पड़ा है। होंठों से लगा प्याला

छलकते हुए देखा है मैंने। मेरी मानो, तो सिद्बा से प्रार्थना करो कि वह हमारे साथ न्याय करे। एमाई से पाचना करो···इत्मीनान से काम लो।'

फसल पकने लगी। समूचा गाँव खुशी के मारे झूमने लगा था। अब प्याज की गरदन मरोड़ना ही बाकी था। यही तो फसल तैयार होने की निशानी थी। फिर तो कट्टे उठाओ और बाजार में ले जाओ। किसान सुबह-शाम प्याज की पाँत का बारीकी से निरीक्षण करने लगे। गर्दन मरोड़ने के क्षण का इन्तजार करने लगे।

इसी बीच एक दिन सवेरे बादल घिर आये। दिन उगने का अहसास ही नहीं हुआ, गाँववालों की नींद हराम हुई। वे हड़बड़ाकर इधर-से-उधर दौड़-धूप करने लगे। लबालब बादलों की ओर पागलों की तरह देखने लगे। लग रहा था कि यह बारिश प्याला जरूर छलकाएगी! फसल काटने को है और अब बारिश हुई तो प्याज के सड़ने का ही खतरा अधिक था। पूरी मेहनत मटियामेट हो जाने का खतरा दिखाई दे रहा था। बहू-बेटियों की शादियाँ प्रश्नचिह्न बनकर उभरने वाली थीं। अब खसरा-खतौनी में लगी घुन समूचे दस्तावेज को चट कर जाएगी। उच्च शिक्षा के लिए आम्बेपुर जाने की आस लगाये बैठे छात्रों का गाँव से बाहर निकलना मुश्किल हो जाएगा। यानी कि सपने, अरमान, निश्चय, योजना···सब कुछ धरे-के-धरे रह जाएँगे।

गाँववाले बदहवास से एक-दूसरे का मुँह ताकने लगे। तवे पर सिक रही रोटियाँ जलने लगीं। गूँदा हुआ आटा परात में ज्यूँ-का-त्यूँ पड़ा रहा, खराब हुआ। सौ-पचास किसान फरियाद करने सिदुबा के पास गये। अनिकेत सिदुबा मलबे के ढेर पर अनावृत-सा बैठा था। फिर भी लोगों ने उसे घेर लिया। 'एक अर्से बाद अच्छे दिन देखने का अवसर मिल रहा है। कौर मुंह तक आया है, उसे छिनने मत दो भगवान। कई दिनों की फाकाकशी के बाद यह थाल सामने आया है। हमें चैन से खाने दो, परम पिता···रहम करो।'

भगवान का दिल जीतने के हथकण्डे अपनाये जाने लगे। कुछ किसानों ने अपने खेतों में बकरे की बलि चढ़ा दी। तो किसी ने काली-भूरी मुर्गी की। किसी ने मेंड़ पर पान-सुपारी रखी। किसी ने सुपारी पानी में भिगोयी और हल्दी-कुंकुम से उसकी पूजा की। किसी ने चावल के आटे के दीये बनाये। दीये जलाये, मन्नतें माँगीं। रात-भर कुओं में दीये जलते रहे। तुका भट ने किसी के घर से खट्टा, बसी दही मँगवाकर सिदुबा के सिर पर उसका लेप चढ़ाया। अभिषेक करवाया। किसी ने यमाई तो किसी ने तुकाई से रक्षा की गुहार मचायी। गाँव में मौजूद प्रत्येक देवता का दामन किसी-न-किसी ने थाम लिया।

दिन-भर बादल छाये रहे। सपनों में भी विभिन्न आकार-प्रकारों के बादल गाँववालों को आतंकित करते रहे। अलस्सुबह मुर्गे की बाँग के साथ ही लोग

घरों से बाहर आये और उन्होंने देखा, बादल छँट गये थे। उनकी खुशियों में फिर एक बार ज्वार-सा आ गया। वह साफ-सुथरा दिन था। लोगों की असीम खुशियों का ओर-छोर नहीं रहा।

दो-एक दिन बाद ही हरी-हरी पाँतें जमीन की ओर झुकने लगीं। टूटने लगीं। पूरे गाँव में 'गरदन टूट गयी' का शोर होने लगा। फसल तैयार थी। पातें सूखने लगीं। खबर मिली की पड़ोसी गाँव से प्याज कोणन्द की मण्डी में चला भी गया है। सुनकर किसानों को तसल्ली हुई।

पांगिरा में भागमभाग शुरू हुई। लोगों को साँस लेने की फुरसत नहीं थी। दिहाड़ी मजदूर दो-दो पारियों में काम करने लगे। झुटपुटे के साथ ही पेट्रोमैक्स जलने शुरू हो जाते। मेंड़ों पर दिये-मोमबत्तियों की कतारें देखी जाने लगीं। ठण्ड या हवा के झोंकों की परवाह किये बिना लोग काम में जुटे रहे। मजदूर पाँतों समेत पौधे उखाड़कर फेंके जा रहे थे और छोटे-छोटे बच्चे उखाड़े गये प्याज को करीने से जमाने का प्रयास कर रहे थे। चार दिन में सूखकर खरीदने-बेचने लायक स्थिति में प्याज का बाजार में पहुँचना जरूरी था। बुजुर्ग किसान बीवी, बहू-बेटियों, बेटों, मजदूरों को फुर्ती दिखाने का अनुरोध करने लगे। समय से बाजार में न पहुँचने पर नारियल-सा मीठा प्याज सड़कर गोबर हो जाने का खतरा था। प्याज के अँखुआ जाने पर वह कूड़ा भर रह जाता था। दीर्घावधि प्याज कम-से-कम एक साल तक तो ठीक-ठाक रहता है। पर अल्पावधि प्याज का भंडारण वैज्ञानिक तरीके से करने पर भी तीन महीने बाद वह अँखुआने लगता है। लोग कहा करते थे, 'जवान लड़की अनब्याही रहे तो भी कोई बात नहीं, पर अल्पावधि प्याज को फौरन ठिकाने लगा देना चाहिए।'

बूढ़ा मुरार तृप्त दिखाई दे रहा था। जिन्दगी में कई बार उसे मात खानी पड़ी थी। अस्सी कट्टे प्याज की जगह अँगूठे जैसे प्याज के महज आठ कट्टों पर ही सन्तोष करना पड़ा था। किन्तु इस बार उसके बेटों ने वाकई करिश्मा कर दिखाया।

एक हजार कट्टे भर गये तो लठ हवा में नचाते हुए 'क्या कहने ऽऽ' कहकर मुरार झूमने लगा। उसके बेटों ने डेढ़ लाख का हिसाब लगाया। किन्तु अबकी बार मुरार ने उन्हें बिल्कुल भी नहीं टोका। क्योंकि भगवान ने हजार हाथों से झोली जो भर दी थी। चिणू गुणाजी ने अपने निश्चय को दोहराया, 'बिटिया की शादी इस साल करके ही रहूँगा।'

रात-भर उखाड़नी जारी रही। चुभने वाली ठण्ड के बावजूद कनटोपा पहन कर या सिर से रूमाल बाँधकर किसान खटने लगे। दिन ढलने से पहले ही माँ-बहनें रात का तोषा लाने लगीं। मर्दों के काम में हाथ बटाने लगीं। छोटे-

छोटे बच्चे भी जाड़े की मार को झेलते हुए घण्टों खड़े होकर नजारा देखने लगे। यदा-कदा उनींदी आँखों से कच्चा प्याज समेटने लगे। धुलक्या तो नाचते-फुदकते हुए ही काम कर रहा था। फाँसी के तख्ते पर झूलने से पहले घर-परिवार की गाड़ी को पटरी पर आते देखकर उसे खुशी हो रही थी। रात-भर कुदाली चलाकर तथा पौधे उखाड़कर उसकी हथेलियों में छाले आ गये। और ऊपर से ठण्ड की मार के कारण हाथ संवेदनाहीन हो रहा था। भोरहारे में एक पौधे को उखाड़ने के दौरान उसके हाथ में फिसलन-सी हुई तो उसने फुर्ती से मेंड़ की दिशा में मुट्ठी खाली की। वह एक सँपोला था। 'तेरी तो ऐसी की तैसी···' धुलक्या ने जोरदार गाली बकी और फिर से वह काम में जुट गया। पर वह कुछ-कुछ सहम गया था।

उखड़नी पूरी हुई। पाँतों की छँटनी हुई। प्याज धूप सेंकने लगे। यथाशीघ्र मण्डी में पहुँचने के लिए मचलने लगे।

अन्ततः गाँव में ट्रक आये। माल उसमें लदने लगा। किन्तु भाड़े की रकम नकद लिये बिना ड्राइवर आगे बढ़ने को राजी ही नहीं थे। वे अड़ गये। किसानों ने उन्हें लाख समझाने की कोशिश की, 'ट्रक ले चलो भाई ! मण्डी में पहुँचते ही हमें पैसा मिलेगा। ड्योढ़े पैसे देंगे। पहले चलो तो सही।'

'लेकिन साहबजी, डीजल के बिना ट्रक चलेगा कैसे ? मण्डी की कमाई से हमें कोई लेना-देना नहीं जी।'

मुरार के लिए रुपयों की व्यवस्था हनुमन्त ने की। धुलक्या की जेब तो खाली थी। उसने हौसा के गहने सदा बनिये के पास गिरवी रखकर रुपये प्राप्त किये। बनिये की तो जैसे चाँदी-ही-चाँदी थी। ग्रामवासी गहने गिरवी रखने को तो क्या, बेचने के लिए भी तैयार थे। क्योंकि मण्डी में ट्रकों के पहुँचने की देरी थी, रुपयों की वर्षा जो होनेवाली थी !

मुरार ने पोटली खोलकर शादी में सिलवाया गया कोट और मटकाई पगड़ी निकाल ली। शीशे में तीन-तीन बार देखकर वह सजता रहा। पगड़ी के दाहिने हिस्से में घुमावदार नोंक लाने का पूरा प्रयास उसने किया। उसे इस कदर मटकते-लटकते देखकर राधाई ने हँसकर अपने बेटों से पूछा, 'तुम्हारे अप्पा मण्डी में जा रहे हैं या···?'

'तू क्यों इतना कुढ़ रही है ? इस साल मालामाल फसल आयी है। अब मैं दूसरी शादी करूँ तो भी निभा सकूँगा···'

सब लोग खिलखिलाकर हँस दिये। लक्ष्मी ने ट्रक की बाकायदा पूजा की। दो नारियल फोड़े गये। दही-भात के मुठके (मुट्ठी-भर गोले) भूत-पिशाचों को तृप्त करने के लिए ट्रक के चारों ओर फेंक दिये गये। उपस्थितों में शक्कर बाँटी गयी। दूल्हा नुमा मुरार बड़े ठाठ से ड्राइवर की बगल में बैठा। ट्रक शुरू हुआ,

तो हनुमन्त ने चिल्लाकर माँ से कहा, 'माँ, लौटते समय तेरे लिए सोने की चेन लेकर ही आएँगे। हर दिन सोने में उछाल आ रहा है।'

मण्डी में प्याज की अच्छी माँग थी। और माँग के होते हुए ही बाजार में पहुँचना जरूरी था। क्योंकि किसान तो सिर्फ मेहनत करता है, बाजार भाव पर तो उसका कोई नियन्त्रण नहीं होता ! इसलिए हर किसी को जल्दी थी। साथ ही दिल के किसी कोने में आशंका का एकाध बादल यूँ ही मँडराने लगा था, बस।

चिणू गुणाजी ने रेशम की पगड़ी सिर पर सजा ली। ट्रक की पूजा कर रही सगुणा से उसने हँसते हुए कहा, 'बेटी, तैयार रहो। कोणंद से वापसी के दौरान ही तुम्हारे लिए एक बढ़िया-सा दूल्हा साथ में लाऊँगा ! मालदार बाप का बेटा ! चाहे जितना दहेज, मुँहमाँगी रकम देंगे।' सगुणा पूजा का थाल वहीं छोड़कर भाग खड़ी हुई।

एक-एक करके ट्रक जाने लगे। कोई अपने पति को गले का हार लाने की फरमाइश करने लगी, तो कोई कर्णफूल की। किसी ने बब्बू के लिए सोने का कंगन लाने की गुजारिश की। छोटे बच्चे बड़े प्यार से जलेबी लाने का आग्रह करने लगे। धुलक्या नयी धोती पहनकर ट्रक में जा बैठा, तो जना-हौसा की आँखों में नमी छा गयी। लदे-फँदे ट्रकों की ओर देखकर धुलक्या का गला रुंध गया। वह बुदबुदाया, 'काश ! यह सब देखने-पाने के लिए आज तुकादादा जिन्दा होता···' ट्रक चल पड़े। छोटे बच्चे, औरतें काफी दूर तक ट्रकों के पीछे-पीछे चलते रहे, मानो दुल्हन को विदा करने जा रहे हों।

रेल की सीटी सुनाई दी। कोणंद यही तो है। सारे रास्ते प्याज के ट्रकों से पटे पड़े थे। लगभग सभी ट्रकों में आम के पत्तों के बन्दनवार लगे थे। ट्रकों के अलावा बहुत सारी बैलगाड़ियाँ भी तो थीं। रंग-बिरंगे सींग और पीठ पर नक्काशीदार झूल···सजे-धजे बैल भी बहुत ही आकर्षक लगते थे। ट्रक, ट्रैक्टर, बैलगाड़ियाँ, टेंपो, बैल और लोगों की बेतहाशा भीड़। कोलाहल-भरा वातावरण। जिधर देखो, प्याज-ही-प्याज नजर आता था। लोग आपसी बातचीत में बता रहे थे कि कम-से-कम डेढ़ लाख कट्टे प्याज मण्डी में आ चुका था। एक सौ अस्सी रुपये क्विंटल का भाव था। किसान फूलकर कुप्पा हो रहे थे। जितना जल्दी हो सके, कोणंद पहुँचने की फिराक में किसान थे।

यह तो मांगोला तहसील का सौभाग्य था, जो कोणंद जैसा कस्बा इस क्षेत्र में शामिल था। यहाँ से सीधे मुंबई के लिए रेलवे थी। वैगन भर-भरके प्याज मुंबई भेजा जा रहा था। और मुंबई से पानी के जहाज द्वारा खाड़ी के देशों में उसे ले

जाया जा रहा था। अल्पावधि प्याज का चस्का अरबों को लग चुका था। मीठा-मीठा प्याज खाकर अरब शेख रेत में उछल-कूद करते थे। हवा में चोगा फहराते थे। मांगोला तहसील में जैसे प्याज की बाढ़ आयी थी। पर उसके परिरक्षण के लिए शीतगृहों की व्यवस्था न कोणंद में थी, न मुंबई में। इसलिए लम्बे अर्से तक यहाँ प्याज रखे रहना बेकार था। अतएव उसे फौरन अरबस्तान भेज दिया जाता था। क्योंकि वहाँ भण्डारण के लिए शीतगृहों की व्यवस्था थी। वो लोग प्याज का पाउडर बनाते हैं और रोजाना भोजन में प्याज के पाउडर के बिना अरबों के गले से नीचे कौर नहीं उतरता।

पांगिरकरों ने अपने-अपने तयशुदा आढ़तियों को अपना माल सुपुर्द कर वे मण्डी की थाह पाने लगे। मण्डी का विस्तार साठ-सत्तर एकड़ में था। उसी परिधि में मार्केट कमेटी और खरेदी-बिक्री महासंघ के शानदार कार्यालय तथा टिन के बड़े-बड़े आठ-दस गोदाम थे। किसानों के माल पर दलाली प्राप्त करने वाले व्यापारियों, आढ़तियों की पचास-एक दूकानें भी थीं। छाया-तप, वर्षा की मार, धूप की झुलसन तथा जाड़ों का पाला…सब कुछ जज्ब कर अपने खून से खेतों को सींचने वाले किसानों के जिगर के टुकड़ों की मोल-तोल आढ़तियों के काँटे पर मिनटों में होती थी। मोल-तोल की इसी मुफ्तखोरी से धन कबाड़ कर बनी रंग-बिरंगी कोठियाँ-हवेलियाँ मण्डी के आस-पास दिखाई दे रही थीं। इस परिसर के विकास-विस्तार को देखकर मुरार ने हनुमन्त से कहा—

'बीस साल पहले यहाँ कुछ भी तो नहीं था। ये सभी सेठिये सिर्फ काँटा-तराजू लेकर यहाँ आये थे।'

मण्डी में आये किसान बेहद प्रसन्न नजर आ रहे थे। हवा के झोंकों पर सवार होकर व्योम में तैरने वाले, प्याज के भूरे-लाल बकले की तरह वे मदमस्त झूम रहे थे। अब तक तो प्याज को अच्छा भाव मिला था। बहती गंगा में जिसने हाथ धो लिए उसका कल्याण हो गया। वे मसालेदार हड्डी और प्याले में डूबते-उतराते रहे। पर जिनका माल अभी अचीन्हा पड़ा था उनकी भूख-प्यास जैसे मर गयी थी। बोली कब लगेगी? कहाँ तक लगेगी? व्यापारियों का रुख कैसा होगा? इसी की जोड़-तोड़ वे मन-ही-मन कर रहे थे। इस मामले में कई लोगों का अनुभव सुखद नहीं था। अतएव वे तो भाग्य के भरोसे ही बैठे थे। कई लोगों की सिर्फ यही अपेक्षा थी कि कम-से-कम उर्वरकों और दवाइयों का खर्च तो निकल आए। साल-भर शेर की तरह अपने खेतों में चौकसी रखने और दहाड़ने वाले किसान हीन-दीन होकर मायूस निगाहों से आढ़तियों तथा काँटा-तराजू की ओर बारी-बारी से घूरते रहते थे। कुल मिलाकर भूमिपुत्रों की गरदन कैंची में फँसी हुई थी। अपने उत्पाद की दर तय करना भी उनके हाथ में नहीं था। हाय रे भाग्य!

नीलामी क्रमश: शुरू हुई। दल्लों के अंदाज में ही व्यापारी बाजार में घूमने-फिरने लगे थे। यह सब देखकर हनुमन्त को कोफ्त हो रही थी। नीलामी बोलने वाले पाकिस्तान से आते हैं या पाकिस्तान से ? बड़ी अजीब स्थिति थी। टिड्डी दल के हमले की तरह व्यापारियों का समूह बोली लगाने के लिए आ रहा था। उनके आने की आहट पाते ही किसान अपने माल के चार कट्टे क्रमशः मिट्टी में उँडेलते। माल के दर्जे का अनुमान लगाने के लिए धूल में माल बिखेरना जरूरी था। बोली लगाने वाले व्यापारी जूते पहनकर प्याज के ढेर को खुंदलते, अपनी बोली का ऐलान करते और चले जाते। फिर उस प्याज को समेटकर दूसरे व्यापारी का इन्तजार करना पड़ता। अपने जिगर के टुकड़ों पर जूते पहने व्यापारियों को कूदते-फांदते, खुंदलते देखकर हनुमन्त का कलेजा तार-तार हुआ जा रहा था। पड़ोसी का गूँगा जानवर गलती से किसी दूसरे खेत में चला जाए, तो मेंड़ पर चौकीदारी कर रहा प्रहरी दौड़कर आता है और बड़ी बेरहमी से कुल्हाड़ी का वार कर उस पशु की टाँग तोड़ने में भी नहीं हिचकता। यहाँ किससे दरियाफ्त करें और किसे तलब करें? बाजी ने मुरार से पूछा—

'अप्पा, ये व्यापारी इस तरह राक्षसी व्यवहार क्यों करते हैं ?'

'बच्चो, जिन्दगी-भर यही सब देखते-देखते हमारी संवेदना मर गयी है। अब ये बातें हमारे लिए आयी-गयी हो गयी हैं। इस वक्त 'नाफ़ेड' (फेडरेशन) न्यूनतम सत्तर रुपयों की गारन्टी तो देती है। यानी सत्तर रुपयों से ज्यादा की ही बोली अनिवार्यतया लगती है। वरना किसानों को मजबूरन बीस रुपये क्विंटल की दर से भी अपना माल बेचना पड़ा है। अरे बाबा, मिट्टी के घड़े भी इससे ऊँचे दाम में बिकते हैं…!'

'लेकिन यह धांधली कब समाप्त होगी ?'

'हमारी मौत के साथ,' मुरार ने मुस्कराकर जवाब दिया।

व्यापारी बोलियाँ लगा-लगाकर आगे खिसक रहे थे। पांगिरकर खुश थे। क्योंकि एक सौ अस्सी-नब्बे रुपये भाव चल रहा था। उम्मीद तो काफी बँधती थी। धुलक्या के स्याह वदन पर हँसी की लकीर खिच गयी। विचारे गुरुजी आनन-फानन में जोड़-बाकी करने लगे। कल बिटिया का रिश्ता तय करने के लिए कहाँ-कहाँ जाना है, लड़का नौकरीपेशा होना चाहिए या मालदार…आदि बातों का खाका चिणू गुणाजी खींच रहा था। हनुमन्त और बाजी सोचने लगे कि होस्टन गायें ज्यादा फायदेमन्द सिद्ध होंगी या बेंगलूरी भैंसें। अभी तो सिर्फ दो बजे थे। बोलियों का दौर शाम पाँच-छः बजे तक जारी रहता था। आज के लॉट में लगभग सभी पांगिरकरों की लाटरी खुलने की उम्मीद थी। अत: वे मस्ती से पान-तम्बाकू चूसने लगे। 'बोलो ऽ बोलो ऽऽ' का शोर धीरे-धीरे नजदीक आने लगा। व्यापारी आगे-आगे खिसकने लगे। पांगिरकर अपने कट्टे खोल

कर तैयार खड़े थे । सामने पड़े ढेर पर वे निगाहें फेरने लगे, प्याज को प्यार से सहेजने लगे । इतने में एक व्यापारी ने कहा, 'अब बस करते हैं । काफी हो गया ।' और यकायक बोलियों का सिलसिला ठप्प हो गया । व्यापारी तितर-बितर हो गये । होंठों से लगा प्याला छलक गया । किसान परेशान हो गये । मुरार के चेहरे पर स्याही पुत गयी । विचारे गुरुजी ने जोड़-बाकी के हिसाब का कागज तोड़-मरोड़कर फेंक दिया और लोगों का मुँह ताकने लगे । धुलक्या और चिणू गुणाजी के बदन से पसीना चूने लगा ।

मण्डी में चारों ओर तहलका मचा । लोग समूहों में इकट्ठा होने लगे । उनकी चर्चा का विषय यही था कि बोलियों का सिलसिला यकायक ठप्प क्यों हुआ ? बाजारगाँव का बाशिन्दा शिवा तैश में आकर बोलने लगा, 'यह साजिश है । लाखों कट्टे माल मण्डी में आ गया है । इसीलिए ये लोग अड़ंगा लगा रहे हैं । दरें घटाकर माल खरीदना चाहते हैं । कौड़ियों के मोल माल हड़पने की नीयत है उनकी ।'

'हम प्याज बेचेंगे ही नहीं,' हनुमन्त ने राय जाहिर की ।

'न बेचकर क्या करेंगे ?' एक बुजुर्ग ने प्रतिप्रश्न किया, 'बेटा, अपना माल नाशवान है । प्याज घर में रखकर उसका क्या अचार डालेंगे ? नाशवान माल होने से ही तो ये लोग कैंची में पकड़ने का प्रयास करते हैं । सीधे ही गरदन पकड़कर बड़े आराम से उस पर छुरी चलाते हैं ।'

हनुमन्त का चेहरा दूसरे ही क्षण उतर गया । उसकी मति जैसे मारी गयी थी । यह हड़बड़ाकर इधर-उधर देखने लगा । पर वह जैसे-तैसे सँभल गया । दो-चार नौजवानों के साथ वह मार्केट कमेटी के दफ्तर में चला गया । उस वक्त वहाँ कोई नहीं था । अध्यक्ष महोदय किसी बैठक के सिलसिले में मुंबई गये थे । सचिव महोदय आधे दिन की छुट्टी पर थे । फोन-संदेश प्राप्त करने के लिए एक बाबू बैठा था, बस । बाजारगाँव का शिवा और संपतराव डोकरे भी हनुमन्त के साथ वहाँ गये थे और वे भी भुनभुनाने लगे थे । हनुमन्त ने चिल्लाकर कहा—

'ऐसे समय में चेयरमैन यहाँ क्यों नहीं हैं ?'

'देखिये साब, फेडरेशन ने अपने हिस्से का काम कल ही पूरा कर लिया है । इसलिए उनके यहाँ होने न होने से कोई मतलब ही नहीं है । आप चाहें तो नाफेड के दफ्तर में जा सकते हैं ।'

हनुमन्त अपने युवा साथियों समेत नाफेड की तरफ मुखातिब हुआ । फेडरेशन के उस मुलाजिम ने इशारे से संपतराव को अपने पास बुलाया और वह बुदबुदाया, 'पाटील, पागलों की इस पलटन में आप क्यों शामिल हो रहे हैं ? दो दिन रुकिये । चेयरमैन साहब ने 'अपनों' के लिए फेडरेशन का कोटा बचाये रखा है । आपको दो सौ का भाव मिलेगा और जरूर मिलेगा । लेकिन इन

लोगों के साथ अपना समय जाया मत कीजिये।' उसकी सलाह मानकर संपतराव फौरन वहां से रफूचक्कर हो गया। युवकों का समूह नाफेड के दफ्तर में जा पहुँचा। सामने की मेज पर मुट्ठियाँ पटक-पटककर हनुमन्त पूछने लगा—

'बोलियों का सिलसिला यकायक ठप्प क्यों पड़ा?'

'लेकिन आप क्यों इतना परेशान हो रहे हैं? आज ठप्प हुआ, तो कल फिर से शुरू हो जायेगा सिलसिला....' नाफेड के साहब ने उन्हें समझाने-बुझाने के अन्दाज में कहा।

'लेकिन आज सौदे आधे में ही बन्द क्यों हुए?'

'शायद व्यापारियों की संख्या पर्याप्त नहीं रही होगी।'

'हम लोग मण्डी को बन्द करवा देंगे।'

महीन मुसकुराते हुए साहब ने कहा, 'देखो नौजवानो, इस तरह उत्तेजित होना उचित नहीं। जो कुछ मुझसे बनता है, मैं जरूर करूँगा। मैं आपको सत्तर रुपए क्विंटल की गारंटी देता हूँ। लाइए, कितना प्याज है आप लोगों के पास। हमारा कोटा समाप्त होने तक इस दर से मैं प्याज बेशक लूंगा।'

'लेकिन व्यापारी जान-बूझकर अडियल रुख अपनाते हैं...'

'इसकी शिकायत सरकार के पास कीजिए। मुझे तो आप लोग इतना भर बताइए कि मैं आपकी क्या सेवा कर सकता हूँ?'

हनुमन्त अपने साथियों को लेकर डाकखाने में आ गया। उसने कलेक्टर साहब को फोन लगाया। संयोग से उस समय कलेक्टर साहब उस नम्बर पर मिले भी। हनुमन्त ने उन्हें आज की वारदात का संक्षिप्त ब्यौरा सुनाया। साहब भांप गये कि कुछ गड़बड़ है। उन्होंने फौरन डीडी आर ऑफिस का फोन घुमाया और उन्हें आदेश दिया कि वे कल ही मौके पर जाएँ तथा घटना की पूरी जानकारी प्राप्त कर फौरन उसकी रिपोर्ट प्रस्तुत करें। डीडी आर साहब भी बैठक के लिए मुंबई गये थे। उनके सहायक अधिकारी ने साहब को उनके आदेश के अनुपालन का आश्वासन दिया।

व्यापारियों ने कोणंद पुलिस स्टेशन में पहले ही अर्जी दी थी तथा बाजार क्षेत्र में दंगे की सम्भावना व्यक्त की थी। इन्स्पेक्टर साहब ने एस पी का नम्बर घुमाया और मौजूदा परिस्थिति में ज्यादा कुमुक की आवश्यकता का महत्त्व हर तरह से उन्हें समझाने का प्रयत्न वे करते रहे।

किसान तो सिर्फ मेहनत करना जानते थे। बाजार भाव पर उनका कोई बस नहीं था। सभी किसान उखड़े-उखड़े-से थे। रात को अलाव जल रहे थे। आगामी कल के गर्भ में छुपी बातों का अनुमान वे अपने तईं लगा रहे थे, परेशान थे। गाँव से उनके लिए झुणका-भाकर (बेसन-रोटी) के डिब्बे आये तो थे पर खाने की इच्छा ही नहीं होती थी। एकाध इलाका दुश्मन के कब्जे में

चला जाए और चारों ओर से उसका राशन-पानी काटकर उसे अलग-थलग सड़ने दिया जाए तो क्या हाल होगा ? इस समय पांगिरकरों की स्थिति वैसी ही हो रही थी। गांव वापस लौटने का रास्ता खुला तो था, पर उसका कोई उपयोग नहीं था। नाशवान माल वापस ले जाकर क्या करेंगे ? कहाँ रखेंगे ? दिन-दहाड़े डाका डालकर सरे आम डकैती का माल आपस में बाँट लिया जा रहा था। और कोई किसी का कुछ भी नहीं बिगाड़ पा रहा था। बैलगाड़ी के बैल भूख से व्याकुल होकर जुए पर गरदन टिकाये अधमरे-से पड़े थे। ट्रक का भाड़ा जिन्होंने नहीं चुकाया था उनके पीछे ट्रक ड्राइवर तगादा लगाये हुए थे। इस छीछालेदार से बचने के लिए, सब कुछ वहीं छोड़-छोड़कर भाग जाने को दिल कर रहा था।

व्यापारियों-दलालों के चहुँमुखी फंदे में किसानों की गरदन फँस गयी थी। किसानों की नींद हराम हो गयी थी। रात-भर उनकी आँखें खुली-की-खुली ही थीं। उनकी जेबें तो पूरी तरह से खाली हो चुकी थीं। अलावों के पास बैठकर आग को पी जाने के अलावा और कोई चारा नहीं बचा था उनके पास। अँधेरे में आँखें गड़ाकर, स्याही ओढ़कर वे नींद के आने का इन्तजार करते रहे।

चायवाला पहले रुपल्ली लिये बिना थोड़े ही चाय देता था ? जिनके पास चाय के लिए भी पैसे नहीं थे, उन्होंने कुछ रुपये दूसरों से उधार लिये। कप, आधा कप चाय पेट में जाते ही उनकी चेतना जैसे लौट आयी और मन की उदासी छँट गयी। रात को अपने बैलों को चारा डालने का होश भी उन्हें नहीं रहा था। चारा-पानी के बिना खूँटे से बँधे रहना ही इस समय उनकी नियति थी। उनके मुँह से चीख भी नहीं निकलती थी। बुझी-बुझी निगाहों से वे अपने मालिक को घूर रहे थे, बस।

किसानों का माथा ठनक रहा था। आज यदि प्याज का भाव-ताव नहीं हुआ, तो स्थिति नियंत्रण से बाहर हो सकती थी। अतएव पुलिस के जरिए व्यापारियों को मनवाने के उद्देश्य से हनुमन्त, शिवा तथा अन्य दस एक युवक पुलिस स्टेशन पहुँचे। पर वहाँ व्यापारियों का प्रतिनिधिमंडल पहले से ही मौजूद था। वे जोर-जोर से इन्स्पेक्टर से कह रहे थे—

'भीड़ अपेक्षा से अधिक हो गयी है। हमें पुलिस-संरक्षण प्रदान कीजिए। वरना हम बोली नहीं लगाएँगे।'

'हम साल-भर मेहनत करते हैं। खटते हैं। मरते हैं। हमें कौन प्रदान करेगा संरक्षण ?' हनुमन्त ने पूछा।

किसान युवकों के अक्खड़पन और सुरक्षा प्रदान करने की माँग करनेवाले व्यापारियों के बीच में इन्स्पेक्टर की शामत आ रही थी। किसानों ने शिकायत की, 'व्यापारी जान-बूझकर बोली नहीं लगा रहे हैं। क्योंकि वे दरें घटाकर

माल खरीदना चाहते हैं।' इन्स्पेक्टर ने शान्ति स्थापना का प्रयास तो किया पर कोई संतोषजनक समाधान नहीं निकल सका। पुलिसवालों ने राग-रंग देखकर एस० पी० के दफ्तर में लाइटनिंग कॉल लगायी और अतिरिक्त पुलिस बल एवं डिप्टी साहब को भेजने की गुजारिश की। दो-तीन घंटों में अतिरिक्त बल वहाँ आ पहुँचा। आते ही उन्होंने मार्केट परिसर को घेर लिया। सेना के जवानों की तरह संगीनधारी बंदूकों से लैस होकर उस पूरे परिसर में उन्हें तैनात किया गया।

ग्यारह बज रहे थे। धूप काफी तेज थी। सम्पूर्ण बदन में तल्खी होने लगी थी। प्याज का बकला उड़ने लगा। असह्य ऊष्मा से लोगों के मुँह से झाग आने लगे। आसमान के कुछ हिस्सों में छुट-पुट बादल दिखाई देने लगे। भरमाये हुए किसान लुटे-पिटे अंदाज में आसमान की ओर देखने लगे। ज्ञानू सावला ने चौंक कर कहा—

'आज के आसार ठीक नहीं लगते। संभवतया शाम को बारिश होगी।'

'फिर तो सत्यानाश होगा। प्याज अँखुआएगा और सड़कर गोबर बन जाएगा!' मुरार ने सहमकर कहा।

किसानों के तो होश उड़ गये। वे बुझी-बुझी निगाहों से आसमान की ओर देखने लगे। इत्ते सारे प्याज के भंडार की ऐसी-तैसी हो सकती थी। आज तो भगवान भी इस विभीषिका से शायद ही उन्हें बचा पाता। व्यापारियों का अड़ियल रुख युवकों से छुपा नहीं रह सका। वे बाजार भाव को लुढ़काना चाहते थे। इसलिए आज माल न बेचने का निर्णय लिया गया। पर इतना सारा माल लेकर आखिर जाएँगे कहाँ? कम-से-कम बोली लगाने का काम शुरू तो हो जाना चाहिए था। पर व्यापारी एक ही जगह डटे हुए थे। कदम-कदम पर बंदूकधारी पुलिस तैनात थे!

हवा में उमस बढ़ती जा रही थी। बादल घने होते जा रहे थे। किसान बादलों और प्याज के महासागर को बारी-बारी से घूरने लगे थे। बारिश के पूरे आसार नजर आ रहे थे। मामला तूल पकड़ता जा रहा था। तहसीलदार और डिप्टी साहब की हवा टाइट होने लगी थी। वे अपने प्रशासन-काल को कलंकित नहीं होने देना चाहते थे। इसलिए उन्होंने दोनों के प्रतिनिधियों को आमंत्रित किया। अन्ततः जैसे-तैसे समझौता हुआ। बोलियाँ लगेंगी। किसानों को बोली की दर ठीक लगे तो वे माल बेच सकते हैं—अन्यथा 'जय रामजी की' कह सकते हैं। इस रूप में समस्या सुलटने की सम्भावना तो पैदा हो ही गयी। इससे तनिक राहत भी मिली।

व्यापारी फूंक-फूंक कदम रख रहे थे। जूते-चप्पलें प्याज को खुँदलने लगीं।

'बोलो ऽ बोलो ऽऽ'

'पूरे एक सौ ऽऽ'

'बोलो ऽ बोलो ऽ'

'अस्सी रुपए ऽऽ'

शुरू-शुरू के दो किसानों ने माल नहीं दिया। तीसरा अस्सी में देने के लिए तैयार हुआ, तो शिवा चिल्लाया—।

'अबे, क्या कर रहा है मादरचोद ? हम सबको मरवाएगा क्या ?'

'क्या करूँ भाई ?' आँखें पोंछते हुए वह युवक कहने लगा, 'कल से पूरा परिवार अस्पताल में ठिय्या देकर बैठा है। बुढ़िया की हालत बहुत ही नाजुक है। दवा-दारू के वास्ते एक पैसा भी नहीं है और फीस चुकाये बिना डॉक्टर मरीज को हाथ लगाने के लिए भी तैयार नहीं। मैं मजबूर हूँ।'

बाजार में जैसे भूचाल आ गया। कल एक सौ अस्सी भाव था, जो आज सौ रुपयों से घटकर सिर्फ अस्सी रह गया था। किसानों की कमर टूट गयी। उनका गला सूखने लगा। मुरार टूट चुका था। हनुमन्त-बाजी अपना सिर पीट रहे थे। उनकी डबडबायी आँखों में विलायती गायें तैरने लगीं। चिणू गुणाजी के सीने में हूक-सी उठी। उसे लग रहा था, जैसे कोई उसकी बेटी का सुहाग छीन रहा है। उसकी भी हिचकियाँ बँध गयीं। धुलक्या के मुँह में झाग आना ही बाकी था। उसके बदन से पसीना चू रहा था। उसकी निगाहों में फाँसी का फन्दा उछलने लगा था। तुकादादा का बेटा उच्च शिक्षा के लिए आम्बेपुर जाने के सपने सँजोये हुए था। पर अब देहलीज के इस पार ही उसे रहना था। धुलक्या के गले में फाँसी का फन्दा धीरे-धीरे कसता जा रहा था।

पांगिरा, बाजारगाँव, डम्बरगाँव—तीनों गाँवों के किसान भौंचक्के रह गये। घटी दर से माल न बेचने का निर्णय लिया गया। पर धूप तेज-तल्ख होने लगी, बादल करौंदे की तरह काले-नीले रंगों की चादर ओढ़ने लगे। खुदा-ना-खास्ता बारिश हुई तो···सब कुछ मटियामेट हो सकता था। एक ओर से व्यापा-ने फन्दा डाला था, तो दूसरी ओर बादलों का आतंक छाया हुआ था।

प्रत्याशित वर्षा के प्रकोप से आतंकित होकर दो-एक लोगों ने अस्सी में अपना माल लुटा दिया। अब सेठ लोग धुलक्या के सामने खड़े थे।

'बोलो ऽ ऽ बोलो ऽ ऽ'

'पचहत्तर······'

उसके मुँह से पचहत्तर शब्द सुनते ही धुलक्या शेर की तरह झपट पड़ा। उसका गिरेबान पकड़कर धुलक्या ने पूछा, 'ये कोई कंकड़-पत्थर है वे, साले ? तेरा दिमाग तो ठिकाने है या ··?' 'हाय मैं मर गया। मुझे बचाओ। बचाओ।' की गुहार लगी। भगदड़ मची। चिंगारी फूट पड़ी। समूचे परिवेश में बारूद तो ठसाठस भरी हुई थी ही। धमाका हुआ। शोले भड़क उठे। चारों ओर आग

की लपटें दिखाई देने लगीं। किसान तो जो भी चीज हाथ में आए, वही बरसाने लगे। पुलिस लठ चलाने पर मजबूर हुई। किसानों के पास पत्थर की जगह ये बड़े-बड़े प्याज थे। उन्हीं से वे पुलिस वालों तथा व्यापारियों की मरम्मत करने लगे। सिर-फुटौवल की नौबत आयी। कुछ लोग शांत होने का आवाहन कर रहे थे। किन्तु किसानों के दिमाग पर जुनून सवार था, सो शान्ति स्थापना का आवाहन अनसुना रह गया। स्थिति अनियंत्रित होती जा रही थी। अब आँसू गैस का दौर शुरू हुआ। पर किसान तो फिर भी सक्रिय थे। धुएँ के कारण चेहरे दिखाई नहीं दे रहे थे। तथापि हिंसा जारी थी। गोली चलाने का आदेश हुआ। गोलियाँ धाँय-धाँय चलने लगीं। लोग तितर-बितर होते रहे। भूखे-प्यासे बैल इस आतंक से चिंघाड़ने लगे, उछलने लगे। हल्ला-गुल्ला बढ़ता ही जा रहा था।

पाँच मिनटों में ही जुनून शांत हुआ। मण्डी जैसे मरघट बन गयी थी। खून बह रहा था। पन्द्रह किसान ढेर हो चुके थे, जिनमें से सात पांगिरकर थे। धुलक्या और मुरार गम्भीर रूप से घायल हुए थे। किसी भी क्षण वे दम तोड़ सकते थे। पुलिस-वाहन आ गये। घायलों को मुरदों की तरह सहेजकर हनुमन्त बैठा था। उसके आँसू सूख गये थे और बोलती बंद हो गयी थी। घायलों को पुलिस-वाहनों में लादकर अस्पताल ले जाया जाने लगा। खुले मैदान में बिखरे पड़े प्याज का पंचनामा होने लगा। स्याही पुते, रुआँसे बादल हड़बड़ाकर इधर-उधर देखने लगे। हवा चली। प्याज का बकला उड़ने लगा। पूरा आसमान जैसे लालम्लाल बकले से पट गया था।

●●●